푸른사상 평론선　32

슬픔의 연대와 비평의 몫

장은영 張恩暎

　1975년 서울에서 태어나 경희대학교 대학원 국어국문학과를 졸업했다. 2014년 『세계일보』 신춘문예에 문학평론이 당선되어 평론 활동을 시작했다. 현재 조선대학교 자유전공학부 부교수로 있다. 공저서 『한민족 문학사2』 『시, 현대사를 관통하다』 등이 있다.

슬픔의 연대와 비평의 몫

초판 1쇄 인쇄 · 2020년 7월 10일
초판 1쇄 발행 · 2020년 7월 25일

지은이 · 장은영
펴낸이 · 한봉숙
펴낸곳 · 푸른사상사

주간 · 맹문재 | 편집 · 지순이 | 교정 · 김수란
등록 · 1999년 7월 8일 제2-2876호
주소 · 경기도 파주시 회동길 337-16 푸른사상사
대표전화 · 031) 955-9111(2) | 팩시밀리 · 031) 955-9114
이메일 · prun21c@hanmail.net
홈페이지 · http://www.prun21c.com

ⓒ 장은영, 2020

ISBN 979-11-308-1687-6　93800
값 29,000원

이 도서의 국립중앙도서관 출판예정도서목록(CIP)은 서지정보유통지원시스템 홈페이지(http://seoji.nl.go.kr)와 국가자료종합목록 구축시스템(http://kolis-net.nl.go.kr)에서 이용하실 수 있습니다. (CIP제어번호 : CIP2020028480)

푸른사상
평론선

32

The solidarity of sadness and the share of criticism

슬픔의 연대와 비평의 몫

장은영

분석하고 평가하는 일만이 아니라 시를 읽고 쓰는 행위, 삶의 일환으로서 시를 향유하는 행위가 무엇을 의미하는지 답해야 할 시절, 여기에 답할 수 있는 새로운 비평으로 진화할 수 있을까를 생각해본다. 수많은 얼굴을 마주치며 살고 있듯이 수많은 시들을 만난다. 감동적인 어려운 시도 있고 시시한 시도 있다. 일순간 나를 다른 사람으로 바꿔놓는 시도 있다. 훌륭한 비평가는 어느 것이 더 훌륭한 미학적 성과물인가.

푸른사상
PRUNSASANG

이 책은 ✿ 광주광역시 ⽂⻔ 광주문화재단 의 지역문화예술육성지원사업으로
지원 받아 발간되었습니다.

거대한 배의 침몰을 목격하던 아침, 원고 마감 날짜를 세며 출근 준비를 하고 있었다. 수학여행 가던 아이들을 포함하여 304명이 돌아올 수 없는 깊은 바다에 가라앉았다. 믿기지 않았다. 누구나 그러했을 것이다. 그래도 일상은 멈추지 않았고 내가 고작 한 일은 리본을 다는 일. 눈시울이 종종 뜨거웠지만 마감을 앞두고 꾸역꾸역 원고를 썼다. 차마 떨어지지 않는 입으로 그러나 꼭 해야 할 말이 있는 사람처럼 무언가 쓰고 싶었지만 어떻게 써도 충분하지 않을 것을 알았다. 나의 슬픔이 아니라 타인의 슬픔을 이해하고 싶었기 때문이다. 증언하는 자의 절박함, 그 알 수 없는 깊이를 생각하며 등단한 첫해를 보냈다. 그러니까 나는, 세월호의 침몰을 목격하며 글을 써야 했던 평론가이다. 글을 쓰는 한 내가 누구인지 기억하고 싶다.

1부는 세월호 이후의 시와 문학을 짚어본 글들이다. 오래전에도 시는 슬픔에 가장 먼저 공명하는 장르였고 지금도 그러하다. 세월호를 목격한 시는 미학과 정치와 윤리를 넘나드는 언어로써 사회적 연대를 표명했다. 세월호와 희생자들의 부재 앞에서 우리 문학은 사유하고 실천하며 '세월호문학'이라는 명명을 실체화했다. 인간의 죽음 앞에서조차 훼손된 윤리를 회복하기 위해 남아 있는 사람들은 죽음을 상속하는 연대를 형성했다. 시는 산 자들의 연대를 넘어서서 산 자와 죽은 자의 연대를 상상했고, 인간이란 삶과 죽음의 공동체 안에서 비로소 인간으로 존재함을 선언했다. 세월호 이후의 시는 여느 혁명기의 시처럼 이미 죽은 자와 아직 살아 있는 모두를 위한 노래였다. 그 노래 앞에서 더 나은 삶을 꿈꿀 권리는 누구에게나 평등해야 한다고 생각하며 비평의 몫을 고민했다. 슬픔이란 정동이 거리의 행렬로 이어질 때 그것을 관망하며 분석하기보다는 행렬에 동참하는 쪽을 내 글쓰기의 몫으로 선택했다. 1부의 글들은 그 행렬에 동참하겠다는 의지와 함께 삶에 연대하는 시 쓰기란 무엇일까에 대한 전망을 담았다.

2부와 3부는 2010년대 중반 이후에 나타난 시의 경향을 포착하고자 한 글들이다. 서정과 미학의 전복을 도모했던 시적 주체 다음 세대의 표정들을 붙들어보고 싶었다. 그들은 아직 얼굴에 맞는 표정을 찾지 못한 사람처럼 흔들리는 표정으로 혹은 (비)존재의 형상으로 우리 앞에 다가왔다. 자신이 바라보는 세계나 자신의 말 심지어는 자신이 마주한 사랑의 대상조차도 그들은 함부로 믿지 않는다. 자기 자신을 부인하지 않지만 자신을 확신하지도 않기 때문이다. 경험적 세계의 맥락 안에서 자기를 간신히 유지해나가는 시적 주체들은 아직 이곳에 도착하지 않은 미래의 사람처럼 불확정적인 존재들이다. 세계가 자신을 관통하도록 몸을 내주는 그들을 수동적 주체라는 말로 일컬었다. 수동적 주체는 타자라는 예측불허의 존재를 향해 기울면서 또 다른 자아의 가능성을 열어두는 자들이다. 그들은 확고한 이념이나 가치를 지닌 내면보다는 외부의 자극에 감응하는 마음의 소유자로서 자신이 도달할 수 있는 모든 가능성을 열어둔다. 안간힘으로 자아를 넘는 도약을 시도한다. 가능한 세계를 찾아 나서는 그들의 도약은

슬픔의 연대와 비평의 몫

어디로 가는지 모르고 달리는 사람처럼 위태롭지만 아름다워 보였다. 생계의 불평등과 불안한 노동이 우리를 포박하는 현실을 허물 수도 있겠다 싶을 만큼.

4부에서는 2010년 중후반에 출간된 시집을 읽고 쓴 글을 모았다. 기획이나 특집으로 묶인 비평들이 동시대의 문학성이나 미학의 문제, 그리고 사회현실에서 벌어지는 폭력과 차별의 문제를 다루며 시대적 담론을 만들어왔다면, 비교적 담론으로서의 무게감이 적은 리뷰는 한 시인이 보여주는 개별적이고 특수한 세계의 이야기를 담는다. 한마디로 리뷰는 그 시집의 고유성에 주목하는 비평이다. 시의 존재 방식이 가파르게 변화하는 지금, 문학을 생산하고 유통하는 매체가 변화함에 따라 시를 향유하는 방식도 달라졌다. 비평은 시를 분석하고 평가하는 일만이 아니라 시를 읽고 쓰는 행위, 삶의 일환으로서 시를 향유하는 행위가 무엇을 의미하는지 답해야 할 시점에 이르렀다. 리뷰가 여기에 답할 수 있는 새로운 비평으로 진화할 수 있을까를 생각해본다.

수많은 얼굴을 마주치며 살고 있듯이 수많은 시들을 만난다. 감동적인 시도 있고 어려운 시도 있고 시시한 시도 있다. 일순간 나를 다른 사람으로 바꿔놓는 시도 있다. 훌륭한 비평가는 어느 것이 더 훌륭한 미학적 성과물인가, 누가 위대한 예술가인가를 판정할 것이다. 하지만 나에겐 시를 쓰는 행위가 더 중요하게 보이기 시작했다. 훌륭한 평론가를 꿈꾸기보다는 행위로서의 시가 삶을 어떻게 전환시켜 나가는지 응시하는 글을 쓰려고 한다.

지난 6년간 쓴 글들을 모아놓고 보니 문장 사이사이로 거친 마음의 결이 보인다. 성글거나 뒤틀린 무늬도 있고 모호한 무늬도 있다. 단단한 문장

속에 감추고 싶었으나 그러지 못했나 보다. 쉽게 탄로 나는 마음들을 어쩌나 싶다. 마음의 결을 가지런히 추스를 줄 아는 미래의 문장을 상상할 뿐이다.

글을 쓰고 책으로 묶는 과정은 내 손으로만 가능한 일이 아니었다. 손을 내밀었을 때 손을 잡아준 이들의 다정함 덕분에 첫 평론집을 펴내게 되었다. 배려에는 서툴고 투박한 나를 견디며 보살펴준 가족들과 우정을 나눌 수 있는 동료들이 있어 조금씩 어른이 되고 있다. 그들을 통해 삶을 배우고 생활에 온기를 보태며 살고 있음을 고백한다. 한 책상을 쓰는 탓에 사소하고 귀찮은 나의 부탁을 거절하지 못하는 소중한 동반자에게도 사랑과 우정과 감사가 뒤섞인 마음이 닿기를. 앞으로도 무수한 부탁을 청하고 들어주며 삶을 나눌 것이다. 머뭇거리는 내가 평론집을 낼 수 있도록 격려해주고 도움을 준 분들과 앞으로도 긴 우정을 나누고 싶다. 첫 평론집의 출간을 맡아준 푸른사상사에도 깊은 감사의 마음을 전한다. 원고를 검토해준 편집부와 편집자님의 노고 덕분에 그동안 쓴 원고를 한 권의 책으로 묶을 수 있었다.

2014년을 기억하며 정진하려고 한다.

2020년 7월
장은영

제1부 슬픔의 연대

제2부 마음의 가능성

슬픔의 연대와 비평의 몫

제3부 얼굴, 유령, 이야기

제4부 미래를 쓰는 밤

제1부

슬픔의 연대

문학의 쓸모없음과 추문들

문학은 해서 무엇 하느냐

비평가 김현이 문학의 쓸모없음을 이야기하게 된 발단은 어머니의 한탄 때문인지도 모른다. 써먹지 못하는 문학은 해서 무엇 하느냐는 어머니의 말씀은 자식이 물질적으로나 육체적으로 더 편히 살기를 바라는 마음에서 나온 것이었으나 그의 입장에서는 적잖이 당혹스러웠을 것이다. 문학을 어디다 써먹어야겠다고 작정한 적은 없지만 막상 생각해보니 문학이란 실로 쓸모없는 것이었기 때문이다. 그가 「문학은 무엇을 할 수 있는가」라는 글에서 문학의 쓸모없음이라는 역설적 가치를 이야기한 것은 1970년대 후반이었으니 벌써 40년도 더 된 일이다.

문학의 쓸모없음은 20세기 초 전위 예술가들이 추구했던 예술의 존재 이유와도 무관하지 않다. 예술의 합리적 유용성을 부정하고 이성적 의도를 배제하고자 했던 예술가들은 콜라주 기법처럼 우연하고 무의미한 결과를 초래하는 작업을 지향했고 궁극적으로 모더니티의 신화에서 깨어나 이성의 바깥 혹은 그 외부에 다다르려 했다. 콜라주 작품으로 유명한 한스

아르프(Hans Arp)는 시 역시 그러한 방식으로 제작될 수 있다고 믿었다. 신문의 낱말을 무작위로 뽑아서 만든 아르프의 시는 시를 포함한 예술의 가치가 현실적 맥락이나 이해와 무관한 데에 있으며 동시에 현실 세계를 이탈함으로써 현실을 거부/저항하는 데 있음을 표명했다.

현대예술의 문제 제기를 고려하면 문학이 현실적 욕망을 충족시켜주는 도구가 아니라는 주장은 새삼스럽지 않지만 김현은 현실적 욕망을 채워주지 못하는 문학이 왜 존재하는가를 묻고 답함으로써 '쓸모없음'의 역량을 적극적으로 옹호했다. 김현이 쓴 문장을 인용해서 말하자면 "문학은 배고픈 거지를 구하지 못"하지만 "배고픈 거지가 있다는 것을 추문으로 만"든다. 다시 말해 현실적 문제를 직접 해결하지는 못하지만 일상에 갇혀 세계의 진실과 타인의 고통은 인식조차 못 하는 무뎌진 우리의 의식이 "하나의 코미디"라는 것을 폭로할 수 있다는 의미이다. 여기에는 인간의 의식을 가두는 일상의 위험에 대한 직관이 전제되어 있다.

문학이 쓸모없는 것이 되기 위해서는 현실로부터 자유로워야 한다. 미적 자율성과 현실적 자율성은 맞물려 돌아가는 톱니바퀴처럼 서로의 운명을 조건으로 삼고 있기 때문에 한쪽의 자유만을 선택할 수는 없다. 그런데 문학에 대한 검열과 통제가 추문이 아닌 사실로 드러난 이상 문학은 자기도 모르는 사이에 현실을 위해 복무하고 있었던 것은 아닌지를 돌아보아야 하는 시점에 처했다. 문학의 쓸모를 궁리하며 유용한 도구로 만들고자 했던 현실 세계와 얼마나 타협하고 있었는지도 스스로 물어야 한다. 현실적 욕망의 바깥에 존재함으로써 욕망의 실체를 드러나게 만드는 문학이 특정한 개인이나 공권력의 욕망을 충족시키기 위한 도구로 사용된다면 그런 쓸모 있는 문학이 존재하는 한 추문도 끊이지 않으리라는 것은 예고된 사실이다.

죽음을 상상하는 아침

추문들이 태어나는 곳은 다름 아닌 일상이다. 현실적 욕망이 매 순간 고개를 들고 허기를 드러내는 시공간의 다른 이름인 일상은 대개는 먹고살기 위해 바쳐지는 노동과 그 이후의 휴식을 중심으로 구획된 질서를 의미한다. 요컨대 일상은 현실적 요구에 따라 질서화된 삶이라고 말할 수 있다. 그런데 각 개인의 자율적 선택이나 결정에 따라 조직되는 듯이 보이는 일상은 사실상 그것을 둘러싼 '장치(dispositif)'의 통제로부터 자유롭지 못하다. 배열, 배치, 조화로운 구조 등을 의미했던 이 단어는 철학자 조르조 아감벤(Giorgio Agamben)에 의해 일상의 전 영역에서 생명체의 몸짓이나 행동, 의견을 규정하고 제어하는 능력을 지닌 모든 것을 지칭하는 말로 사용되고 있다. 장치는 언어와 글쓰기만이 아니라 컴퓨터나 휴대전화 또는 담배 같은 일상의 모든 것에 걸쳐 작동하는 통치권력이다. 일상으로 확대된 장치들은 우리의 신체를 규율하는 것만이 아니라 주체를 관리하고 통제하며 일정한 방식으로 주체를 구성한다는 점에서 벗어나기 어렵게 만들어진 시스템과도 같다.

오늘날 우리의 일상을 규율하는 장치들은 생각보다 포괄적으로 작동하고 또한 강력하다. 시계는 시간을 표시하는 기계가 아니라 몇 시에 일어나야 하는지, 어떤 노동을 얼마만큼 해야 하는지를 알려주는 장치다. 또 TV와 컴퓨터는 어떤 생각으로 하루를 보내야 하는지만이 아니라 무엇을 욕망해야 하는지까지도 정해준다. 성공까지는 아니더라도 남들만큼은 살기 위해서 어떤 자세로 삶에 임해야 하는지를 디지털 매체가 시시각각 보여주고 있다. 인터넷 네트워크라는 장치에 얽매이게 되면서부터는 아름다움에 대한 판단만이 아니라 선악에 관한 윤리적 판단도 더 이상 자신의 몫이 아니게 되었다. 문제는 자본주의 체제의 장치들이 통제하는 일상이 갈수록 위태로워지고 있다는 점이다. 점점 비대해지는 욕망과 그 욕망을 채우기 위한

자학적 삶이 오직 개인의 몫으로 부과되면서 하루의 일과는 죽음에 대한 예
감을 안고서 시작되는 기이한 삶이 보편적 일상으로 자리잡고 말았다.

> 경기 북부에서 강남으로
> 버스는 거북이처럼 간다 사람들은
> 토끼 같다 눈이 뻘겋고 웅크린 채 귀를
> 접는다 아침이 그들을 잡아간다
> 강 곁을 달려 강 건너로 매일
>
> 토끼는 죽음을 생각한다
> 어제는 어제만큼의 간이 상했고 달려도
> 이길 수 없으니 경기 북부를 벗어나기도 전에
> 모두 눈을 감아야 한다 병든 해가
> 귓불 위로 떨어지고
>
> 아침의 도로에서는
> 추돌사고가 나도 누구 하나 죽지 않을 것이다
> 그런 안도 그런 불안 그런 태도 그런 오늘
> 토끼는 죽지 않는다 거북의 등허리를 붙잡고
> 강을 건넌다 몸을 밀착한 자세로 매일매일
> — 서효인, 「매일매일」 부분(『현대시』 2016.12)

평범한 사람들의 아침 풍경은 비슷하다. 시 속에 등장하는 '나'의 경험은
누구에게나 찾아오는 그저 "그런 오늘"일 뿐 특별한 불행처럼 보이진 않는
다. 우리는 거북이를 따라 바다로 들어가는 토끼의 우화처럼 당장 죽을 것
같이 "매일매일"이 위기라고 느끼지만 정작 죽지는 않는다는 걸 알고 있
다. 거짓말처럼 내일은 또 오늘의 위기가 반복될 테고, 죽지 않으려고 발
버둥치는 "그런 자세로" 일상을 견딘다.

우화적 모티프를 차용한 서효인의 시는 매일 아침 출근길에서 죽음을

상상하는 착잡한 심경을 익살스럽게 그려내지만 절망을 숨기지는 않는다. 여기서 말하는 죽음은 삶의 종결을 의미하는 생물학적 죽음보다는 이러다 죽을 수도 있겠다는 심정에 가깝다. 매일 죽음으로 내몰리는 듯한 삶에 대한 불안감이 '나'를 지치게 하는데, 정작 그것보다 더 절망적인 것은 "추돌사고가 나도 누구 하나 죽지 않을 것"이라는 모순적 상황 즉, 죽지 않으려고 죽을 것 같은 순간들을 견디는 "안도"와 "불안"의 교차 상태가 "매일매일" 지속되고 있다는 사실이다. 시인이 보여주듯이 안도와 불안이 반복되는 이 불안정한 일상은 우리가 가진 자율적 의지들을 하찮은 것, 불필요한 것, 쓸모없는 것으로 만들어버린다.

전쟁과 같은 극단적 상황에서 인간의 자율성은 억압되듯이 전쟁터를 방불케 하는 일상에서 우리는 자유로울 수 없다. 내일의 현실을 생각하면 오늘 "내 육신"은 기어코 살아남아야 하므로 생존을 위한 선택만이 최선의 결정이 된다. 이렇게 전쟁터 같은 일상 세계에 갇힌 주체의 절박한 내면을 구체적으로 보여주는 것은 이재훈의 시이다.

> 골목길에 가래침이 얼어붙어 있다. 입김이 공중을 향해 기쁘게 날아간다. 사람들은 무언가를 잊어버린 듯 허둥대며 걷는다. 젊은 기온이다. 불편한 바람이다. 뉴스를 들으며 유희와 심판의 차이에 대해 생각한다. 서로 칼을 겨누고 산다. 서로 살려달라고 울부짖으며 산다. 이런 전쟁 속에서, 고통을 즐기는 사람들 속에서 내 육신을 생각하는 아침. 다음 달의 공과금과 이자를 계산하고, 이번 달에 들어올 원고료를 생각하는 아침. …(중략)… 주머니 속의 묵주를 매만진다. 버스를 기다리는 천사의 얼굴들을 본다. 멀리서 버스가 온다.
>
> — 이재훈, 「아침 성전」 부분(『문학선』 2016. 겨울)

이 시는 두 가지 의미의 성전을 모두 전제하고 있다. "서로 칼을 겨누고" "살려달라고 울부짖"는 전쟁 같은 삶이라는 의미에서 성전(聖戰)과 오늘도 무사하기를 기도하며 "주머니 속의 묵주를 매만"지는 의미에서의 성전(聖殿)은 양면적인 일상에 대한 비유이다. 매일 아침 두 개의 성전을 맞이하는 시인에게 일상이란 죽음과 구원을 동시에 대면하는 장소인 것이다. 그런데 시인을 비롯한 동시대인인 우리들을 이렇게 죽음과 대면하게 만드는 구체적인 계기들은 사실 특별한 것들이 아니다. "다음 달의 공과금과 이자" "이번 달에 들어올 원고료" 등은 삶에 필요한 물질적 조건일 뿐이다. 그런데 왜 우리는 이 조건들 때문에 죽음으로 내몰리고 있는가. 그 이유는 물질적 토대가 주체들 간의 권력관계를 규정할 뿐만 아니라 궁극적으로 주체에게 인격을 부여하는 준거가 되기 때문이다. 적어도 지금의 자본주의 체제에서 일상을 통제하는 장치들은 자본의 문제와 결부된다. 그런데 우리는 이 장치들로부터 자유롭기 위해서 더 많은 자본을 확보해야 하는 역설에 빠져 있다. "서로 칼을 겨누"어야 하는 이유도 여기에 있다. 자신이 더 많은 자유를 얻기 위해 필요로 하는 자본은 죽음을 각오한 경쟁 속에서만 쟁취되는 세계가 바로 '이곳'이기 때문이다. 일상의 어느 순간 문득 전쟁터와 죽음을 상상하는 것은 어쩌면 필연적인 감각인지도 모른다.

오후의 위기

쓸모없는 문학은 일상을 옹호하기보다는 일상의 위기를 폭로하는 편을 택한다. 일상의 위기란 최근 우리가 경험하고 있듯이 자본에 의해 현재적 삶의 방식만이 아니라 미래마저도 저당 잡힌 상태이다. 돌이켜보면 21세기 자본이 우리를 구원해주는 것이 아니라 불평등에서 오는 절망의 구렁텅이로 몰아넣으리라는 건 예측 불가능한 일이 아니었다. 하지만 우리는 자본의 추진력을 막지 못했고, 자본은 그 어느 시대보다도 빠른 속도로 성장해서 인간의 삶을 자기 것으로 종속시킨다.

자본의 폭력적 속도감이 인간을 무력화하는 세계에서 대체 문학의 포지션은 무엇이어야 할까? 쓸모없는 문학은 일상에 복무하지도 않을 뿐만 아니라 일상을 반대하기 위한 직접적 영향력을 행사하지도 못한다. 다만, 일상의 속도에 휘말리지 않고서 일상의 바깥에서 죽어가는 것들에 대하여 노래할 수 있다. 쓸모없는 문학의 포지션은 일상의 외부에서 일상의 폭력들을 목격할 수 있는 그런 지점이다.

> 폭력처럼 기차가 달려온다. 누군가는 아무렇게나 버려진 종이처럼 무너지기 시작하고, 두꺼비 떼는 철길을 횡단하고 있다. 철로 변의 슬픔 몇 포기가 폭염을 읽고 있는 오후는 그러나 애써 고개를 돌리지 않는다. 고백하건데 세계는 쓸모없는 것들로 가득하구나. 그리하여 추문을 공시하는 것은, 날아오르는 비둘기 떼가 아니라고 누군가 중얼거리기 시작한다. …(중략)… 쿵쾅거리는 심박에 맞춰 정오는 찬란하고, 나무마다 매달린 죽은 자의 음성은, 두근거리는 기차처럼 맹렬한 오후가 되어갈 것이다.
>
> — 조동범, 「정오의 기차역」 부분(『시와사상』 2016.겨울)

무서운 속도로 달려오는 기차와 철도 위를 횡단하는 두꺼비 떼가 등장하는 "정오의 기차역"은 현대인의 운명에 대한 알레고리적 장면으로 읽을 수 있다. 안타깝지만 두꺼비 떼를 위해 기차를 세우는 어리석은 일은 결코 일어나지 않을 테니 짐작되는 바와 같이 "화창한 정오"의 "텅 빈 승강장"에서 두꺼비 떼는 죽음을 피할 수 없게 되었다. 암울한 흑색을 띤 몸은 종이처럼 구겨져 형체도 없이 사라지겠지만 기차역은 아무 일도 없었던 것처럼 다음 기차를 기다릴 것이다.

달리는 기차의 입장에서 본다면 철로를 횡단하는 두꺼비 떼는 "쓸모없는 것들"에 불과하다. 달리는 기차와는 무관한 존재들 또는 무용하기 짝이 없는 시도들. 마찬가지로 일상이라는 거대하고 복잡한 장치 한복판에 있는 인간의 운명도 두꺼비의 운명과 다르지 않다. 이 세계가 정해놓은 길을 거부하고 인간에게 주어진 생(生)과 자유를 실현하기 위해 일상과 대결하는 자는 최선을 다해 철로를 횡단하는 두꺼비처럼 위태롭고, "아무렇게나 버려진 종이처럼 무너지기" 쉽다.

만약 이것이 일상 세계에서 살아가야 할 인간의 운명이라면 문학은 무엇을 할 수 있는가? 조동범 시인의 말을 빌리면 문학은 목격자와도 같은 "나무마다 매달린 죽은 자의 음성"을 재현할 수 있다. 재현 불가능한 것을 재현하려는 이 시도는 세상을 떠도는 미심쩍은 추문들 즉, 삶을 부유하고 행복하게 만들어 주리라는 자본의 허황된 약속이 인간의 의식을 마비시키고 결국에는 정신의 죽음을 담보로 한다는 의구심을 확연히 드러나게 만든다.

> 그날 아침 여자는 자신이 무언가를 잃어버린 것이 분명하다고 생각하게 되었다 가족들이 어질러놓은 것, 널부러진 옷가지나 장난감들을 치우면서도 여자는 그렇게 생각했다 청소기를 돌리고 걸레질을 하면서 여자는 그런 것은 없다고 생각했다 남편에게 전화가 왔을 때쯤에는 거의 잊었고, 아이들의 점심 식사를 준비하면서는 기분이 좋아지기까지 했다
>
> …(중략)…
>
> 여자는 다시 아이들의 양말을 모아 포개다가, 양말 중 한 짝이 부족한 것을 발견했다 세탁기나 건조대 아래, 바구니 혹은 서랍장 아래 어딘가에 있겠지 아이들이 곧 돌아올 것이다 뒤이어 남편이 퇴근하면 그들은 하나의 불빛에 의지해 식사를 할 것이다 그전에 저녁을 차려야 한다 여자는 일어나 허리를 두드리다 말고, 식탁 아래 반지가 떨어져 있는 것을 발견했다 여자는 그것을 들어 왼손 네 번째 손가락에 단단히 끼워 넣었다 그러곤 가스레인지 레버를 돌려 불을 올렸다
>
> ― 유희경, 「반지」 부분(『포지션』 2016. 겨울)

우리도 가끔 무언가를 잃어버린 것 같다고 느낄 때가 있다. 그 상실감이 일상의 질서들을 불안정하게 만들고 감정의 동요를 가져오기도 한다. 이 시에서도 흐트러짐 없는 "여자"의 일상은 무언가를 잃어버렸다는 감각 때문에 조금 흔들리기 시작한다. 그러나 여자는 정해진 일들을 순서에 맞춰 해나가면서 다시 "기분이 좋아지기까지" 한다. 잃어버렸다는 느낌으로 시작한 하루를 보내면서 여자는 본래 일상에는 끼어들지 않았던 "충동"을 느끼기도 하고, "유리창에 비친 자신의 모습을" 보는 비일상적 행위를 하기도 했지만 그런 미세한 감정과 행동은 "양말 한 짝"을 찾은 후에 그리고 결정적으로 "식탁 아래" 떨어진 반지를 찾아 손가락에 끼운 후에 완전히 잊혀지고 만다. 결국 아무 일도 일어나지 않은 여자의 일상은 본래대로 반복된다.

시인은 일상의 외부에 있는 관찰자의 시선으로 여자의 하루를 서사화했다. 감정이 끼어들 여지가 없어 보이는데도 이 시는 깊은 상실감과 슬픔을 느끼게 한다. 여자의 경우처럼 우리가 상실한 것이 무엇인지 모른다는 사실이야말로 상실이라는 사건이고, 영원한 상실은 회복되지 않는 슬픔의 원인이기 때문이다. 일상이라는 거대한 장치가 우리의 자율적 의지와 감각을 무디게 만들어도 그것을 모른다면 우린 모두 트라우마처럼 상실을 안고 살아가는 것과 마찬가지이다. 어쩌면 자신이 기다리는 것이 무엇인지 모르고도 기다림을 멈추지 못하는 인간의 운명적 부조리처럼 이 상실감 또한 일상에 갇힌 채 거기서 해방될 수 없는 인간이 지니는 부조리는 아닐까.

쓸모없는 문학이 자꾸 들추는 것은 일상에 떠도는 추문들이다. 완벽하게 질서 잡힌 일상 속에서 상실한 것이 있다고, 돌이켜보라고 수군댄다. 그런 추문에 귀 기울이는 사람들은 자신의 일상을 의심하며 깊은 생각에 빠지기 마련이다.

삶과 예술 사이, 명멸하는 시

용법들

이데올로기는 1796년 프랑스 철학자 데스튀 드 트라시(Destutt de Tracy)가 학사원에 제출한 논문에서 처음 사용한 용어로 알려져 있다. 그는 우리가 동물에 대한 완전한 지식을 갖기 위해서는 동물의 지적 능력을 알아야 하듯이 인간에 대해 알기 위해서는 인간의 지적 능력을 파악하는 것이 중요하다고 보았고, 그리하여 이데올로기는 동물학의 일부분으로 간주되기도 했다. 그러나 인간의 지성을 과학의 대상으로 삼으려는 기획은 처음부터 불가능한 욕망이었는지도 모른다. 트라시 이후 이데올로기는 상이한 용법들로 쓰여왔고, 그것을 객관적 지식으로 정의하기는 어렵다.

절대 권력을 지닌 통치자의 입장에서는 자신의 권력을 위협하는 이념으로, 지배체제의 모순을 통찰한 혁명적 사상가의 입장에서는 통치의 이념으로 사용된 이데올로기는 20세기에 이르러서야 외적으로 관찰할 수 있는 모든 집단 표상이라는 중립적인 의미로 사용되었다. 사회학적 맥락에서 이데올로기는 사회구성원들로 하여금 자신들의 체험을 설명할 수 있게 하고, 그들이 겪은 사회적·역사적 체험을 정당화할 수 있게 해주며 공동의 기획을 가능하게 하는 세계관을 뜻한다. 그러나 현실적 맥락에서 이데올로기는 기존 질서를 위협하는 비현실적이고 당파적인 독트린(doctrine)으로 또는 지배 계급의 통치를 정당화하는 의식 형태를 지칭하는 말로 사용되곤 한다. '생각과 믿음의 복합체'(자크 엘륄)로서 이데올로기는 미래의 비전을 구체적으로 제시하고 그것을 위해 현재의 행동을 촉구하는 동력이라는 측면을 동반하기 때문에 좀처럼 중립적인 개념으로 받아들여지지 않는다.[1]

누가 말하는가에 따라 상반된 경험이 각인된 용어이지만 그럼에도 변함없이 계승된 것이 있다면 이데올로기가 현실 세계를 이해하는 방법을 부여하는 동시에 그 관점 안으로 수렴되지 않는 것들은 배제하는 태도를 재생산했다는 점이다. 그런 점에서 이데올로기는 통치를 위한 권력을 뜻하는 정치와 긴밀히 연결된다. 우리 사회가 경험한 반공주의나 민족주의의 작동 과정을 보더라도 그것이 정치권력과 연결되어 지배 이념이 되면 심리적으로나 물리적으로 강력한 구속력을 발휘했다. 나아가 보편성을 결여한 채 지배를 위한 장치들을 고안하고 폭력에 가까운 비합리적 행위들을 정당화하는 특성을 보였다. 다니엘 벨은 사회구성원들의 정동적 에너지를 모아서 정치적 회로에 통합시킴으로써 사상을 사회적인 목적 달성의 수단으로 전환시킨 힘은 바로 이데올로기와 결합된 정열이었다고 지적한 바 있다.[2] 정열은 추상적 관념을 실천으로 이행시키기는 동력이지만 정열의 과잉은 사상을 그 본의와 달리 비합리적, 폭력적으로 변질시키기는 촉매제가 될 수도 있다는 점에서 위험성을 동반한다.

---

1) 올리비에 르블, 『언어와 이데올로기』, 홍재성 역, 역사비평사, 1994, 15~20쪽 참조.
2) 다니엘 벨, 『이데올로기의 종언』, 이상두 역, 범우, 2017, 313~314쪽.

용법의 역사를 보면 근대 체제에서 정치와 결합된 이데올로기는 반대항들을 한 몸에 지니는 뜨거운 기표였지만 언젠가부터 시효를 다한 듯 열정의 대상이 되지 못하고 삶의 표면에서는 점차 희미해졌다. 그래서 1990년대 들어서면서 나타난 세계체제의 변화와 맞물려 급속히 퍼진 탈이데올로기 시대라는 말도 이미 낡은 표어가 된 지금 이데올로기를 다시 거론하는일은 새삼스럽기까지 하다. 하지만 우리 사회와 문학에서 급부상한 '정치'의 맥락을 이해하는 데 있어 이데올로기를 다시 소환해보려고 한다. 논의를 좁히자면, 이 글에서는 2010년 전후하여 시 비평에서 중요한 마디가 된'시와 정치'에 접근하는 한 방편으로 '시와 이데올로기'를 경유하려고 한다. 물론 이데올로기의 작동 방식은 근래의 인문학적 영역이나 문단에서회자되는 공동체나 정치와는 전혀 다른 층위에 놓여 있다. 그러나 우리 문학사에서 이데올로기와 문학의 접점에 대한 숱한 논쟁과 그로 인한 문학적 성과가 없었더라면 오늘날 '시와 정치'를 둘러싼 문제 제기와 후속 이야기들이 지속적으로 공감의 폭을 넓혀가지는 못했을 것이다.

'시와 정치'라는 화두가 펼쳐지기 시작한 계기는 알려진 바와 같이 2008년에 발표된 한 시인의 고백[3]이다. 정치적 현실에 직접적으로 개입하는 일과 그것을 시라는 장르 안에서 미학적으로 표현하는 작업 사이 즉, 현실적삶의 장과 예술 사이에서 나타나는 '분열'에 대한 한 시인의 고백은 그 당시의 현실과 배경과 떼어놓고 볼 수는 없겠지만, 나는 이 문제 제기가 우

---

3) "이주노동자와 비정규직 노동자들의 투쟁을 지지하며 성명서에 이름을 올리거나 지지 방문을 하고 정치적 이슈를 다루는 논문을 쓸 수도 있지만, 이상하게도 그것을 시로 표현하는 것은 쉽지가 않다. 사회참여와 참여시 사이에서의 분열, 이것은 창작과정에서 늘 나를 괴롭히던 문제이다. 나는 이 난감함이 많은 시인들이 진실된 감정과 자신의 독특한 음조로 새로운 노래를 찾아가려고 할 때 겪는 필연적 과정일 거라고 믿고 싶다."(진은영, 「감각적인 것의 분배」, 『창작과비평』, 2008.겨울, 69쪽)

리 문학이 경험했던 이른바 순수–참여 문학 논쟁에 대한 기억을 상기시켰고 실제로 이것과 연동되어 있다고 생각한다. 예컨대 참여문학에 적극적 지지를 보내는 동시에 순수문학을 표방한 작품에 빠져들어 '시란 이런 거야!'라고 직감했던 수많은 문학청년들이 경험한 시의 간극은 지금 논의되는 '시의 정치'라는 담론이 촉발된 계기와 상통한다.

'시와 정치'라는 담론에 동참하는 우리에게는 그것을 이야기하기 위한 공통의 문학사적 경험이 있고 또 각자가 직면했던 난감한 간극들이 있다. 후자는 각자의 몫이지만 전자는 '시와 정치' 담론에 공감하게 된 공통의 경험이므로 이 자리에서 다시 이야기를 꺼내 보는 것도 가능할 것이다.

그라운드 제로

한국 문학장 안에서 이데올로기란 말은 문학적인 것을 위태롭게 만드는 대립항으로 여겨진다. 그러나 냉정히 말해 이데올로기는 문학의 시대적 사명과 역할 및 작가의 당면 과제를 제기함으로써 현 단계 문학의 한계와 모순을 드러나게 만드는 안티테제의 역할 또한 수행해왔다. 문학사를 돌아보면 좌익이든 우익이든 자신들이 꿈꾸는 사회 질서를 구축하는 데 필요한 이념적 · 정서적 도구로서 문학을 필요로 했다. 문학 자체가 목적이라고 주장하는 탈이념적 문학 혹은 순수문학을 주장한 경우라 하더라도 그것이 이데올로기적인 것으로부터의 자유나 해방을 의미하는 것은 아니었다.

작가와 생활인이 통합된 자아를 가진 존재인 한 작가가 지닌 사회적 입장은 불가항력적으로 문학에 투영되기 마련이다. 그런데 이 대목에서 쉽게 단정할 수 없는 것이 있다. 염무웅이 지적한 바처럼 문학이 이데올로기의 요구에 부응한다고 해서 모든 문학이 이데올로기의 도구로 전락한다고 단정할 수는 없다는 점이다.[4] '순수문학=탈이데올로기=미학성'이란 도식이 항상 성립될 수 없듯이 '계급문학=이데올로기=선전성'이란 도식 또한 언제나 옳은 것은 아니다.

그럼에도 카프(KAPF) 이래 우리 문학사에서 되풀이된 것은 이데올로기가 문학을 변질·왜곡시킨다는 지적이었다. 카프를 탈퇴하고 예술주의로 전향하면서 박영희는 "얻은 것은 이데올로기요, 잃은 것은 예술"이라는 말을 남겼는데, 이 말의 빈번한 인용이 단적으로 말해주듯이 한국문학의 자장에서 문학과 이데올로기는 공존할 수 없다는 생각이 전반적으로 수용되어왔다. 여기에 덧붙여진 문제는 박영희가 말한 이데올로기란, 카프가 목표로 삼았던 프롤레타리아 계급 이념이었기 때문에 분단국가인 한국에서 이데올로기라는 말은 곧 사회주의 혁명 사상의 동의어로 받아들여졌다는 점이다. 이를 박영희의 유산이라고만 치부할 수는 없지만, 박영희가 남긴 전향의 변은 사회주의 사상과 예술의 양립 불가능성을 지적하기 위해서

---

4) 염무웅은 한 강연에서 문학의 현실 참여에 대한 이야기를 하면서 강고한 혁명 이데올로기를 위해 자신의 시를 복무하면서도 문학성을 획득한 김남주를 회고했다. "김남주는 기회 있을 때마다 자신의 시가 단지 혁명을 이데올로기적으로 준비하기 위한 수단일 뿐이고 시는 투쟁의 부산물에 불과하다는 일종의 목적론적 문학관을 피력하였다. 시에 관한 그의 이러한 자의식을 그의 시적 성취에 글자 그대로 적용할 수는 없다. 물론 김남주의 많은 시들은 그 자신의 언명대로 '이념'의 직접적 평면적 진술에 그친 것이 사실이다. 그러나 그의 더 많은 시들에 구사된 다채롭고도 활력에 넘치는 기법들은 자신의 주장과 달리 혁명 운동의 성공을 위한 선전 선동으로서의 정치적 수사학의 차원뿐만 아니라 동시에 극히 예각적인 의미에서 예술적 완성을 위한 미적 수사학의 차원을 획득하고 있다. 예컨대, 광주항쟁의 비극을 최고의 시로 승화시킨 명작 「학살1」을 읽어보면 무엇보다도 거기 구사된 탁월한 예술적 기법에 감탄하게 된다."(염무웅, 「문학의 현실 참여-압축 진행된 우리 문학사의 이곳/저곳」, 『열린연단 : 문화의 안과 밖』, http://openlectures.naver.com/contents?contentsId=48455&rid=247#literature_contents)

제1부 슬픔의 연대

만이 아니라 사회주의 사상 자체를 부인하고 공격하는 데 동원되었으므로 그 영향이 미미하지만은 않다.

이데올로기와 예술의 양립 불가능성을 보여주었던 또 하나의 사례는 1960년대 순수-참여 논쟁이다. 논쟁이 한창 치열하던 60년대 초반을 지나 1967년 10월에 세계문화자유협회 토론회에서 비평가 김붕구는 "작가가 이론화된 앙가쥬망이나 '참여문학'을 표방할제 그것은 필연적으로 프로레타리아 혁명의 이데오로기로 귀착되지 않을 수 없다"고 밝힘으로써 참여문학의 한계를, 실상은 참여문학의 본질을 규정해버렸다. 그는 "이데오로기가 현실적인 정치세력으로 되어 있는 갈등의 마당에 설 때 그것이 요구하는 정략(政略)과 작가의 양심과는 끝내 양립(兩立)될 수 없게 마련"이라며, 문학의 본령을 위해서는 "한 인간으로서의 전인격적인 개성과 창조적 자아에 충실함으로써 선입견이나 조작 없이 작품 속에 '나'를 송두리째 투입시키는 성실성이 무엇보다 소중하다"고 결론지었다.[5] 보다시피 김붕구의 논의에서 전제가 된 것은 자아의 분리였다. 작가에게 생활인이자 시민으로서의 사회적 자아와 개성적이고 창조적인 자아가 있음을 전제한 후에 창조적 자아야말로 일개 생활인을 작가로 만드는 본질이라고 주장한 그에게 문학과 "프로레타리아 혁명의 이데오로기"는 양립할 수 없는 별개의 것이어야 했다. 작가의 사회 참여를 사회주의 사상에의 도착으로 환원하는 김붕구의 논리는 창조적 자아를 부르주아 계급을 대변하는 존재로 설정하고 있다는 이원론을 구도를 벗어나기 어려워 보인다.

그러나 곧이어 김수영은 양립할 수 없는 두 자아의 변증법적 통합을 시사하며 김붕구의 양자택일 논리를 넘어섰다. 김수영은 먼저 시를 쓴다는 것이 시의 형식으로서의 예술성을, 시를 논한다는 것이 시의 내용으로서

---

5) 김붕구, 「작가와 사회」, 『세대』, 1967.11, 78~79쪽.

의 현실성을 뜻하고 있다는 전제를 제시한다. 그러나 현대가 문학에 요구하는 새로움 즉, "여태껏 없던 세계가 펼쳐지는 충격"을 위해서 시는 더 많은 자유로 이행해야 하고 그 과정에서 "형식은 내용이 되고, 내용이 형식이" 되는 단계로 나아가게 된다고 주장했다. 김수영은 문학의 형식과 내용이 서로를 규제하고 통제하는 억압적 상태에서 탈피하여 완전히 다른 단계로 옮아가는 자유의 이행을 감행하는 것이 문학자의 임무요 곧 시의 임무라고 본 것이다.[6]

> 시는 온몸으로, 바로 온몸으로 밀고 나가는 것이다. 그것은 그림자를 의식하지 않는다. 그림자에조차도 의지하지 않는다. 시의 형식은 내용에 의지하지 않고 그 내용은 형식에 의지하지 않는다. 시는 그림자에조차도 의지하지 않는다. 시는 문화를 염두에 두지 않고, 민족을 염두에 두지 않고, 인류를 염두에 두지 않는다. 그러면서도 그것은 문화와 민족과 인류에 고언하고 평화에 공헌한다. 바로 그처럼 형식은 내용이 되고 내용은 형식이 된다. 시는 온몸으로, 바로 온몸을 밀고 나가는 것이다.
> 이 시론도 이제 온몸으로 밀고 나갈 수 있는 순간에 와 있다. 〈막상 시를 논하게 되는 때에도〉 시인은 〈시를 쓰듯이 논해야 할 것〉이라는 나의 명제의 이행이 여기 있다. 시도 시인도 시작하는 것이다. 자유의 과잉을, 혼돈을 시작하는 것이다. 모기소리보다도 더 작은 목소리로 시작하는 것이다. 모기소리보다도 더 작은 목소리로 아무도 하지 못한 말을 시작하는 것이다. 아무도 하지 못한 말을. 그것을……
>
> ─ 김수영, 「시여, 침을 뱉어라」 부분

예술성과 사회 참여라는 서로 다른 시의 두 방향을 두고 쟁론이 벌어진 상황에서 김수영은 문학의 목적을 자유라고 설정함으로써 김붕구의 이원론을 벗어나 다른 단계의 논의로 이행할 수 있었다. 분명한 건 참여문학을

---

6) 김수영, 「시여, 침을 뱉어라」(1968.4), 『김수영 전집 2. 산문』, 민음사, 397~399쪽.

제1부 슬픔의 연대

옹호한 김수영이었지만 그에게 작가의 사회 참여는 이데올로기에 대한 복무가 아니라는 점이다. 그가 참여의 궁극적 목표로 제시한 자유는 새로운 세계의 개진(開陣)을 위한 모험이자 시민 계급으로서 근대적 주체가 스스로를 정립하기 위한 근본적 의식이었다. 김수영이 시와 시인은 지금까지 주어지지 않았던 자유를 얻기 위해 "아무도 하지 못한 말을 시작"해야 한다고 말했을 때 그 자유는 체제 안에서 얻을 수 있는 자유가 아니라 체제를 무너뜨림으로써 얻게 되는 체제 밖의 자유를 뜻하는 것이었으리라.

미래에 대한 비전이나 전망도 없이 현실을 완전히 무너뜨리고 맨 처음부터 다시 시작하는 자유는 김수영이 언급했던 예술의 불온성, 전위성으로 이어진다. 예술의 불온성은 직접적인 현실 비판에서 비롯하는 것이 아니라 현실에서 주어지지 않은 자유를 노래한다는 점에서 나타난다. 높은 하늘로 비상하는 새에게 지상에 세워진 벽은 무용하듯이, 시 이전의 시를 다 무너뜨린 후에 다시 시를 시작하는 파국의 상상력 앞에서 정치로서의 이데올로기는 무력할 수밖에 없지 않은가.

순수-참여 논쟁은 문학과 이데올로기의 접점에서 촉발되었지만 결국 김수영이라는 좌표에 이르러 그 접점을 초과하는 단계로 이행하게 되었다. 그리고 시는, 내용과 형식의 제약을 무너뜨리며 '온몸'으로 밀고나가는 '힘'이라는 독특한 위상을 얻기에 이른다. 김수영의 '온몸의 시론'에서 기억해야 할 점은 김수영의 방식으로든 아니면 또 다른 방식으로든 시의 형식과 내용을 분리시키고 서로를 제약하게 만드는 관념의 틀을 넘어서지 않으면 기존의 정치체제가 만들어낸 (감각의) 분배의 형식을 허물고 새 판을 짜는 '온몸'의 언어를 써내지 못한다는 데 있다. 이데올로기로부터 스스로를 자유롭게 만든다는 것은 미지를 두려워하지 않으며 스스로 새로운 삶의 방식—내용과 형식이 구분되지 않는 몸의 언어를 만들어내는 것이다. 그런 경우라면 시인은, 이데올로기를 얻고 예술을 잃어버리는 다소 뻔한 결론에 빠지는 대신 이데올로기와 예술을 나누는 감각의 형식이 사라진 '그라운드 제로'의 상태에서 새로운 노래를 부르게 될 것이다. 김수영에게 바로 4·19가 온몸의 시로 이행하게 된 폭발점, 그라운드 제로였다.

> 나는 하필이면
> 왜 이 詩를
> 잠이 와
> 잠이 와
> 잠이 와 죽겠는데
> 왜
> 지금 쓰려나
> 이 순간에 쓰려나
>
> …(중략)…
>
> 이 나라
> 백성들이
> 너무 지쳐 그러나
> 별안간
> 빚 갚을 것
> 생각나 그러나
> 여편네가
> 짜증낼까
> 무서워 그러나
> 동생들과
> 어머니가
> 걱정이 돼 그러나
> 참았던 오줌 마려
> 그래 그러나

詩같은 것
詩같은 것
써보려고 그러나
〈四·一九〉詩같은 것
써보려고 그러나

1961. 4. 14

— 김수영, 「〈四·一九〉詩」 부분

"나는 하필이면/왜 이 시를/잠이 와/잠이 와/잠이 와 죽겠는데/왜/지금 쓰려나"라는 시인의 자문은 4·19혁명 이후 거의 일 년이 지난 후에도 여전히 그것을 언어로 말할 수 없는 복잡한 심경을 드러낸다. 김수영이 4·19를 쓸 수 없었던 이유는 무엇일까? 사실 김수영은 그 이유를 정말 묻고 있는 것이 아니라 대답하고 있다. 4·19를 하나의 의미로 말하지 못하는 까닭은 그것이 추상적 관념이 아니라 자신의 삶에 스며든 물질 같은 것이기 때문이다. 이 시를 빌려 김수영은 사회·정치적 맥락의 4·19가 아니라 "잠이 와 죽겠는" 육체적 존재인 자기 자신에게 4·19란 무엇인가를, 즉 한 개인에게 육화된 4·19는 어떤 것인가를 드러내는 것이다. 김수영에게 물질로서 4·19는 "빚"을 갚으면 "여편네가 짜증낼까" 하는 소시민적 걱정과 뒤섞인 채 일상의 모든 순간들 사이에서 시인을 응시하는 하나의 시선이었고, 시인은 차마 그것을 말할 도리가 없다. 그 시선은 자신의 삶에 들러붙은, 마치 죽은 자들의 눈동자처럼 정신을 각성시키는, 그러나 주체로 하여금 그것을 거부하지도 언표화하지도 못하게 만드는 타자이기 때문이다.

4·19를 자신의 일상 깊숙이 개입된 타자로 인식했던 시인에게 그것은 단지 사회적 혁명만이 아니라 자신의 언어와 정신과 삶을 뒤흔든 폭발점에 다름 아니었다. 내면적 폭발을 경험한 이후, 김수영에게 시를 쓰는 행

위는 스스로 설명할 수 없는 것임이 더 분명해졌고, 김수영은 그 모호성을 적극적으로 긍정했다. 그에게 시의 "모호성은 시작을 위한 나의 정신구조의 상부 중에서도 가장 첨단의 부분을 차지하고 있는 것이고, 이것이 없이는 무한대의 혼돈에의 접근을 위한 유일한 도구를 상실하는 것"이었다. 그러므로 시를 쓴다는 것은 "여태까지의 시에 대한 사변(思辨)을 모조리 파산(破算)"(「시여, 침을 뱉어라」)하고 미지로 나가는 순간인 것이다.

　김수영이 도달하려는 시의 미래는 그 자신도, 지금 우리도 규정할 수 없지만 우리는 그것이 누구도 쓰지 않았던 감각의 영역을 개진하는 모험임을 알고 있다. 때문에 김수영은 '시와 정치'를 논하는 이 시대에도 마치 '지금, 여기'의 시인인 것처럼 또다시 귀환하곤 한다.

시인과 죄수

　김수영이 말한 '사변(思辨)', 그것은 구체적인 현실과 경험의 상부에 있는 관념이라는 점에서 이데올로기일 수도 있고 또는 지식일 수도 있다. 혹은 어떤 철학을 위장한 막연한 믿음일 가능성도 있다. 중요한 점은 그것이 파산한 후에야 새로운 시가 도래한다는 사실이다. 그러나 짐작되듯이 파산 이후 도래할 시는 필연적으로 위험과 두려움의 감각을 동반할 수밖에 없을 것이다. 예컨대 "아무도 하지 못한 말"을 하는 것은 최초의 사랑 고백처럼 두렵고 떨리는 일일 뿐만 아니라 재현적 예술 체제 안에서 위계적으로 분배된 감각의 논리에 대한 불일치를 제기하고 감각의 분배를 재편성하는 작업이라는 점에서 미학적 정치를 수행한다.

　이때 정치란, 우리가 일반적으로 사용하는 의미는 아니다. 자크 랑시에르는 통치 체제로서의 정치를 치안(la police)과 정치(la politique)로 구분했는데, 간략히 말해 치안은 질서를 유지하고 관리하는 시스템으로서 공동체에서의 몫과 역할을 분배하고 규정하는 일반적인 원칙을 말한다면, 정치는 합의의 체제를 넘어 새로운 분배의 방식을 모색하는 불일치의 활동이다. 정치는 기존에 합의된 감각의 분배를 논쟁적으로 재형성함으로써 불화 논리를 치안 논리에 대립시키는 해방/무질서적 과정으로 볼 수도 있다.[7] 김수영의 파산 역시 해방/무질서의 연장선에 있다.

　'시와 정치' 담론의 확산과 함께 랑시에르의 정치와 미학 또한 널리 회자되었고 비평을 중심으로 문단에서의 논의도 활발하게 나타났다. '시와 정치'의 확산에 있어 우리 문단은 랑시에르라는 철학자에게 빚진 바가 크지만 무엇보다 중요한 확산의 동력은 그것이 정치에 대한 새로운 이해의 차원을 제시하는 데서 나아가 미학의 정치성을 해명함으로써 시인들이 난감해했던 사회적 참여와 미학성 사이의 간극을 어느 정도 해소시켜준 데 있다. 랑시에르의 미학은 재현의 직접성을 띤 비판적 예술이 오히려 "세계의 영속성 안에서 사물들의 기호로의 변형은 해석적 기호들을 초과시키고"[8] 결국 사물들의 모든 저항을 소멸시키는 악순환에 빠진다는 점을 지적하면서 직접적 참여가 감각의 재분배로 이어지는 것은 아니란 점을 지적해주었기 때문이다. 시의 정치성은 참여의 문제가 아니라 감성적 불일치를 생산하는 데 있기 때문에 작가들은 직접적 개입이나 참여의 문제로부터 자유로워질 수 있게 되었다. 한편 이런 현상은 시인들에게 재현적 예술 체제 안에서 만들어진 예술의 알맞은 형태들을 파산할 자유를 부여했지만 다른 한편으로 직접적인 현실 비판과 사회 참여적 성격을 띤 작품에 대해서는 대부분 입장을 유보하는 듯이 보이기도 했다.

　랑시에르의 말을 좀 더 따라가보자. 비판적 예술의 어려움은 정치와 예

---

7) 자크 랑시에르, 『감성의 분할』, 오윤성 역, 도서출판 b, 2008, 용어 해설 참조.
8) 자크 랑시에르, 『미학 안의 불편함』, 주형일 역, 인간사랑, 2008, 84쪽.

술 사이에서 협상해야 한다는 데 있는 것이 아니다. 그에 따르면 비판적 예술은, "예술을 '삶'을 향해 밀어내는 긴장과 반대로 미적 감각성을 감각적 경험의 다른 형태들과 분리하는 긴장 사이에서 협상해야 한다." 그러니까 시가 미적 정치성을 획득하는 문제는 랑시에르가 예로 들었던 콜라주의 경우처럼 "미적 경험의 낯섦을 예술의 삶-되기, 일상적 삶의 예술-되기와 혼합"하여 삶과 예술 "두 세계의 비호환성을 통째로 확인시켜주는 이질적인 것들의 순수한 만남으로서 실현될 수" 있는 것이다.[9]

이론을 실제 현상과 직접 연결시키는 것은 부담이 따르지만 근래 우리에게 일어난 일들을 돌아보도록 하자. 예술계에서 일어난 블랙리스트 사건이 증명하듯이 치안 시스템의 실체인 국가는 자신에게 동의하지 않는 예술가들의 이마에 낙인을 찍었다. 그 사실이 폭로된 후 예술가들은 광장에 모여 정부에 항의하는 다양한 실천을 시작했고 그런 예술가들이 모인 캠프 한가운데 노동자이면서 시인이고, 시인이면서 노동 운동가인 송경동이 있었다. 노동자들의 투쟁 한복판에서 시를 쓰고, 블랙리스트에 오른 예술가들의 해방을 위해 투쟁하는 그의 삶은 콜라주처럼 삶과 예술이라는 두 세계가, 내용과 형식의 규약 없이 혼합된 상태를 보여주는 것이 아닐까? 문학상을 받는 날 체포영장을 발부받는 '송경동'은 국가라는 치안 체제 안에서 그 존재만으로도 불온한 자를 상징하는 이름이다(「시인과 죄수」). '송경동'이라는 존재의 불온성은 곧 그가 전하는 육성의 시에 그대로 담겨 전달되고, 우리는 그 불온성과 더불어 삶에 대한 고온의 서정을 만나게 된다. 그가 보여준 삶과 예술의 경계 없는 언어는 두 세계를 가로지르는 그의 존재로부터 비롯한다.

『꿀잠』(삶이 보이는 창, 2006), 『사소한 물음들에 답함』(창비, 2009)에 이어 작

---

9) 위의 책, 84~85쪽.

년에 출간된 시집 『나는 한국인이 아니다』(창비, 2016)에서 송경동 시인은 국경 너머에서 이국의 노동자들을 착취하며 그들의 삶과 꿈을 살해하는 자본과 그 위에서 경제지수를 높이는 잔인한 국가권력을 비판하는 한편 그런 체제가 시인에게 부여해준 존재의 형식과 존재의 범위를 부인하는 육성을 쏟아냈다. 현실을 지배하는 체제 안에서 자신에게 주어진 것, 달리 말하면 치안 시스템 안에서 허용된 감각에 합의/동의하지 못하는 시인은 국가라는 거대한 치안 시스템 밖으로 나와 경계 밖의 존재임을 선언하기에 이른다.

> 나는 한국인이다
> 아니 나는 한국인이 아니다
> 나는 송경동이다
> 아니 나는 송경동이 아니다
> 나는 피룬이며 파비며 폭이며 세론이며
> 파르빈 악타르다
> 수없이 많은 이름이며
> 수없이 많은 무지이며 아픔이며 고통이며 절망이며
> 치욕이며 구경이며 기다림이며 월담이며
> 다시 쓰러짐이며 다시 일어섬이며
> 국경을 넘어선 폭동이며 연대이며
> 투쟁이며 항쟁이다
>
> ― 송경동, 「나는 한국인이 아니다」 부분
> (『나는 한국인이 아니다』, 창비, 2016)

시인은 글로벌 자본의 약진으로 이룩한 세계화 이면에 드리운 고통과 폭력의 현장들을 긴 호흡으로 재구성해본다. 그런 후에 "나는 도대체 누구일까?"를 반복해서 묻는다. 만약 송경동 시인이 댄싱 파업에 참가한 캄보디아 노동자들의 유혈 사태를 몰랐더라면, 그는 국가나 종교, 인종, 성 그리고 또 다른 식별 기준에 따라 깊이가 다른 고통을 강요하는 자본의 변화무쌍한 얼굴을 보지 못했을지도 모른다. 자본과 결탁하여 마침내 한 몸이 된 국가는 무수히 많은 '나'를 여러 가지 기준에 따라 식별하고 그에 걸맞은 삶의 방식을 결정하는 시스템이자 몫 없는 자들이 치러야 할 고통의 강도를 기획하는 보이지 않는 최종 결정권자이다. 그러므로 그저 행정상의 서류로만 보였던 체제 안에 기입된 모든 이름들은 사실상 식별의 도구라고 할 수 있다.

시인은 자기를 부인하는 말로써 식별과 분류의 범주들로부터 자신을 해방시키는 주체화를 시도한다. 예컨대 "나는 피룬이며 파비며 폭이며 세론이며/파르빈 악타르다"라는 구호는 기존의 경험 영역 내에서는 들리지 않는 말로서 이와 같은 말들은 현실 체제가 기획한 감각의 질서를 균열시키는 미학의 정치를 수행한다. 연대를 통해 몫 없는 자로 태어난 또 다른 피룬이나 파비들의 몫을 보충하는 정치를. 그리고 여기서 한발 더 나아가 앞으로 더 많은 죄를 짓겠다고 선언한다. "부디 내가 더 많은 소환장과/체포영장과 구속영장의 주인이 되기를/어떤 위대한 시보다/더 넓고 큰 죄 짓기를 마다하지 않기를"(「시인과 죄수」) 바라는 시인은 자본권력과 한 몸이 된 국가, 아니 자본권력 그 자체인 국가의 심판을 비판하는 방식이 아니라 적극적으로 수긍하는 비합리적 방식으로 저항한다. 그의 적극적 수긍은 동의하지 않겠다는 강력한 불일치의 표명이다.

어느 시대에나 시인들은 삶과 예술을 동시에 고민하며 살고 있다. 어느 좌표에서는 문학이 이데올로기를 극복하는 순간—미학의 정치를 실현하는 순간들이 있지만, 늘 그런 것은 아니다. 그래도 시는 늘 또 다른 가능성을 안고 있다. 시와 이데올로기가 첨예하게 대립했던 시대의 모순을 "모기소리보다도 더 작은 목소리로 아무도 하지 못한 말을 시작하는 것"으로 돌파하고자 했던 시인이 있고, 자신에게 발부되는 체포영장 앞에서 자신의 이름을 부인하며 더 많은 죄를 짓겠다고 선언하는 불온한 시인이 있기 때문이다. '그'의 시가 우리의 삶을 구원하거나 바꾸지는 않겠지만, '그들'을 기억하는 일은 초라한 삶의 어느 한순간을 밝힌다. 삶과 예술의 간극에서 서성대고 있을 때 언뜻 보이는 명멸하는 시는 아직 경험해보지 못한 감각의 가능성을 열어주는 것만 같다.

죽음을 상속하는 문장들

불운이라는 오해

별자리를 나침반 삼아 바다를 건너던 시기, 유일한 길잡이가 되었던 별을 볼 수 없는 지독한 불운은 언제나 갑작스럽게 찾아왔다. 별(astro)에서 분리(dis)된 것을 재난(disaster)이라고 부르는 데에는, 벌어진 일을 불운으로 간주할 수밖에 없다는 무력함도 내포되어 있다.

지난봄, 우리에게 일어난 일도 갑자기 닥친 불운이었을까? 정해진 기준조차 스스로 어긴 모순의 여객선이 가라앉았고, 책임자들은 사라진 사고 현장 속보를 보며 우리들 모두는 승객들의 무사 귀환을 바라고 또 바랐다. 하지만 단 한 명의 목숨도 건져내지 못한 현실 앞에서 무기력한 애도의 시간이 시작되었다. 그리고 6개월이 흘렀다. 사고 화면을 보며 경험한 충격과 분노가 그랬던 것처럼 어느새 애도는 무기력하게 사그라들고 마는 듯이 보인다. 심지어 사랑하는 대상으로부터 자신을 분리하고 현실로 돌아오는 것이 정상적인 애도의 과정이라고 항변하는 목소리도 들려온다. 이 사고가 불운일 뿐이라면 그래야 하는지도 모르겠다. 하지만 희생된 한 학생의 어머니가 판사를 향해 누가 학살을 했는지 그에 대한 합당한 벌을 내려달라 호소했던 것처럼 4월의 죽음은 거센 맹골수도가 일으킨 불운이 아니다. 법으로 환유되는 이 사회의 체제 혹은 시스템 내부에서 일어난 사고였고, 반드시 그 원인이 규명되어야 할 사건이었다. 그러니 불운이나 재난이라는 말을 정정하기로 하자. 지난 4월에 우리가 직면했던 것은 정치적 공동체에 축적된 무책임과 비윤리의 환부이자, 사유하지 않는 잔인한 사회가 드러내는 타락의 결과물이었다. 그리고 정의를 결여한 정치적인 공동체는 언제나 자신의 일부를 희생양으로 바쳐야 한다는 경고였다.

참사는 체제의 한복판에서 일어났다. 4월 이후 우리는 삶을 조직하고 통치하는 구조의 일체를 되돌아보게 되었다. 참사가 일어난 자리는 바다 한복판이 아니라 한국 사회 안에서의 삶을 보이는 것과 보이지 않는 것, 들리는 것과 들리지 않는 것, 말할 수 있는 것과 말할 수 없는 것으로 분할하는 체제, 랑시에르의 말로는 치안(la police)이었다. 랑시에르는 우리가 정치라고 일컫는 것을 치안이라고 말하면서, 치안이 구성한 감각적인 것의 질서를 다시 분배하는 행위인 정치(la politique)와 구별하고자 했다. 그가 말하는 치안은 사람들을 공동체로 결집하여 그들의 동의를 조직하며, 자리와 직무를 위계적으로 분배하는 것으로 자리나 기능, 몫을 분할하는 통치 행위 일반을 일컫는다. 이 과정에서 지배권력은 구성원들의 합의를 끌어내고 이로써 체제를 유지하고 정당화한다. 반면 정치는 이미 체제 안에서 분배된 것을 다시 직조하는 힘이며 정체화되는 것을 방해하고 흐트러뜨림으로써 배제된 자들과 몫이 없는 자들을 공동체 안에 현시하고 해방시킨다.

세월호 희생자의 죽음에 대한 진상 규명 요구가 치안을 위협하는 행위로 오해되었던 이유 중 하나는 이번 참사가 불운이라는 착각에서 비롯되었다. 이 오해는 현실에 대한 존중―예컨대 지금은 경제를 살리기 위한 골든타임이라는 주장―을 강조하며 애도가 종결된 것처럼 공표한다. 세월호라는 불운을 치안의 예외 상태로 간주하는 논리 이면에는 공통의 삶을 규제하려는 단일성이 가로놓여 있다. 랑시에르의 말처럼 인간 공동체에서 내분을 일으키는 파토스로부터 그 공동체를 보호하는 최소악이거나 특정한 삶의 방식과 유형을 통해 표현되는 단일성은 '자본'으로 귀결된다.

애도를 종결하지 못하는 사람들은 치안 시스템 외부에 있는 정의를 실현하기 위해 싸운다. 애초에는 진상 규명을 요구하며 법의 정의에 호소했지만 일련의 과정에서 그들은 알게 되었다. 진상 규명과 그에 따른 처벌이라는 법적 처리 과정과 달리 실현되어야 할 정의란 치안의 바깥에 있음을 말이다. 죽은 자들은 자신의 죽음으로써 국가라는 거대한 치안 영역이 윤리를 결여한 무책임의 체계에 다름 아님을 증명했다. 그들이 증명한 것을 빼앗기지 않기 위하여 지금도 광화문과 팽목항, 그리고 또 어디에선가 벌어지고 있는 투쟁은 치안의 영역을 넘어선 정치를 요구한다. 상실의 슬픔을 잊지 않는 자들이 목소리를 잃은 자들의 목소리로 말하고 있다.

우울증을 앓는 시

4월 이후 문학지들은 애도의 글과 작품들로 무거웠다. 그리고 지난여름의 끝 무렵 '세월호 추모시집'이라는 부제를 달고 『우리 모두가 세월호였다』(실천문학사, 2014)가 출간되었다. 본래 추모시는 죽은 자를 산 자의 세계로부터 떠나보내기 위한 애도의 한 표현일 테지만, 이번 참사에 대한 문학적 애도는 자신의 의미를 부정하는 역설의 애도로 해석된다. 실패하는 애도를 해설하거나 분석하는 일은 역설의 역설처럼 모순만을 낳을 수도 있지만, 4월 이후의 시들을 다시 읽는 이유는 비명처럼 들리는 문장들 속에서 애도가 비틀리고 찢어지며 타자에 의해 전유되는 현상을 살펴보기 위해서다.

목격자가 된 후 세상에서 살아가는 일은 모두에게 힘겹다. 어떻게 해도 조합되지 않는 사건의 전말, 인과 관계의 부정합 등이 반복되는데도 가만히 있는 것은 "죄가 되는 시간"(공광규, 「노란 리본을 묶으며」, 『우리 모두가 세월호였다』)으로 여겨질 뿐이다. 한 국가의 국민 전체가 목격자였기에 당연히 그 죽음에 대한 진실이 속히 밝혀지리라 기대했는데, 우리에겐 간단한 질문조차 허용되지 않았다. 그렇게 6개월이 지나면서 죄만 깊어간다. "이런 나라의 정당에 가입하고 집단 이익을 위해 봉사하는" 자신마저 부끄러워진다. 우리의 삶을 지탱한다고 믿었던 체제나 시스템이 자연법칙의 상식에조차 도달하지 못하는 지금, 우리에게 남는 건 절규와 비명이다.

비가 안 온다
계절에 계절이 바뀌어도

비가 안 온다
산하가 메마르고 있다

시절 거역치 못해 간신히 피어나는 꽃과 나무
움직이지 못하는 바위 돌멩이들의 허연 탈수

뭘 해야 할까
뭘 해야 할까

비를 오게 할까
비를 오게 할까

…(중략)…

아아아아아아아아아아아아아아아아 아 아 악

계절에 계절이 바뀌도록 산하의 비정상 메마름은
이런 실신의 허연 전조 현상이 아니었던가
움직이지 못하는 돌 바위들의 탈수 울음조차 막히는
모두가 거꾸로 됐다는 전도몽상의 세상
하늘도 거꾸로 든 비의 머리통을 차마 지상에 박지 못하고 있다
　　— 이진명, 「비」 부분(『우리 모두가 세월호였다』, 실천문학사, 2014)

　올봄에 찾아왔던 비정상적인 가뭄마저 참사의 전조 현상으로 읽힐 만
큼 사건이 벌어지기 전에도 결함들은 드러나 있었다. 침몰할 수 있는 결함
들을 외면한 채 항해를 시작하는 이 세상은 명백히 "모두가 거꾸로 됐다는
전도몽상의 세상"이다. 이 세상에 대한 충격은 심지어 땅으로 쏟아져 내
리던 빗줄기마저 멈추게 만들고, 삶을 마비시킨다. 시적 화자는 온몸의 수
분마저 탈수된 듯한 메마름을 호소하다가 인용의 중략 부분에서는 분노와
슬픔을 드러내며 세월호 침몰 상황을 서술한다. 그리고 결국 언어의 마비
를 겪으며 비명을 지른다. 시인의 언어 마비는 대부분의 목격자들이 경험
한 것처럼 삶의 질서를 지탱하는 상징적 세계의 타락에서 비롯된다. 안전
하다고 믿었던 이 시스템이 드러낸 무능과 부패, 그리고 가장 연약한 자들
이 치른 대가를 확인한 후 시인의 언어는 타락의 공모자가 되기를 거부하
며 스스로 자신의 언어를 파괴하는 것이다.
　4월의 참사는 이제까지 우리가 거주했던 이 사회 체제가 얼마나 불온한
가를 드러냈다. 다시 일상으로 돌아간다 하더라도 목격자들은 이전의 삶
을 회복하지 못할 것이다. 여기저기서 터져나온 비명들이 언어의 무력을
드러내며 세계의 허위성을 폭로한 이후 모든 말과 행동은 거짓처럼 느껴
지기 때문이다. 이 뒤틀린 세계에서 문장들은 끝을 맺지 못할 것이고, 의
미는 견고해지지 못할 것이다. 따라서 상실을 극복하려는 대국민 프로젝
트는 실패했음을 인정해야 한다. 국민적 애도 작업은 애초에 불가능한 요

구였는지도 모른다. 언어를 잃어버리는 자아의 상실을 경험한 후 목격자들은 우울증적 주체가 되었기 때문이다. 죄책감과 수치심이 일상 깊숙이 비수처럼 들어와 박히고 살아 있다는 것이 원죄가 되어 스스로를 질타하게 만든다. "차를 마시다니/꽃이 피다니//목구멍으로 무엇을 넘기다니/꽃을 보다니//해변을, 파도 끝을, 신 벗어들고 걷다니/웃음까지도 생기다니/배가 고프다니……"(장석남, 「차를 마시다니」, 『우리 모두가 세월호였다』). 시인은 이 모든 일이 어떻게 가능한가를 자신에게 묻고 또 물으며 어떤 행위도 떳떳해지지 않고, 정당화되지 않는 시간을 보낸다. 분향소를 찾아가고, 팽목항을 찾아가고 또는 자기만 아는 곳에서 울기도 하지만 눈물마저도 미안해지는 이 시간, 시인들은 우울증을 앓는다.

> 비 오는 밤 외진 골목처럼 형광등 뜬 미역국에 얼굴을 비쳐봤을 뿐인데
> 미안하다, 마음이 돌아오지 않아 나갈 수가 없다
> 그냥 밥을 먹으며
> *나는 입을 가졌고 목은 부드러우며 배는 따뜻하다*
> …(중략)…
>
> 나의 입과 나의 목과 나의 배에 대해
> *나의 입과 나의 목과 나의 배……*라고 중얼거리며 미안하다, 나는 밥
> 을 먹는다
>
> — 신용목, 「그리고 날들—Bitter Moon」 부분
> (『우리 모두가 세월호였다』, 실천문학사, 2014)

타인의 죽음은 내가 살아 있다는 것을 자꾸만 확인하게 한다. 밥을 먹는 자신이 어떤 존재인지 확인하는 행위를 거듭하면서 '나'는 알게 된다. 나의 생은 타인의 죽음에 빚진 것임을 말이다. '내가 만약 거기 있었더라면'이라는 단순한 가정이 남아 있는 자들은 죽은 자의 채무자로 만든다. 타인

이 '나'를 대신해 희생된 것은 아닐까하는 생각을 하다 보면 "나의 입과 나의 목과 나의 배"는 인간의 연약한 육체일 뿐이라는 사실을 깨닫게 되고, 그래서 시인은 기울임꼴로 다시 한번 쓴다. *"나의 입과 나의 목과 나의 배"*는 지금 여기 없는 타인의 육체일 수도 있었다. 부드럽고 따뜻하고 연약한 육체를 가진 존재의 죽음 앞에서 '나'는 나와 타인의 삶과 죽음이 서로 무관하지 않다는 것을 배우고 있다. 우리가 별개의 존재가 아닌 이상 죄책감과 수치심은 사라지지 않고 애도도 끝나지 않을 것이다. "끝내기 위해서는 시작해야만 한다"(안현미, 「세월호못봇」, 『문학동네』, 2014.가을)는 강령은 자신의 '쓰기'라는 행위가 애도의 끝이 아니라 애도의 시작이라는 걸 표명한다. "그게 뭐든 누구든 내 새끼를 보고 싶다는 말에 못 박혀야 한다고 쓴다 죽어도 죽어도 죽을 수는 없다고 쓴다 죽어도 죽어도 다시 시작해야만 한다고" 절규하는 어미의 심정으로, 사랑하는 자식을 이제 그만 떠나보내라는 애도 따위는 거부한다. 그리고 지금 이 순간은 이 세상에 없는 대상과의 새로운 사랑을 시작해야 하는 시간이라고 선언한다.

그날 이후, 언론에서는 애도란 말이 쏟아져 나왔다. 전문가들은 애도를 잘 치르고 나면 상실도 극복될 것이란 희망을 품게 했다. 고통을 견디며 울음을 참기보다는 내면을 표출하고 현실을 인정하며 친구와 가족의 죽음을 받아들이기 위해 잘, 애도하라고 했다. 애도는 선명한 글자가 되어 현수막 위에서 휘날렸고, 프로이트가 종종 인용되었다. 그런데 우울증에 빠지지 않고 슬픔을 잘 극복하는 과정인 애도 작업은 타자의 이미지나 이상을 내면화하는 것으로 마무리된다. 대상에게 향했던 리비도의 회수가 끝날 무렵이면 대상은 주체의 기억으로 남는데, 이 과정에서 타자성은 주체의 일부가 된다. 프로이트의 추론대로라면 상실을 극복하는 애도는 주체가 타자에 대한 주도권을 획득하는 과정이다.

하지만 우리가 사랑했던 대상으로부터 타자성을 몰수하는 것이 애도의 종착점이라면 반드시 거기에 도달해야 할 이유가 있을까? 데리다는 프로이트의 애도 작업이 주체가 타자성을 말살하는 과정이라고 보고, 이를 타자를 먹는 행위인 '삼킴(devouring)'이라고 표현했다. 사랑하는 사람을 잃은 슬픔에는 끝이 없듯이 데리다에게 애도는 끝이 없는 것이었다. 그래서 타자성을 말살하지 않고 그대로 둔 채 타자를 존중하는 방법을 선택한다. 주체가 타자를 내면화하려는 경향에 맞서 타자를 우리 자신의 밖에 그대로 두기 위해 그를 거부(rejection)하는 데리다는 언제나 애도에 실패한다. 부드럽게 거부된 타자는 주체의 내면에 있지만 완전히 주체로 흡수되지 않는 이질성으로 남는다. 우리 안에 있는 먼(far away in us) 존재들은 언제든 우리 앞에 나타나는 유령처럼 보이지 않지만 함께 공존하는 것이다.

말을 잃은 자리

우울증을 앓는 시인들은 자신들이 내면화하기를 거부한 타자들을 감각하며 그들에게 말을 건넨다. 죽은 이들을 불러내고, 되살리고, 현현하는 문장들은 애도의 종결을 무력화하며 타자와의 결별을 거부하고 있다. "차라리 컴컴한 우리의 가슴에서 떠나지 말고/언제나 악몽이 되어서 저 낡은 현관문을 두드려다오"(황규관, 「지금은 서정시를 써야 할 시간」, 『우리 모두가 세월호였다』)라는 시인의 말처럼 애도를 시작한 이후 애도의 시간은 지연되면서 지속된다. 애도에 실패하는 4월 이후의 시란, 타자들이 "악몽"처럼 불쑥 우리를 찾아올 때를 기다린다. 그래서 시를 쓰는 행위는 애도의 실패에서 시의 가능성을 찾아야하는 역설이 되었다.

시인들은 실패하는 애도를 보충하기 위해 약속이나 실어를 재현의 전략으로 삼기도 한다. 죽음의 편으로 잘 가라는 인사 대신 "꿈쩍하지 않는 금궤는/영원히 인양되지 않기를" "우리는/기다리겠습니다"(임경섭, 「해후」, 『우리 모두가 세월호였다」)라는 진술에는 타자가 된 그들을 애도의 언어로 마구 분칠하지 않겠다는 약속이 담겨 있다. 그 약속은 타자를 타자인 채로 거기 있도록 승인하는 것이자 헤어지지 않겠다는 다짐이다. 또 시인들은 자신이 갈 수 없는 장소와 말할 수 없는 타자를 찾아서 고의로 언어의 밖을 서성이다가 말을 잃는 실어증에 빠지기도 한다.

그믐밤
그걸 말할 뿐인
도마엔 썩은 아가미
실어라는 이름의 심해어
그러나 이미 너무 많은 말들
안개로 만들지 않을 혀를 상상한다
안개로 만들어진 물고기 안개로 만들어진 혀
모든 지느러미와 촉수를 한 겹의 침묵만을 향해 펼치고 싶은
두 갈래 사슬풀처럼 심장을 죄어들 기억이란 흔적기관은 남지 않았다
대양을 말리고 해저를 퍼내도 이미 잃어버린 말을 난 상상한다
수억만 톤의 수압으로 짓누르는 기억은 기억할 수 없는
그러나 아무 기억도 아무것도 꿈꾸지 않는 혀
한 겹의 바다 한 겹의 진흙을 담은 혀
그 심해어의 혀를 난 상상한다
아직 한 음도 낸 적 없는
심해어를 상상한다
아무 이름 없는
아무 말 없는
그믐밤

— 김경후, 「실어」 전문(『문학과 사회』 2014.가을)

그림자 속에 담아두지 말아요
기억하는 건 내가 할게요 엄마가 늙어가는 새벽이면 사진 속으로 돌아와

우는 건 내가 할게요 마르지 않는 물이 되어
얼굴을 씻는 아침마다 그릇을 닦는 저녁마다
수도꼭지만 틀면 흘러나오는 긴 물소리, 그건 나의 노래
갈라 터진 가슴을 축이는 한 모금의 물, 그건 나의 입맞춤

눈을 떠요 제발, 누워 있지만 말고 차라리 울기라도 하세요
책상 위의 금붕어들을 깨워주세요 피고 지는 눈물로
어항語缸 속에 고인 피를 갈아주세요
금붕어들이 깨물 때마다 물풀처럼 일렁이는 손가락들
뛰어다니는 물빛은 나의 살결, 그건 우리의 숨결
— 이민하, 「수인(囚人) ─ 죽은 시간 속에서」 부분
(『문학사상』 2014년 10월호)

타자의 목소리를 재현한 시들은 '이것은 언어가 아니다'라는 자기 부정
을 전제로 한다. 「실어」와 「수인」은 죽음이라는 무로 돌아간 타자를 상상
하며 타자의 목소리를 흉내내고 있는데, 시인들이 들려주는 것은 언어 밖
에 있는 것들에 대한 언어적 재현이라고 말할 수 있을 뿐이다. 타자의 목
소리는 재현 불가능한 것이기 때문에 이 시들은 주체 없는 말이자 침묵의
재현에 불과할 수밖에 없다.

"실어"는 말을 잃어버리는 행위 또는 잃어버린 말을 일컫는다. 시적 주
체인 '나'는 실어라는 심해어를 상상하는 주체 즉, 말을 잃어버리는 행위의
주체이지만 동시에 "잃어버린 말" 그 자체이기도 하다. "수억만 톤의 수압
으로 짓"눌리는 이곳에서는 주체와 대상이 사라지고 말기 때문이다. 기억
이란 기관을 가지고 있지 않기 때문에 '나'는 잃어버린 말을 회복할 수 없
을 것이고, 그 때문에 자신이 누구인지 알 수 없을 것이다. 때론 "썩은 아
가미"처럼 흉측한 모습으로 일부를 세상에 드러내기도 할 테지만, 썩은 아
가미가 심해어 그 자신인 것은 아니다. 그러므로 말의 세계 밖에 있는 그

는 언어로 설명할 수는 없더라도 그가 없다고도 말할 수 없는 존재이다. 현존하지 않는 현존이라는 역설을 드러내는 "실어"는 말하는 자들이 살고 있는 곳에 침묵이 찾아오거나 말을 잃게 되는 순간에 드러나는 공백이며, 그 공백은 무로 돌아간 타자의 장소임을 추측할 수 있을 뿐이다.

실어와 마찬가지로 때론 유령의 속삭임이 주체 없는 말을 대신하기도 한다. "수도꼭지만 틀면 흘러나오는 긴 물소리, 그건 나의 노래/갈라 터진 가슴을 축이는 한 모금의 물, 그건 나의 입맞춤"이라는 속삭임은 이 세상에 없는 말에 불과하다. 하지만 그런 말의 재현에는 타자를 삼키지 말라는 요청이 담겨 있다. 타자들이 우리를 불쑥 찾아와 현재에도, 미래에도 어디에나 존재할 것을 약속하는 이유도 애도를 끝내지 말라고 요청하기 위해서이다. 시인은 그들에게 붙들린 것처럼 실체 없는 타자를 흉내냄으로써 타자의 요청을 재현한다.

타자의 요청을 재현하는 시인들은 애도에 실패하지만, 애도의 실패는 애도하지 않는 것이 아니다. 애도의 실패에는 타자를 삼키지 않으려는 윤리적 판단과 타자성을 소멸시키는 법적 정의의 한계에 대한 항변이 담겨 있다. 요컨대 재현된 침묵과 유령의 목소리는 지배 체제를 지탱하는 법적 정의의 한계를 드러내고 치안 영역에 있는 공백을 드러낸다. 공백은 아무것도 아닌 것처럼 보이지만 그 자체의 존재로 촘촘하게 짜여진 질서의 균형을 무너뜨리는 힘을 발휘한다. 랑시에르가 말했던 것처럼 지배 질서가 보기에는 유령에 불과한 것들이 문학을 매개로 산 자들의 경험에 기입될 때, 물체들의 힘이 변경되면서 지배 질서의 통제력을 위협하는 것이다.

죽음의 상속자들

가족을 잃은 사람들은 차라리 자신도 그들 곁으로 가겠다고 통곡했다.

자신의 죽음을 앞당김으로써 죽은 자와의 관계를 더욱 밀착시키고 싶은 혈육들은 살아 있지만 살아 있는 것이 아니었다. 지금도 여전히 살아 있다는 것은 죽음으로 다가가기 위한 어쩔 수 없는 현실일 뿐이다. 남아 있는 자에게 삶은 죽음을 향한 예비 단계에 불과하다. 안타깝지만 어떤 추모시도 현실을 그 이전으로 되돌릴 수는 없다. 타인의 죽음은 어떤 현실의 명령보다도 강한 힘으로 남아 있는 자들에게 죽음을 예비하게 만드는 사건이다.

남아 있는 자들은 "아침에 면도한 얼굴로 말끔하게 서 있는 희망"을 만나지만 "오후가 되면 거뭇거뭇 올라오는 수염 같은 절망"을 통해 죽음을 예감한다. 삶의 충동과 죽음의 충동이 반복되는 그런 아침과 저녁이 지나는 동안 때론 타인의 죽음을 목격하는 경우도 있다. 타인의 죽음에 자신을 대입시켜보는 죽음에 대한 공감은 형용할 수 없는 파토스를 몰고 온다. 흐느낌, 절규, 비명, 실신 등의 증상은 산 자들이 통제할 수 없는 힘을 과시하며, 산 자들은 애도의 주체가 될 수 없다는 것을 증명해 보인다. 그리고 "또다시 아침"을 맞이하는 삶의 한복판에서 "잘 묶인 매듭처럼 반드시 풀리는 나의 죽음이 남아 있"(진은영, 「남아 있는 것들」, 『문학과 사회』, 2014.가을)음을 알게 되는 인간의 삶을 누구도 거부할 수 없다. 죽음은 예외 없이 우리 모두의 미래에 놓여 있기 때문이다.

누구에게나 예비된 죽음은 산 자와 죽은 자들 사이에 거부할 수 없는 연대를 만들고, 남은 자들에게 죽은 자들에 대한 책무를 물려준다.

> 루마니아 사람들은 죽기 전 누군가에게
> 이불과 베개와 담요를 물려준다고 한다
> 골고루 배인 살냄새로 푹 익어가는 침구류
> 단단히 개어놓고 조금 울다가
> 그대로 간다는 풍습

죽음을 상속하는 문장들

죽은 이의 침구류를 물려받은 사람은
팔자에 없던 불면까지 물려받게 된다고 한다
꼭 루마니아 사람이 아니더라도
죽은 이가 꾸다 버리고 간 꿈냄샐 맡다보면
너무 커져버린 이불을, 이내 감당할 수 없는 밤은 오고
이불 속에 불러들일 사람을 찾아 낯선 꿈 언저리를
간절히 떠돌게 된다는 소문

누구나 다 전생을 후생에
물려주고 가는 것이다, 물려줘선 안 될 것까지
그러므로 한 이불을 덮고 자던 이들 중 누군가는 분명
먼저 이불 속에 묻히고

이제는 몇 사람이나 품었을지 모를
거의 사람의 냄새 풍기기 시작한 침구류를 가만히 쓰다듬다가
혼자서 이불을 덮고 잠드는 사람의 어둠
그걸 모두들 물려받는다고 한다
언제부터 시작된 풍습인지
그걸 아무도 모른다
　　　　　　　— 황유원, 「루마니아 풍습」 전문(『문학동네』 2014.가을)

　죽음을 현실에서 격리시키기 시작한 근대의 삶은 단일한 시간 위에서
펼쳐져 왔다. 균질한 시간의 지평에서 발생하는 죽음은 의학적 진단을 통
해 규명될 수 있는 삶의 종결에 지나지 않았다. 그러므로 죽음을 상속하는
풍습은, 죽음을 삶의 끝이라고 말하는 근대 이후의 질서와 충돌한다. 현재
의 삶은 죽은 자들을 상징적 세계에서 몰아내고 그들이 살았던 과거를 배
제시키는 시스템 안에서 통제되고 있다. 시간의 단일성을 깨뜨리는 유령
의 출몰이나 죽음의 상속은 현실적 삶의 시스템을 위협하고 교란하는 위

험 요소라고 간주된다. 데리다를 빌려 말하면, 타자와 같은 유령의 출몰은 비동시적인(in-contemporary) 시간을 구현한다. 유령이 속해 있는 과거가 현재에 개입되면서 시간이 어긋남이 발생하고, 그런 어긋나는 이음매는 불의를 바로잡으라는 타자의 명령이 이루어지는 장소이다. 하지만 타자의 현존 자체를 인정하지 않는 치안 영역에서 타자는 서류와 함께 말소되어야 하는 대상일 뿐이다. 과거의 개입을 허용하지 않는 지배 체제의 감시자들은 어긋난 것들을 바로잡으라는 타자의 명령을 불온한 정치적인 욕망으로 몰아세워왔다.

그런 타자와 시를 통한 연대가 가능할 수 있을까? 죽은 자에서 산 자에게로 죽음의 상속이 이루어진다는 먼 이국의 풍습은 타자와 연대할 수 있는 가능성을 보여주는 것 같다. "언제부터 시작된 풍습인지"도 모르지만 사람들은 숙명처럼 "그걸 모두들 물려받"는다고 한다. "불면" 같은 고통까지도 기꺼이 상속하는 루마니아 사람들은 죽음을 상속하면서 자신에게 도래할 죽음을 예비하고, 언젠가 미래의 아이들이 자신의 죽음을 상속하리라 믿는다. 그들은 죽음의 공동체라는 강력한 연대 위에서 닫혀 있는 시간을 열고 과거와 현재, 미래가 공존하는 비동시성의 시간을 향유한다. 유한한 존재이지만 영원성을 가진 존재로 살아가는 것이다. 죽음의 상속으로부터 자유롭지 못한 루마니아 사람들은 누군가의 죽음을 상속받을 때 생각하게 될 것이다. 나의 죽음에도 정의가 사라져서는 안 된다는 것을 말이다. 그들에겐 다행히 자신의 죽음을 상속할 미래의 아이들이 있기에 정의를 빼앗기더라도 언젠가는 바로잡게 될 것이다.

그런 미래가 예비되어 있음을 말해주기 위해 과거의 존재들이 돌아온다. 그들은 "우리에게 더 나은 삶에 대해 말해"주기 위해 지금-여기로 우리를 찾아오고 있다. 시인은 죽음의 상속이 우리 자신을 "무너뜨리"는 혁명의 형태로 찾아올지도 모른다고 쓴다. 그가 쓴 문장은 마치 죽음의 연대

자들이 부르는 합창처럼 여러 겹의 화음으로 들린다. 우리가 한 번도 감각해보지 못한 "혁명"과 "이상"이 실현되기 위해서는 몫이 없는 자들과 함께 공존하는 공동체를 꿈꾸어야 한다는 희망과 역설의 노래가 들린다.

우리가 가진 삶의 방식들을 파괴하기 위해 찾아오는 타자를 환대할 때, 혁명과 이상이 도래한다는 역설은 죽음의 상속을 기꺼이 받아들여야 하는 이유이다.

> 그들이 우리에게 희망을 나누어줄 거예요
> 그들이 우리에게 더 나은 삶에 대해 말해줄 거예요
> 더 행복한 곳으로 달려요 달려요
> 그곳으로 그곳으로
> 달려요 우리를 무너뜨리기 위해
> 우리에게는 한 번도 이루어지지 않았던
> 미세한 혁명이 필요해요 꿈꿔요
> 우리는 지금 이상을 복구했어요
> ― 장석원, 「신록의 무덤 앞에서」 부분(『21세기 문학』 2014.여름)

파국의 상상력과 시의 미래
— 세월호 시대의 문학[1]

폭발

사방은 온통 눈이다. 살아남았다는 안도도 잠시, 두 명의 아이들은 북극 곰처럼 보이는 거대한 생명체와 마주친다. 유일한 세계였던 열차가 폭발하면서 열차 밖으로 처음 나온 아이들의 미래는 예측하기 어려워진다. 인류가 경험한 적 없는 멋진 미래를 창조하게 되거나 아니면 누구도 기억하지 못하는 쓸쓸한 죽음을 맞이하게 될 수도 있으리라는 추측과 가능성만 남겨둔 채 이야기는 끝난다. 영화 〈설국열차〉(봉준호 감독, 2013)의 결말은 출구 없는 완벽한 체제를 상징하는 열차를 폭발시킴으로써 그전까지의 서사를 완전히 단절시킨 채 무한한 가능성을 열어두고 있다. 예측할 수 없는

---

1) '세월호 시대의 문학'은 2015년 4월 10일에 세교연구소 주최로 열린 공개 심포지엄의 제목이다. 우리에게 세월호는 불행한 참사를 지시하는 단편적 기호가 아니라 역사적이고 사회적이고 정치적인 그리고 윤리적인 담론을 거느린 의미의 장이다. 이제 한국 사회에서의 삶을 통찰하기 위해서는 세월호를 거치지 않을 수 없을 것 같다. 문학에 대해서 이야기할 때도 마찬가지이다.

아이들의 미래는 극도로 불안해 보이는 동시에 카타르시스를 준다. 순백의 공간에 던져진 아이들은 더 이상 체제의 보호를 받지는 못하겠지만 열차 안의 강령이 만들어낸 (열차 바깥에 대한) 공포와 (열차 내부를 지배하는) 순응의 체제로부터 해방된 것은 분명하기 때문이다.

영화적 설정인 '폭발'은 서사적 장치가 아니라 그 자체의 고유한 사건으로 제기되었다는 점에서 흥미롭다. 1984년 발표된 그래픽 노블『설국열차 (*Transperceneige*)』(자크 로브 · 장 마르크 로셰트)가 멈추지 않는 신성한 엔진 앞에서 아무것도 변화시킬 수 없는 무력한 인간의 모습을 보여준 데 반해 영화는 열차를 멈추게 하고 세계의 바깥으로 여겨졌던 장소로 관객을 데려가는 지점까지 나아간다. 여기서 폭발은 체제의 질서를 한순간에 무너뜨리는 사건이자 점진적이고 연속적인 시간의 흐름을 종식시키고 전체를 파편화하는 힘이다. 그 힘을 매개로 아이들이 열차 안에서 부여된 아이덴티티와 무관해진 것처럼 어떤 존재나 사물도 폭발 이후에는 전체와 상관없는 그 자신으로 존재하게 된다. 폭발 이후에 남는 것이 있다면 체제와 무관한 그 자신의 고유성뿐이다.

모든 창조적 작업이 그렇듯이 시도 자기 자신의 고유성을 획득하기 위한 과정을 거쳐 탄생한다. 시는 언어적 질서와 비질서 사이에서 의미를 생성하며 기존의 언어를 갱신하는 역설의 장르이다. 그런 점에서 폭발적 상상력은 언어를 갱신하기 위해 분투하는 시의 필요조건이라고 말할 수 있다.

시가 폭발적 역량을 내재하는 텍스트라는 논의가 비평의 새로운 의제는 아니지만 현재적 시점에서 드러나는 폭발적 상상력과 그에 따른 일련의 증상들 그리고 그 배경에 대해서 별도의 논의가 필요해 보인다. 근래 발표된 시들에서 '폐허'나 '파국', '폭발'과 같은 시어나 이미지 들이 뚜렷이 나타난다는 현상은 동시대적 현실과 문학을 되돌아보게 한다. 폭발은 다소 불안하고 위험한 증상으로 보이는 것이 사실이다. 그러나 앞서 영화의 장면을 통해 먼저 이야기한 것처럼 그것은 변화하지 않는 견고한 세계에서 벗어날 수 있는 가능성을 제시한다. 이런 맥락에서 참조해볼 것은 폭발의 메커니즘이 기호계에 역동성을 부여하는 것에서 나아가 새로운 단계의 시작을 예고하는 것이라고 지적했던 문화기호학자 유리 로트만(Yuri M. Lotman)의 메시지이다. 그가 말하는 새로운 단계란 하나의 텍스트가 전혀 다른 성질을 가진 텍스트로 도약하는 것을 말하는데, 로트만의 말에 기대어 생각해보면 오늘의 우리 시가 폭발의 증상이나 이미지를 보여주는 현상도 새로운 단계로의 이행으로 해석할 수 있다. 이행은 연속적이고 점진적인 변화와 다르다. 시가 새로운 단계로 이행한다는 것은 지금까지의 시와 단절하는 일이며, 돌이킬 수 없는 중지 선언이다. 그것은 차라리 현재적 시의 종언(終焉)에 가깝다.

물론 시가 새로운 언어로 이행하는 시간은 저절로 오지 않는다. 견고한 세계를 무너뜨리기 위해 싸우는 사람처럼 시인은 "반복과 상투에 길들지 않으려고" "피투성이로 싸우"(문정희, 「검투사」, 『문예중앙』 2016.겨울)는 자가 되어야 한다. 무엇보다 가장 먼저 자기 자신의 언어를 무너뜨리지 않고서야 세계를 무너뜨릴 수는 없는 법이다. 이것이 타락한 모럴과 추문을 싣고 달리는 열차에 탄 오늘의 시와 시인들이 처한 현실이다.

타락한 세계에서

걱정스럽다. 추문으로 가득한 이 세계가 다시 본래의 속도로 달려가기 위해 진실을 덮어두지는 않을까 하는 우려를 감추지 못하겠다. 솔직히 말해 공적 영역에서의 진실이란 삶을 유용하거나 편리하게 만들어주는 도구가 될 수 없다는 이유로 암묵적 동의 속에서 '적당히' 은폐되고 있었던 것은 아닐까?

작년 늦은 가을부터 시작된 대통령 탄핵 과정에서 드러난 일련의 사건들은 우리 사회의 운영 체제가 짐작보다 더 심각하게 타락한 상태임을 확인시켜주었다. 통치자와 체제에 대해 최소한의 윤리를 기대했던 사람들의 분노와 회의가 극에 달한 것은 말할 것도 없다. 그나마 다행인 것은 잘못된 것을 바로잡기 위해 시민들이 직접 광장에 나섰고, 그 힘으로 책임자들을 법의 심판대에 앉힐 수 있게 되었다는 점이다. 그러나 주권의 대리인이었던 관료들은 거짓말을 하거나 자기변호에 급급할 뿐이었고, 그런 뉴스를 보고 있자니 이 세계가 "비열한 모럴과 무한한 타락 사이에서"(김안, 「파산된 노래」, 『현대시』 2017.1) 헤어나오지 못하리라는 한 시인의 절망이 구체적 감각이 되어 온몸에 퍼지는 것 같다. 급기야 정치적인 모든 것들이 본질적으로 위선과 비윤리에서 출발한다는 회의와 함께 나의 삶도 이 정치적 현실과 공모해왔다는 자괴감에 이르렀다.

엄밀히 말해 지금 우리가 느끼는 절망은 J. 랑시에르가 정치(la politique)와 구분해서 말했던 치안(la police)에 관한 것이다. 치안은 각자에게 할당된 자리를 정하는 통치 시스템으로서 이미 사회적으로 합의된 질서를 뜻한다. 그런데 공동의 합의 속에 실재한다고 믿었던 '나'의 정치적 의지와 행동이 농락당했다는 사실 때문에 이 통치 체제에 더는 합의할 수 없게 되었다. 결과적으로 현재의 치안에 대해 불신임을 제기한 시민들은 새로운 정치를 요구하기에 이르렀다. 랑시에르가 말한 것처럼 치안에 방해를 가하고 합의가 아닌 이견(dissensus)이 드러나는 과정으로서의 정치가 제기되고 있다. 지금 우리는 현재의 치안을 종식시키고 더 평등하고, 더 정의로운 세계에서 살기 위하여 우리에게 할당된 자리를 거부하며 정치를 실현하고자 한다.

그런데 새로운 정치에 대한 요구가 증폭되는 지금의 상황에서 주목할 현상은 광장에 모인 시민들이 다시금 세월호 사건의 진상 규명을 전면적으로 이야기하고 있다는 점이다. 현재의 사회적 상황과 정치에 대한 요구가 '세월호'와 긴밀히 연결되는 이유는 여태껏 밝혀지지 않은 책임자의 행적 때문만은 아닌 것 같다. 추측건대, 세월호가 다시 호명되는 이유는 우리가 당시에 충격적으로 직면했던 치안의 결함과 비윤리의 전이를 종식시키지 못한 데 대한 무거운 책임감 때문이다. 세월호 수습 과정에서 이미 경험한 것들, 그러니까 한 체제가 지녀야 할 최소한의 정의가 묵살되고 보편적 윤리마저도 조롱당했던 경험과 그로 인해 결국은 선악의 판단 기준마저 불구화되고 말았다는 절망이 사실상 세월호 이후부터 지금까지 지속되고 있었는지도 모른다. 분명한 것은 우리는 지금의 체제 안에서 치안이 회복되길 바라며 무언가를 새로 시작할 수 없다는 것이다. 실제로 세월호의 침몰 직후 분향소에 다녀오는 일조차 자기기만이 아닐까 의심해야 했던 우리의 외상은 아주 깊다. "거길 다녀왔다는 안도감을 느낄까 두려웠다"(황정은, 「가까스로, 인간」, 『문학동네』 2014.가을)는 자책은 지금도 반복되고 있으며, 죽음의 정의조차도 실현되지 않는 사회에 대한 불신이 사라질 가능성은 매우 희박해 보인다. 대통령 탄핵 정국의 한복판에 다시 떠오른 세월호 진실 규명 요청이라는 지금의 상황을 돌아보면 세월호는 우연한 사건이나 불행이라는 단편적 사실에 그치는 것이 아니라 우리 사회의 제 문제와 이 공동체의 삶을 이해하기 위한 참혹한 관문이라고 말할 수 있다.

2014년 4월 16일 이후 문예지에는 세월호를 기억하는 작품들이 지속적으로 발표되어왔다. 세월호 참사의 기록과 증언을 담은 책들과 에세이집, 공동시집 등도 출간되었고, 세월호를 기억하며 문장을 함께 낭송하는 낭독회[2]도 열리고 있다. 이른바 '세월호 시대의 문학'은 하나의 텍스트가 아

---

2) 매달 마지막 토요일 오후에는 304 낭독회가 열린다. 세월호에서 돌아오지 못한 304명을 기억하기 위해 작가와 시민들이 함께 만들어가는 이 낭독회는 2014년 9월 20일 광화문에서 처음 열렸고, 2040년 1월 304회까지 계속될 예정이다. (304 낭독회 자료집은 낭독회 블로그 참조, https://304recital.tumblr.com/)

니라 텍스트의 내부와 외부를 관통하며 다양한 실천과 결합한 공동 작품의 형태로 창작되는 중이다. 그러므로 세월호와 이 시대의 문학을 이야기하기 위해서는 그것이 더 이상 새로운 이야기가 아닐지라도 '우리'라고 말해온 공동체를 향해 그리고 이 공동체의 문학을 향해 재차 묻지 않을 수 없는 것이다. 세월호가 남긴 것이 무엇인가를.

소녀와 소년이 바다가 되는
친절하고 기이한 아침
학교 종이 울리면 우리는 종이 된다

책을 펼치면
물속의 도시가 쏟아졌다
젖은 눈동자와
부러진 손톱이 있었다
책을 덮어도
부릅뜬 젖은 눈동자가 피부병처럼 번져갔다

얼굴을 지우고 눈과 입을 지웠다
얼굴을 지우는 건
도시의 오래된 우아한 귀족적 풍습이었다
슬픔을 이해함으로써
나는 비로소 문자의 수치를 알게 되었다

그리움은 노동이었다
　　— 서안나, 「사월의 감정 분리 센터」 부분(『시와사상』 2016. 겨울)

세월호 시대의 문학으로서 오늘의 시가 노래하는 것은 관행적 애도나 타락한 현실의 회복이 아니다. 노래의 정점에서 되살아나는 아이들의 "젖은 눈동자"는 애도가 끝나지 않았음을 보여주고 있을 뿐이다. 서안나 시인의 경우처럼 일상의 모든 순간에 개입하는 죽은 아이들의 환영은 사라지지 않고 "피부병처럼" 시인의 육체로 번져간다. 고통스러운 시인은 억지로 아이들의 얼굴을 지워보며 애도를 끝내기 위해 "슬픔을 이해"했다고 스스로를 위안해보지만 자기기만은 실패하고 만다. 자기 자신의 슬픔조차도 온전히 이해하지 못하는 상황에서 '쓴다'는 행위는 오히려 아무것도 쓸 수 없는 "문자의 수치"를 드러내는 아이러니에 불과하다.

세월호 참사에 대한 시를 쓰는 건 처음부터 불가능한 시도였을까? 세월호 이후 우리가 겪은 슬픔의 일부는 언어로 번역될 수 있겠지만 번역되지 않는 잔여가 더 큰 것은 부인할 수 없는 사실이다. 그래서 시인은 문자로 쓸 수 없는 그 슬픔이 매일매일 감당해야 하는 "노동"과 같은 것이라고 쓴다. 이 시에서 "노동"은 은유적 표현이지만 세월호 시대의 문학이 무엇이어야 하는지를 선명하게 보여주는 말이다. 다소 비약적이더라도 적극적으로 노동의 의미를 해석해보기 위해 한 철학자의 말을 떠올려보자. 한나 아렌트는 노동이 인간 실존의 가장 일반적인 조건과 연관되어 있는 인간의 근본 활동이라는 점을 지적한 바 있다. 이런 맥락에서 볼 때 "그리움은 노동이었다"는 진술은 죽은 자들의 환영과 공존해야 하는 고통이야말로 우리 삶의 근본 조건이 되었음을 의미한다. 이미 알고 있는 것이지만 우리는 그들로부터 자유로울 수 없게 되었다.

이러한 증상은 다른 시인들에게도 유사하게 나타난다. 시인들은 그들이 이 세계의 존재가 아닌데도 여기에 있다는 진술을 반복한다. 특히 희생자들 가운데 시를 통해 반복적으로 호명되는 것은 수학여행길에 올랐던 학생들인데, 침몰 직전까지도 해맑았을 그들의 모습은 살아 있는 우리에게 더 큰 고통을 안겨주는 것이 사실이다.

엄마들은 자식이 죽었다는 소식을 전해 듣고

그 순간 한순간에 세상이 무너질까봐
그 자리에 곧바로 무너지듯 털썩 주저앉는다.
지구가 땅속 깊은 곳에서부터 폭발해 터져나오려는
그 순간 그 자리를 틀어막듯 주저앉는다.

단 한걸음도 더 내딛지 못할 순간이 왔다.
단 한방울도 남김없이 온 힘이 빠져나간 순간이 왔다.
이제 어떡하나, 엄마들 가슴 한가운데 난 구멍을.
당장 막지 않으면 금세 금가고 갈라져 댐이 툭 터지듯
한순간 무너져내릴 텐데, 세상이 엄마로 다 잠길 텐데.
세상 모든 사람들 물살에 무릎이 부러지고
막지 못한 얼굴의 모든 구멍에서 온몸이 줄줄 다 흘러나올 텐데.

이렇게 오랫동안 기적을 기다리며
매순간 무너지려는 길의 틈새를
매순간 무너지려는 공중의 틈새를
천지사방을 이 시간을 온몸으로 막으려
죽어서도 그들은 여기에 서 있다
　　　— 김중일, 「매일 무너지려는 세상」 부분(『창작과비평』 2016.겨울)

　김중일 시인의 시적 상상대로라면, 죽은 아이들이 엄마 곁에서 무너지려는 세계를 "온몸"으로 간신히 막고 있지만 이미 이 세계는 "폭발"에 임박해 있다. "매일 무너지려는 세상"은 위태롭기만 하다. 그러나 역설적으로 그런 위태로움이 아이들을 물속에 침몰시키고도 제대로 수습조차 못한 채 거짓에 거짓을 쌓는 이 체제를 종식시킬 수 있는 유일한 대안이라면 이제 그것을 기꺼이 받아들여야 하는 시간에 도달한 것은 아닐까?

　여기서 한 가지 짚어보아야 하는 것은 "그들"이 "여기" 있는 이유이다. 그들 즉 죽은 아이들은 현존하지 않지만 존재한다고 간주되는 모순을 내재한 비존재이다. '그것(this thing)'[3]은 우리가 파악할 수도, 확인할 수도 없으며 지식이나 인식의 대상이 될 수 없는 타자에 다름 아니다. 타자는 세계의 바깥에서 우리를 응시할 뿐인데, 타자의 응시를 감지하며 고통을 상상하는 자들은 마치 그들의 절대적 명령을 받은 것처럼 타자가 요구하는 정의를 실현하고자 한다. 세월호 진실 규명이 희생자를 위한 최소한의 의무라고 받아들이는 모든 이들이 그렇듯이 타자의 응시는 현실에서 이루어지지 않은 정의를 요구한다. 김중일 시인은 죽은 아이들이 엄마의 가슴에 난 구멍을 막고 있다고 썼는데, 엄마가 무너지면 진실도 정의도 사라지기 때문이다. 그들이 여기 있다면 그것은 현실에 없는 정의를 요구하기 위해서일 것이다.

죽은 아이들이 "여기" 있음을 외면하지 못하는 시인들은 애도에 실패할 수밖에 없다. 죽은 아이들을 재현하는 시적 상상력의 반복 역시 불가피해 보인다. "그들"이 "여기" 있는 한 시인은 우울증을 앓는 환자처럼 슬픔을 중단하지 못하고 끊임없이 스스로를 자책하게 될 것이다. 물론 누군가는 이런 증상을 우려하며 애도를 끝내라고 요구할 테지만, 그렇게 말하는 사람에게 나는 감히 트라우마를 극복하거나 애도를 성공적으로 완수하는 것만이 세월호 시대의 문학이 해야 할 일인지 반문하고 싶다.

---

3) 데리다는 『햄릿』을 분석하면서 유령론(hantologie)을 펼친다. 햄릿에 등장하는 왕의 유령을 일컫는 그것(this thing)은 "우리가 알지 못하는 어떤 것이며, 우리는 그것이 존재하는지/~인지, 그것이 실존하는지, 그것이 어떤 이름에 부응하고 어떤 본질에 상응하는 것인지 알지 못한다." 그것은 "현존하지 않는 현존하는 것"이며 우리가 "지식이라는 이름으로 알고 있다고 믿는 것에 속하지 않는다." "산 것인지 죽은 것인지 알지 못"하는 그것은 "바로 여기에 또는 바로 거기, 저기에 이름 붙일 수 없는 또는 거의 이름 붙일 수 없는 한 사물"이다(자크 데리다, 『마르크스의 유령들』, 진태원 역, 이제이북스, 2007, 25쪽). '그것'은 절대적인 타자로서 존재하지만 우리를 응시함으로써 우리로 하여금 그들의 명령에 따르게 한다.

죽은 아이들의 침묵

누가 죽은 자들의 말을 문장으로 쓸 수 있을까? 죽은 자의 말을 문장으로 써내는 일은 애초부터 불가능한 일이다. 그럼에도 시인들이 포기하지 않고 추적해온 것은 들을 수 없고 쓸 수 없는 타자(의 말)이다. 이 세상에 아직 존재하지 않았던 말에 대한 추종과 탐구란 시의 미학적 욕망과도 맞닿아 있는 문제이긴 하지만 그럼에도 죽은 아이들로부터 오게 될 메시지를 상상하는 일은 다소 허황된 망상으로 보일 것이다. 그러나 이미 오래전부터 전해지는 수많은 형태의 제의들이 증명하듯이 살아 있는 자들은 죽은 자에게 대화를 요청하고 그들에게서 올 메시지를 기다린다. 죽은 자의 메시지를 기다리는 이유는 우리가 그들처럼 죽을 수밖에 없다는 것을 알기 때문이며, 우리 자신이 타인과 더불어 '죽음 공동체'(알폰소 링기스)임을 선험적으로 알고 있기 때문이다. 죽음이라는 불가해성 앞에서 그들의 메시지를 기다리는 일 말고 우리가 할 수 있는 더 가치 있는 일이 무엇이겠는가. 링기스의 말처럼 세계의 모든 틈새와 모든 길들에 존재하는 죽음은 우리의 이해력을 무한히 열어젖히고 우리의 자세를 불안정하게 만들며 우리의 실존을 행동으로 만들어주는 불가능성의 심연이다.

죽음은 한 번도 해명된 적 없지만 삶의 근본 조건임을 부인할 수는 없다. 역설적으로 우리에게 도착하지 않는 죽은 자들의 메시지는 그 자체로 죽음이라는 심연이 우리 앞에 열려 있음을 증명하고 있는 것이다. 단 그것이 누구에게나 동일하게 발견되는 것은 아니지만 말이다.

> 침묵 속에서 나오지 못하는 것들을 자연스럽게 여기는 일은 여기가 폐허이기 때문일지도 몰라. 모두가 둥둥 떠다니고 있기 때문인지도 몰라. 가만히 서로를 들여다보면 모든 구름들이 물결처럼 흘러가서 차가워지는 기후가 전부라는 것. …(중략)… 소년은 이 폐허에서, 라고 쓴

제1부 슬픔의 연대

일기의 첫 구절을 버리지 못한다. 일기장을 손에 꽉 쥐고 있다. 곤죽이 되어 빠져나가는 종이들. 아무리 꽉 쥐어도 무늬만 남겨진다. 그 이후 소년은 말을 잃었다. 뇌에 물이 차서 그런가. 너무나 많은 이름들이 서로를 부르고 있다. 받아 적을 때마다 물에 흐려지니 이제는 무늬조차 남지 않는구나. 소년의 잉크는 투명하게 흘러간다. 쓸 수가 없어. 잉크병에 금이 가 있어. 자꾸만 무엇인가 빠져나가네. 침묵 속에서는 흐르는 소리만 들린다. 흩어지는 구름들. 뼈가 비친다. 이것도 젖어 있어. 소년은 뼈를 벗고 물이 뚝뚝 떨어지는 언덕 아래를 내려다본다. 비 오기 직전, 매번 구름이 드리워진 불완전한 폐허는 이렇게나 당연하구나. 소년은 한 번도 햇빛 아래 몸을 말린 적이 없다. 천천히 뼈가 흐트러졌지. 이렇게 물속에 있다가는 뼈 전체가 부서지고 말 겁니다. 의사는 폐허의 빛 속으로 들어가길 권유한다.

— 이영주, 「소년의 기후」 부분(『포지션』 2016.겨울)

두 귀를 활짝 부풀릴 수 있었으면
이 슬픔을 정확하게 발음할 혀를
남겨둘 수 있었을까

…(중략)…

구겨진 신문지 위로 빗방울이 떨어진다
툭툭 글자들 펴지는 소리
메시지를 보낸다
소나기 오는데 우산은 있냐고
네가 동봉한 오늘의 날씨가 지금 막 도착했다고

이 세계는, 빛이 섞이지 않은 것을 어둠이라 부르지 않는데
네가 있는 곳을 뭐라고 불러야 할까

오늘을 세려고 손가락을 접다가

혼자 남은 주먹 속에 아무것도 쥔 게 없고

— 유계영, 「다만 오늘 날씨」 부분(『문예중앙』 2016.겨울)

우리는 죽은 자의 과거를 기억할 수는 있지만 그들의 현재와 미래를 이야기할 수는 없다. 따라서 일반적인 추모시라면 죽은 자들의 과거를 기억하고 슬픔을 나누는 것으로 시의 임무를 다할 텐데 여기 인용한 시들은 죽은 자의 과거가 아닌 현재를 증명하고자 시적 감각을 집중하고 있는 듯하다. 먼저 "물속"에 갇힌 "소년"의 일기를 상상하는 이영주의 시를 보자. 소년은 현존하지 않는 존재로 현실 세계의 외부를 상징하는 물속 공간에 있다. 그곳에서 소년은 자신의 뼈마저 사라지기 전에 일기를 쓰려고 애쓴다. 그러나 안타깝게도 "이 폐허에서, 라고 쓴 일기의 첫 구절"이 그가 남긴 모든 것이자 시인이 상상할 수 있는 모든 것이다. 물속의 잉크는 투명할 만큼 흐려져서 소년은 아무것도 "쓸 수가 없"고, 시인은 그의 문장을 받아 적지 못했다. 소년의 메시지를 얻지 못한 시인에게 남은 것은 물속의 차가운 기후에 대한 감각뿐이다. 이 감각만이 사라져가는 소년의 존재를 증명하고 있다. 그런데 이 감각은 주체인 '나'와 타자를 연결하는 중요한 단서가 된다. 우리가 '죽음 공동체'라는 점에서 최종적으로 공유할 수 있는 것이 있다면 그것은 육체적 감각을 통해 전해지는 고통일 테니까 말이다. 물속에서 건져낸 자식의 시신을 만지던 부모들이 '얼마나 추웠을까'라며 통곡했던 것처럼.

시인은 육체적 감각을 매개로 죽은 소년의 존재를 감지하고 그가 전하는 메시지가 "침묵"의 형태로 존재함을 비로소 직감할 수 있었다. 소년의 침묵은 언어로 환원될 수 없지만 침묵이 '있다'는 것은 세계의 바깥에 소년이 존재하고 있음을 증명하는 가장 중요한 메시지이다.

유계영 시인도 날씨에 대한 감각을 통해 현존하지 않는 '너'의 존재를 떠올린다. 빗방울이 떨어지는 것처럼 사소한 일들조차 '너'의 소식처럼 들리기만 하는데 불행히도 지상에 남은 시적 주체인 '나'에게는 "슬픔을 정확하게 발음할 혀"가 없다. 시인은 감정조차 말할 수 없는 자신의 "혀"가 무능의 상태라고 고백하고 '너'로부터 어떤 메시지도 받아들이지 못하는 자신의 감각적 한계를 자책한다. "무엇이든 모자랐어/손바닥을 더 넓게 펼칠 수 있었으면/바다의 날카로운 모서리를 만지러/갈 수 있었을까"라는 구절 역시 자신의 한계를 드러내는 말인데, 중요한 것은 이러한 자책의 태도가 보는 주체와 보여지는 대상이라는 관계를 역전시키고 주체와 대상 사이에 새로운 관계를 설정하게 한다는 것이다. 주체가 시선의 주도권을 지닌 동일성의 시학이나 해체된 주체로부터 파생하는 비동일성의 시학으로 해명할 수 없는 이들의 관계는 비대칭적이다. 그래서 이들 사이에서는 상호적인 교환이 아니라 일방적 전달만이 가능하다. 타자는 주체에게 화답하지 않고 일방적으로 호소할 뿐이다. 죽은 자의 과거를 회상하거나 환영을 되살리되 그것을 해석하지 못하는 시적 주체들은 스스로의 무능력을 드러내는데, 시적 대상 앞에서 자아를 퇴화시킨 수동적인 시적 주체의 태도는 세월호 시대의 시가 드러내는 한 경향이기도 하다.

결론적으로 두 시인 모두 죽은 자들이 보낸 메시지를 언어로 번역하는 데는 실패한다. 시인들은 자신이 번역할 수 없는 타자(의 말) 앞에서 개시되는 것은 최소한의 감각뿐이라고 표명했다. 이로써 우리가 도달하게 된 결론은 세월호 시대의 문학이 주체의 무능을 용인하는 글쓰기라는 점이다.

모두 알고 있다 안 보이지만 너희가 거기 있다는 걸

예은아, 진실과 영혼은 너무 가볍구나
거짓됨에 비해,
진실과 영혼은 너무 가볍구나

모시옷처럼
등 뒤에 돋은 날개처럼

양팔 저울의 접시에 고이는 네 눈물
너의 별 쪽으로 더 기울어지려고
광장 위 가을 하늘이 자꾸만 태어났다 쏟아진다
　　　　　　— 진은영, 「천칭자리 위에서 스무 살이 된 예은에게」 부분
　　　　　　　　　　　　　　　　　（『21세기문학』 2016.겨울）

　무능하고 수동적인 주체는 대답하지 않는 이름을 부른다. 이것은 호명
(interpellate)을 통해 대상을 체제 내의 질서 속에 배치하고 주체로 정립시키
는 명명 행위와는 달리 "안 보이지만 너희가 거기 있다는 걸" 확인하는 작
업에 지나지 않는다. 시인은 생일을 맞은 "예은이"의 이름을 부르고, "예
은이"가 태어난 날을 기억해본다. 이러한 행위는 이 세계에서 사라진 "예
은이"의 자리를 남겨두기 위함이다. 그런데 우리가 경험했듯이 "예은이"
의 빈자리, 스스로 아무것도 말하지 않는 그 공백은 도리어 살아남은 사람
들로 하여금 광장에 모여서 진실을 요청하게 만들었다. 빈자리라는 공백
은 침묵의 경우처럼 비의미에 지나지 않지만 현실의 질서(의미 체계)와 충
돌하며 그 결함을 드러나게 만든다. 그러므로 죽은 아이들의 이름을 부르
는 행위는 우리가 그 이름에 의미를 부여하는 것이 아니라 그 이름 스스로
가 의미의 장을 움직이도록 가능성을 열어두는 일인 셈이다.
　그러나 한편으론 "예은이"란 이름을 기억하고 그 아이의 자리를 지켜주
겠다는 약속이 얼마나 힘든 것인지 우리는 알고 있다. 지난 8월, 단원고에
마련돼 있던 기억 교실이 학교를 떠나 다른 곳으로 옮겨질 수밖에 없었던
것처럼 현실 세계는 죽은 아이들의 자리를 몰수하거나 일상에서 격리시키
려고 한다. 지금의 체제는 그들의 빈자리가 만들어낼 정의의 요구들을 감

당할 수 없기 때문이다. 눈에는 "안 보이지만 너희가 거기 있다는 걸" 알고 있는 사람들만이 "너희"의 자리를 그대로 지켜두기 위해 지금도 광장에서 싸움을 벌이고 있다. 국가의 말보다 타자의 침묵을 믿는 시민들은 자기기만적 국가에 저항하며 또다시 "광장"에 모인다.

지금까지 살펴본 것처럼 "소년" "너" "예은이"와 같은 비존재 혹은 타자의 등장은 타자 앞에 선 주체의 무능함을 드러냈다. 이런 상황을 보면 시인들만이 아니라 시인들과 동시대적 경험을 공유한 우리가 그들을 호명했다기보다 침묵하는 그들의 요청 앞에 우리가 응답하고 있는 상황이라고 말하는 게 적합해 보인다. 이렇게 주체인 우리가 타자 앞에 노출된 상황은 로트만이 언급했던 폭발의 국면과 겹쳐지는데, 그는 폭발에 대해 논하면서 이질적인 타자의 언어가 기존의 언어 체제에 들어올 때 발생하는 충돌이 텍스트를 동일한 것의 변이형이 아닌 서로 다른 것들로 변모시킨다고 설명한 바 있다. 이에 따르면 '세월호'는 한국 사회에서 그리고 한국 문학에서 일어날 '폭발'의 결정적 계기였다고 말할 수 있다. 세월호 이후 "광장"에서 나타나고 있는 정치(politics)를 향한 요구는 기존에 합의된 것들을 무너뜨리고 실현해본 적 없는 정의와 평등을 향해 움직이고 있다. 또한 시에서도 세월호 이전과는 다른 층위로의 이행이 일어나고 있다. 침묵하는 타자 앞에서 수동적으로 퇴화하는 시적 주체는 시의 미래를 예측할 수 없는 또 다른 단계로 이끌어가고 있다.

말의 종언

새로운 문장을 쓰기 위해 언어를 가르쳐준 세계와 싸우는 것은 싸울수록 자신이 헐벗을 수밖에 없는 시의 운명이다. 이렇게 파국을 향해 자신을 던지는 기이한 노래를 두고 김안 시인은 "파산된 노래"라고 일컫는다. 시

의 종언을 선언하는 두 편의 시에서 시인이 전하는 메시지가 있다면 그것
은 말하는 자로서의 부끄러움과 말이 사라진 이후 시의 미래이다.

> 부끄러움은 자라나는데,
> 우리의 말은 아무런 괴로움 없는
> 스스로에게만 자명한 선들,
> …(중략)…
> 이 노래는 어떻게 파산해야 할까,
> 어떻게 사라져야 할까,
> 기억이 사라지고
> 기억이 기록되지 않아 우리가 영영 사라질 때까지,
> 우리의 말이
> 우리로부터 끝끝내 항거할 때까지,
> 우리의 육체 속에 없던 말들과
> 아직 오지 않은 미래의 어휘들과
> 비참의 부력으로 떠서
> 우리 바깥에서 우리를 바라보고 있을
> 삶이 없는 생자(生者)들 속에서.
> ― 김안, 「파산된 노래」 부분(『현대시』 2017.1)

말을 부끄럽게 만드는 것은 "우리 바깥에서 우리를 바라보고 있을/삶이
없는 생자(生者)들"이 있기 때문이다. 타자의 응시는 우리가 하는 모든 말
들 안에 담긴 선과 악을, 정확히 말하면 타자를 배제한 채 주체의 시선으
로 선과 악을 나누는 자기기만적 질서의 실체를 표면화하는 힘이다. 김안
시인이 간파했듯이 "말의 노역"인 줄도 모른 채 말에 포박당한 '우리'는 선
과 악에 대하여 사유하는 윤리적 능력의 퇴화를 미처 알지 못했었다. 주체
의 말이 지배하는 체제의 내부에서 "우리의 말"은 "스스로에게만 자명한
선"이라는 것을 묵인해왔고, 타자 없는 삶을 강요하는 체제는 우리의 삶이

선악의 심판대에 오르지 않고 영원하리라 속삭여왔다.

시인은 말을 버리지 않는 한 이 세계 밖으로 나갈 수 없다는 것을 감지하고 있지만 문제는 말의 질서로부터 벗어나는 일은 "우리"라는 말의 공동체에 대한 항거이자 거대하고 견고한 세계와의 싸움이라는 점이다. "우리"라는 말은 '나'에게 정체성을 부여함으로써 '나'를 증명해주는 안전하고 강력한 감옥과도 같기 때문에 여기서 벗어난다는 것은 지금까지의 정체성으로부터 탈정체화하는 사건이다. 그러나 김안 시인은 강력히 이 세계의 파국과 말의 종언을 선언한다. "우리라는 말(言)" 안에 있는 "괴물"과 이미 "기록된 악행이" 있다면 말을 버림으로써 '우리'도 함께 파산하리라는 묵시록적 종언은 나지막한 독백이지만 무겁게 들린다.

> 우리는 고통을 상상하기 위하여 서로의 눈(目)을 파냈던 것이 아니라, 그저 눈감기 위해서였을까, 우리는, 우리라는 말(言)은. 그러니 우리 안의 괴물을 버린들 기록된 악행이 사라질까, 우리의 괴물들은, 우리라는 말의 괴물들은 기록을 딛고 또다시 쓰이며 되살아나고, 행복과 야만의 국경을 지우며 부단히 포복하고, 썩어 부서진 늑골 안에 눌어붙어 포자처럼 번지고, …(중략)… 견고하게 우리 바깥의 고통은 더 이상 상상되지 않는 스스로에게만 비극일 뿐인 그것. 그것이 윤리라면, 그것이 우리의 윤리라고 누군가가 술에 취해 말했을 때, 그 불구의 윤리가 우리의 문학사라고 말했을 때, 우리는 그저 어제의 말을 사랑하고, 오늘의 말에 힘썼을 뿐인데, 우리의 입속에서 아무런 수치심도 없이 달궈질 때, 우리의 말이 시작되는 곳은 어디여야만 할까, 그것은 사랑의 주술도 아니고, 존재의 실증도 아니고, 몰락하는 에고도 아니고. 말을 버려도 시가 될 수 있을까. 시가 되어야 할 이유는 또 무얼. 우리의 입을 받아들고 갈 뿐, 가서 침묵할 뿐. 침묵하며 끝끝내 목도할 눈을 찾을 뿐.
>
> ― 김안, 「파산된 노래」 부분(『현대시』 2017.1)

이 시의 두 가지 메시지 가운데 하나가 고통에 대해 눈감아버린 문학의 파산(破散) 선고라면, 다른 하나는 파산된 노래 이후 도래할 시의 미래이다. 먼저 문학의 파산을 선고하는 표면적 이유로 짐작할 수 있는 것은 문학이 이 세계의 고통에 대해 눈감은 데 대한 자책 때문이다. 이 자책감을 이야기하면서 시인은 첫 구절에서 "우리"가 "고통을 상상하기 위하여 서로의 눈(目)을 파냈"던 것임을 상기시켰는데, "우리"는 말을 하는 모든 자들을 일컫기도 하지만 그중에서도 눈으로 보지 못하는 것을 상상하는 시인을 지칭하는 대명사로 사용되고 있다. 김안에게 시인은 고통을 노래하기 위한 의무를 지니고 태어나는 존재이다. 그러나 말을 하면 할수록 말로 전해지지 못하는 고통은 쌓여가고 말에 현혹된 사람들은 고통의 실체를 알지 못한 채 그것을 외면하게 된다. 시인들이 서로의 눈을 찌르는 형벌을 자처하는 것은 이 같은 말의 원죄를 씻기 위한 속죄 의식인 것이다.

김안이 자기 자신을 포함한 시인들에게 고통을 상상하라는 의무를 부여하는 것은 말로써 사람들을 현혹하거나 세계를 타락시키는 자기기만에 빠지지 않기 위한 최소한의 시적 윤리이다. 타인의 고통을 외면한 채로 노래를 부르고 있었다면 "우리"는 단지 앞을 보지 못하는 맹인이며 거짓 증언자에 불과하다. 고통을 상상하지 못하는 시인들의 말은 "서정과 실험 속에서 서로의 바벨이 되어 몰락"할 것이고, 고통을 외면한 문학에게는 문학사라는 이름을 가진 자기기만의 역사만이 남을 뿐이다.

"우리의 말이 시작되는 곳은 어디여야만 할까"를 자문하는 김안 시인은 예측 불가능한 시의 미래 앞에 서 있다. "말을 버려도 시가 될 수 있을까" "시가 되어야 할 이유는 또 무얼까" 등 많은 질문이 쏟아지지만 가능한 답변은 없다. 지금 할 수 있는 답변은 타인의 고통을 외면한 데 대한 부끄러움과 수치심을 속죄하며 자기 스스로를 파멸시키는 노래를 부르는 순간에 세월호 시대의 문학은 시작된다는 것이다. 형용할 수 없는 타인의 고통을 목격하면서 비로소 죽음이라는 심연을 사유하고, 보이지 않는 타자들과 내가 '죽음 공동체'로 결속되어 있음을 경험한 우리가 다시 시작할 문학은 지금까지의 말을 버리고 나서야 다시 태어날 수 있을 것이다. 어떤 말과도 닮지 않은 문장으로. 시인들은 그런 문장을 발견하기 위해 "침묵하며 끝끝내 목도할 눈을 찾을 뿐"이다.

기록, 증언, 정동의 글쓰기
— 세월호 이후의 문학

> 자기만의 고유한 슬픔을 지시할 수 있는 기호는 없다.
> 이 슬픔은 절대적 내면성이 완결된 것이다.
> …(중략)…
> 우리의 사회가 안고 있는 패악은 그 사회가 슬픔을 인정하
> 지 않는다는 것이다.
>
> — 롤랑 바르트, 『애도일기』

세월호 이후의 문학에 대한 이야기는 이미 시작되었다. 현재진행 중인
이 재난과 슬픔은 재현 가능한 대상이 아니지만 희생자와 유가족, 그리고
그들과 슬픔의 연대를 맺은 시민들의 요구가 무엇을 말하는지 기록하고
증언하는 일을 미뤄둘 수는 없기 때문이다. 돌아보면 세월호 참사 이후 문
학은, 이제 아무것도 쓸 수 없으리라는 자포자기의 심정에서 시작된 글쓰
기였다. "아무것도 물을 것이 없고 아무것도 물을 수 없다고 썼으나 그 문
장은 수정되어야 하는 것"(황정은, 「가까스로, 인간」, 『눈먼 자들의 국가』)이란 한
소설가의 고백처럼, 세월호 이후의 글쓰기는 절망과 무력함 속에서 완전
히 소멸되지 않은 희미한 의지로부터 출발하였다. 작가들은 세월호의 충
격이 가져온 침묵을 이겨내고 싸우기 위한 문장을, 기억하기 위한 문장을
쓰기 시작했다. 물론 그것은 어떤 계획과 의지에 의한 것이었다기보다 거
부할 수 없는 슬픔의 힘 때문이었다. 세월호를 교통사고에 비유했던 한 관
료는 전혀 이해할 수 없었던 '그것'.

한국전쟁 다음으로 세월호 참사가 해방 이후 한국 역사에서 가장 중요

한 사건이라는 여론 조사 결과[1]가 방증하듯이 세월호의 충격은 짧은 시간 안에 해소할 수 없는 규모이다. 오늘까지도 우리가 겪는 이 슬픔의 기원은 "재난 일반으로 환원될 수 없는 집단 트라우마(Collective trauma)"[2]에 있다. 모두가 지켜보는 가운데 일어난 사고였지만 그로 인해 시작된 슬픔은 갈수록 불가해한 것이 되어버렸다. 외상적 주체에게 슬픔은 이해의 대상이 아닌 설명 불가한 '어떤 것'일 뿐이다.

하지만 엄밀히 말해 이해할 수 없는 슬픔 자체가 문제인 것은 아니었다. 시민들의 슬픔을 이해하지 못했던 당시의 정부는 그것을 슬픔이 아니라 불온한 감정으로 받아들였다. 체제의 통제자인 자신들이 코드화한 기호로 환원되지 않는 감정을 용인할 수 없었던 모양이다. 하지만, 3년간 침몰한 배를 인양하지도, 책임자를 추궁하지도 않은 체제의 완강함을 비웃듯 슬픔은 시간이 가도 줄어들지 않는 '어떤 것'으로 남아 있다. 돌아오지 못한 304명의 죽음이 가져온 슬픔의 파장은 3년이 지난 현재에도 지속한다. 대체 무슨 일이 일어났던 것일까?

뉴스를 들으며 늦은 출근 준비를 하던 그날 아침을 많은 사람들이 기억할 것이다. 뉴스를 들으며 사태를 충분히 헤아리기 전에 슬픔은 먼저 몸에 퍼지고 있었다. 떨리는 손, 뜨거워지는 눈, 벌어지는 입, 굳어가는 혀는 먼 바다에서 일어난 재난이 우리들의 몸에 보내는 슬픔의 신호였다. 그런데 문제는 그 이후부터였다. 유가족들과 시민 사회가 진상 규명을 위한 세월호 특별법을 요구하자 정부는 난색을 표했고 더 이상의 애도는 안 된다는 듯 유가족의 행진을 막았던 것이다. 세월호 참사 100일을 맞은 밤이었

---

1) 「광복 이후 가장 중요한 사건… 2040 "세월호" 5060 "한국전쟁"」, 『한겨레』, 2014.12.31.

2) 김명희, 「고통의 의료화 : 세월호 트라우마 담론에 대한 실재론적 검토」, 『보건과 사회과학』, 38호, 한국보건사회학회, 2015.

다. 그 후 슬픔의 금지 명령은 가시화되기 시작했고, 모든 것은 더 나빠지고 힘들어졌다. 세월호 특별법도 7개월 만인 2014년 11월에서야 제정되었다.

절망과 두려움 속에서 깊어진 슬픔은 3년의 시간을 지속해왔다. 다행히 위로가 된 것은 슬픔의 연대에 동참한 많은 사람들이었다. 어쩌면 슬픔은 각자의 내밀한 곳에 있는 것이지만, 개별적 주체를 초과하는 힘으로 공동체를 관통함으로써 지금까지 남아 있을 수 있었던 것이다. 그리고 바르트의 말대로 길고 긴 애도 작업은 외상적 주체를 도덕적인 주체로, 시스템에 통합되지 않은 존재로 조금씩 바꿔놓았다. 슬픔에 빠져 있던 사람들은 유가족과 함께 진상 규명을 요구하며 잘못된 것을 바로잡기 원했다. 슬픔의 연대는 윤리적인 정부를, 정의로운 사회를 요청했다.

지금도 우리는 이 슬픔의 끝을 모른다. 그런데 문학은 공론의 장에서 세월호에 대한 기억을 기록하는 역할을 자처하게 되었다. 문학이 현실을 바꾸는 특별한 능력이 있어서는 아니다. 오히려 문학은 현실의 시련 앞에서 비루할 때도 많았지만 그럼에도 문학이 세월호의 부름에 응답할 수밖에 없는 이유는 세월호의 침몰이 우리가 갖고 있던 문법을 파괴하며 문학을 기나긴 침묵에 빠뜨렸었기 때문이다. 기존의 언어로 명명한 적 없는 슬픔이 맹골수도에서 팽목항으로, 안산에서 광화문으로, 또 다른 도시로 번지자 정부는 슬픔을 금지하고 막아섰지만, 그 순간에 문학은 새로운 언어를 모색하기 위해 침묵을 깨고 광장으로 나왔다. 그리고 광장에서 배운 슬픔의 언어를 기록하기 시작했다. 세월호 참사 3년, 작가들이 쓰고 있는 것은 세월호 이전의 문학을 넘어선 글쓰기이다. 내면의 슬픔이 다른 것으로 이행할 때 작성되는 불완전한 글쓰기로서 세월호 이후의 문학은 기록과 증언, 그리고 정동의 글쓰기로 자신의 가능성을 드러냈다.

세월호 이후의 글쓰기, 기록

이탈리아 작가 프리모 레비(Primo Levi)는 애도의 작업으로써 글쓰기를 선택한 사람 가운데 누구보다 충직했던 사람이다. 지난 20세기 중에서 가장 비참한 시간을 가장 절망적인 장소에서 보냈던 그는 아우슈비츠에서 살아남아 본래의 삶으로 돌아왔지만, 수용소의 삶을 기록하는 데 남은 생을 바쳤다. 화학자였던 탓인지 문장들은 극도로 절제되어 있고 조금이라도 거추장스러운 표현은 쓰지 않는 것이 레비의 글쓰기이다. 자신의 생각마저도 객관화하는 절제의 글쓰기는 그가 자신의 고통이나 슬픔을 드러내기 위해 글을 쓴 것이 아니었음을 드러낸다. 레비가 쓰고자 한 것은 수용소에서 학살이 일어나기 전, 먼저 인간다움이 박탈되는 합리적인 과정이었다. 인간성의 박탈이야말로 인류의 절멸을 예고하는 것임을 그는 실제의 경험으로써 증언하고자 했다.

레비의 경우처럼 유대인 수용소에서 탈출한 생존자들이 남긴 기록은 인간으로 취급받지 못했던 타자의 기억에 불과한지도 모른다. 너무 강렬한 충격 때문에 훼손되고 생략되거나 변형된 불완전한 파편들. 그러나 역사와 문학이라는 장르를 초과하는 지점에 존재하는 그 기억들은 인간에게 비인간성을 요구한 합리적 주체들의 폭력을 증언하는 유일한 가능성이라는 걸 레비는 보여주었다.

세월호 참사 이후 작가들은 자신의 슬픔과 분노를 어렵게 꺼내 이야기한 글을 묶어 『눈먼 자들의 국가』(문학동네, 2014)를 펴냈다. 그들은 작가로서가 아니라 슬픔에 견인된 한 사람으로서 연대의 의지를 표명했다. 시간이 지나면서 작가들의 참여는 점차 집단적인 기획과 의도가 투영된 작업으로 나타났다. 작가들은 세월호 참사 시민기록위원회 작가기록단을 구성하여 참사 현장과 유가족들 곁에서 희생자의 목소리를 복원하고 그들을 기억하는 작업에 참여했다. 단원고 희생자 유가족의 이야기를 담은 『금요일엔 돌아오렴』(창비, 2015), 『다시 봄이 올 거예요』(창비, 2016)는 작가들이 유가족을 인터뷰한 내용을 기록한 책이다.

용산 참사나 쌍용 사태와 같은 사회적 사건들이 벌어졌을 때에도 작가들은 르포르타주와 같은 기록적 글쓰기를 시도해왔다. 그런데 세월호를 계기로 그러한 시도는 더욱 다양해지고 전면화되었다. 각자의 작업실에서 나와 안산, 팽목항, 광화문, 국회, 또 어느 곳이든 가족들이 있는 곳으로 달려가 작성한 이 글쓰기에는 유가족의 목소리가 생생히 살아 있다. 이 기록을 읽다 보면 독자는 유가족의 목소리를 듣고 있는 작가의 위치에 놓이게 된다. 차마 위로의 말조차 함부로 건네기 조심스러운 가족들 앞에서 작가는 얼마나 오랫동안 앉아 있었던 걸까. 작가도 역시 자신의 슬픔을 드러내고 싶었을 것이다. 그러나 작가기록단은 자신을 글쓰는 주체가 아니라 다른 위치에 두는 글쓰기를 진행했다. 죽은 자의 삶과 목소리를 되살리는 작업의 시간 그리고 증언자의 고통이 전이되는 시간을 필요로 하는 이 기록 작업에도 작가의 상상력이 반영될 수밖에 없는 것은 당연한 일이지만 작가는 최대한 자신을 지우고 희생자와 증언자만을 남겼다. 그것은 세월호 유가족들과 우리를 직접적으로 연결해주는 가장 적합한 방법이었다.

> 부모들은 자기 아이가 나올 때 느낌으로 알아요, 우리만이 아니라. 희한하게도 생일에 많이 나오잖아요? 요 언덕 너머가 채원이 학교거든요. 우리 아이 나오기까지 단원고 근처엔 가보지도 못했는데 그날은 혼자 가봤어요. 그때까지는 길거리에 매어진 노란 리본도 너무 싫었어요. 주변을 위해 힘써주신 분들께는 미안한 얘기지만, 난 그때 무슨 잔치 난 것 같은 기분이 들었어요. 길거리에 플래카드도 너무 많고, 무슨 행사하는 거 같고. 근데 그날은 교실에 가서 채원이 책상에도 앉아보고 그러고 왔는데 다음 날 4월 29일에 우리 애가 나왔어요. 205번째로. 애

들 시신 확인할 때 보니 사람이 그냥 번호인 거예요. 몇번 몇번 몇
번…… 애들이 그냥 번호구나.
— 2학년 2반 길채원 학생의 어머니 이야기,
「엄마 없는 세상을 살아갈 딸을 걱정했는데 딸을 먼저 보냈어요」
(『금요일엔 돌아오렴』, 창비, 2015)

생일 다음 날 발견된 채원이 이야기를 들려준 채원이의 엄마는 딸의 이
야기가 이 세상에 조금이라도 남기를 바라는 마음으로 유가족 구술 작업
에 참여했을 것이다. 엄마는 가장 진실한 증언자로서 우리에게 채원이의
이야기를 들려줄 수 있는 유일한 사람이다. 누구도 대신할 수 없는 한 사
람의 이야기를 비로소 들을 수 있는 건 진실한 증언자와 그 증언을 자신의
말처럼 믿는 유령작가가 존재했기 때문이다.

전쟁이나 재난과 같이 비일상적인 현실에서 긴급하게 소환되는 기록으
로서 문학은 세월호 참사를 기점으로 그 외연을 넓혀가고 있다 해도 과언
은 아니다. 이미 몇몇 평론가들은 한국 문학장에 나타난 이런 현상들에 주
목하여 그것의 원인과 효과를 분석하기도 했다. 천정환은 논픽션과 르포
가 부흥하는 현상에 대해 "이명박근혜" 정권하의 정치적 현실이 "한국 문
학으로 하여금 새삼 '현실'이나 '정치'와 대면·대결하게끔 하"는 현실에서
"주류 문단 바깥의 독자들도 적극적으로 르포나 논픽션을 통해 문학적 실
천에 나서고 있다"고 지적한 바 있다.[3] 김형중도 세월호 참사 이후 등장한
르포와 인터뷰 등의 의미를 고찰했다. "기존의 문학장에서 주류 장르였던
시와 소설이 참사 앞에서 참사를 맛보거나 새로운 언어 형식을 찾아 암중
모색하는 와중에, 독자들의 마음을 크게 움직인 것은 오히려 기존 문학장

---

[3] 천정환, 「'세월', '노동', 오늘의 '사실'과 정동을 다룰 때―논픽션과 르포의 부흥에 부
    쳐」, 『세계의 문학』, 2015.봄.

에서 주변적 장르에 속한 르포와 인터뷰, 그리고 '받아쓰기'였다"는 것이다. 특히 '생일시'에 대해서는 "일종의 '가상적 받아쓰기'라 불러도 좋을 이 작업에서 시인들은 기꺼이 유령작가(ghost writer)의 지위를 감수한다"고 평가하기도 했다.[4]

시인들이 아이들의 목소리를 대신하여 쓴 『엄마, 나야』(난다, 2015)는 희생된 아이들의 생일날 낭송된 시를 묶은 시집이다. 시인이 직접 희생자 아이가 되어 자신의 생일에 가족들과 친구들에게 들려줄 시를 썼다. 이 세상에 존재하지 않는 아이의 마음을 재현하는 것은 불가능함을 재현하는 과정이었다.

> 날 깨끗한 겨울에 낳아준 엄마, 고마워.
> 겨울이면 밤이 길어지니까
> 우리가 서로를 생각하는 시간도 그만큼 길어지는 계절.
> 엄마의 막내아들 차웅이는
> 겨울이 와도 춥지 않은 곳에 와 있어.
> 그리고 함께 있는 친구들이 많아서
> 누구도 외롭지 않은 곳에 차웅이는 와 있어.
> 그러니 엄마, 내 걱정은 하지 말고
> 아빠와 형과 함께 즐거운 생각만 하면서 지내.
> 먼 훗날, 엄마 아빠 품에 안길 때까지
> 나머지는 내가 알아서 할게!
> ─그리운 목소리로 차웅이가 말하고, 시인 임경섭이 받아 적다.
> ── 정차웅, 「엄마! 내가 알아서 할게」 부분(『엄마, 나야』, 난다, 2015)

'받아쓰기'는 시적 주체가 누구인가라는 질문을 퇴색시킨다. 우리는 이

---

4) 김형중, 「문학과 증언 : 세월호 이후의 한국문학」, 『후르비네크의 혀』, 문학과지성사, 2016.

시를 읽으며 이 문장을 쓴 '차웅이'가 실재하는가를 물을 수 없기 때문이다. 시적 주체인 '차웅이'의 절대성 때문에 '받아쓰기'는 우리에게서 말의 주도권을 빼앗아간다. "내 걱정은 하지 말고" "즐거운 생각만 하면서 지내" "나머지는 내가 알아서 할게!"라는 '차웅이'의 말은 우리에게 질문할 기회를 박탈하고 지금 여기 있는 현실 세계의 주체들에게 거부할 수 없는 소명―진상을 규명하고 책임자를 가려내는 일은 우리에게 부여된 소명의 작은 부분일 것이다―을 부여한다. 소명의 전달 통로는 바로 '받아쓰기'이다. '받아쓰기'를 통해 과거에 속한 '차웅이'와 현재에 속한 '엄마'가 연결된 것처럼 우리도 이 세상에 존재하지 않는 희생자와 연결되기 때문에 소명이 비로소 전달되는 것이다.

유가족 구술 기록물이나 생일시 작업에서 도입된 '받아쓰기'는 과거와 현재를 잇는 글쓰기이다. 세월호 이후의 기록은 과거와 현재를 관통하며 그들의 목소리를 들을 수 있는 통로를 만드는 작업이다. 그들과 우리가 연결됨으로써 우리는 과제를 부여받는다. 그들이 준 과제는 앞으로 우리가 할 일, 그러니까 우리의 미래를 생각하게 하는 계기이다.

외상적 주체의 글쓰기, 증언

세월호는 처음부터 단순한 사고가 아니었다. 안전을 위한 절차보다 돈을 버는 데 집착한 선박회사의 비대한 욕망이 발화점이었고, 참사 이후에는 대규모 재난에 대한 책임을 회피하려는 무능력한 정부가 구조와 수습하는 데 혼란에 빠뜨렸다. 그리고 그 이후에는 진상 규명에 대한 유가족의 요구를 부당한 이권 행사로 곡해한 보수 정치인들이 세월호 희생자와 유가족을 이익집단으로 매도하여 시민사회를 분열시키는 데 앞장섰다. 진상 규명을 위한 특별법 제정을 두고도 얼마나 오랜 시간이 걸렸던가. 세월호는 우리 사회에 대한 성찰 없이는 풀어갈 수 없는 재난이었다. 참사 이후에 또다시 펼쳐진 재난 앞에서 작가들은 성찰의 시간이 필요했으리라. 그것은 단지 총체성을 확보하는 기계적 시간은 아니었다. 광장을 뒤덮은 목소리들 가운데 진실한 것을 가려내야 했다.

문예지를 통해 발표된 작품들도 논외로 할 수는 없겠지만 장편소설이나 소설집으로 묶여 출간된 책들은 '세월호 문학'이란 말의 실체를 실감케 한다. 세월호 참사 3년을 전후로 한 시점에서 김탁환의 장편 『거짓말이다』(북스피어, 2016)와 소설집 『아름다운 그이는 사람이어라』(돌베개, 2017), 방현석의 『세월』(아시아, 2017)이 출간되었다. 시와 별개로 소설의 출간은 희생자의 삶을, 그리고 살아남은 우리 모두의 삶을 면밀히 들여다보기 위해 고군분투한 작가의 시간을 짐작하게 한다.

김탁환의 경우 팟캐스트 〈4·16의 목소리〉를 기획하고 진행한 장본인이며, 세월호와 관련해서 다방면의 사람들을 만나 함께 진상 규명을 위한 활동을 벌여왔다. 그는 세월호 참사 이후, 희생자들과 연관된 사람들의 이야기를 수집하여 소설로 써냈는데 그의 소설 속 등장인물들은 희생자들의 삶을 증언/증명하는 사람들이기도 하다. 이런 인물들의 형상화에 집중한 것은 소설을 쓰는 작가 자신이 증언자가 되고자 했기 때문이다. 증언자로서 소설가는 배가 침몰한 이후부터 지금까지 결코 편한 잠을 누릴 수 없었으리라. 희생자들이 남긴 흔적을 찾느라 고단한 밤을 보냈을 것이다. 그럼에도 소설이 그러하듯 증언이 항상 실제 일어났던 일을 말하지는 못한다. 다만 증언의 주체는 타인에 의해 소환당한 주체로서 이야기 속에서 진실해야 할 의무를 가진 자이기 때문에 우리는 증언으로부터 진실을 알고자 한다. 그러나 어떻게 증언을 믿을 수 있는가. 증언은 역사와 권력이 기억하지 않는 희생자에 관한 이야기이다. 현실을 지배하는 언어로 발화되어 보지 못한 이야기임에도 불구하고 증언은 진실에 가까운 말로 받아들여진다. 왜 그럴까. 철학자 폴 리쾨르는 내가 말하고 있는 것이 진실성을 결여하고 있지 않은가에 대한 성실한 태도가 '증언적 확실성'을 가능하게 한다고 말했다.

> 팟 캐스트 사회자가 물었다.
> "악몽을 꾸십니까?"
> 오민재가 답했다.
> "꿈 같은 건 안 꿉니다. 악몽은 더더욱! 대신 오늘처럼 짙은 안개가 끼거나 비가 부슬부슬 내리면, 보입니다. 광화문광장에서도 안산의 교실에서도 저는 똑똑히 봤습니다. 그것들은 어디에나 있어요."
> "그것들이라고요? 맨정신에 뭘 본다는 겁니까?"
> "이렇게 팔을 뻗고 발을 굴려 뛰면 만져집니다. 창들, 계단들, 복도의 벽과 문, 여행 가방들, 이불과 베개……."
> "만지면서 뭘 하시는 겁니까?"
> "찾고 있어요."
> 이어폰을 뽑았다. 손바닥으로 두 눈을 번갈아 눌러 비볐다. 고개를 들어 작업실 불빛을 올려다보다가 몸을 돌려 도로를 건넜다. 그리고 카메라를 가방에서 꺼내들곤 연안부두를 향해 걸음을 옮겼다. 어둠보다 짙은 안개가 곧 나를 삼키겠지만, 새벽 첫 배가 들어올 때까지 셔터를 누를 것이다. 응답을 바라는 호출음처럼.
> — 김탁환, 「찾고 있어요」
> (『아름다운 그이는 사람이어라』, 돌베개, 2017)

'오민재'는 침몰한 배에서 '재서'를 안고 올라온 잠수부이다. 그는 잠수 시간을 초과하면서 가까스로 아이를 찾아냈고 엄마 품에 돌려주었지만, 여전히 아이의 환영을 보는 외상을 앓는다. 하지만 "그것들을" "똑똑히 봤"다고 주장하는 그는 증언의 확실성을 가진 주체이다. 인용한 부분은 이 소설의 마지막 장면이다. '나'는 오민재가 가진 증상이 무엇을 의미하는지

뒤늦게 알게 된 후 안개 속에서 무언가를 찾아내기 위해 사진을 찍는다. 잠수부의 말을 믿는다는 것은 그 말의 사실 여부가 아니라 그 말 안에 담긴 진실에 수긍한다는 뜻이다.

이 세상에 없는 실존하지 않는 '재서'의 모습을 보았다고 주장하는 잠수부나 안개 속에 감춰져 있는 "사물의 본디 모습"을 찾으려는 사진작가 '나'나 외상을 입은 주체들이다. 그들을 지배하는 것은 눈에 보이는 현실 세계가 아니라 보이지 않더라도 자신에게 가장 절실한 것이다. 결코 자신의 것으로 주어질 수 없는 대상. 그런 점에서 그들은 자기 삶에 끊임없이 나타나 개입하는 타자를 경험하며 그것을 증언하는 주체이다.

작가 역시 외상을 입은 주체이기는 마찬가지이다. 김탁환의 "정열적이고 공격적인 '세월호 이야기의 소설화'는 그 '세월호 이후'라는 문학적 신세기의 시작"(김명인, 「'세월호 문학'의 시작」, 『아름다운 그이는 사람이어라』)이라고 평가받기도 했는데, 분명히 김탁환은 누구보다 세월호에 붙들린 작가임이 분명하다. 그도 외상의 주체로서 반복적으로 귀환하는 그들의 목소리를 증언하는 주체이다.

방현석의 『세월』은 희생자 가운데 "배를 탔던 유일한 외국인" 여성의 이야기를 재현한 단편이다. 한국인과 결혼한 베트남 여성의 죽음과 그 이후 벌어진 일련의 사건은 죽음에 관해서도 배제와 차별이 적용되는 한국 사회가 상실한 인간의 품격은 무엇인지를 묻는다.

"세상에 우리같이 불쌍한 사람이 있어요? 그런데, 그런 우리를 질투하는 사람이니 그보다 더 불쌍한 사람이 세상에 또 어디 있겠어요. 그렇게 말하는 사람들은 우리가 몇억씩 보상금을 받게 될 거라고 정부에서 떠드니까, 그게 부러운 거예요. 난 수백, 수천억을 준다고 해도 우리 애랑 바꿀 수 없는데 그 사람들은 애 잃고 타게 될 보상금이 질투가 나는 거예요. 생각해보세요. 그 사람들이 얼마나 불쌍하고도 무서운 사람들인지요. 자식 죽고 자기가 보상금 받았으면 좋아했을 사람이잖아요. 난 우리 송희만 살려준다면 단 일 초도 망설이지 않고 죽을 수 있어요."

― 방현석, 『세월』 중(아시아, 2017)

참사 이후 1년이 되는 시점에서 정부는 보상금에 관한 안을 발표했다. 보상금 보도가 나자 진상 규명을 요구하는 유가족의 요청이 마치 돈을 더 받으려는 것처럼 호도되는 처참한 현상마저 벌어졌다. 그것은 분명히 그동안 표면으로 떠오르지 않았던 인간성의 참사를 보여주는 사건들이었다. 우리는 세월호의 침몰 이후 수습 과정에서 더 많은 가치들이 이미 침몰되었음을 비로소 직면하게 되었던 것이다.

증언으로서의 세월호 소설이 등장할 수 있었던 배경은 한국 문학장의 움직임과 현실 세계의 관계 변화이다. 소영현이 지적한 바처럼 "2000년대 중반 이후로 삶은 문학 깊숙이 육박해 들어왔으며, 삶과 문학 사이의 시차는 점차 무력해져 왔다." 즉, "삶이 문학이 되기 위해서는 문학적 원리로 재편되어야 한다는 논리"가 무력해진 것이다. 소영현은 그 결과 한국문학은 "피할 수 없는 목격자―증인의 자리를 기꺼이 받아들이려 하는 듯하다"[5]는 진단을 내린다. 이에 대한 사례로 언급한 작품 가운데 이기호의 단편 「권순찬과 착한 사람들」은 세월호 이후 한국 사회가 직면한 현실적 고민을 알레고리적으로 보여주었다. 세월호 유가족을 바라보는 시선의 변화, 즉 애도와 연민의 감정이 어느 시점부터는 의혹과 비판으로 변하는 과정을 신랄하게 그려냈다. 이 작품은 사람들이 고통받는 타인에게 베풀 수 있는 선의의 범위는 어디까지인지 묻는다. 그리고 자기중심적 선의를 넘어선 타인과의 관계로서 연대는 무엇인지를 생각해보게 만든다.

---

5) 소영현, 「목격하는 증인, 기록하는 증언」, 『문예중앙』 2017. 봄.

현실의 언어로 증언할 수 없는 미묘한 감정이나 태도를 포착하기 위해서 우리는 다양한 증언의 양식들을 발굴하지 않을 수 없다. 그러므로 비평의 업무는 더 분주해져야 한다. 세월호 문학을 논하는 지금 비평은 증언이 얼마나 다양한 스펙트럼을 가지는 말인가를 드러내야 하기 때문이다.

정동으로서의 슬픔과 시

소설이 세월호 이후 외상의 주체로 남겨진 사람들의 증언을 서사화했다면, 시는 우리가 경험한 슬픔을 증언하는 언어이다. 그런데 시가 보여주는 슬픔을 말하기 전에 먼저 묻지 않을 수 없다. 타인의 슬픔마저도 조롱거리로 만들고 희생자를 불운한 사람으로 간주하는 한국 사회에 아직도 슬픔의 가치가 남아 있는지를 말이다. 슬픔에 대한 냉소가 윤리와 비윤리의 구분조차 웃음거리로 만드는 상황에서 우리는 슬픔의 가치를 어떻게 보여줄수 있을까? 나는 이것이 세월호 이후의 문학이 직면한 문제라고 생각한다.

슬픔이 슬픔으로 고정될 때 그것은 확실한 감정으로 남고, 고착된 슬픔은 변화의 동력이 되지 못한다. 그러나 세월호 이후 우리 시에 나타난 슬픔은 투명한 슬픔이 아니었다. 하나의 단어로 붙잡으려고 하면 빠져나가 다른 형태가 되어버리는 슬픔은 수렴될 수 없는 복수적 양태로 나타났다. 달리 말하면 세월호 이후 시는 슬픔을 고정된 감정으로 수용하는 것이 아니라 감정의 유동으로 이해하고, "감정의 변화와 흐름을 언어화하는 작업"[6]을 진행해온 것이다. 이 슬픔의 유동성은 정동으로서의 슬픔이라고 바꿔 말할 수 있다.

---

6) 장철환, 「'괴물-되기'와 '언어의 탈'쓰기 : 동시대 한국시의 정동의 두 양상」, 『현대시』, 2016.1.

세월호 이후의 시들이 보여주듯이 슬픔의 중요한 가치는 그것이 가진 역동적 힘이다. 신체적, 정신적 작용으로서 나타나는 죄책감(신용목, 「그리고 날들-Bitter Moon」, 『우리 모두가 세월호였다』, 실천문학사, 2014), 침묵과도 같은 심연을 상상하는 자의 실어 증상(김경후, 「실어」, 『문학과 사회』, 2014.가을) 등 사건 직후 겪은 증상은 기존의 언어 질서를 균열시키는 힘과 윤리적 자본 체제를 파괴하는 혁명적 의지 그리고 공공성이 열리는 미래를 도래시키는 힘으로 진화하고 있다.

> 그 불구의 윤리가 우리의 문학사라고 말했을 때, 우리는 그저 어제의 말을 사랑하고, 오늘의 말에 힘썼을 뿐인데, 우리의 입속에서 아무런 수치심도 없이 달궈질 때, 우리의 말이 시작되는 곳은 어디여야만 할까, 그것은 사랑의 주술도 아니고, 존재의 실증도 아니고, 몰락하는 에고도 아니고. 말을 버려도 시가 될 수 있을까. 시가 되어야 할 이유는 또 무얼까. 우리의 입을 받아들고 갈 뿐, 가서 침묵할 뿐. 침묵하며 끝끝내 목도할 눈을 찾을 뿐.
> ― 김안, 「파산된 노래」 부분(『현대시』 2017년 1월호)

> 돌려 말하지 마라
> 온 사회가 세월호였다
> 오늘 우리 모두의 삶이 세월호였다
> 자본과 권력은 이미 우리들의 모든 삶에서
> 평형수를 덜어냈다
> …(중략)…
> 우리 모두가 이 위험한 세월호의
> 선장으로 기관장으로 갑판원으로 조타수로 나서야 한다
> 이 시대의 마지막 남은 평형수로 에어포켓으로
> 다이빙벨로 긴급히 나서야 한다
> 이 세월호의 항로를 바꾸어야 한다

이 자본의 항로를 바꾸어야 한다

　　　　　　　　　　　　　― 송경동, 「우리 모두가 세월호였다」 부분

　　　　　　　　　　　　(『우리 모두가 세월호였다』, 실천문학사, 2014)

　슬픔은 마음으로부터 오기 전에 몸의 변화에서 먼저 시작된다. 정동이 의식화된 앎과는 다른 본능적인/내장의(visceral) 힘에 부여하는 힘[7]이라고 볼 때, 참사 이후 살아 있는 나의 몸은 슬픔이란 정동의 힘에 의해 변형된 몸이다. 혀가 굳어버리는 사건 역시 슬픔에 대한 몸의 반응 가운데 하나이다. 말을 잃는 것이 먼저가 아니라 혀가 굳음으로써 말을 잃는 상태. 시인들이 겪는 실어증은 정신적 무력감에 대한 환유가 아니라 슬픔이란 정동이 몸을 파고드는 일종의 힘이라는 사실을 말하기 위한 증상이다.

　세월호 참사 '직후' 작가들이 혀가 굳는 현상―실어증을 경험했다면, 시간이 지나고 난 후 김안 시인은 자발적인 실어를 선언한 바 있다. 김안은 근본적으로 말이 존재하는 이유를 생각하며 말이라는 허구로 덮인 것들을 다시 발가벗기는 언어의 '파산'을 상상하는 것이다. 파산의 상상력은 언어와 그 언어 위에 세워진 체제를 무너뜨리는 힘이라는 점에서 송경동의 시적 상상력과 연동된다. 송경동의 시에서 분출하는 분노는 자본과 권력의 결탁 위에서 형편없이 타락한 한국 사회의 통치 체제를 향하고 있다. 시인들이 묻고 있듯이 이미 기울어진 배에서 또다시 우리는 가만히 있으라는 목소리를 믿어야 하는 것일까? 세월호 침몰 당시 선내에서 방송된 이 말, 가만히 대기하라는 이 말은 가장 원통하고 비통한 명령으로 남게 된 말이다. 살고자 하는 아이들을 잠재워버린 말, 그런 죽음의 말을 무너뜨리고 미래의 삶을 약속하는 것이야말로 시의 임무이다. 미래의 삶에 대한 약속은 부드럽고 다정하지

---

7)　멜리사 그레그 · 그레고리 J. 시그워스 편, 『정동이론』, 최성희 · 김지영 · 박혜영 역, 갈무리, 2015, 15쪽.

만 "영원히 마를 수 없는 이야기"처럼 견고한 것이어야 하다.

너의 이야기를 들려줄래?

우리는 오래오래 이곳에서
많은 물건과 많은 꿈을 만들겠지
물의 서사와 내 것을 속삭이며
젖은 모닥불과 함께
많은 이야기를 하고 있지 우리
영원히 마를 수 없는 이야기를
— 배진우, 「물의 서사-2017년 봄에도」 부분(『문예중앙』, 2017.봄)

죽은 아이들의 이야기를 떠올리게 하는 "물의 서사"는 슬픈 과거이다. 그러나 그 슬픈 서사는 "내 것"과 섞임으로써 슬프기도 하고 기쁘기도, 또 어떻게 전개될지 모르는 가능성들로 남는다. 애초에 '너'와 '나'는 공존할 수 없는 세계에 속해 있지만 시인이 두 존재에게 새로운 장소를 만들어주었기 때문에 우리의 이야기도 가능했다는 걸 기억하자. 물에 젖은 너를 마르지 않게 그러나 따뜻하게 지켜줄 수 있는 "젖은 모닥불"은 우리가 이야기를 나누도록 만들어주는 장치였다. "젖은 모닥불"은 모순된 상상이지만 시인은, 그 불가능성을 상상해냄으로써 더 이상 너의 이야기를 들을 수 없는 슬픔을 극복하고 영원한 이야기를 약속할 수 있게 만들어주었다. 우리는 시인과 함께 바란다. 슬픔을 견디는 우리의 언어도 불가능성을 넘어서 미래를 약속하는 언어가 될 수 있기를. 올해도, 내년에도 또 그 다음해에도 마르지 않는 너의 이야기를 이 세상에 전하는 증언의 언어이기를.

인용한 몇 편의 시처럼 세월호 이후의 시들은 슬픔의 무한한 변용을 증명하는 언어였다. 참사 직후 발행된 세월호 추모시집 『우리 모두가 세월호였다』(실천문학사, 2014), 3주기 추모시집 『꽃으로 돌아오라』(푸른사상사, 2017)

등의 공동시집을 포함하여 지난 3년간 문예지에 실린 시들이 보여준 정동으로서 슬픔의 힘은 세월호와 함께 살아가는 이 시대 문학의 증상이자 가능성이다. 슬픔은 견디기 어려운 감정이지만 세월호 이후의 시는 미래를 약속하는 용기와 희망도 그것으로부터 나온다는 걸 증명하고 있다.

슬픔의 연대에 관하여

1

가족의 죽음처럼 필연적으로 겪게 되는 죽음을 마주하면 인간은 누구나 자기 몫의 슬픔과 애도를 지니고 태어난다고 생각하게 된다. 그런데 가족의 죽음에 직면해보니 실제로 애도는 여러 가지 관습적 절차와 의례 속에서 가족들 그리고 가깝고 먼 지인들과 함께 이루어졌고, 나만의 몫이라고 생각했던 슬픔은 타인들과 함께하는 시간 속에서 겹치고 뒤섞이면서 내 것이라고만은 할 수 없는 상태가 되었다. 그 감정의 혼합물은 친족들을 포함한 가족 모두의 것이기도 하고, 더 넓게는 고인의 부재를 통해 내가 알지 못하는 타인들과 내가 연결되는 지점에서 발생한 슬픔 이상의 '무엇'이기도 했다.

감정이 제도 안에서 규범화되어 있으며 심지어 사회학적 주제로 간주된다는 것은 새로운 얘기가 아니다. 감정사회학이라는 용어가 출현하기 이전에도 사회학에서 감정이 중심적 역할을 수행했다는 잭 바바렛(Jack Barbalet)의 말대로 감정은 사회적 관계 속에 존재하며, 사회구조와 사회적 행위를 이어주는 중요한 요소이다. 감정 자체는 감정 주체가 육체적 과정을 통해 경험한 세계에 대한 이해를 말하는 것이지만 대부분의 감정 경험은 행위자와 다른 사람과의 관계 속에서 일어나는 신체적 개입과 지각의 변화를 통해 이루어진다.[1] 한쪽에는 통제되지 않는 파토스가 있지만 다른 쪽에는 의례와 관습에 따르는 슬픔의 사회학은 슬픔이 개인의 것이 아니라 사회적이고 관계적인 산물이란 점을 알려주는 한편 슬픔에도 내면화된 규범이 작동한다는 것을 시사한다. 그리고 이 사실로부터 그것이 시작된 이래로 지금까지 말할 수 없는 슬픔의 형상과 질감을 언어화하고자 시도해온 문학 또한 슬픔의 규범을 재생산하는 데 기여해왔음을 인정하지 않을 수 없다.

그러나 2000년대 이후 슬픔의 문학적 형상은 변화하고 있다. 사회적 변화와 함께 도래한 해체적이고 혼종적인 포스트모던 미학의 범람 이후, 우리는 문화적 규범 체계 전반의 균열을 경험했고 그에 따라 감정에 관한 사회적 규범도 그에 따른 문학적 형상도 변화되었으리란 점을 짐작할 수 있다. 우리 시를 중심으로 본다면 슬픔의 형질 변화는 좀 더 구체적인 사건들을 계기로 가속화되었다. 규범적 한계를 지닐 수밖에 없던 슬픔의 문학적 재현은 우리 사회에 트라우마로 남은 일련의 참사들을 겪으면서 전환점을 맞이했다. 용산 참사나 세월호 침몰이라는 감당하기 어려운 상황에 직면하면서 시인들은 슬픔을 개인의 운명이나 심리 차원에서 벗어난 사회적이고 정치적인 문제로, 그리고 나아가 윤리적인 문제로 바라보기 시작했다. 물론 우리 문학사에는 사회적 비극에 대한 슬픔을 노래한 경우가 없지 않지만 지난 시기의 문학이 참여문학이라는 이름으로 저항과 분노를 드러내며 사회·정치적 의제를 제기하고자 했다면 근래의 사건에서 보여

---

1) 잭 바바렛, 「과학과 감정」, 『감정과 사회학』, 박형신 역, 이학사, 2009, 277쪽.

준 작가들의 태도는 그것과 달랐다. 그들은 의제를 만들기보다 각자의 이야기를 하면서 광장에 모였고, 희생자들을 기억하기 위해 그들의 이야기를 찾아다니고 또 기록했다. 작가들은 지금까지도 사고의 현장을 기억의 장소로, 트라우마를 윤리의 명령으로 복원해가는 중이다. '세월호'가 문학장에 일으킨 슬픔이라는 동력은 의제나 조건의 일치라는 제약 없이 연대할 수 있는 공동체를 탄생시켰다.

이를 슬픔의 연대라고 부른다면, 슬픔의 연대는 슬픔의 사회학적 경험보다 선행된 사건인 상실과 부재 위에서 탄생한 공동체로서, 역설적이게도 그들이 공유한 것은 바로 부재 그 자체이다. 정신의학의 진단처럼 타인의 부재를 다른 대상으로 대체하지 못하는 주체는 애도의 과정을 끝내지 못한 채 우울증적 주체로 남을지 모르지만, 이 슬픔의 지속이 과거의 애착 관계에서 벗어나지 못하는 비정상적 범주의 증상이 아니라 부재하는 대상인 타자와 관계를 지속하고자 하는 불가능한 관계에 대한 시도라고 보면 어떨까? 세계의 밖으로 사라진 타자를 우리 곁에 영원히 붙잡아둠으로써 그들이 우리 삶에 개입하게 만드는 시도라면? 죽은 자들, 망자 또는 유령이라고 명명되는 영원한 타자를 '우리'라는 사회적 관계 안으로 개입시키는 것이 바로 슬픔의 연대가 수행하는 일이다. 그러므로 근래 발표된 작품에서 슬픔의 연대를 만들어가는 시도가 계속되는 것은 우연이 아니다. 세월호 이후 우리 시는 부재하는 그들을 기억하고, 목소리 없는 그들의 이야기를 귀담아 들으며 지속적으로 슬픔의 의미를 재전유(re-appropriation)하는 중이기 때문이다. 부재하는 타자를 공유하는 슬픔의 연대는 슬픔의 사회학이 제시하는 관계와 사회성을 토대로 하되 슬픔이 관계 속에서 경험되면서 자신도 알지 못하는 혼합물로 변화하는 지점에 주목한다.

오늘의 우리 시가 관통한 사회적 경험과 미학적 모색의 교차 지점에서 탄생한 슬픔의 연대가 우리 시의 주제적 · 미학적 경향을 드러내는 한 흐름이라면 그 목록의 서두에는 안미옥, 이영주, 권현형 시인을 적어내고 싶다. 이 시인들이 보여주는 슬픔은 시간이 지나도 줄어들거나 회복되지 않으며 정화되거나 소비되지 않는다. 대상의 상실과 부재에서 오는 슬픔은 늘 그대로 그(녀)들 앞에 머물러 있는데, 슬픔의 지속 상태는 그(녀)들이 부재하는 자들의 응시 속에 갇혀 있음을 말한다. 안미옥 시인은 그 슬픔으로부터 벗어나고 싶지만 벗어날 수 없는 운명의 서사를 고백적으로 이야기하고, 이영주 시인은 유령이 되어 방황하는 자들의 고독을 상상하며 서성대는 그들이 "춥고 피로한 슬픔의 형태로"(「단어들」, 『문학선』, 2018.봄) 우리 주변에 머무르고 있음을 서사화한다. 세계에 포진된 슬픔을 포착해왔던 권현형은 일상에서 그들의 귀환을 감지하며 그들을 맞이하는 주체의 변화와 그들과 함께 기거하는 미래에 대한 상상을 이야기한다.

2

자기 앞에 펼쳐진 세계보다는 "없는 것에 대해서만 말"(「온-천국 3」, 『온』, 창비, 2017)하는 것에 익숙한 안미옥은 부재에 민감하다. "슬픈 것에만 작동"(「질의응답」, 『온』)하는 기억력을 가진 시인은 "죽은 사람의 생일을 기억"하는 우울증 주체로서 지속되는 슬픔을 견뎌내는 모습을 보여준다. 때때로 시인은 "슬픔 같은 건 다 망가져버렸으면 좋겠다"며 상실의 슬픔에서 벗어나고 싶어하지만 실제로는 그것으로부터 한발 짝도 멀어지지 못하고, 심지어는 "죽은 시신과 묶어 놓는 형벌을 생각해"(「가까운 사람」, 『온』)기도 한다. 안미옥 시인은 운명의 형벌을 받아들이듯 부재하는 자들을 기억해야 하는 운명을 가진 사람이다. 그래서 "당분간/슬픈 시는 쓰지 않을게"(「구월」, 『온』)라는 고백은 자신이 앞으로도 슬픈 시를 쓸 수밖에 없다는 다짐이자 약속으로 받아들여진다. 슬픔은 선택의 문제가 아닌 운명의 문제이기 때문에 슬픈 시를 쓰지 않겠다는 다짐은 '슬픈 시를 쓸 수밖에 없다'는 사실을 반어적으로 증명하는 것에 다름 아니다.

이렇듯 안미옥의 첫 시집을 가득 채웠던 슬픔은 부재하는 자들에 대한 기억을 간직할 수밖에 없는 시인 자신의 운명에서 비롯한다. 시인은 운명적인 슬픔과 마주하는 시도를 보이기도 했다. "슬픔이 숲에 가득 찼다. 숲을 보고 있다. 거대한 바위를 보고 있다. 바위 속에 있는 바위를. 바위 속에 있는 슬픔을. 씨앗을 꺼내려면 열매를 부숴야 한다."(「파고」, 『온』)고 단호하게 말하면서.

그런데 최근 발표한 시에서 안미옥 시인은 조금 다른 시선에서 슬픔의 이면을 바라본다.

> 무엇을 꺼낼 수 있을까
> 그날의 일로부터 시작하려고 했는데
> 나는 통과할 수 없을 것 같다
> 차갑게 언 신발을 신고 있어서
> 걸을 수 없을 것 같다
> 유령이면서
> 사물과 사람을 통과하지 못하고
> 부딪히면서 혼자 넘어지고 혼자 튕겨 나가면서
> 그렇게라도 가보려고 했는데
> 활짝 열린 통로 입구에서
> 희박한 몸의 몸서리라도 맞춰 보려 했는데
> 단단한 장갑 안에 손을 끼우면
> 내 손도 단단해질 수 있을까
> 단단한 손으로는
> 깨뜨리고 싶은 것은 무엇이든 깨뜨릴 수 있게 되겠지
> 수시로 떠오르는 얼굴 같은 것
> 불현듯 찾아오는 목소리 같은 것
> 완전해져 가는 변명들을 깨뜨릴 수 있겠지

전구는 얇고 전구는 쉽게 뜨거워지고
전구는 언제든 조각날 수 있다 언제든 팍, 하고 터질 수 있다
사방으로 흩어지는 조각들은 자유롭게 날아갈 수 있다
통과하지 못한다면 관통하면서
언 발로 뛰어다니다 깨진 발이 되어서
나아갈 수 있다
— 안미옥, 「콘크리트」 전문(『자음과 모음』 2018. 봄)

이 시에서 주목할 점은 발화하는 시적 주체가 현실 세계의 존재가 아니라 부재하는 자인 "유령"이라는 점이다. 시인을 응시하던 유령이 시적 주체로 등장한 것인데, 세계의 안과 밖을 가르는 경계를 넘어 세계의 안쪽으로 오기 위해서 "언 발로 뛰어다니다가 깨진 발이 되"는 유령을 시적 주체로 삼은 것은 그들의 응시가 절실한 호소라는 점을 말하기 위한 주어의 도치이다.

시적 주체는 보이지 않는 벽을 향해 나아가고자 시도한다. 자신을 사로잡는 슬픔에 대하여 즉, 외상처럼 남아서 언제나 피 흘리는 상처를 만나기 위해서는 "그날의 일로부터 시작"해야 한다고 다짐하면서 "부딪히면서 혼자 넘어지고 혼자 튕겨 나가"는 고난을 감수하기로 마음먹는다. 하지만 유령은 "콘크리트"처럼 견고한 세계의 경계를 관통하지 못한다. 바꿔 말하면 거울 앞에 있는 '나'와 거울 안에 있는 '나'가 서로 손을 잡을 수 없는 것처럼 시인과 시인을 응시하는 유령은 이별하지도 만나지도 못한 채 삶과 죽음의 경계를 사이에 둔 채로 머물 수밖에 없다. 그런데도 "그날의 일로부터 시작하"여 잘못된 것을 바로잡기 위해 불가능한 시도를 계속하는 한 시인은/유령은 "콘크리트"를 관통할 수 있다는 "희박한" 믿음을 잃지 않는다. 이 시에서 안미옥 시인은 세계 안의 '나'와 세계 밖의 '그들'을 동시에 포착하고 이 관계가 운명처럼 거부할 수 없다는 점을 다시 한번 확인시킨다.

이에 비해 이영주 시인은 '그들'과의 이별을 보류시키며 죽음을 아직 완결되지 않은, 여전히 진행 중인 사건으로 서사화한다. 「광화문 천막」(『창작과 비평』 2018.봄), 「4월의 해변」(『창작과 비평』 2018.봄), 「빙하의 맛」(『시인동네』 2018.3) 등 죽음과 유령 모티프로 가득한 이영주 시인의 작품들은 직간접적으로 세월호를 연상시키며 시인이 세월호 희생자에 대한 애도를 완수하지 못했음을, 앞으로도 실패할 것임을 예고한다.

> 유일한 믿음이 있다면, 지옥의 다양성. 소녀소년에게서 나가고 싶어. 나는 슬픔처럼 얼음에 끼어 있다. 하지만 넌 유리 유골 공예처럼 죽음까지 다 보이는데. 많은 사람들이 나를 밟고 지나가며 말했다. 걸어가면서 파편이 떨어진 한밤을 뒤돌아보곤 했다. 이렇게 어두워도 다 보인다니, 어두워지기 전에 집에 가야만 한다고, 소년소녀는 뛰었다. 달리기를 잘했지. 그렇게 빨리 달려 얼음에 갇혔다. …(중략)… 지구 어디에서나 소년소녀들이 방황을 한다. 슬픔에 끼어 있다. 빙하의 맛이 난다.
>
> — 이영주, 「빙하의 맛」 부분(『시인동네』 2018.3)

세월호의 희생자들을 연상시키는 "소녀소년" "소년소녀"는 빙하에 갇힘으로써 시간의 흐름에서 비껴나 있다. 아직 어른이 되지 못한 아이들에게 닥친 죽음을 받아들일 수 없는 시인은 애도 대신 그들을 빙하에 유폐시키는 상상으로써 죽음을 지연시키는 것이다. 그리고 죽음의 지연과 함께 슬픔의 주체인 '나'도 스스로 "얼음에 끼어 있"는 상태가 된다. 빙하에 갇히는 상상을 통해 시인은 아이들의 죽음과 자신의 애도를 지연시키고자 하지만 실제로 그것이 죽음을 지연하는 완벽한 방법이 되지는 못한다. 시간을 멈추기 위해 빙하에 유폐된다고 해도 "유리 유골 공예처럼 죽음까지 다 보이"기 때문이다.

받아들일 수 없는 타인의 죽음을, 그로 인한 슬픔을 멈추거나 지연시킬 수 없다면 아마도 우리가 할 수 있는 일은 '그들'과 함께 살아가는 일일 것이다. 때때로 "각인된 유령을 불러"(「단어들」, 『문학선』, 2018.봄)내면서, "서로의 몸을 만"지면서 "검은 유령들이 우리의 내부를 뚫고" 관통하도록 두면서 "형벌"과도 같은 시간을 견디는 것뿐이다. 우리가 떠나보내지 못하는 그들과 함께하는 시간이 형벌처럼 힘겨운 까닭은 과거의 존재인 그들이 현재에 개입함으로써 현재의 시간이 어긋나기 때문이다. 살아 있는 자들의 현재로 죽은 자들의 과거가 개입하면서 단절된 시간의 경험이 반복될 때마다 우리는 도래하는 유령을 맞이함으로써 현재가 여전히 바로잡히지 못하고 잘못되어 있는 시간이라는 것을 상기하게 된다.

유령의 귀환을 '시간이 이음매에서 어긋나 있다(The time is out of joint)'는 「햄릿」의 구절을 빌려 설명하는 데리다의 말을 그대로 옮기면 "시간이 이음매에서 어긋나 있다는 것은, 어떤 사람이 상속자가 됨으로써만 왜곡/잘못을 바로잡는 사람이 됨으로써만, 곧 징벌하고 처벌하고 살해함으로써만 법의 사람/올바른 사람이 되도록 운명 지은 탄생 자체에 의해 입증된다."[2] 데리다는 유령의 귀환이 그들의 호소를 듣고 잘못된 것을 바로잡아줄 주체를 전제로 가능하다는 점을 말한다. 즉 유령의 귀환은 잘못된 것을 바로잡는 주체에 의해서만 가능한 일이다. 데리다의 유령론에 따르면, 유령은 우리를 응시하는 타자로서 거부할 수 없는 응시 속에 우리를 가둬두고 법/명령을 상속받게 하는데, 이때 유령의 응시는 비대칭적이고 몰시간적이며 제어할 수 없는 불균형으로 다가오기 마련이다. 살아 있는 자와 죽은 자 사이의 불균형과 비대칭성은 영원한 타자인 유령이 절대성을 지니는 존재라는 점을 의미한다. 그러므로 유령의 반복되는 회귀와 응시 앞에서 우리가 할 수 있는 것은 응시에 갇히며 그들의 말을 믿는 것뿐이다. 이것은 애

---

2) 자크 데리다, 『마르크스의 유령들』, 진태원 역, 이제이북스, 2007, 58쪽.

도에 실패하는 윤리적 주체가 감당해야 할 몫이다. 유령의 응시 속에서 살아가는 주체에게 있어 상실의 슬픔은 영원한 경전처럼 사라지지 않고 삶을 압도한다. "패엽경처럼 보자기에 싸두어도/비대칭의 슬픔은 다시 울창하게 자란다."(권현형, 「패엽경 ─ 비대칭의 슬픔」, 『포옹의 방식』, 문예중앙, 2013)

인간의 삶이 슬픔에 뿌리를 두는 까닭은 살아 있는 자들이 죽은 자들을 기억하며 그들의 부재와 함께 살아가기 때문이다. 거절할 수 없는 타자의 응시 속에서 그들이 바로잡기 바라는 것을 상속받는 삶은 애도의 실패와 슬픔의 지속을 의미하지만 그러나 그것이 우리를 불행에 빠뜨리는 것만은 아니다. 슬픔과 "고통에 참전"(「심리적 참전」, 『포옹의 방식』) 함으로써 그것들을 포용하는 권현형 시인에게 타자인 그들은 연민과 환대의 대상이자 자기를 증명해주는 존재라는 의미를 지닌다. "사랑을 아는 유령의 눈에서/따뜻한 물방울이 흘러내"리고 "물방울이 흘러 저녁 하늘을 적"(「기대고 싶은 어깨」, 『문학과 의식』 2018.봄)시는 것을 목격하는 시인은 '그들'의 응시 속에서 비로소 '나'의 존재를 확인한다.

> 누가 먼저 창문 가까이 귀를 댔는지
> 외로움의 순서가 기억나지 않는다
> 공기 속에서 가까스로 살아 있는 화향(花香)
> 공기 속에서 가까스로 살아 있는 오로라
>
> …(중략)…
>
> 내 두꺼운 생의 표지처럼 남아 있다
> 젊은 날 아버지 사진은 서랍 속에 남아 있다
> 누가 알까 이 마법, 질문이 아닌 대답
>
> 책과 서랍 속 어둠이 잠에서 깨어나

푸른 혈액을 갖게 되는 새벽
나는 아무것도 아니다
그냥 창문, 그냥 안개, 그냥 나는 나의 미립자

그대의 얼굴 무렵을 더듬거리다 짐작되는
윤곽에 예의바르게 입맞춤하고 싶었다
좋아하는 기척은 뒤돌아보게 된다

창가에서 머뭇거리다
비로소 압착되는 투명한 슬픔
별은 어쩌면 유리에 묻은 오래된 물기일 거야
　　　　— 권현형, 「창가에서 머뭇거리다」 부분(『현대문학』 2017.6)

　시인이 새벽녘에 마주한 "창가에서 머뭇거리"는 것들은 "젊은 날 아버지"의 흔적일지도 모른다. 그것은 어떤 형태나 목소리를 가지지 않지만 "화향(花香)" "오로라"처럼 공기 속에서 무정형의 상태로 눈에 보이는 것들보다 더 분명하게 존재한다. 시인은 그것을 죽은 자가 보내는 "마법"이자 "대답"이라고 여기고 기꺼이 받아들인다.

　정지용의 「유리창」을 떠오르게 하는 이 시에서 우리는 '그것'과 마주하는 순간에 나타나는 시인의 태도에 주목해야 한다. 공기처럼 퍼져 있는 응시 앞에서 "나는 아무것도 아니"라고 고백하는 시인은 타자와 자신이 비대칭적 관계로 존재함을 받아들이는 주체이다. 타자 앞에서 '나'는 "그냥 창문, 그냥 안개, 그냥 나는 나의 미립자"에 불과하다. 그렇다면 이 비대칭적 관계가 말해주는 것은 무엇인가? 자기 존재에 관한 성찰을 보여주는 또 다른 시에서 권현형 시인은 존재 증명의 문제를 이렇게 이야기한다. "증명의 기초로는 설명할 수 없는 무거운 한자/이름을 갖고도 텅 빈 나, 어디에도 없었던 나."(「살아본 적 없는 아름다운 집」, 『시산맥』, 2017.겨울) 이 구절에서 짐작할 수 있는 것은 세계의 질서로 자기를 증명할 수 없다는 것을 알고 있는 시인에게 존재를 증명해주는 유일한 것은 자신을 시인을 응시하는 타자라는 사실이다. 시인으로 하여금 존재를 증명해줌으로써 "살아본 적 없는 아름다운 집"이라는 미래를 꿈꾸게 하는 것은 불균형하고 비대칭적인 시선으로 시인을 압도해버리는 타자이다.

3

애도에 실패한 주체에게는 줄어들지 않고 영원히 지속될 슬픔이 놓여 있듯이 시인들이 열망하는 "살아본 적 없는 아름다운" 미래는 고통과 슬픔을 대가로 도래할 것이다. '우리'라는 관계 안에 타자의 자리를 만들고자 하는 슬픔의 연대 역시 우리가 경험했던 것 이상의 슬픔을 요구하는 공동체인지도 모른다. 짐작할 수 있는 것은 안미옥과 이영주의 시에서 나타난 고통의 감각처럼 슬픔의 연대는 기존의 규범화된 정체성으로서의 자기가 무너져내리는 경험이자 원망에 찬 타자가 고통을 호소하는 피흘림의 장소 그리고 차가운 빙하 속의 시간이란 점이다. 얼음 속에 갇히는 것처럼 상실과 부재를 견디는 것은 고통스럽고도 두려운 일이다. 그러나 시인들이 먼저 동참하고 있는 슬픔의 연대는 미래에 대한 희망도 포함하고 있다. 고통과 슬픔 속에서 타자의 흔적을 만나는 순간에 우리는 그들이 살아보지 못한 지금보다 나은 삶이 무엇일지를 생각하게 될 거라는 희망을 말이다.

우리의 행렬은 계속되고

1

매일 4만 명의 난민이 발생하고 있으며, 지난해부터 급증한 난민의 규모는 현재 6천만 명에 이른다고 한다. 한반도 인구를 넘어서는 규모이다. 그럼에도 우리가 개입해야 한다는 다급함이 터져 나오지 않는 까닭은 먼 국경에서 벌어지는 다른 나라 사람들의 문제라 여기기 때문인지 아니면 유럽 사회가 알아서 해결할 것이라 믿기 때문인지 모르겠지만, 우리에게도 주검이 된 아일란 쿠르디의 사진이 충격적이었음을 숨길 수는 없다. 인터넷을 즐기다 우연히 마주친 경우더라도 살아 있는 것처럼 아름다운 모습으로 발견된 아이의 주검으로부터 죽음의 방관자로 남지 말라는, 타자를 향한 폭력의 무차별성에 저항하라는 강렬한 메시지를 전달받았으리라. 시리아 난민 꼬마의 죽음은 정착지에 도달하지 못한 수많은 난민들의 죽음을 대신하여 '그들'로 지칭된 난민들의 고통과 죽음이 어떤 장소에서 어떻게 벌어지는지 방관하지 말라는 것을 전 세계에 상기시켰다.

한국 사회 역시 식민지와 한국전쟁을 거치면서 강제적 이민자를 포함해

제1부 슬픔의 연대

난민을 방출시킨 역사를 가지고 있지만 난민 수용에 대해서 적극적인 편은 아니다. 사실 민족에 대한 관념을 지탱하는 순혈주의적 태도와 배타적 정서의 잔흔이 남아 있는 한국 사회에서 난민은 환대의 대상이었던 적이 없었다.[1] 또한 언제나 경제적 위기를 걱정해야 하는 사회에서 남이 먹고사는 일까지 간섭하기란 쉽지 않은 일이다. 난민에 대한 인도주의적 태도가 자본주의적 경쟁 체제의 습성보다 우위에 놓이기 어렵다는 것을 모르는 바는 아니지만 '글로벌리제이션'의 대열에 합류한 한국 경제가 세계적 수준에 도달했다는 자랑스러운 얼굴 뒤에 우리는 아직 난민을 수용할 경제적 여유도 특별한 명분도 없다는 방관자의 얼굴이 도사리고 있는 것만 같아 아일란의 사진을 보는 심경이 복잡해진다.

국가 경영을 위한 손익 계산의 과정은 내부적으로는 이방인 때문에 불안해하는 시민들을 안심시키기 위한 정치적인 대처겠지만 처분을 기다리는 이방인에게는 두 번째 재난으로 여겨지는 일이 아닐 수 없다. 예컨대 2005년 사르코지 프랑스 대통령이 선포했던 '선택적 이민자 수용'이 그랬듯이 합리적 원칙을 내세운 난민 수용은 정치적 힘에 의해 죽음으로 내몰리거나 추방된 자들을 또다시 살 만한 가치가 있는 자인가, 그렇지 않은

---

1) 1975년 이후 대규모로 발생한 베트남 선상 난민 사례를 보더라도 한국은 그들을 제3국으로 송출하기까지 임시 보호의 역할을 맡긴 했으나 캠프 운영이나 난민과의 상호 교류에 있어서 소극적이었고 비교적 한정된 기능을 하는 데 그쳤다고 평가된다. 난민 수용에 관한 국가적 대응도 미비했지만 인구 밀도가 높은 한국이 난민을 받을 처지가 아니라는 여론도 만만치 않았다. 난민 수용에 미온적이었던 한국 사회가 공식적으로 난민 신청을 받기 시작한 것은 1994년에 와서이다. 법무부 통계에 따르면 2001년에 첫 난민을 받아들인 이래 올 5월까지 496명의 난민을 국내로 받아들였다고 한다. 지금까지의 난민 신청자가 1만 명이 넘었던 것을 고려하면 한국의 난민 인정률은 5% 미만으로 OECD 국가 가운데 최하위에 해당한다. 이에 비해 유엔난민기구에서 2010년 발표한 세계 난민 인정률은 38%였다.

자인가로 '재'분류하는 과정에 다름 아니기 때문이다. 난민 수용에 있어서 경제적으로나 정치적으로 최상의 해법이 과연 존재할지 의문이지만 분명한 것은 전 지구적 사안으로 확대된 시리아 난민 문제 해결이 전 세계인을 윤리적 심판대 위에 올려놓았다는 것이다. 시리아 난민 수용과 관련해서 인도주의적 가치의 우위를 증명하는 사례도 들려오긴 하지만 폭발적으로 급증한 시리아 난민 행렬을 바라보는 시선이 탐탁지 않다. 난민 수용에 앞장서는 독일 정치인이 마더 테레사에 비유되기도 했으나 현실적으로 그녀를 지지해줄 정치적 지지도는 떨어지고 있으며, 시민 사회에서는 난민 유입이 사회적 문제를 가중시킬 뿐만 아니라 경제적 악영향을 초래하리라는 불안과 함께 난민들이 공짜 이익을 탐하는 자라는 윤리적 비난까지 등장하고 있다. 누군가에게는 난민의 존재 자체가 불안과 비윤리의 표상으로 여겨지는 가운데 지금 이 순간에도 난민의 행렬은 불길처럼 계속 번져가고 있다.

2

우리와 조금 멀리 있더라도, 희망이라는 "희미한 기억에 의존한 채" 죽음의 장소를 탈출하는 난민의 행렬이 있다면 그것을 기억해야 할 의무가 있음을 보여주는 시들이 있다. 기억의 의무를 실행하는 시인들의 상상력은 타인에 대한 연민을 넘어 스스로 피폐한 몸과 심정으로 고향을 떠나는 자가 되어 난민의 행렬에 동참하고 있다. 아니, 그렇게 해석했다. 편협한 해석일지라도 "우리"의 "행렬"과 "탈출"은 난민들의 행렬과 무관하다고 볼 수 없었기 때문이다. 그렇다고 최근에 발표된 시들이 구체적인 사건으로서 시리아 난민 문제를 다루었다고 주장하거나 시적 상상력이 난민을 수용하라는 주장을 하고 있다고 말하려는 것은 아니다. 다만 우리 시의 시적 상상력은 사태를 해석하고 행동을 촉구하기 이전 즉, 정치적인 입장을 갖기 이전에 타자의 존재를 감각하며 이미 그들의 행렬에 동참하고 있다는 점을 공유하고 싶을 뿐이다.

> 우리 중 누군가가 성냥에 불을 붙였다
> 아까보다 조금 밝아졌을 뿐이
> 여전히 희미한 기억에 의존한 채 길을 걷는다
> 바람개비의 날개 끝이 살짝 위태롭고
> 주머니에는 말라비틀어진 육포 조각, 동전 몇 개, 거친 아이의 손
> 어제는 행렬의 끝이었지만 오늘은 행렬 가운데 어디쯤이다
> 언젠가 모닥불을 피우고 참새를 굽던 광장은 폐허가 되었고
> 우리는 길을 떠난다
> 즐거움이 운명이라고 믿었던 시절이 있었는데,
> ─그 시절의 기억과 믿음을 짓밟고 우리는 떠나야 한다
> 바람개비는 핑글핑글 돌아가고
> 여전히 울려 퍼지는 총성, 누군가는 귀가 멀어버리고
> 폐허의 도시가 멀어지고, 또 다른 행렬을 만나고
> 불행은 운명의 표정으로 우리 곁에 머문다
> ─ 최예슬, 「그림자의 도시」 전문(『시사사』 2015.9─10)

조금 더 먼 곳에서 우리는 모였다 악담을 버티기 위해 눈과 얼음을 찾아 뜨거운 계절을 벗어나기 위해 우리는 조금 더 먼 곳에서 모였다 준비도 실수도 없이 우리를 겨누던 총구를 피해, 두려움을 버리기 위해 회색을 상상하며 우리는 모이고 있었다 냉소가 모자라는 건 슬픔에 가깝지 아무것도 묻지 않는 게 가장 평화로운 광경 아무런 답이 없는 게 가장 복잡한 문제라는 듯이, 다시 쫓아올 소문 때문에 깊게 몰아치는 심장을 누르며 우리는 모여서 앞을 바라보았다 영원한 침착에 대해 확실한 이탈에 대해 말하지 못한 채 숨을 쉬고 숨쉬면서, 우리는 서 있었다 우리가 찾는 곳이 어딘지 알기 위해 결국 조금 더 먼 곳으로 서로 흩

어지기 위해

— 정영효, 「탈출」 전문(『문학동네』 2015. 가을)

두 시에서 공통적으로 나타나는 "우리"라는 주어는 너와 나를 동시에 지칭하는 데서 나아가 공동체 안에서 너와 내가 함께 존재함을 의미한다. 타인의 고통이나 슬픔에 동참한다는 것은 바로 이런 맥락에서 가능해진다. 예컨대 인터넷을 통해 이미지화된 아일란 쿠르디의 사진을 보는 관객의 입장에서는 난민의 죽음이라는 비극을 느낄 수 있을지 몰라도 죽음이 지닌 불가해성을 경험하기는 어렵기 때문이다. 실제의 경험이 동반하는 상징화되거나 설명될 수 없는 물질성이 "우리"가 아닌 외부의 관객에게 전달되는 것은 불가능에 가깝다. 따라서 동참하기란 어떤 말이나 행동보다 선행하는 공유의 문제이기도 하다. 그것은 함께 존재하는 "우리"가 되어서 언어화될 수 없는 감각을 나누고 공유하는 것을 뜻한다.

최예슬과 정영효의 시에서 타인의 세계를 관망하는 관객이나 방관자의 입장에서 벗어난 시적 주체가 자발적으로 난민의 행렬에 동참하는 행위는 세계의 불행을 다시 한번 증명하는 데서 나아가 불행의 시간을 연장하고 세계 전체를 암울한 공간으로 인식하게 한다. "우리"의 입장에서 보면 지구 전체가 "폐허의 도시"인 셈이고, "찾는 곳이 어딘지"조차 알 수 없는 절망과 비관이 언제 끝날지도 미지수이다. 죽음을 강요하는 장소로부터 탈출하는 "우리"에게 유일한 희망이 있다면 그것은 우리가 "총구를 피해" "조금 더 먼 곳으로 서로 흩어지기 위해" 이미 떠나고 있다는 사실뿐이다. 떠난다는 것 즉 행렬에 속해 있다는 것 자체가 "우리"에겐 중요한 의미를 가진다. 떠나는 행위는 삶의 의미를 빼앗고 벌거벗은 삶(la nuda vita)을 강요하는 장소를 부정하는 일이기 때문이다.

전쟁과 테러로 폐허가 된 도시를 탈출하는 난민의 행렬이 향하는 곳은 어떤 곳인가. 그곳은 국가와 민족의 경계에 가로막히지 않으며 종교와 문화적 차이를 차별화하지 않는 삶의 장소라는 점에서 시적 상상력이라는 경계 없는 사유 영역과 맞닿아 있다. 시적 주체인 "우리"가 무어라 분류하기 어려운 감각을 주는 "회색을 상상하며" 현실의 장소를 떠나는 것처럼, 삶과 죽음을 나누는 경계로부터 탈출한 자들이 향하는 곳은 지배와 통치를 위한 힘들이 "우리"를 분류하거나 규정할 수 없는 장소이다. 분류될 수 없으며 예측하거나 정체를 헤아릴 수 없는 장소를 아토피아(atopia)라고 일컫기도 하는데, 난민의 행렬에 동참하는 시인들의 상상력은 그런 장소를 꿈꾼다. "우리"의 국적이나 종교가 무엇이든, 인종이나 성이 어떠하든 그런 구분과 경계들이 우리 자신을 추방하거나 살해하지 못하는 곳, 누구에게나 삶–생명에 대한 권리를 부여하는 아무도 아닌 자들의 땅. 그런 곳이 있다면 내가 누구이든 우리는 스스로에게 진실해질 수 있을 것이다.

> 그때 떠났더라면
> 이곳에 없는 나 때문에
> 이렇게 변두리에서 가슴 치는 일로 나이 먹진 않았을지도
>
> 내게 많던 나는 어디론가 다 떠나버렸다네
> 지금의 나를 만든 건 내가 아니므로
> 나는 내가 꾸어온 꿈보다 더 가짜일지도 모르지
> 실현되지 못하고 떠나버린 내가 더 나다울지도 모르지
> 그런 내가 떠난 곳도 저 먼 변두리 이곳
>
> 세계의 모든 변두리에서 나는 나를 만져볼 수 있네
> 세계의 변두리를 떠돌고 있는 수많은 나를
> — 백무산, 「세계의 변두리」 부분(『창작과비평』 2015.가을)

국가나 민족이라는 경계 안에서 살아간다는 것은 사회적 시스템 안에 기입되고 분류되며 규정되고 있음을 뜻한다. 물론 종교와 문화는 초역사적인 뿌리를 가지고 있지만, 그것 역시 사회 체제의 시스템과 결부되면서 지배와 통치를 위한 분류화 작업을 신성화하고 당위화하는 도구로 사용되어 왔다. 국가나 사회는 자유를 표방하며 개별자들의 삶이 각자의 몫이라고 말하지만 국가, 민족, 종교, 문화 등의 경계를 가로지를 수 있는 자유로운 삶이 어디에서나 허용되는 것은 아니다. 위 시에서 시적 주체가 "지금의 나를 만든 건 내가 아니"라고 말하는 이유 역시 사회를 지배하는 경계들이 개인의 삶을 통제하고 조정하며 억누르기 때문이다. 그 결과 경계들은 '나'를 분류하고 규정하는 정체성을 만들어낸다. 그 정체성 안에 갇힌 '나'는 경계 내의 질서에 종용되며, '나' 스스로가 타자를 밀어내는 경계가 되기도 한다. 내가 원한 것이 아닐지라도 말이다.

백무산의 시에서 시적 주체는 현실이 규정해버린 '나'로부터 떠나기를 꿈꾸고 있다. '나'는 세계의 가장자리로 밀려난—추방된 것이나 다름없는 —자들의 목록 즉, 가진 것 없는 "뱃놈" "어부" "불법체류 노동자" "순록 몰이꾼" "무장 게릴라" "목동"이 되지 못한 것을 후회해보기도 한다. 그러나 실제로 어떤 존재가 되었는가보다 중요한 것은 나 자신이 무엇이라도 될 수 있는 가능성의 존재라는 사실이다. "그때 떠났더라면"이란 후회는 자신이 가능성의 존재라는 사실을 미처 알지 못했던 시적 주체의 깨달음이기도 하다. 이런 자각은 현실의 '나'와 '나'를 둘러싼 세계의 관계를 변화시킨다. 가능태로서의 '나'를 나의 진실로 인정할 때 현실에서 정해진 나에 대한 규정이나 분류는 모두 오류에 지나지 않기 때문이다.

3

롤랑 바르트는 사랑하는 대상이 지닌 독특한 이미지를 아토피아에 빗대어 설명한 바 있다. 장소를 뜻하는 'topos'와 결여의 접두사 'a'가 결합되어 생긴 아토포스(atopos)의 명사형 아토피아(atopia)는 묘사나 정의, 언어, 이름의 분류에 저항하며 언어를 흔든다.[2] 달리 말하면 아토피아는 분류하고 규정하려는 모든 시도를 무력화시키고, 상투적인 의미들을 거부하는 대상-장소인 것인데, 바로 그런 점 때문에 아토피아는 '나'를 매혹시키는 연인의 이미지이면서 또한 언어를 매개로 하지만 언어적 담론을 초월하는 시적인 이미지들과 상통하고 있다.

이기성의 시에서 드러나는 예측할 수 없었던 물의 발화와 연인 이미지는 바르트가 말하는 아토피아에 가까워 보인다. "잠든 이의 귀에" 영원한 관계를 약속하는 물의 속삭임은 연인의 밀어처럼 은밀하고 감각적이다.

> 물은 속삭인다. 너는 겨울의 냄새를 맡을 거야. 축축한 지하도에서 뒹굴던 별은 공중으로 튀어 오를 거야. 공중에서 노랗게 반짝일 거야. 늙은 연인처럼 잠든 이의 귀에 속삭인다. 너는 시멘트 벽 속에 담긴 시체가 될 거야. 사람들이 어디냐고 물으면 분홍의 내부라고 말할 거야. 혀를 길게 늘어뜨리고 심장에 고인 검은 슬픔의 냄새라고 할 거야. 젖은 손가락으로 어제의 귀를 어루만질 거야. 너의 뺨에 파랗게 번지는 얼룩 같은 중얼거림, 그것은 물의 몫이겠지만. 나는 사라지지 않을 거야. 너의 귓속에서 영원히 출렁거릴 거야.
> — 이기성, 「물의 자장가」 전문(『현대시』 2015.10)

연인의 귓속으로 흘러 들어가는 물의 속삭임은 시적인 이미지를 매개해

---

2) 롤랑 바르트, 『사랑의 단상』, 김희영 역, 문학과지성사, 1991.

서 우리에게 전달된다. "겨울" "축축한 지하도" "시멘트 벽 속" 등의 장소와 함께 죽음의 이미지를 환기하는 그 속삭임은 낯설고 두렵게 느껴지지만 사실상 두려운 감정은 외부에서 오는 것이 아니라 우리 자신의 기억에서 길어낸 것이다. 우리는 어둡고 추운 장소에서 홈리스, 난민, 불법체류자 등 시민으로서 삶을 박탈당한 자들이 죽음을 맞이하기도 한다는 것을 기억하고 있다. 끔찍한 사고라고 생각하며 다른 기사를 클릭하는 순간 잊혀지고 마는 타자들의 죽음은 언제나처럼 방치되어 있고, 늘 그렇듯 애도되지 못한다. 삶으로부터 추방된 난민이 어디에나 존재한다는 것을 우리는 알고 있다. 그들의 울음이나 비명이 우리의 "귓속에서 영원히 출렁거릴" 거라는 것도 예감하고 있다. 물의 속삭임은 우리를 향해 비난을 던지거나 실천을 강요하지 않지만 예견치 못한 방식으로 윤리적 감각을 자극한다. 이 시에서 발화된 물의 목소리는 어떤 메시지라기보다 "얼룩 같은 중얼거림"에 불과한데 그것만으로도 내면의 기억 속에 잠들어 있던 타자들의 죽음이 감각으로 전해지고, 끝내는 우리들의 자책과 양심의 표면으로 번진다.

고향을 잃은 난민들의 행렬은 끝없이 이어지고 있다. 누구라도 국가와 민족이, 종교와 문화가 자신에게 죽음의 낙인을 찍는다면 기꺼이 고향을 탈출하여 인간에게 열릴 문을 찾아 나설 것이다. 그 문의 안쪽은 어떤 곳인가. 이방인이라는 표식마저도 불필요하게 여겨지는 땅이 있다면 그곳을 아토피아라고 부를 수 있을까?

아토피아는 사랑하는 대상이 아니라 그와의 관계에서 쟁취된다고 말했던 바르트를 참조하면 이런 표현도 가능할 것 같다. 멀리서 부르튼 발로 걸어온 이방인들을 향해 손을 내밀어주는 사람이 있다면 그의 우정과 환대가 바로 아토피아이다.

비평의 최소화 혹은 비평의 전환

— 2010년대 말 문예지의 비평 동향과 전망에 대하여

문예지 혁신이라는 화두를 돌아보며

『창작과 비평』 2019년 여름호에는 신경숙의 신작 소설이 수록되었다. 몇 년 전 문단의 화두였던 문예지 혁신이라는 말을 다시 떠올리게 만든 계기였다. 한 소설가에게 더 이상 작품을 쓰지 말라는 낙인을 찍는 일은 없어야겠지만 문예지 혁신이라는 화두가 2015년 제기된 신경숙 표절 의혹에 대한 관련 출판사들의 대응에서 촉발된 논쟁임을 생각하면 신경숙의 신작 발표는 다시, 문예지 혁신의 출발점을 돌아보게 만든다.

냉정히 생각하면 신경숙의 신작 발표에 대한 불편한 감정은 한 작가의 윤리적 태도에 관한 것만은 아니다. 표절 사태 이후 쏟아진 문단 안팎의 비판은 작가 개인으로서 신경숙을 넘어서서 '신경숙'이라는 하나의 브랜드를 만들어낸 출판자본 위에서 독점적으로 형성된 문단/문학의 위계에 대한 비판이었음을 기억하자. 브랜드화된 '신경숙'은 문단/문학의 권위와 교착되어 있었기 때문에 신경숙 표절 사태는 문단권력 비판으로 옮아갔고, 문단 내부에서는 출판자본과 한 몸이 되어 비대해진 문예지들의 독주를 비판하며 문예지 혁신에 관한 논의를 펼치기에 이르렀던 것이다. 그 후

문예지 혁신에 관한 논의는 출판자본에 힘입어 공고해진 주요 문예지 중심주의를 해체하고 문학/문예지의 공공성을 회복하자는 쪽으로 전개되었다. 그러므로 지금 느끼는 불편한 감정은 한국 문학의 주류에 위치한 문예지들이 그간 제기되었던 비판 담론에 대해 어떤 응답을 했었는가라는 의구심에서 비롯한다.

그러나 이 불편함의 속사정은 거기까지인 걸까? 혹여 문예지 혁신이란 말이 작품의 미학성이라는 문제와 무관한 작품의 외적 문제로 오해되는 데 대한 우려야말로 이 불편함의 원인이 아닐까? 공공성을 지향하는 문예지 혁신이라는 구호는 문예지의 구성이나 운영 등 외형적인 틀을 바꾸자는 것만은 아니었다. 혁신의 표면적 계기는 비판 담론이었지만 혁신의 근본 동력은 자본 체제 안에서 구축된 감수성과 윤리적 감각을 아우르는 미학적 패러다임을 벗어나야 한다는 의지와 열망이었다. 특정한 부류에 의해 독점된 감성 체제를 갱신하면서 더 많은 미학적 가능성을 열고자 하는 욕망들이야말로 문예지 혁신의 본질이었을 것이다.

문예지 혁신 담론 이후의 변화

출판자본과 함께 성장하면서 문단권력을 독점한 문예지에 관한 문제의식은 오늘만의 얘기가 아니다. "90년대 문학잡지들이 작가들에 대해 보여준 깊은 관심은 문학적인 의미에서의 '작가주의'라는 측면 못지않게 문화산업, 출판자본의 요구와 관련되어 있"고 "스타 시스템의 논리로 작가를 다루"게 되는 현상은 "매체가 출판자본의 요구로부터 완전히 독립적인 경우가 없기 때문"[1]이라는 말이 함축한 문제는 2010년대의 상황과 다르지 않

---

1) 정과리·이광호·오형엽·박철화, 「좌담 : 21세기 문학과 문예지의 좌표」, 『작가세계』

다. 최강민의 지적처럼 1990년대 이후 문예지의 조건은 출판자본, 언론권력, 학벌이었으며, 무엇보다도 신자유주의 체제 위에서 형성된 출판자본이라는 배후야말로 문인들을 무기력한 자기위안의 판타지로 전락시켜왔음을 부인하기 어렵다. 안타까운 것은 비평이 여기에 저항하지 못하고 오히려 비평의 윤리는 출판자본의 치부를 은폐함으로써 출판자본에 공모해왔다는 점이다.[2] 그 결과는 문예지의 수직적 재편 즉, 문학담론 생산 주체의 위계화다. 이에 대해 고봉준은 2015년 이후 문학장에서 문학권력 이면의 핵심은 출판자본이 상징하는 경제자본보다는 상징자본에 있다고 지적한다. "문학장에서의 영향력은 경제적인 것보다는 상징적인 것, 즉 '문학'에 대한 특정한 관점이나 미적 이념에 의해 결정되는 것이 일반적"임을 볼 때 상징자본은 권력이나 중심의 필요충분조건이라는 것이다.[3] 문제는 상징자본을 획득한 주류 문예지들이 동질적인 취향과 감각을 지닌 문학 공동체로 군림하고, 동질적 공동체를 형성한 소수의 문예지들이 한국 문학장의 맨 위에 배치되어 있는 현실이다.

앞서 살펴본 것처럼 문예지 혁신 담론의 출발은 출판자본(경제자본)과 상징자본을 모두 가진 대형 출판사에서 발행하는 문예지들이 한국 문학장의 중심을 차지한 현재 상황에서 문예지란 과연 차이를 말할 수 있는 자유의 공간일까라는 의구심에 다름 아니었다. 그리고 의구심과 비판은 대안으로써 미래를 그려보게 만들었다. 문예지의 미래에 대한 대안과 전망을 간추려보기로 하자.

첫째, 문예지의 형성 과정을 돌아볼 때 문예지의 공공성은 이데올로기

1999.여름, 149쪽.

2) 최강민, 「독립 문예지의 의미와 가능성」, 『오늘의 문예비평』 2010.봄, 42~43쪽.

3) 고봉준, 「2000년 이후 문학장의 재편과 '문학권력'론 – '문학권력'을 바라보는 하나의 시선」, 『진보평론』 69호, 2016.10, 166쪽.

라는 숭고한 대상에 지나지 않으므로 우리는 과감히 폐간을 요청할 수도 있다는 의견이 2010년 무렵 이미 제기된 바 있었다.[4] 하지만 문예지의 폐간을 요청한 필자 스스로 다중의 특이성을 자각하고 공통적인 것이 되려고 할 때 공공성을 넘어 새로운 현실을 구성해낼지도 모른다고 밝히고 있음을 감안할 때 문예지의 폐간은 문예지의 종말이 아닌 새로운 현실을 구성하는 동력을 함축하는 표현이라고 생각된다.

둘째, 공공성을 담보할 수 있는 새로운 매체의 출현이 요청되었다. 주류 문예지에서 드러내는 공동체성, 동질성에 저항하는 한편 동질성을 조건으로 하지 않는 공공성을 구현하는 문예지를 만들어내야 한다는 것이다. 따라서 지금 중요한 것은 메이저 출판사의 배타적 소유를 비판하기보다는 그것에 대항할 수 있는 대안적인 매체나 시스템을 구축하는 것이고, 그러기 위해 우리가 진짜 싸워야 할 대상은 비판적인 세력의 무능함이라는 지적도 되새겨볼 만하다.[5]

셋째, 공론장으로서의 문예지를 무너뜨린 데에는 2000년대 이후 한국문학 시장의 신자유주의화에 기여하고 그 수혜를 입은 메이저 출판사들의 책임이 있으므로 공론장의 위기를 극복하기 위해서는 사회적 경영 능력과 운동이 필요하다는 주장이다. 아울러 새로운 창작과 비평의 자세와 더불어 사회적 경제, 그리고 세대의 단결이 필요하다는 것이다.[6] 구체적인 실천으로 무한경쟁과 신자유주의적 방식을 넘어서는 사회경제의 문제의식과 더불어 문학의 사회적 재생산을 토의하고 실행할 공공적인 기구와 단위로서 진보 잡지들의 협의체나 공동의 웹사이트와 플랫폼 등이 필요하다

---

4) 전성욱, 「문학의 공간—문예지의 공공성에 대하여」, 『오늘의 문예비평』 2010.봄 참조.
5) 고봉준, 앞의 글 참조.
6) 천정환, 「'몰락의 윤리학'이 아닌 '공생의 유물론'으로—문학장과 지식인 공론장의 구조 변동을 위한 제언」, 『말과 활』 2016.8-9 참조.

는 의견도 제시되었다.[7]

이 세 가지 대안과 전망을 종합하면 다음과 같은 문예지 혁신의 방향을 도출할 수 있다. 출판자본과의 연결 고리를 탈피할 것, 기존의 문예지를 중심으로 구축된 동질적 공동체성을 탈피하고 민주적 공공성[8]을 지향할 것, 자본의 논리에 맞설 수 있는 새로운 문화운동의 연대로 나아갈 것.

그 이후, 우리가 읽고 쓰며 만드는 문예지는 얼마나 달라졌을까? 가시적으로 확인할 수 있는 것은 논쟁 이후 기존 문예지는 별도의 혁신호를 발행하거나 아예 체제 전환을 하는 경우가 있었고, 독립 문예지[9]와 온라인 문

---

7) 천정환, 「'문예지'의 공공성」, 『오늘의 문예비평』 2016.봄, 92쪽.

8) 공공성은 구성원 모두를 대상으로 한다는 점에서 사회적이고 공적인 것을 의미한다. 때문에 개인의 자유 또는 창작자로서 작가 개인의 미적 자율성과는 상반된 영역인 것처럼 간주될 수도 있다. 그러나 공적 영역(public space)이 인간 행위의 조건이라고 본 한나 아렌트는 공적인 영역을 자유가 출현하는 조건이자 모든 사람들 각자의 자유를 위한 공간이라고 정의하였다(한나 아렌트, 『인간의 조건』, 이진우 · 태정호 역, 한길사, 1996, 57쪽). 한나 아렌트의 공적 영역에 대한 개념을 토대로 공공성을 설명하는 사이토 준이치는 민주적 공공성은 누구나 접근할 수 있는 공간이라는 점에서 특정한 정념을 통합 매체로 삼은 근대적 공공성과는 다르다고 설명한다. 그가 말하는 민주적 공공성은 복수의 가치와 의견 '사이'에서 생성되는 공간이며 차이를 조건으로 한다. 동화/배제의 기제를 필수적으로 요구하는 공동체와는 달리 배타적인 귀속이 없으며 가치의 복수성을 조건으로 공통의 세계에서 저마다의 방식으로 관심을 가지는 사람들 사이에서 생성되는 담론의 공간이다(사이토 준이치, 『민주적 공공성』, 윤대석 · 류수연 · 윤미란 역, 이음, 2009, 18~29쪽).

9) 독립 문예지의 경우 문학적 권위를 구축해온 대형 출판사와의 결별, 문학 담론을 주도하던 비평가들과의 결별, 관습화된 유형의 출판물과의 결별을 가시적으로 드러내며 관습화된 문예지에서 벗어나려는 목소리를 분명히 표명하고 있다. 『더 멀리』(2015 창간, 격월간), 『쓺』(2015.9 창간, 반연간), 『analrealism vol.1』(2015), 『베개』(2017 창간, 반연간), 『젤리와 만년필』(2017.7 창간, 연 3회) 등은 소규모 출판사나 동인 형식의 작가 그룹이 모여 만든 대안적 문예지로 출현했었다.

비평의 최소화 혹은 비평의 전환

예지[10)]가 기존 문예지에 대한 대안으로 등장하기도 했다는 것이다. 인쇄물로 발행되는 독립 문예지와 온라인 문예지는 매체의 형식 면에서 다르지만 출판자본과 상징자본이라는 문예지 존립의 두 축을 벗어나고 또 한편으로 등단이라는 제도, 작가의 권위 등에 집착하지 않음으로써 기존 문예지의 폐쇄성을 극복하고자 한다는 점에서 의의를 지닌다. 물론 아직까지 문학에 대한 상징자본을 독점하며 문예지의 주도권을 점유하는 것은 대형 출판사에서 발행하는 기존의 문예지임을 부인하기 어렵다. 출판자본이든 정부 지원이든 경제적 문제가 해결되지 않는다면 독립 문예지든 온라인 문예지든 지속되기 어려운 것이 현실적 여건이다. 이런 상황에서 문예지가 차이를 드러내는 담론의 공간이 되리란 기대는 낭만적인 기대로 보일 수도 있다. 그러나 기존 체제를 벗어나 다른 것을 시도를 해야 한다는 의지와 열망이 혁신호 발행과 새로운 문예지 창간의 동력이 된 것만은 틀림없는 사실이다.

---

10) 온라인 문예지의 개념과 범위에 대한 공식화된 정의는 없다. 이 글에서는 기존 문예지의 역할과 기능과 유사하게 시, 소설, 비평 등의 문학 창작물을 비롯한 문단의 이슈 등을 주요 콘텐츠로 삼으며 독자와의 상호 소통 관계를 지향하고 가시화하는 웹진(webzine)의 한 형태를 온라인 문예지로 보고자 했다. 2000년대 이후 출현한 온라인 문예지는 기존 문예지의 전통적 형식을 완전히 벗어난 것은 아니지만 온라인 공간에서 가능한 실험적인 콘텐츠를 선보이거나 독자들의 작품 투고나 댓글을 통한 실시간 피드백 등의 상호작용을 중요하게 여기며 작가와 독자의 역할과 관계를 재설정하는 시도를 모색하고 있다. 참고로 이 글에서 참고한 온라인 문예지로는 2005년 창간한 종합지 『문장웹진』(https://munjang.or.kr), 2006년 창간한 시전문지 『시인광장』(http://seeinkwangjang.com), 2012년 창간한 문화종합지 『문화 다』(http://www.munhwada.net), 2015년 창간한 시전문지 『공정한 시인의 사회』(https://blog.naver.com/sidong6832), 2017년 창간한 종합지 『문학3』(http://munhak3.com), 2018년 창간한 종합지 〈비유〉(http://view.sfac.or.kr) 등이 있다. 온라인 문예지와 관련해서는 장은영, 「온라인 문예지의 확장과 공공성의 구현」(『한국문예비평연구』 62집, 한국현대문예비평학회, 2019) 참조.

이 글에서는 '문예지 혁신 이후 시 비평'이란 주제에 답하기 위해 문예지 혁신 담론 이후 나타난 문예지들의 비평 현황을 살펴보고, 새로운 편집 체제 안에서 비평은 어떻게 변화하고 있는지를 논의해보고자 한다. 비평이 무엇인가라는 큰 물음보다는 비평을 다루는 실제 양상을 통해 문예지 혁신 이후 문예지가 요구하는 비평의 역할과 임무가 무엇인지를 논의하는 데 초점을 맞추려고 한다.

비평의 최소화 : '리뷰'로의 전환

문예지 혁신에 대한 말들이 오가기 시작할 때 기존의 문예지와 차별화된 사례로 주목받았던 것은 2015년 7월 창간한 소설 전문지 『악스트』였다. "우리가 들고 있는 도끼가 가장 먼저 쪼갤 것은 문학이 지루하다는 편견"임을 표명했던 『악스트』는 '비평 없는 문학잡지'[11]로 거론되었다. 창간호 'cover story'에서 소설가 천명관은 이렇게 말하기도 했다. "작가와 독자 사이에 왜 선생님들의 지도편달이 필요한지 알 수 없다. 필요하다면 유능하고 영민한 편집자가 필요할 뿐" "편집위원이니 심사위원이니 하며 문학에 영향력을 행사하게 내버려둬서는 안 된다."[12] 여기서 '선생님'이란 대학과 문단을 오가며 활동하는 평론가를 말하는 것이고, 결국 평론을 매개로 한 이들의 영향력이 문학을 지루한 것으로 만들고 있다는 것이다.

문예지를 망친 데 대한 책임을 평론가 스스로도 인정한 바 있다. 문예지 혁신을 논의하면서 비평의 한계를 거론한 강동호는, 한국 문학장을 역사적으로 지탱하고 있는 시스템을 유지해온 결정적 주체는 다름 아닌 평론

---

11) 장은정, 「설계-비평」, 『창작과비평』 2018.겨울, 309쪽.
12) 『악스트』, 2015년 7-8월호, 103쪽.

가였다고 지적하면서 한국문학 시스템의 붕괴는 평론가들이 담당해온 비평적 작업의 효용성이 이제 역사적으로 임계점에 도달했다고 말했다. 그리고 그 임계점에서 터져나온 평론가의 권위에 의존하는 문예지의 낡은 체제와 평론의 관성적인 스타일에 대한 불만이 평론가를 필요로 하지 않는 잡지들을 탄생시켰고 평론가에 의존하지 않는 문예지는 좀 더 자유로운 대상, 창의적인 스타일로 변화할 수 있는 가능성을 얻었다고 보았다. 덧붙여 그는 기존의 비평 양식인 100매 내외의 작가론, 작품론을 비롯하여 서평 원고도 사라지면서 점차 현장 평론이라는 장르의 영역이 급격하게 축소될 것이며 "좀 더 짧고, 기동성 있고, 논지가 분명한 그래서 작품에 대한 호불호를 분명하게 드러내는 리뷰 성격의 글이 기존의 현장 평론을 대체하게" 될 것이라고 전망했다.[13]

문예지 혁신 이후 창간되거나 재편된 문예지들의 목차를 보면 그의 전망은 대체로 맞아떨어진다. 좀 더 구체적인 논의를 위해 몇몇 종합지들의 비평 관련 목차를 살펴보면 다음과 같다.[14]

표 1_ 비평 목차 사례

잡지명	비평 목차	개요
문학3 (연 3회)	주목/ 현장/시선	• 주목 : 다양한 분야를 아우르는 기획주제에 대한 비평적 글 • 현장/시선 : 르포나 에세이 등의 산문

---

13) 강동호 외, 『지금, 문예지』, 미디어버스, 2016, 54~61쪽.

14) 작품을 제외하고 작품 비평 외에도 비평적 관점이 투영된 꼭지들의 목차를 선별하여 정리해보았다. 문예지 측의 의도와 달리 해석되었을 수도 있음을 미리 밝히는 바이다. 여기서는 문예지 혁신 담론 이후 잡지들의 변화상을 포착하기 위해 기존의 문예지들을 중심으로 목차를 살펴보았다. 문예지 혁신 이후 등장한 독립 잡지는 우리 문학장에 시사하는 바가 크지만 그 부분은 별도의 논의를 통해 다뤄져야 할 것이다.

제1부 슬픔의 연대

잡지명	비평 목차	개요
창작과 비평 (계간)	특집/ 문학평론/ 논단/현장/ 촌평	• 특집 : 사회 정치 문학 등을 아우르는 주제에 대한 비평적 글 • 문학평론 : 작품론이나 작가론 • 논단/현장 : 주로 사회적 의제를 다룬 글 • 촌평 : 인문사회, 문학 분야의 서적에 대한 서평
문학과 사회/ 하이픈 (계간)	리뷰/ 메타비평	• 리뷰 : 시집 2권 또는 소설 2권에 대한 리뷰 7~9편 • 메타비평 : 문단의 이슈에 대한 평론 • 『문학과 사회』의 별책과도 같은 『하이픈』은 주로 기획 주제에 대한 폭넓은 분야의 필진들이 쓴 비평적 에세이로 구성됨.
자음과 모음 (계간) 2019년 여름 혁신호	게스트 에디터/ 리뷰/ 큐러티시즘	• 게스트 에디터 : 외부 편집위원이 주제와 청탁을 맡아 특집을 구성 • 리뷰 : 문학, 비문학을 대상으로 한 리뷰 5편 가량 • 큐러티시즘 : 시, 소설 분야로 나누어 시는 4편에 대한 개별적인 작품평, 소설은 7편에 대한 작품평.
릿터 (격월)	Cover Story/ Issue/Essay/ 리뷰	• Cover Story : 주로 사회적 이슈를 기획으로 다루며 다양한 분야의 필자가 비평적 쓴 비평적 에세이 • Issue/Essay : 문학, 비문학 저서의 작가들의 에세이 • 리뷰 : 시, 소설, 에세이, 외국소설을 대상으로 한 리뷰 4편
문학동네 (계간)	조명/특집 비평/계간평/ 리뷰	• 조명 : 선정된 작가에 대한 작가론 • 특집: : 획 주제에 대한 비평적 글(문학 작품을 대상으로 한 비평 포함) • 비평 : 시, 소설에 대한 작품평이나 시론 등 1~2편 • 계간평 : 주로 소설을 대상으로 하는 좌담 • 리뷰 : 신간시집이나 소설 5~6권 각 권에 대한 개별적 평

비평의 최소화 혹은 비평의 전환

잡지명	비평 목차	개요
문학들 (계간)	특집/ 뉴 광주 리뷰/ 시선들/ 이야기들/ 비평/리뷰	• 특집 : 기획 주제에 대한 비평적 에세이 • 뉴 광주 리뷰 : 5·18을 주제로 한 칼럼, 에세이 등 • 시선들 : 시, 소설에 대한 비평 2편 • 이야기들 : 문학 외 주제에 대한 에세이 • 비평 : 최근 이슈와 관련한 비평 1~2편 • 리뷰 : 시, 소설에 대한 리뷰로 생략되기도 함.
현대문학 (월간)	명작 이후의 명작/ 집중리뷰/ 격월평	• 명작 이후의 명작 : 소설 작품에 대한 작품평 1편 • 집중리뷰 : 현대문학에서 발행하는 핀 시리즈 시집, 소설집 각 1권에 대한 리뷰 2편 • 격월평 : 격월로 시와 소설 월평 1편

* 2019년 봄호~여름호 또는 3~6월호 참조, 수록 비평의 편수는 각 호마다 상이함

대형 출판사에서 발행하던 문예지들도 앞다투어 혁신호를 선보였다. 창작과비평사는 『문학3』(2017.1 창간, 연 3회)을, 문학과지성사는 『문학과 사회』의 부록 형식인 『하이픈』(2016.9, 계간)을, 『세계의 문학』 종간 이후 민음사는 『릿터』(2016.8 창간, 격월간)를 발행하며 문예지 혁신이라는 화두에 응답하고자 했다. 이들 출판사에서 발행한 혁신호의 대체적인 경향은 첫째, 문학에 한정되지 않는 사회적 이슈로 시야를 넓히며 특집 주제를 잡고자 했다는 점이다. 『문학3』 『하이픈』 『릿터』 모두 문학 텍스트와 문학장에서 벗어나 사회, 문화적 현상과 관련한 기획 주제를 중심으로 다양한 분야의 필진을 섭외하고 주제에 대한 다각적 시선을 확보하는 데 집중하고 있다. 둘째, 시나 소설 작품 외에도 미술, 음악, 건축 등 다양한 인접 분야로 폭을 넓히며 에세이, 인터뷰, 르포 등 장르에 구애받지 않는 다양한 스타일의 글을 수록하고 있다. 이와 관련해서는 특히 문예지의 외형적 변모만이 아니라 장르적 구분이나 형식이 자유로운 『릿터』가 주목된다. 기획 주제 꼭지인 'Cover Story'는 주제와 관련된 비교적 짧은 분량의 픽션물인 'Flash

Fiction'과 다양한 분야의 필자들이 쓴 비평적 에세이 성격의 산문으로 구성되어 있고, 'Essay'는 연재 형식으로 에세이 4~5편 정도가 수록되고 있다. 무겁고 딱딱한 글보다는 시의성 있는 주제를 다루되 다양하고 감각적인 읽을거리를 제공하겠다는 의도가 선명하다. 셋째, 문예지의 전통적 구성 목록인 작가론과 작품론을 생략하고, '리뷰'를 강화하는 추세가 두드러진다. 대개 20매 내외의 비평인 '리뷰'는 짧은 호흡으로 신간을 소개하며 최소한의 비평을 시도한다. '리뷰'는 서평과 동일한 말로 사용되기도 하지만, 강동호의 말처럼 두루뭉술한 평보다는 호불호가 명확히 드러나는 비평을 지향하는 듯하다. '리뷰'의 강화가 두드러진 경우는 『문학과 사회』이다. 『문학과 사회』는 기본적인 구성을 '시, 소설, 리뷰, 지성'으로 간소화했고 다른 문예지에 비해 상대적으로 다수의 '리뷰'를 싣고 있다. '리뷰'의 비중으로 볼 때, 『문학과 사회』는 '리뷰'를 매개로 비평의 양식을 전환해보겠다는 의지를 보인다.

몇몇 종합지의 경향으로 볼 때, 기획 주제가 늘어나고 사회 현상에 대한 관심과 시선은 강화된 반면 문학 텍스트에 대한 비평은 축소되고 있다고 파악된다. 물론 이러한 경향은 문예지 혁신 이후 대형 출판사에서 발행하는 문예지들의 변화를 보여줄 뿐이고, 지금도 여전히 변화는 진행 중에 있다. 그럼에도 비평의 영역을 지워버림으로써 문단의 혁신과 문학의 쇄신이 이루어질 것이라는 생각이 지금까지의 문제를 비평과 비평가의 문제로 환원해버리는 것만 같다는 지적처럼[15] 실제로 문예지 혁신 이후 문예지들은 문학 텍스트에 대한 비평을 최소화하고 평론가의 역할도 줄이는 방향으로 나아가고 있다. 문예지에 글을 싣고 비평에 가담해온 비평가의 한 명

---

15) 소영현·신용목·전성태·정한아, 「특집좌담 : 『21세기 문학』과 함께한 한국문학의 표정들」, 『21세기문학』 2018.겨울, 272쪽.

으로서 지금의 현상을 보면 비평의 최소화가 뜻하는 게 무엇인지 다시금 새겨보게 된다. "문학비평이 질타당하는 건, 가장 필요할 때 충분히 작동하지 못해서이지 이제 불필요해져서가 아니다"[16]라는 의견에 동의하는 입장에서 말하자면 지금 나타나는 비평의 최소화가 최선의 대안이라고 보지 않는다. 1990년대 이후 지속적으로 누적된 출판자본과 상징자본이 결합되어 공고화한 문예지의 패권주의, 문예지의 위계에 대한 문단 내부의 불만 그리고 비평에 대한 독자의 무관심으로 압축되는 문제들이[17] 과연 비평의 최소화 전략을 통해 해결될 수 있는 것인지 장담할 수 없기 때문이다.

그동안 문예지들을 통해 대두되었던 비평의 쟁점들을 돌아보면 적어도 2010년대 비평이 게을렀다거나 관성에 사로잡혀 있던 것 같지는 않다. 그렇다면 대체 비평의 문제는 무엇이었을까? 여기에 답하기 앞서 비평의 역할이 무엇인지를 돌아보기로 한다. 테리 이글턴의 표현을 빌리자면, 비평은 "단지 스스로를 폐기처분하는 것에 불과한 자기투영적 형식, 다시 말해 텍스트의 생명에 겸허한 자세로 순응하는" 존재 양식을 지닌다. 텍스트에 대한 기생은 비평이 제 임무를 다하기 위한 조건이다.[18] 비평이 순수한 분야가 아니라고 전제하는 이글턴은 그렇다고 해서 문학이 비평의 유일한 발생점은 아니라고 덧붙인다. 비평은 그 나름대로의 자율적인 생명과 그 자신의 법칙과 구조를 지니며, 문학적 체계의 단순한 반영이 아닌 문학적 체계와 연결된 내적으로 복잡한 하나의 체계를 형성한다.[19] 다만 독자적인 생명체로서 기생자는 숙주와 더불어 존재할 때 제 역할을 가장 충실히 해내는 것이다. 부연하자면 비평이 존재할 때 텍스트는 작가의 무의식적 영

---

16) 백지은, 「삶의 질문들이 '문학'을 끌어당긴다」, 『자음과 모음』 2019.봄, 166쪽.

17) 정과리·이광호·오형엽·박철화, 앞의 글 참조.

18) 테리 이글턴, 『비평과 이데올로기』, 윤희기 역, 인간사랑, 2012, 34쪽.

19) 위의 책, 43~44쪽.

역에 존재하는 체제의 이데올로기라는 이질성을 내재한 불완전한 세계로 남게 된다. 비평은 텍스트의 무의식을 끄집어냄으로써 순수한 관념으로서 '문학'은 존재하지 않는다는 것을 증명하고 문학의 진리화를, 신비화를, 숭고화를, 권력화를 지연시킨다. 도리어 비평은 텍스트의 자기 망각을 드러내며 텍스트 이면의 지배구조와 이데올로기를, 텍스트의 무의식이라 할 수 있는 담론들의 체계를 읽어냄으로써 정치적 효과를 생산하는 임무를 수행한다.

우리 시대의 비평이 이러한 임무를 잘 수행하는가를 생각하면 던져야 할 질문이 많다. 그동안 비평은 매월 혹은 매 계절 새로운 문학적 의제를 생산해기 위해 애써왔지만 다른 한편으로는 비평이 상정한 주제에 함몰되어 텍스트를 과잉해석하면서 몇몇 텍스트를 한국문학을 대표하는 표상으로 만드는 데 기여해온 것은 아닌가, 사회적 의제와 판매 부수와 작품의 미학성 사이에서 길을 잃고 헤매고 있는 것은 아닌가, 작품을 뒷받침하는 비평이 지면의 권위와 비평가의 유명세에 힘입어 또 다른 목소리와 경합하기 어려운 지위를 누리는 것은 아닌가, 이렇게 권위를 만드는 순환 구조에서 대상 텍스트를 흠결 없는 작품으로 만들어버리는 것은 아닌가 등등. 요컨대 문학을 진리화하며 문학이라는 숭고한 대상을 증명하는 데 주력하는 비평은 텍스트를 우상화한다. 다른 해석의 여지와 생각의 차이들을 소거시킨다. 그런 점에서 비평의 태도는 문학의 진리화, 숭고화를 경계하면서 텍스트를 꼼꼼히 읽어나가는 것이다, 라는 말은 진부하지만 여전히 중요한 비평 작업의 전제이다.

따라서 비평을 중심으로 볼 때 문예지 혁신의 핵심은 비평 자체에 대한 배제라기보다 정전을 만들고 문학을 진리화하는 비평을 경계하는 것이어야 한다. 작가론이나 작품론을 대체하며 비중이 커진 '리뷰'가 그런 오류를 반복하지 않을지는 더 두고 봐야 할 일이다. 기우지만 비평으로서 '리뷰'의 역할과 방향이 전제되지 않는다면 '리뷰'는 자칫 책 구입을 독려하는 광고 효과를 담당하는 데 그칠 우려도 없지 않다. 실제로 이러한 우려의 근거가 되는 현상은 최근 몇 년 동안 급성장한 새로운 매체의 약진이다. 온라인 매체를 통해 책과 작가를 소개하는 문학 관련 콘텐츠는 기하급수적으로 늘어나고 매체의 변화 속에서 문학은 '읽는' 것이 아닌 '보는' 것으로 질적 변화를 겪고 있다.

SNS 시대의 유일한 윤리는 공감이라는 한 시인의 말[20]처럼 문학 콘텐츠를 통해 전달되는 가공된 문학은 지친 삶을 위로하고 험악한 세상을 따뜻하게 비추며 우리가 미처 생각지 못한 삶의 진실을 마주하게 하는 문장이나 '워딩'으로 환원되고 있다. 하나의 작품이나 한 권의 책이 쉽게 공감할 만한 몇 개의 문장으로 추려지는 것이다. 물론 편집된 구절을 문학에 대한 재전유라고 보는 입장도 존재한다. 하지만 맥락 없이 격한 공감을 불러일으키는 문장들이 문학이라는 스펙터클을 형성하며 문학을 소비 가능한 형태로 만들고 있다는 의심 역시 필요하다. 적어도 우리가 지키고자 하는 문학은 감성을 획일화하거나 선명하고 단일한 의미를 생산하는 데 있지 않기 때문이다.

이 같은 맥락에서 '리뷰'는 상품 세계에서 감각의 유행을 만들고 소비자와 소통하는 인플루언서(influencer)와 달리 텍스트를 매개로 독자 스스로 발

---

20) 황인찬, 「오직 공감 받는 것들만이 살아남는다—SNS시대의 시 텍스트 소비 양상 변화」, 『서정시학』 2016.봄 참조. 이 글에서 황인찬은 기존의 문학 텍스트가 SNS상에서 어떻게 재가공되어 활용되는지 구체적으로 보여주고 있다. 편집된 시의 일부를 SNS에 게시할 때 하나의 시는 본래의 텍스트가 거느린 맥락이 탈각된 채 새로운 맥락이 부여되며 텍스트 자체는 매체의 성격에 부합하는 하나의 이미지로 전환되어 소비된다고 설명한다. 그는 이러한 현상에 대해 동의나 비판 대신 시의 위기를 극복하려면 좋은 시를 쓰는 것에서 벗어나 "새로운 시, 다른 시, 변종의 시, 우리가 믿은 적 없고 상상한 적 없는 시가 필요하다"는 전망을 밝혔다.

언할 수 있는 계기를 제공하는 글쓰기가 되어야 할 것이다. 자본의 힘을 견지하면서 문학과 삶의 거리를 조율하고 해석의 자율성을 열어놓을 때 우리는 '리뷰'를 통한 비평의 전환을 기대해볼 수 있을 것이다.

비평의 전환 : 다시, 텍스트 읽기

표면적으로 비평의 최소화 현상을 드러낸 종합지에 비해 시 전문 문예지는 좀 다른 양상을 나타내고 있다. 한국문화예술위원회에서 2019년 발행한 『문예연감 2018』에서 발표된 자료에 따르면 2017년 기준으로 시 전문 문예지는 전체 문예지의 75%를 차지하는 538종에 이른다.[21] 산술적으로 보자면 시 전문 문예지는 하루에 약 3.9권 발행되고 있는 셈이다. 한국 문예지에서 시 전문 문예지가 차지하는 비중은 예상외로 크고, 이러한 양적 규모로 짐작할 수 있는 바는 소설이나 다른 장르에 비하면 시를 게재할 수 있는 지면이 적지 않으며 잡지의 다양성을 유지할 수 있는 확률도 높다는 것이다.[22]

---

21) 『문예연감 2018』, 한국문화예술위원회, 2019, 128~129쪽.

22) 그러나 문예지에 대한 작가들의 만족도가 지면의 양에 비례하지는 않는다는 점도 간과할 수 없다. 한 연구에서 조사한 바에 따르면 작가들은 문예지들의 문제점을 배타적 엘리트주의, 필자 선정 기준의 모호성, 지역, 대학 등 연고주의 등이라고 답한 바 있다(방재석, 「문예지에 대한 문학 작가의 인식과 정책적 대안」, 『문화정책논총』 제26집, 한국문화관광연구원, 2012, 20~22쪽). 좀 시일이 지난 자료이기는 하나 지금도 큰 인식의 차이는 없으리란 가정하에 참조해보면, 문예지에 대한 문제의식은 지면 부족과 같은 외적인 데서 비롯하는 것이 아니라 운영 방식의 배타성이라는 내적 문제에 기인한다. 이는 곧 지면의 확대가 문예지 혁신의 본질적인 해결책은 아니라는 얘기다. 지면의 확보보다 중요한 것은 문예지의 운영이나 편집위원 시스템이 얼마나 개방성을 유지하며 작품을 수록하는가의 문제일 것이다.

표 2_ 문학잡지 대표 장르별 분포

장르	대표 장르 (종)	비율	대표 장르 (권)	비율	해당 장르의 게재 작품 수 (편)	비율
시	538	75.2%	1,419	72.5%	116,215	75.0%
소설	11	1.5%	36	1.8%	3,437	2.2%
수필/산문	86	12.0%	276	14.1%	26,183	16.9%
희곡/시나리오	79	11.0%	224	11.5%	7,522	4.9%
평론/인문연구서	1	0.1%	1	0.1%	147	0.1%
기타	0	0.0%	0	0.0%	1,411	0.9%
계	715	100.0%	1,956	100.0%	154,915	100.0%

* 『문예연감 2018』, 한국문화예술위원회, 2019, 129쪽, www.arko.or.kr

한국 문단에서 시 전문 문예지는 시와 비평을 중심으로 문학적 담론을 생산하며 시인에게는 지면을 제공하고 독자에게는 시를 향유할 기회를 제공하는 역할을 담당하고 있다. 그런데 시의 향유란 반드시 탁월성을 갖춘 작품을 통해서 충족되는 것은 아니다. 현재 우리가 공유하는 문학장에서 시는, 작품의 미학적 완성도 못지않게 시를 쓴다는 행위 자체가 중요한 의미를 지닌다. 달리 말하면 우리는 탁월한 작품에서만 시적인 것을 발견하는 것은 아니란 것이다. 가령 충북 음성 노인복지관에서 글을 배운 할머니들이 펴낸 시집[23]이 생각지 못한 감동을 주는 이유나 올해 개봉한 다큐

---

23) 충북 음성 노인복지회관에서 시 쓰기를 배운 할머니들이 만든 시갈골 문학회는 동인 시집 『먼 훗날 아름답게 수놓으리』(2006), 『들국화는 그리움으로 핀다』(2007), 『벌 나비 날아들면 열매 맺는다』(2010) 등을 펴냈다. 시인 심보선은 「천사-되기에서 무식한 시인-되기로」(『창작과 비평』 2011.여름)에서 할머니들의 시를 다루기도 했다.

제1부 슬픔의 연대

멘터리 영화 〈칠곡 가시나들〉(김재환 감독, 2019)에서 할머니들이 글을 배우고 시를 쓰는 과정이 그 자체로 시적인 행위로 비춰지는 이유는 시가 행위로서의 예술이란 점에서 설명해볼 수 있다. 진은영은 행위의 관점에서 볼때, 시는 시인 자신의 의도대로 쓰이는 결과물이 아니라 "삶의 여러 관계들이 직조해내는 하나의 불안정한 결과물"에 불과하다고 설명한다.[24] 따라서 시를 수용할 때는 그 결과물의 탁월성만이 아니라 시 쓰기가 타인과 세계를 향해 자신을 드러내는 행위라는 점에 의미를 두게 되기 마련이다. 조심스러운 의견이지만 현재 발행되는 다수의 문예지들도 단지 탁월한 작품으로써의 시 생산을 목적으로 한다고 생각되지는 않는다. 활동 현황으로보더라도 지금의 문예지는 작품의 미학성을 향상시키고 현재의 수준을 갱신하는 역할과 더불어 행위로서의 시 쓰기를 공유하고 나누는 장으로 기능하고 있다.[25] 문예지가 시 쓰기를 공유하는 거점이자 공공장소로서 의미를 지니는 것이다.

이처럼 문예지가 행위로서 시 쓰기를 나누는 장소로 기능하고 있다면 시 비평의 기능은 어떻게 설명될 수 있을까? 구체적인 논의를 위해 시 전문 문예지의 비평 현황을 구체적으로 살펴본 후에 시 비평의 역할과 전망을 이야기해보자.

---

24) 한나 아렌트의 행위 개념을 빌려서 행위로서의 시 쓰기를 설명하는 진은영에 따르면 행위의 관점에서 예술을 이해할 때 생산물의 탁월성은 문제가 되지 않는다. 그보다 중요한 것은 행위자의 드러남이지 생산물 자체가 아니다(진은영, 「영화 〈패터슨〉에 나타난 시와 예술의 공공성」, 『문학치료연구』 제50집, 한국문학치료학회, 2019, 176쪽).

25) 『시산맥』의 발행자 문정영은 이 잡지를 매개로 시인들이 다양한 주제의 모임을 가지며 서로의 삶을 공유하는 거점으로 삼고 있다고 발언한 바 있다. 모두 다 그런 것은 아니겠지만 현재 우리 문단에 존재하는 많은 시 전문지들 중 일부는 시 쓰기라는 행위를 매개로 소통하고 공유하는 공동체로 기능하고 있다(〈문정영 시인의 꽃들의 이별법 편〉, 한국문화예술위원회에서 제공하는 팟캐스트 〈문장의 소리〉 제573회 참조).

표 3_ 시 전문 문예지의 비평 목차

잡지명	비평 목차	개요
포지션 (계간)	블라인드 시읽기	무기명 시 5편에 대한 작품평
	사연사림(詞筵詞林)	신작 시집 리뷰 6편
	집중조명	집중조명 시인의 신작시, 근작시 작품론
	특집	기획 주제에 대한 비평(시 비평 포함)
시로여는세상 (계간)	기획	기획 주제에 대한 비평(시 비평 포함)
	쟁점	자유로운 주제의 비평(반드시 시를 대상으로 하지는 않음)
	조명	선정 시인의 신작시, 근작시에 대한 시인론
	다음	선정 시인의 신작시, 근작시에 대한 작품론
	현장–지난 계절의 좋은시	계간평
	초점	리뷰 형식에 가까운 시집 평
시와 사상 (계간)	기획특집	기획 주제에 대한 비평(시 비평 포함)
	신작시특집	신작시와 근작시에 대한 작품론
	계간시평	계간평
	서평	신작 시집에 대한 서평
문학 선 (계간)	특집 1, 2	기획 주제에 대한 비평(시 비평 포함) •특집 1은 주제에 대한 텍스트 비평이나 인문학적 비평 위주이고, 특집 2는 특집 1에 비해 무게감이 덜한 에세이 등으로 구성됨.
	신작시 포커스 1~3	신작시에 대한 작품평
	탄생 100주년 기념	근대 시인들의 작품과 시인론
모·든시 (계간)	한 편의 시 한 줌의 시론	한 편의 시를 대상으로 한 작품평
	리뷰 : 내가 읽은 시집	2권의 시집에 대한 리뷰

　　　　　　　　　　　　　　　　　　제1부 슬픔의 연대

잡지명	비평 목차	개요
모:든시(계간)	투고시평	시론이나 작품평
현대시 (월간)	이 달의 추천작을 읽는다	추천작 1편에 대한 작품론
	현대시가 선정한 이달의 시인	신작시를 중심으로 한 작품론
	이달의 시집	선정된 시집 한 권에 대한 서평
	이달의 리뷰	한 작가의 시 3~4편에 대한 작품평
시인동네 (월간)	특집	특집으로 선정된 시인에 시인론과 작품론
	월평	월평
	서평	신작 시집 서평
현대시학 (격월간)	특집	기획 주제에 대한 비평 • 정해진 주제에 따라 시평, 소설평, 시평(時評) 등이 수록되거나 리뷰 등이 수록되기도 함.
	한국의 시인론	근현대 시인에 대한 시인론
	격월평	월평
	화제의 시집	신작 시집에 대한 서평

* 각 문예지의 2019년 봄호~여름호 또는 3~6월호 참조

시 전문 문예지의 경우 비평의 양적 비중이 위축되는 현상을 보이진 않지만 크고 작은 변화들은 감지된다. 최근 호에서 나타나는 비평의 양상은 ① 기획 주제에 대한 비평을 싣는 특집이나 기획 ② 시인론 ③ 작품론 ④ 신작 시집 서평이나 리뷰 ⑤ 계간평/월평 정도로 간추려 볼 수 있다. 종합지만큼 확연하지 않지만 시 전문 문예지의 경우도 약간씩 목차를 개편하는 움직임을 보이고 있다. 오랫동안 유지해온 계간평/월평이 없어지거나 다른 꼭지로 전환되는 현상이 포착되는데, 대표적으로 『현대시』의 경우 매

달 2편씩 수록되었던 '현대시 월평'을 대신하여 4월부터는 한 시인의 신작 시를 평하는 '이달의 리뷰'로 전환했다. 월평/계간평이라는 비평 형식에 대한 문제의식을 가시적으로 보여주는 것은 이번 여름에 혁신호를 발행한 『자음과 모음』이다. 『자음과 모음』은 시, 소설에 대한 계간평 형식의 '리뷰' 꼭지를 '큐러티시즘'으로 전환했는데, 기존의 계간평이 "그 계절의 작품들을 두루 '엮어놓는' 솜씨를 구사하게 되고, 과잉의 맥락화가 이루어지는 경우"[26]도 있음을 지적하면서 "계간평이 그 계절에 어떤 작품을 다시 보고 싶은지를 선별해서 보여주고 그것을 해석, 판단하는 '큐레이션'이자 '비평'의 행위를 겸하는 것이 아닐까를 생각하였고, 그 본질에 집중하기" 위해 형식을 바꾸었다고 밝혔다. 핵심은 작품보다 비평의 논리에 따라 '엮는' 방식을 지양하고, 작품 읽기에 충실하겠다는 취지이다.

텍스트에 집중하기보다 비평의 논리 속에서 작품을 재단하는 비평 형식에 대한 피로감은 텍스트가 아닌 자기 주제에 함몰된 비평의 태도를 문제 삼고 있다. 여기에는 충분히 공감되는 바가 크다. 그럼에도 대부분의 문예지들이 월평/계간평을 유지해왔고 지금도 여전히 유지하고 있는 까닭은 분기에 따라 두드러지는 시의 주제나 형식을 포착함으로써 시대적 환경과 시의 조응을 포착하기 위한 이유에서일 것이다. 그러한 의도와 목적 자체가 문제인 것은 아니다. 그러나 월평/계간평이 본래 취지에 맞게 내실을 갖추기 어려운 이유는 평론가 개인이 감당하기에는 시 전문 문예지에서 발표되는 시의 양이 방대하고 시간적 제약도 따른다는 데 있다. 또한 그에 따른 적절한 보상이 주어지지 못하는 현실적 여건도 간과할 수 없다. 그런 점에서 월평/계간평이 소수의 작품을 다루는 방식으로 전환되는 현상은 불가피해 보이지만, 월평/계간평을 한 명의 평론가가 감당하지 않고 좌담

---

26) 안서현, 「새로운 '자음과 모음'을 열며」, 『자음과 모음』 2019.여름, 6쪽.

형식의 공동 작업으로 전환해보는 것도 시도해볼 만한 방법이다.

시 전문 문예지의 종류는 많지만 그에 비하면 문예지들이 다루는 비평의 형태들은 대동소이하다. 이 가운데 몇 가지 눈에 띄는 꼭지를 소개하면, 우선 『포지션』의 '블라인드 시 읽기'도 흥미롭다. 무기명 시 5편에 대한 작품평을 5명의 필자가 써서 게재한 후, 다음 호에 시인을 공개하는 방식으로 운영된다. 한때 무기명 시에 대한 비평의 타당성이 문제로 제기되기도 했지만 무기명의 시에 대한 작품평을 쓴다는 것은 텍스트 읽기에 최대한 집중할 수밖에 없는 작업이라는 점에서 긍정적인 면을 지니는 것도 사실이다. 작가에 대한 정보가 없다는 것은 작품의 외연을 짐작하기 어렵게 만들겠지만, 동시에 긴장감을 놓치지 않고 텍스트를 읽는 비평 작업을 요구한다. 그런 점에서 '블라인드 시 읽기'는 오독의 여지도 크고 시인이나 평론가에게는 곤혹스러운 작업이지만 텍스트 읽기에 대한 새로운 경험을 제공할 수 있는 비평 형식이라고 생각된다. 또 다른 경우로 『모:든 시』의 '한 편의 시 한 줌의 시론' 역시 깊이 있는 텍스트 읽기를 시도한다.

『현대시』도 '이달의 추천작을 읽는다'에서 추천작 한 편을 중심으로 한 비평을 오래전부터 실어왔다. 하나의 개별적 텍스트를 비평하는 것은 비약적 해석과 추측을 동반할 수 있지만 글을 쓰는 평론가만이 아니라 독자들도 텍스트와 밀착될 수 있는 경험을 하게 만든다. 과잉된 해석과 억지스러운 논리보다는 텍스트에 충실할 수 있는 비평 형식을 택함으로써 텍스트의 표면만이 아니라 그 이면을 향해 다가가볼 수 있다는 점에서 텍스트 이면에 가로놓인 체제의 욕망이나 이데올로기를 마주하는 비평적 시선을 회복하게 한다. 이러한 비평의 방향이 말해주는 것은 시 전문 문예지가 텍스트를 선별하는 역할보다는 텍스트에 밀착하여 각각의 텍스트가 지니는 고유성을 발견하는 데 중점을 둔다는 점이다. 한 편의 텍스트에 밀착하여 읽기를 시도하는 비평은 그 텍스트의 상대적인 우위를 증명하지 못하겠지만 각 텍스트가 지닌 차이와 고유성을 발견하는 미학적 체험을 제공할 것이다.

시 전문 문예지들은 시를 매개로 '쓰는 이'이면서 동시에 '읽는 이'로 구성된 문학 네트워크를 유지하는 역할을 하고 있다. 시 전문 문예지의 양적 증가가 말해주듯이 그간 이 네트워크는 급격히 증대되었다. 이러한 현상은 우리에게 더 절실했던 것은 시 쓰기라는 행위, 즉 아렌트의 말처럼 타인의 현존을 전제로 한 행위자의 드러냄(disclosure)[27]이었던 게 아닐까를 생각하게 한다. 그 결과 다기 다종한 문예지를 거점으로 삼는 거대한 시-네트워크가 하나의 생태계처럼 출현하게 되었다. 문제는 시-네트워크가 지속 가능하기 위해서는 진화를 필요로 한다는 것이다. 나는 이러한 흐름이 비평에 대한 요구로 자연스럽게 이어진다고 본다. 즉 앞서 언급했던 것처럼 최근 강화되는 텍스트에 밀착된 시 비평은 미학적 갱신을 도모하는 시-네트워크의 진화를 위해 요구되는 비평의 한 방향이란 것이다. 이 전망은 지나친 낙관일까?

낙관에 기대어 부연하자면 앞으로도 시 전문 문예지들은 행위로서의 시 쓰기를 긍정하며 '쓰는 이'와 '읽는 이'가 서로 역할을 바꾸며 공존하는 시-네트워크를 만들게 될 것이다. 문학상을 운영하며 탁월한 작품을 발굴하고 스타 작가를 탄생시키며 권위 있는 시인선을 소유하는 것보다 중요한 문예지의 진짜 동력은 시를 쓰는 행위를 통해 자신을 드러내고 타인과 세계에 동참하고-나누는 일, 즉 민주적인 공공성에 대한 요구라고 믿는다. 그렇지 않다면야 이렇게 많은 문예지들의 발행을 이해하기도 설명하기도 어렵다.

---

27) Dana R. Villa, 『아렌트와 하이데거』, 서유경 역, 교보문고, 2000, 193쪽.

남은 문제들

문예지 혁신이라는 화두는 문예지 운영의 새로운 방식을 모색하게 하는 계기였다. 1인 출판의 등장, 독립 문예지 출간, 온라인 매체의 활성화, 기존 문예지들의 대대적인 재편 등이 모색의 결과들이다. 아울러 문예지 운영의 변화가 초래한 등단과 청탁의 개방성은 앞으로 문예지와 문학장의 질적 변화를 가져올 중요한 변화라고 본다.[28] 문단에 진입하는 제도로 간주된 등단과 등단을 기준으로 하는 청탁은 문예지 진입을 위한 한 쌍의 기준이기 때문에 하나가 약화되면 다른 하나도 자연스럽게 약화될 수밖에 없다. 그런데 최근 비등단 작가들의 문단 진입 현상이나 특별히 등단 제도를 갖추지 않은 장르문학 작가들이 독자적인 커뮤니티를 통해 작품을 발표하는 현상을 보면 더 이상 등단이 유일한 작가 등용문이 아니라는 것은 자명해 보인다. 등단이라는 제도가 문예지 진입의 결정적 조건이 아니라면 청탁 역시 좀 더 개방적인 다른 방식으로 전환될 수밖에 없을 것이다. 등단과 청탁이 개방성을 지니게 되면 등단을 관문으로 삼아온 문단이라는 관념도 필연적으로 느슨해질 테고, 이 같은 상황은 문단의 위상과 역할에 대한 재탐색으로 이어지리라 전망해 본다.

문예지에 대한 인지도나 출판과 판매 부수 등을 고려하지 않고 보면 문

---

28) 최근 창간된 문예지나 온라인 문예지는 온라인을 활용하여 적극적으로 투고를 받는 쌍방향적이고 개방적인 방식을 병행하기도 한다. 온라인 문예지에서는 대부분 독자들의 투고를 받거나 독자들의 글을 올릴 수 있는 꼭지를 운영하는 추세이고, 인쇄 출판되는 문예지 가운데는 작가들을 대상으로 신작시와 시평 투고를 받는 『모:든 시』의 투고 시스템이 주목할 만하다. 비평의 자리로 '투고시평'이란 꼭지도 마련해두고 있다. 작가와 독자의 참여를 유도한다는 차원에서 나아가 작가와 독자의 경계를 무너뜨리고, 필진을 섭외하는 편집위원 체제의 한계를 인정하며 개방적인 환경에서 더 좋은 작품을 발굴하겠다는 의도가 엿보인다.

예지의 부흥기인가 싶을 만큼 다양한 문예지들이 공존하고 있다. 문예지의 숫자가 다양성에 비례하는 것은 아니겠지만 현재 한국 문단에는 이전에 비해 다양한 정체성을 드러내고 문학적 감수성의 재편을 시도하는 문예지들이 출현하는 중이다. 그러나 여전히 출판자본과 상징자본 위에서 형성된 문예지의 위계는 존재한다. 중요한 것은 지금의 위계를 경합으로 바꾸는 것이다.

독립 문예지 『더 멀리』를 만들었던 시인 김현은 '출판권력'이나 '선생권력' 같은 것에서 벗어나 "독자와 어떤 공동체를 이룩해내고 싶다"는 바람을 드러내며 후원금과 구독료로 발행하는 독립 잡지들이 한국문학을 변화시키는 '이상한 원동력'이 되었으면 하는 전망을 밝힌 바 있다.[29] 그가 말한 '이상한 원동력'이란 기존의 문학 시스템을 떠받치던 출판자본, 그리고 거기에 연루된 채 성장한 문단권력과는 변별되는 이질적인 힘, 즉 자본과 권력의 공통적 속성인 자기증식과는 질적으로 다른 분화하는 힘 혹은 무규정적 의지에 대한 표현일 것이다. 김현은 그 힘을 독자와 함께 만드는 '어떤' 공동체에 대한 열망이라고도 설명한다. 기존의 문예지가 동질화된 '어떤'을 규정하기 위해 노력해왔다면, 그것과 다른 것이 되고자 하는 오늘의 문예지는 '어떤'을 규정하지 않음으로써 개방적 네트워크를 유지시키고자 하는 것이라고 짐작된다.

문학도 "망할 수 있다는 것을 인정하고 시작해"보겠다는 그의 발언은 문예지가 어떤 신성한 목표를 향해 나아가는 것이 아니라는 걸 말한다. 나는 이 문장에 담긴 문예지의 미래에 대한 전망에 동의한다. 하나의 목표와 의지가 아닌 분기된 힘들이 공존하는 '함께 있음'의 장, 그것이 지금 한국 문예지가 도달하려는 좌표이다.

---

29) 김현, 「독립, 상업, 실험」, 『실천문학』, 2015.여름, 218~224쪽.

제2부

마음의 가능성

시인의 사랑은 가정을 해체시킬 뻔한 일탈이었지만 다른 한편으로 시인의 사랑은 현실적 규범이나 합리적 상식들 마음의 가능성을 보여주었다. 불우한 환경에서 방황하는 소년을 위해 그는 온 마음을 쏟았다. 소년에게 아무런 대가를 바라지 않신이 가진 모든 것을 가까이 내주려는 시인의 마음은 교환 관계를 벗어난 증여로서의 마음이자 달리 말하면 무상성(無償性)의 마

'나'에 대한 오해와 가능성들

프랑스 소설가 베르나르 베르베르의 단편 중에는 수술을 통해 육체를 제거한 뒤 뇌만 가지고 살아가는 남자의 이야기가 있다. 그는 온갖 욕구를 충족시켜야 하는 거추장스러운 몸을 버리고 순수한 사유만으로도 충분히 자기일 수 있다고 믿었다. 그러나 자신의 의식만이 진짜 자기라고 믿었던 그는 다른 사람들의 눈에 그냥 고깃덩이처럼 보일 뿐이었고, 방부액으로 채운 병에 담겨 사유의 모험을 하던 그는 마침내 그게 무엇인지 모르는 아이들의 장난으로 개의 먹이가 되고 만다. 자기 의식만이 '나'의 실체라고 믿는 어리석음에 대한 이 우화는 진짜 '나'를 찾는 질문 속에서 사유하는 주체가 부활할 수 있다는 가능성을 암시한다.

지난 20세기 중반 이후는 '진짜 나'라고 생각하는 자기 인식의 허구성을 비판하며, '진짜 나'를 만드는 장치들을 추적하고 해체시켜 온 탈근대적 운동의 시간이었다. 이른바 후기구조주의나 포스트모더니즘으로 명명되는 시대적 담론들은 주체의 소멸을 선언했고, 탈주체적 인식론은 인간과 세계를 바라보는 새로운 관점을 제공하는 데서 나아가 소외되었던 타자를 복권시키는 학문적·문화적 실천으로 이어졌다. 근래의 시 작품을 비평하고 분석하는 데 필수적으로 동원되는 시적 주체라는 용어 역시 주체의 죽음, 소멸, 해체라는 시대적 담론 위에서 움트기 시작했으며 2000년대 중반에 와서야 우리 시 비평에 안착한 시대적 개념이다.

그러나 여전히 시적 주체가 '나'라는 일인칭 주어로 등장하는 한 시적 주체가 의미의 담지자이자 실체라는 통사적 오해는 거듭된다. 철학자 루트비히 비트겐슈타인은 우리의 오해가 무엇인지를 이렇게 설명한 바 있다. "'나'가 주어로 사용되는 경우에" "우리 몸에 거처를 두고 있는 어떤 비육체적인 것을 가리키기 위해 그 단어를 사용한다는 환상을 불러일으킨다. 사실 바로 이것이 진짜 자아(real ego), 즉 '생각한다, 고로 존재한다'고 할 때의 그 자아처럼 보인다."[1] 그는 진짜 자아의 허구성을 증명하기 위해 '나'로 시작하는 문장에서 서술되는 경험이 '나'의 소유가 아님을 증명했고, 실체로서의 '나'는 문법이 만들어낸 허구일 뿐이라고 주장했다. 우리가 이미 알고 있는 바처럼 사유하는 주체나 정신적 작용의 실체로서 '나'는 애초에 없다는 이야기이다. 그러나 다른 한편으로는 문법적 주어의 자리에 '나'가 있는 한 사유하는 주체에 대한 환상은 반복될 수 있다는 이야기이기도 하다. 언어가 주체의 내밀한 생각과 감각을 표현하는 도구라고 믿는 한 일인칭 '나'가 사유하는 주체라는 오해는 쉽사리 사라지지 않는다. 그러니 우리가 시적 주체라고 말할 때 거기엔 오해의 가능성이 포함되어 있다는 사실은 새롭거나 놀라운 일이 아니다. 다만 시적 주체를 거론하는 우리 자신이 이 오해에 대해서 관심을 기울이지 않았던 것을 상기시킬 뿐이다.

---

1) 루트비히 비트겐슈타인, 『청갈색책』, 진중권 역, 그린비, 2008, 142쪽.

'나'의 실험 : 김연필 시의 경우

김연필 시인이 최근 발표한 작품들은 집요하게 '나'의 허구성을 추적하고 있다. 「곳」 연작이 그런 경우이다. 이 작품들은 "곳"이 대체 '어디인가/무엇인가'에 대한 답을 찾게끔 만드는 탓에 서술적 긴장감이 유지되지만, 허탈하게도 "곳"이 의미하는 바에는 도달할 수 없게 되어 있다. 만약 "곳"의 확실한 의미가 선연히 보인다면 모든 시어는 거기에 대응하는 실체를 가진다는 오해의 소산은 아닌지 의심해보아야 한다. 때로는 시의 핵심은 시어가 아니라는 시인의 의도가 느껴지는 경우가 있는데, 이때는 달리 시에 접근하는 것이 좋다. 김연필의 시에서 "곳"의 실체를 찾기 위해 애쓰기보다 차라리 시적 주체 "나"에게 시선을 돌려보는 것이 나을지도 모른다.

> 곳을 본다. 곳에서 곳으로 간다. 비틀고 비틀어진다. 곳이 비틀어지고 곳에 곳이 있다. 곳에 숲이 있고 나무가 있다. 나무에 곳이 있다. 나무의 곳으로 간다. 곳에서 곳으로 가지만. 곳은 곳을 향해 비틀어지고. 나무의 곳에 네가 있다. 너의 곳은 찐득하다. 온갖 벌레가 모인다. 벌레의 곳으로 진입한다. 간다. 가는 곳에 숨이. 곳에 숨은 네가. 숨이 나를 밀치고. 어두운 곳이 벌레의 곳으로 진입한다 — 곳에 너의 흔적이 모인다. 너의 흔적은 곳이다. 나는 흔적에 곳을 숨긴다 너에게 전진한다. 비틀어진 전진 속에 곳이 있다. 벌레의 곳에서 벌레로 간다. 하지만. 곳의 벌레에서 진액이 나온다. 너의 곳은 찐득하다. 온갖 벌레의 속이다. 나는 진입한다 어두운 곳으로. 곳에 숨이. 벌레와 벌레를 잇는 곳으로. 너는 온갖 벌레의 곳이다. 뜨거운 곳에서 끈적이는 존재이다. 너는 믿을 수 없는 곳이다. 나는 곳이다. 곳에서 곳으로 어두운 선을 연결한다. 비틀지만. 비틀어진. 나무를 곳에 연결하고. 너의 곳에서. 곳에서 곳이. 보이지 않고. 곳으로. 비틀어.
>
> — 김연필, 「곳—통로」 전문(『시작』 2017.여름)

'나'는 "곳"을 향해 "전진"하지만 그럴수록 '나'의 진로는 "비틀어지고" "곳"과의 만남은 지연된다. 뫼비우스 띠의 앞면과 뒷면을 걷는 두 사람처럼 내가 "곳"을 따라잡으려고 하면 어느새 "곳"은 "비틀어진" 길 저편에 있다. 그러니 '나'의 시선에 포착된 "곳"은 이상하게도 사유의 대상이 되지 못하고 "흔적"으로만 존재한다. "곳"이 "흔적"이라는 건 사유하는 주체에 의해서 "곳"의 의미가 획득될 수 없다는 것을 암시한다. 이렇게 "곳"이라는 단어를 매개로 김연필 시인이 감행하는 실험은 언어적 표현이 사유 주체의 정신과 연결된다는 근대적 믿음에 대한 부인과 저항의 연장선에 있다. "곳"이라는 단어가 특정한 장소나 상징물을 지칭한다는 관점은 "곳"이라는 단어에 의미를 부여한 주체가 있음을 전제할 때만 가능하기 때문이다.

그런데 이 문제는 시어의 의미 규명보다는 궁극적으로 오늘의 시가 어떻게 향유될 수 있는지 그 가능성을 열고 닫는 전제라는 점에서 '필요한' 논의를 제기하고 있다. 예컨대 교실에서 시를 배우던 기억을 떠올려보라. 시어의 본래 의미를 찾고 시인의 마음과 주제의식을 암기했던 그런 시 읽기는 한마디로 시인의 정신을 이해하기 위한 과정이었다. 모든 것은 시인과 동일시되는 시적 자아의 인식에서 시작된다는 믿음이 시의 가능성을 차단하고, 또 다른 소통의 가능성 역시 닫아버렸다. 다행히 지금에 와서는 독자의 해석적 지평 가능성이 더 중요하게 여겨지지만, 일인칭이 강조되는 장르인 시에서는 시를 지배하는 특정한 주체의 의식이 있다는 전제를 떨쳐버리기 어렵다. 탈근대적 이론들은 시의 가능성이 한껏 열려 있다고 주장하지만 우리가 실제 시를 감상하고 독해하는 시간이 되면 다시 시를 지배하는 주인의 의식에 갇히곤 하는 것이다.

그런 점에서 보면 시적 주체 '나'의 통사적 역할을 분산함으로써 문법적 질서가 야기하는 주어의 효과들을 차단하는 실험은 주인에 대한 환상을 벗어나게 한다는 점에서 의의를 갖는다. 김연필 시인은 "곳"이라는 단어가 쓰이는 규칙을 의도적으로 위반하고 그 결과 진술된 각 문장에 따라 "곳"이 서로 다른 의미로 해석되도록 방치한다. 그 쓰임에 따라 의미가 달라지는 상황은 기존의 문법적 효과가 "곳"을 어떻게 이해하도록 만들었는지 드러나게 한다. 또한 규칙을 위배하는 이 실험은 "곳"이라는 시어가 분화된 가능성으로 존재할 수 있게 만드는 효과를 낳는다. 또한 "곳"과 마찬가지로 시적 주체 '나' 역시 분화된 가능성 중 하나에 다름 아니다. 자기 스스로를 위안하며 "너는 울지 않아도 돼"(「곳−그러니」)라고 말할 때, 시적 주체는 말을 하는 '나'와 말을 듣는 '나'로 분열되는데, 근대적 주체라면 이러한 '나'들을 자기동일성이라는 용광로 속에서 하나로 통합할 테지만 시적 주체 '나'는 그 자체로 분화된 상태로 존재한다. 즉, 문장들의 주어 자리에 있는 '나'들을 애서 하나의 '나'로 수렴하지 않는 상태가 시적 주체 '나'이다. 이제야 "나는 곳이다"(「곳−통로」)라고 진술했던 이유도 분명해진다. 시적 주체인 '나'는 자기동일적 주체가 아니기 때문에 여러 갈래로 분화된 자기 자신을 스스로 인식하지 못하는 것이다. '나'는 분화되어 있는, 복수적이고 이질적인, 비대상으로 존재한다고 말할 수 있다.

「비익조」에서 김연필 시인이 '나' 대신 '우리'를 선택한 이유도 "우리"는 복수의 '나'를 일컫는 주어이기 때문이다. 상상의 새 "비익조"처럼 서로 다른 곳을 바라보며 다른 방향을 향한 날개를 가진 '우리'는 그 자체 내에 함의하는 복수성과 이질성 때문에 하나로 봉합되지 않지만 언제나 함께 공존하는 존재이다. 어떻게 '우리'는 공존할 수 있을까? 이 질문은 우리가 어떻게 소통하는가라는 질문으로 바꾸어 이해해도 무방하다. 다시 「곳−통로」로 돌아가보자. "곳"이라는 대상을 향해 전진했던 시적 주체는 "곳"의 흔적들에서 벌레의 내장처럼 찐득한 감각을 경험한다. 그것은 마치 어둡고 뜨겁고 끈적이는 "통로" 속으로 들어가는 듯한 감각인데, 그런 감각적 세계를 경험한 시적 주체는 행위하고 표현하는 몸으로 존재한다. 「곳−그러니」에 등장한 시적 주체도 행위를 통해 감각적 경험을 전달한다. 이 시에서는 '나'와 "곳"의 관계에 초점을 맞추고 '나'의 행위들을 서술하고 있는데, 인상적인 장면은 '나'와 "곳"이 그리고 "곳과 곳이 서로를 만나 껴안고" 있는 것이다. 서로 얼굴을 볼 수 없으면서도 서로를 껴안는 행위는 인식할 수 없는 대상을 자기 몸의 감각적 경험으로 받아들이는 상태를 현현하는 게 아닐까? 이질적인 존재와의 포옹을 감각적 소통의 한 장면으로 읽어본다. 이처럼 소통은 주체의 의식에 기대기 전에 먼저 신체적 경험을 통해 발생하고, 그런 경험을 장을 우리는 생활이라고 말한다.

'우리'는 "생활" 속에서 보고, 듣고, 느낀다. 생활의 경험들에서 알 수 있는 건 "활자"가 "반짝거리지도 않고 자유를 말하지도 않는"(「비익조」)다는 것이다. 자유를 갈구했던 지난 시대의 시인에게 "활자"는 자유라는 관념을 지시하는 기호였을지도 모르지만 김연필 시인에게 "활자"는 더 이상 지시적 의미론에 종속된 도구가 아니다. 그에게 "활자"(언어)는 신체적 경험에 대한 원초적인 반응들과 그것이 표현되는 규칙 또는 관습의 이해로부터 얻게 되는 생활의 산물일 뿐이다. 그래서 "활자"를 이해한다는 것은 그것이 사람들 사이에서 쓰이는 관습과 양식을 이해한다는 것과 다르지 않다. '우리'라는 복수의 존재들 안에서 만들어지는 "활자"를 이해하기 위해서 전제가 되어야 하는 것은 주체의 의식이 아니라 '우리'의 생활일 수밖에 없는 것이다.

생활이라는 실제의 경험과 무관한 순수한 사유가 존재할까라는 질문은 주체의 죽음과 함께 종결되었지만, 우리의 언어는 순수한 사유와 세계를 연결하는 지시적 도구로 종종 오도된다. 이 오해를 풀기 위해서 김연필 시인이 이야기하는 것은 시적 언어의 존재 방식이었다. 그러나 시인은 먼저 언어가 어떻게 존재하는지를 밝혀야 했다. 낱말들이 감각의 원초적이고 자연적인 표현과 결합되고, 그 표현들은 이성이 아니라 신체에 근거한다는 점[2]을 말이다. 언어를 배우는 것은 타인들과 함께 살아가는 세계에서 그 표현의 쓰임을 이해하는 것이고, 그 전제 위에서 시는 언어의 쓰임을 새롭게 확장해나가는 도약을 감행한다. 도약의 언어를 쓰는 것은 시인이 지만 시는 시인의 것도, 시적 주체의 것도 아니고 모든 '나'들, '우리'가 남긴 생활의 흔적이다.

경합하는 '나' : 황유원 시의 경우

시적 주체 '나'에 대하여 우리가 할 수 있는 가능한 얘기는 '나'의 다양한 쓰임 즉 '나'의 행위(실천)가 이해되는 방식들이다. 예컨대 2010년대 시에 대하여 평론가들은 '미성년'이나 '아이들'과 같은 말로 불완전하고 미성숙한 시적 주체의 태도를 명명하기도 했는데, '미성년'이나 '아이'를 가장한 시적 주체의 목소리에서 중요한 것은 그가 누구인가가 아니라 어떤 행위를 하는가였다. '미성년'은 주체의 존재론적 특질이 아니라 행위의 특성에 대한 명명일 뿐이기 때문이다. 만약 시적 주체에 대하여 '누구인가'에 주목하게 되면 우리는 행위 그 자체보다는 서술된 경험의 소유에 몰두하게 되고, 경험이 특정한 주체에게 귀속된 것으로 해석하게 된다. 그렇게 되면 경험에 대하여 의미를 부여하는 권리는 그것을 소유한 주체에게 맡겨진다. 결과적으로 다시 시의 의미가 사유의 주체에게 귀속되어버리는 것이다.

대략적으로 말하면 포스트모더니즘 이후 우리 시에 등장한 시적 주체는 자기동일적 자아의 굴레에서 빠져나와 타자와 연대하는 윤리적 주체로 거듭났다고 평가된다. 나는 여기에 대해 반 정도만 동의하는데, 근대적 주체의 자기동일성과는 분명 변별되지만 자기 인식 밖의 불가능성에 부딪쳐

---

2) 루트비히 비트겐슈타인, 『철학적 탐구』, 이영철 역, 서광사, 2001, 244쪽 참조.

자기만의 세계에 빠진 뒤 객관적 현실을 누락하는 경우도 없지 않다고 보기 때문이다. 그런 점에서 2000년대 이후의 우리 시가 빠져나가야 할 답답하고 어두운 밀실 중 하나는 타자 윤리라는 시대적 담론과 근대적 주체의 그늘 사이에서 착종된 기형적 유아론(唯我論)이 아닐까 싶다. 타자성에 대한 감각적 경험을 강조한 나머지 시적 주체가 자신이 상상할 수 없는 타자를 모방한 '나'를 자의적으로 만들어내고 시를 통해 그것의 존재를 증명하는 방식은 "내가 곧 타자다"라는 식의 허황된 주장으로 들리기도 했다. 타자에 대한 상상이 객관적 세계 안에서 공감할 수 있는 상상의 지평을 거느리고 있는 경우는 설득력이 있지만 그것이 아예 차단된 경우는 타자의 욕망과 감각은 인식의 대상이 아니라는 점만 보여주는 데 그친 듯한 인상을 주었다. 이런 현상은 언어적 소통이 실천과 연결된 생활 영역임을 간과한 채 비일상적인 감각 경험에만 빠져들었기 때문이 아닐까? 나는 그런 타자에 대한 감각적 경험을 강조하는 태도가 타인과 객관적 세계를 자의적으로 해석하는 도구가 되지는 않았는지 의심을 품어본다.

아무튼 이런 우려와 결별하기 위해 좀 더 관심을 기울여야 할 문제는 재현 불가능성인 타자가 아니라 그것과 매개된 '나'이다. 이미 타자와 매개된 이상 '나'는 순수한 사유의 주체일 수 없지만, 그렇다고 말하는 '나'를 부재한다고 주장할 수도 없는 법이다. 시적 주체인 '나'는 말들의 쓰임을 이해하는 주체이고, 그 이해를 바탕으로 타인과 소통하면서 고립된 자아에서 벗어나는 계기를 갖는다. 그러므로 시적 주체인 '나'는 어쩔 수 없이 이중적이다.

황유원의 시에서 시적 주체는 이와 같이 어쩔 수 없는 이중성을 드러내는 경우이다. 먼저 「대합실의 밤」에서는 낭만적인 시적 주체 '나'와 그것을 바라보는 또 다른 '나'를 등장시켜 '나'의 이중성을 구현한다.

바다가 내려다보이는 마을
그곳 대합실에서 밤새다 보면
나는 어느새 커다란 대합 안에 들어 있고

대합의 입이 점점
닫히고 있는데
나는 대합 밖으로 굳이
빠져나가지 않는 사람 같다

나를 머금은 대합이
아주 오랜 시간을 들여
심해로 내려가고
대합이 입 다물면 잠시

완전한 고독

대합 속의 밤
그런 입을 앙다문 대합의 아주 작은 틈새도 빛은
놓치질 않아

이 작은 역을 그냥 지나치지 않는 기차처럼
가느다란 광선이 들어와 울려 퍼지는 이곳은 이제 온전히

나만의 기도실

대합 속에서 밤새다 보면
어느새 대합의 입이 벌어지고
믿을 수 없을 만큼 놀라운 일이 벌어지고
놀란 입이 벌어져 차마
닫힐 줄을 모르다고들 하지만

사실 그건 열면 열리고
닫으면 닫히는 것

멀리서 기적이 울면 나는 곧
차창 밖에서
차창 안으로

흘러들고

기차가 출발하면 어느새 나는
차창 안에서
차창 밖으로

쏟아지는 것

내가 차창 밖으로 쏟아지는 데까지가
내가 앞으로 평생
기도드리는 곳

— 황유원, 「대합실의 밤」 전문(『시작』 2017.여름)

　이 시의 전반부에서 시적 주체는 한밤의 인적 없는 "대합실"을 "완전한 고독"에 빠진 장소이자 "나만의 기도실"처럼 신성한 공간이라고 상상한다. "대합실"을 "대합"으로 환원시켜 타인이 개입할 수 없는 사적 공간으로 만든 시적 주체의 상상력은 모든 외적 세계를 자아의 산물로 보는 전형적인 낭만적 자아의 모습을 띠고 있다. 이런 낭만적 자아의 한계는 세계와 자기를 매개하지 못하고 자기 내면으로만 빠져든다는 것인데, 그럼에도 불구하고 이 시가 낭만적 자아의 독백에 빠지지 않는 이유는 자기 침잠을 저지하는 '나'의 또 다른 목소리 때문이다. "나는 대합 밖으로 굳이/빠져나가지 않는 사람 같다"는 진술은 자아의 내면에 침잠하는 것을 지켜보는 또 다른 '나'의 목소리로서 객관적 시선으로 낭만적 자기를 견제하는 역할을 한다. 낭만적 자아인 '나'와 그런 '나'를 응시하는 또 다른 '나'는 분화된 '나'들이다. 후반부로 가면 낭만적 자아의 허구성이 다시 한번 드러난다. "대합"이 상징하는 폐쇄적이고 내밀한 사적 장소가 "사실 그건 열면 열리고/닫으면 닫히는 것"이라고 폭로되기 때문이다. 낭만적 상상력의 허구성이 걷히고 비로소 '나'가 거주하는 장소가 드러나는 대목이다. "대합실"은 '나'의 사적 장소가 아니라 사실 누구나 들어올 수 있고 나갈 수도 있는 곳 즉 타인에게 개방된 공적 장소이고, '나'는 이 장소를 매개로 세계와 관계되는 존재가 된다.

객관적인 세계조차 내면의 공간으로 만들어버리는 자기중심적 '나'의 허구성을 폭로한 후 '나'는 '나'와 세계의 관계를 이렇게 서술한다. '나'는 스스로의 의지로 행동하며 세계를 자기화하지 못하고 다만 "차창 안에서/차창 밖으로//쏟아지는" 자신의 수동성을 고백하는 것이다. 자신을 압도하는 속도와 무게로 달려오는 기차가 만약 내 앞에 펼쳐진 세계라면 '나'는 그 앞에서 순응할 수밖에 없는 존재이다. 타인과 세계는 내가 원하든 원하지 않든 언제나 내가 거주해야 할 현실을 구성한다는 점에서 절대적이다. 그런데 이 절대성 앞에서 시적 주체가 보여준 수동적 태도는 패배나 무력이 아니라 오히려 자기 해방의 쾌감이 느껴진다. 좀 과도한 얘기일 수도 있지만 동일적인 자기 의지로부터 벗어나 세계 앞에서 자신의 수동성을 드러내는 태도는 시적 주체로 하여금 자기 유폐적인 상태로부터 스스로를 해방되도록 만들기 때문이라고 추측해본다.

자기 해방적 이미지와 메시지는 「끝날 것들」에서 더욱 극대화된다. 이번에는 주체와 대상의 경계에 관한 모호함으로 이야기가 시작된다. '나'는 문밖으로 나와 바람결에 나무가 내는 소리를 듣는다. 바람이 멈추고 나서

땅 위에 드리운 나무 그림자를 보다가 뿌리가 가려워진 '나'는 땅속에서 몸을 비벼대는데 "그러면 내 몸이 땅속에서 연주하는 음악"이 들린다. 그것은 좀 전에 들었던 나무의 연주와 겹쳐지고, 어느새 '나'와 '나무'의 분간도 사라진다. 그런데 사실 처음부터 "아침에 일어나 문밖으로 걸어" 나온 것이 '나'인지 '나무'인지 확신할 수 없었던 것도 같다. 그런데도 자연스럽게 주체와 대상을 구별하며 시를 읽어버린 것이다. 대체 무엇이 주체와 대상을 구별하는 경계를 만들어냈을까? 그것은 아마도 우리가 공유하고 있는 문법적 질서에서 비롯할지도 모른다는 의심을 품고, 일단 다음 대목을 읽어보자. 주체와 대상 간의 경계가 모호해진 후 독백처럼 들리는 부분 "나는 그 마음을 저녁에게/빼앗기고 말겠지"라는 구절은 누구의 말인가? 다시 이렇게 질문을 바꿔본다. "그 마음"은 '나'의 것인가, '나무'의 것인가? 통사적 규칙에 익숙한 우리는 일반적인 소통 상황에서 습관적으로 문장의 주어와 술어를 구분하고, 그것을 근거로 소유의 관계를 따지지만, 그런 방법으로는 "그 마음"의 소유권을 밝히기 어려울 것 같다. 사유의 실체로서 주체가 존재하지 않듯이 우리가 느끼는 감각의 발생 장소로서 마음의 실체가 존재하는 것은 아니기 때문에 "그 마음"이 누구의 것인가 하는 소유권은 애초부터 존재할 수 없다. 비트겐슈타인의 논리를 빌려 부연하자면, 우리가 알 수 있는 것은 "그 마음"이라는 말의 개념 그러니까 어떤 감각의 경험 상태가 존재한다는 것뿐이다. 그럼에도 언어는 그것에 부합하는 실체와 연결된다는 생각은 마치 "그 마음"이라는 특수한 상태의 감각적 경험이 객관적으로 존재하는 실체인 것처럼 믿게 만든다. 그런 믿음은 언어가 사고를 전달한다는 생각의 연장에서 나오는 것이고 다시 사고의 주체를 의미의 근원으로 인식하는 결과를 낳는다.

모든 사유의 근원이자 모든 경험을 통합하는 실체인 '나'가 있다고 믿는다면 우리는 다시 의미의 주인인 '나는 누구인가'라는 자폐적 물음에 시달려야 한다. 이미 주체의 소멸을 용인했으면서도 '나'로 호명되는 특정한 실체가 있다는 생각에서 빠져나오기는 쉽지 않다. 마찬가지로 통사적 구조 위에서 문장을 만드는 시 작업은 '나'에 관한 오해와 혼돈으로부터 자유롭기 어렵다. 많은 평론가들이 우리 시가 이미 오래전에 자기동일적인 '나'로부터 벗어났다고 진단하더라도 시인에게는 자기가 쓴 문장의 시적 주체 '나'와 다퉈야 할 분쟁의 여지들이 숙명처럼 남아 있다. 그런 점에서 '나'에 대한 오해를 규명하고 '나'의 복수성을 형상화하는 작업은 우리 시의 다음 단계로 나가기 위해 필요한 과정처럼 보인다. 시적 진술에서 술어들을 통해 소통되는 행위와 감각의 경험은 공유의 대상이지 시적 주체 '나'의 소유가 아니란 점을 기억한다면, 우리가 관심을 기울여야 할 것은 '나'라는 주어가 함축한 복수성이다. 무엇보다도 '나'라는 단어를 습득하기 위해서는 다른 '나'들의 존재를 인정해야 한다. 김연필과 황유원 두 시인이 도달한 결론처럼 '나'는 타인과 세계에 앞서 존재하지 않기 때문이다.

"끝날 것들이 다 끝나버려서/더는 좋을 것도, 나쁠 것도 없다"(「끝날 것들」)라는 문장을 기억하자. 이것이 모든 말의 주인을 자처하는 주체의 운명에 대한 판결이라면, 나는 그것을 성공적인 수동적 거부의 메시지로 받아들이고 싶다. 동의도 저항도 아닌 이 문장의 무심한 어조는 어떤 비판보다 노련하게 주체의 귀환을 저지하고 있다는 직감 때문이다.

자유와 사랑의 가능성을 향한 '나'의 연대기

자기와의 사랑에 빠지지 말라

2011년 월가 점령 시위(Occupy Wall Street)가 끝난 시점에서 철학자 슬라보예 지젝(Slavoj Zizek)은 자기 자신과 사랑에 빠지지 말라고 충고했다. 이 충고는 시위에 참여한 모두, 세계의 변화를 열망했던 모두, 그러나 지금은 시위를 추억하는 모두를 향한 것이었다. 시위는 끝났지만 우리는 더 많은 자유를 요구하며 현재의 체제에 맞서야 한다는 걸 그는 강조했다. 그가 보기에 혁명은 민주주의 체제가 허용해준 시위의 자유마저도 저항의 대상으로 삼을 뿐만 아니라 각자의 일상과 자기 자신까지도 새로운 단계로 이행시키는 것이어야 했다. 그러나 안타깝게도 더 많은 자유를 상상하는 것이 무엇을 뜻하는지 정확히 이해하지 못했던 것 같다. 솔직히 말하면 내게 주어진 자유 이상을 필요하다고 느껴본 적이 없는 나는 자기와의 사랑에 빠진 사람이었다.

시적 주체 '나'는 누구인가 라는 물음을 앞에 두고 엉뚱하게도 자유와 사랑에 관한 방정식을 먼저 떠올려본다. 미지수에 해당하는 사랑의 대상 'x'

제2부 마음의 가능성

는 주체가 누릴 수 있는 자유의 가능성을 넓히는 도약의 계기일 수도 있지만, 그것을 폐쇄해버리기도 한다. 지젝이 우려한 대로 자기 자신이 사랑의 대상이 되는 경우 주체는 자폐적 상태에 머물며 자유의 새로운 단계로 이행하는 데 실패하는 것이다. 자기를 향한 열정은 애초에 타자라는 변수를 상정하지 않고 혹여 변수를 받아들이더라도 그것과 상관없이 항상 참인 항등식처럼 모든 변수를 동일성의 '나'로 수렴해버리기 때문이다. 자기와의 사랑은 동일적 자기로 회귀하는 반복 운동에 불과하다. 반복 운동이 만든 효과로서 '나'라는 이름의 아늑하고 밀폐된 방이 만들어진다. 그리고 그것이 세계의 전부라고 여겨지게 되면 다른 가능성들을 자연스럽게 사라진다. 그런 자기 폐쇄적 세계에서는 자유가 필요하지 않다.

반면에 'x'에 타인이 대입될 때 이야기는 달라진다. 지그문트 바우만 이 명쾌하게 설명했던 것처럼 두 존재가 관여하는 사랑은 "사랑의 동반자인 타자 속에 구현되어 있는 저 자유"[1]에 문을 열어주는 행위이기 때문이다. 사랑의 주체는 자신의 존재 속으로 타자를 받아들임으로써 내가 아닌 것, 미지의 것인 자유를 함께 받아들이고 세상에 무엇인가를 덧붙이듯이 자아를 세상에 옮겨 심는다. 달리 말하면 타자를 받아들임으로써 주체는 자아를 확장시키고 그것을 세계로 확대하는 것이다. 그것은 동일성의 확장이 아니라 내가 아닌 것들, 새로운 것을 출현시키는 창조적인 생산의 과정이다. 타인과의 사랑의 관계에서 창조되는 것은 주체가 경험해보지 못한 자유와 더불어 완전히 낯설고 새로운 '나'이다.

나는 지젝의 충고를 발판으로 타인이 변수로 대입되는 사랑의 관계가 더 많은 자유를 열어주는 가능성이라는 전제를 세워보려고 한다. 물론 체제 밖에 있는 자유를 요구하는 일이 현재의 체제를 부정한다는 점에서 불

---

1) 지그문트 바우만, 『리퀴드 러브』, 조형준 역, 새물결, 2013, 41쪽.

안을 동반하듯이 타인에게 나를 열어주는 사랑은 자기 상실의 위험을 동반한다. 사랑은 설원으로 발을 내딛는 아이들의 첫 순간처럼[2] 예측불가능하고, 다시 돌아올 장소를 남기지 않고 떠나는 여행처럼 미지의 상태로 진입하는 사건과도 같다. 그것은 두려운 일이다. 하지만 공포와 신비가 엄습하는 그 순간 '나'의 새로운 이야기가 시작되리란 걸 시적 주체를 이야기하는 우리는 알고 있다.

"나랑 함께 없어져볼래?"

시적 주체라는 용어가 빈번히 사용된 것은 2000년대 중반 무렵이다. 주체의 소멸과 해체를 제기한 포스트모더니즘 담론의 여파 이후에 등장한 시적 주체라는 말은 근대적 주체에 대한 비판적 입장과 주체의 해체를 함의한 표현으로써 시적 자아나 시적 화자 같은 용어들과 큰 경합 과정 없이 비평에 수용되어왔다. 시적 주체는 "언술의 분석과 언술의 운용을 헤아리며 차분히 지어 올려야 하는, 잘 보이지 않는 무정형의, 그러니까 유령의 집"[3]으로 설명되기도 했고, 시적 주체가 야기한 효과에 대해서는 "전대의 실험과 결별하는 것으로 시대정신이 투영된 새로운 실험의 지위를 획득하고, 기존의 시각을 낡게 보이도록 유도하는 것으로 미래 시의 모습을 선취하고, 일인칭에 대한 호명을 대체하는 것으로 시학의 중심 영역을 점유하는, 삼중의 효과"[4]를 만들어냈다고 평가되기도 했다. 대체로 시적 주체가 탈주체론적 함의를 가진 개념이며, 세계를 인식하는 측면에서나 미

---

2) 영화 〈설국 열차〉(봉준호 감독, 2013)의 마지막 장면.

3) 조재룡, 「말하는 주체, 시적 주체, 주체화」, 『시작』 2013.봄, 303쪽.

4) 김종훈, 「'시적 주체'에 대하여」, 『시작』 2014.봄, 331쪽.

학적 측면에서나 기존의 태도와 결별하는 시대적 맥락 위에서 등장했다는 점에는 이견이 없어 보인다. 그러나 비평의 장에서 시적 주체라는 말이 쓰일 때는 다양한 맥락을 거느리며 사용되기 때문에 '나'는 누구인가라는 질문은 반복적으로 제기되고 있다. 이 질문은 계속 열려 있되 더 많은 대답이 제출되어야 한다. 이 글에서는 가능한 하나의 대답으로써 자유와 사랑의 문제를 중심으로 시적 주체 '나'의 연대기를 구성해보려고 한다.

혼성적이고 잡종적인 존재로서 시적 주체란 말을 등장시킨 장본인들은 2000년대 이후 등장한 미래파라 명명된 시인들이었다. 미래파 시에서 시적 주체가 가져온 파격은 시적 자아나 시적 화자와 같은 동일성의 주체를 과거로 만들기에 충분했다. '나'는 공적 세계에서 목소리를 드러낸 적 없는 소수자나 이방인, 주변인의 입을 빌려 타자를 재현했는데, 일인칭의 내면 고백으로서의 시가 지배적인 통념으로부터 자유로워져서 "이제 시는 누구도 될 수 있고 무엇이건 말할 수 있"[5]게 되었다는 평가처럼 시적 주체는 새로운 단계의 자유를 선언했다. 이렇게 시적 주체가 동일성의 주체인 서정적 주체로부터 벗어나 누구라도 될 수 있는 가능성의 전제는 무엇일까? 그들이 탈역사적 주체로서 "기원과 현재, 과정과 산물을 동일한 시공간에 배치"한 후 "자신과 세계와 시의 기원을 사후적으로 재구성하는 제작자"[6](김수이)처럼 자유롭게 저만의 (목)소리를 만들어냈기 때문이라는 지적은 자유로운 발화의 전제가 무엇인지를 설명해준다. 실제로 미래파 시에서 '나'는 사회 역사적 현실이 만들어놓은 온갖 중심들 또는 규범들을 넘어서면서 자유롭게 발화했다. 국경 너머의 이방인, 성 규범을 해체하는 트랜스젠더, 삶의 영역 너머의 귀신, 어른을 조롱하는 아이들처럼 말하기도 했고 또는

---

5) 신형철, 「2000년대 시의 유산과 그 상속자들」, 『창작과비평』 2013.봄, 365쪽.
6) 김수이, 「자체제작 소리를 내는 상자들, 그리고」, 『창작과비평』 2010.겨울, 45쪽.

아무도 아닌 것처럼, 그냥 잡음인 것처럼 말이 아닌 말을 매혹적으로 들려주었다. 그런 시적 주체들을 유형별로 묶어낼 수식어는 없어 보이지만 그들의 발화는 비주류적 존재로서 불온한 표정을 띠고 이 세계를 응시하는 듯한 시적 주체의 포즈를 상상하게 했다.

그런데 왜, 동일성을 요구하는 서정적 자아의 얼굴을 찢고 등장한 미래파의 시적 주체들이 실현한 자유는 사랑의 동력이 되지 못했을까? 김홍중은 아즈마 히로키를 인용하면서 '시의 동물화'라는 말로 미래파 시의 특징을 지적한 바 있는데, 그에 따르면 포스트모던 사회로 진입하면서 나타난 오타쿠들이 타자 없이 자족적인 만족과 흥미의 충족 속에서 독자적이고 독립적인 삶을 영위는 자유로운 존재들인 것처럼 미래파 시에 등장한 '나' 역시 세계와의 불화한 관계로부터 자유로운 모습을 보여주었다. 시적 주체 '나'는 오타쿠처럼 간주관적인 구조가 사라진 상태에서 각자의 결핍-만족 회로를 닫아버린 상태에 머물면서 타자 없이 자족적인 만족을 느끼고 흥미를 충족한다는 것이다.[7] 미래파 시의 등장을 '시의 동물화'로, 시인을 '오타쿠-동물'에 빗댄 이 의견은 미래파 시가 거대 서사와 분리되었다는 점에 초점을 두고 있다. 여기에 곁가지를 덧붙이자면, 미래파 시에서 세계와의 관계로부터 자유로운 시적 주체가 오히려 오타쿠를 닮은 자폐적 주체로 전락한 이유는 그들의 시에서 이원성이 결여되었기 때문이란 점을 지적하고 싶다. 각종 규범과 질서의 경계 등을 해제시키는 시적 주체들은 자기 자신의 주체성마저 지움으로써 타자성에 대한 감각을 재현했는데, 이런 발화는 때때로 시적 주체 스스로가 마치 '나는 타자다'라고 주장하는 것처럼 들리기도 했다. 어떻게 이것이 가능한 것인가? '나'를 '타자'로 환

---

7) 김홍중, 「실재에의 열정에 대한 열정―미래파의 시와 시학」, 『마음의 사회학』, 문학동네, 2009, 410~411쪽.

원하려면 주체성을 지우는 데서 끝나는 것이 아니라 합일되지 않는 주체와 타자의 이원성을 생략해야 한다. 결과적으로 이원성의 결여는 "나랑 함께 없어져볼래?"(김행숙, 「미완성 교향악」)라는 제안처럼 주체도 타자도 남지 않고 소거되는 '관계없는 상태'를 만들어냈다. 독백과도 같은 시적 주체의 발화는 관계없는 상태에 처한 입에서 흘러나오는 읊조림이었다.

"사랑해도 혼나지 않는 꿈"

미래파 이후라고 말할 땐 외적, 내적 변화를 모두 포함하고 있다. 2012년 첫 시집 『당신의 이름을 지어다가 며칠을 먹었다』(문학동네, 2012)를 펴낸 박준과 『구관조 씻기기』(민음사, 2012)를 펴낸 황인찬의 시가 미래파 이후의 세대를 대표한다고 말할 수는 없지만 이들 젊은 시인들의 대중적 인기와 시집의 판매 부수는 2000년대 시단을 대표한 미래파를 대신할 새로운 세대가 등장했음을 알렸다.

그러나 그런 외적 세대교체보다 중요한 것은 시적 주체의 변화였다. 그들의 시에서 시적 주체 '나'는 언뜻 보면 다시 전통적 서정으로 돌아간 것처럼 보였지만, 꼭 그렇진 않았다. 그들은 보이지 않는 것을 상상하며, 자유를 꿈꾸며 세계 밖으로 나가고 싶지만 갇혀 있는 상태의 주체였다. 이번 생에서는 '너'와의 사랑을 미루는 박준 시의 '나'도, 관조자의 포즈로 세계가 은폐한 것을 응시하는 황인찬의 '나'도 세계의 한계에 갇혀 타인과의 만남에 실패하고, 사랑에 실패하는 시적 주체들이었다.

몇 장면만 꺼내보자. 먼저 박준 시에서 '나'는 '미인'으로 명명되는 대상을 사랑하지만 어쩐 일인지 이번 생에서는 사랑이 자꾸 연기된다. 내가 "유서도 못 쓰고 아"프면 "미인은 손으로 내 이마와 자신의 이마를 번갈아 짚"어보고, "외출에서 돌아온 미인이 옆에 잠들어 있"(박준, 「꾀병」)으면 '나'

는 피곤한 그 얼굴에 어린 햇빛을 만져본다. '나'와 '미인'은 이렇게 서로 엇갈린 채 상대방을 쓰다듬고 있다. 둘은 한 장소에 있는 것 같지만 사실 둘 사이에는 시간적 이음새가 존재한다. 살아 있는 자와 죽은 자처럼 각각 과거에 현재에 떨어져 있는 것만 같다. 또 '나'와 '미인'은 공간적으로도 떨어져 있다. "미인이 절벽 쪽으로 한 발 더 나아가며/내 손을 꼭 잡았고" "나는 한 발 뒤로 물러서며/미인의 손을 꼭 잡"(박준, 「마음 한철」)는다. 그 순간 팽팽하게 벌어지는 그 거리는 역설적이게도 '미인'이 절벽으로 떨어지지 않도록 지켜주는 거리이나 '나'와 '미인'이 더 가까워질 수 없게끔 '미인'과 내가 겹쳐지는 것을 차단하는 거리이다. 박준 시에서 사랑의 대상인 '미인'은 유령처럼 언제나 내 앞에 나타나지만 '나'는 시공간의 어긋남, 간격 앞에서 미인을 향한 도약에 실패하며 유서를 쓰는 행위로써 다음 생을 기약한다.

사랑의 대상 앞에서 머뭇거리고 지연하는 '나'와 달리 황인찬의 경우 시적 주체 '나'는 자신이 할 수 있는 것과 할 수 없는 것을 명확히 구분하는 주체이다. 그는 현실에 순응하는 것처럼 보이나 현실에 의심을 품고, 금지된 것은 하지 않지만 금지되지 않았으므로 하지 않아도 될 것을 하는 자이다. 가령 평소처럼 "쌀을 씻다가/창밖을" 본 '나'는 "숲으로 이어지는 길"로 "그 사람이 들어갔다 나오지 않았"다는 걸 기억한다. 숲은 사람이 살지 않는 곳인데 그는 대체 어디로 간 것일까? 그렇게 가끔 스스로에게 자기가 본 것을 설명할 수가 없는 순간이 온다. 그가 죽기라도 한 것인지, 숲은 또 다른 세계로 이어지는 입구인 건지 모르지만 숲에 대한 생각을 떨치지 못한 '나'는 보이지 않는 세계를 상상하며 기어코 "사랑해도 혼나지 않는 꿈"(황인찬, 「무화과 숲」)을 꾼다. "사랑해도 혼나지 않는 꿈"은 시적 주체가 금지된 사랑을 욕망하고 있다는 뜻이다. 금지된 욕망은 이 세계의 바깥에 관한 것이고 사랑의 대상 역시 바깥에 있는 존재이다. '나'는 일상의 안쪽에 있지만 일상의 바깥과 만나기를 욕망하는 주체다. 그러나 대개의 시에서 나타나듯이 '나'의 일상은 질서 정연한 세계 안에 있다. 'ㅇ'가 아니면 'ㅈ'여야만 하는 맞춤법처럼 삶은 표준화된 문법이라고 배웠으므로…… 문법에 가로막혀서 연인이 될 수 없는 이방인(황인찬, 「나의 한국어 선생님」)처럼 '나'는 숲으로 들어가지 못하고 통사에 갇힌 주체로 여기 남는다. "성경을 읽다가/다 옳다고 느"(황인찬, 「그것」)끼는 보통의 사람들처럼 '나'도 그런 척한다.

박준과 황인찬은 사랑의 대상(욕망의 대상)에게로 도약하지 못하고 자신의 부자유를 드러내는 시적 주체를 등장시켰다. 달리 말하면 이들은 사랑을 욕망하지만 삶과 죽음, 문법 같은 상징적 질서에 가로막혀 사랑을 지연당하는 주체들이다. 그들은 마치 타인의 문 앞에서 서성이고 있는 중인 것 같다. 문 뒤에 있는 것이 무엇인지 알지 못하면서도.

"우리는 무한히 겹쳐질 수 있"어

누군가에게 문을 열어주는 일이나 누군가의 문을 두드리는 일은 존재의 열림을 상징하는 것처럼 여겨진다. 그래서 사람들은 타인과 함께하는 관계의 시작을 '문'이라는 경계를 열고 닫는 것처럼 표현하곤 한다. 새로운 사람을 만나고 사랑을 느끼고 마음이 통한다고 생각될 때 문을 열고, 반대로 이제 끝내야겠다는 마음이 생기면 문을 닫고 관계를 정리한다. 이처럼 문은 경계를 상징하는 대리물일 뿐이지만 문이라는 게 없다면 어떻게 '나'와 '너'가 서로에게 드나들었을지 막막한 것도 사실이다. 그래서 "손잡이 떨어진 문을 사이에 두고/우리는 참 오래도 서 있었다//어쩌면 문 같은 건 아예 없었던 거다/나는 이제 니가 궁금하지 않다"(손미, 「문」, 『시로 여는 세상』 2017.봄)라는 시 구절을 읽었을 때 "문"이라는 건 어쩌면 경계를 상징한다기보다 관계를 가능하게 만드는 구실을 한다는 생각이 들었다. 문은 '나'와 '너'의 이원성을 보여주는 구조적 상징물이고, 우리는 서로를 가르는 문을 사이에 두고 있을 때 서로를 향해 열리기도 닫히기도 하며 비로소 관계를 만들 수 있기 때문이다.

문을 통해 가시화되는 '나'와 '너'의 이원성은 시적 주체 '나'의 주체성을 인정한다는 점에서도 중요하다. 사랑이나 자유를 향유하는 몸으로서 '나'의 주체성은 존재하는 나의 한계를 깨닫게 할 뿐만 아니라 타인과의 관계를 가능하게 하는 조건이다. 미래파 시에서는 아예 주체가 부정됨으로써 이 주체성도 삭제되었지만 미래파 이후 최근의 시들에 와서 등장하는 시적 주체는 관계에 대한 욕망을 전제로 새로운 주체성을 표출하고 있다. 세계와의 관계, 타인과의 관계를 열망하는 시인들은 대상을 흡수해버리거나 삼켜버리지 않는 관계의 형식을 모색하며 새로운 주체성을 등장시키고 있는 것이다. 예컨대 "불쑥불쑥 방문을 열고 들어"오는 '그'를 위해 "새로운 옆을 만"(안희연, 「백색 공간」)드는 시적 주체 '나'는 "가시권 밖의 안부"를 궁금해하며 그 미지로부터 도래할 타자들을 위해 수평적 공간을 열어두는 주체이다. 안희연이 보여준 관계의 형식은 '나'와 타자의 수평적 연대 가능성을 보여주는 것으로 평가되기도 했는데, 이렇게 이원성을 전제한 관계의 형식이 사회적 책임감의 표출이라는 데 대한 긍정적 의견도 있었다. 하지만 나는 근래 우리 시단에서 나타나는 관계의 욕망이 윤리적 책임이나 사회적 책무에 대한 응답이라기보다는 인간이 가진 관계에 대한 근본적 욕망에서 기인하는 것이라고 보기를 제안한다. 사랑이라는 관계에 대한 근본적 욕망 없이는 연대나 책임도 불가능하기 때문이다.

백은선의 시는 근래에 시 비평에서 줄곧 회자되는 윤리적 공동체나 연대와 같은 사회적 책임감을 넘어서서 관계에 대한 근본적 욕망과 이미지를 재현하고 있다. 이 시는 연인들처럼 서로 어루만지고자 하는 에로스적 욕망을 드러내면서도 그것을 삶의 욕망으로 고양시켜나가는 "우리"의 존재 형식에 관한 하나의 이미지이다.

> 우리는 서로의 창백을 아낀다
> 손잡을 수 없고 끌어안을 수 없지만 우리는 무한히 겹쳐질 수 있고
>
> 빛 속에서 우리는 빛 우리는 우리의 바깥과 우리의 내부를 구분할 필요가 없지 창밖을 봐 해가 지고 있다 창은 더 밝을 수 없을 만큼 밝고 겹겹의 빛이 단단하게 맞물려 조금씩 돌고 있다 아무도 눈치채지 못할 만큼 천천히 아주 천천히
>
> — 백은선, 「빛 속에서」 부분(『현대문학』 2017.1)

"빛으로 만든 성"처럼 너무 강렬하게 밝은 빛은 세계의 모든 존재를 표백시키려는 무차별적 힘이다. 조르주 디디-위베르만이 『반딧불의 잔존』에서 말한 서치라이트처럼 강렬한 빛은 '우리'를 "장님"으로 만들고, 사물들만이 아니라 작고 연약한 존재들을 빛으로 녹여버릴 것만 같다. 밤을 밝히는 서치라이트의 빛 때문에 우리는 질식하고 눈멀게 되리라는 파졸리니의 말을 언급하지 않더라도 강렬한 빛 속에서 우리가 자유로울 수 없다는 것은 너무도 분명한 사실이다. "빛으로 만든 성" 안에서는 연인들이 몰래 사랑을 나눌 수 없고 어둠 속에서만 말할 수 있는 비밀스러운 이야기들도 모두 사라진다.

백은선은 '지금 여기'를 삶의 욕망이 하얗게 표백된 세계라고 전제한다. 시인과 동시대를 살고 있는 우리가 각자의 내부에 잠재된 넘치는 삶의 욕망과 사랑의 기쁨을 드러내지 못하고 숨죽인 채 창백한 얼굴로 현실을 살아가는 이유는 너무 많으니 여기서 일일이 열거하지는 말기로 하자. 우리를 불행하게 만드는 수많은 이유들보다 중요한 것은 시인이 서치라이트

앞에서 불가능할 것만 같은 희망의 이미지를 만들어내고 있다는 점이다. 우리 자신을 표백시키는 숨 막히는 현실에서 희망적 이미지를 만들 수 있는 이유는 시적 주체 '나'를 포기한 대신 '우리'를 받아들였기 때문으로 보인다. '우리'는 "명암만으로 서로를 구분"하면서 다정하게 인사를 나누고, 우리 자신의 취약성인 서로의 "창백"마저도 아끼는 연인이다. 그런데 이렇게 '우리'가 나누는 에로스적 관계는 둘만의 사랑에 머물지 않고 삶의 욕망으로 확대된다. 그래서 '우리'는 명암처럼 희미하게 존재하면서도 명랑하게 인사를 나누고, "단 하나의 운명 같은 것에 동의하지 않"는 의지를 드러내기도 하는 것이다. 삶의 욕망을 가진 '우리'가 "빛 속에서" 살아가는 방식은 아주 간단하다. 강렬한 빛에 비하면 '우리'는 희미하고 흐릿한 하나의 점에 불과하지만 어둠이 몰려와 죽음에 임박하면 서로를 껴안듯 "무한히 겹쳐"진다. 그리고 이윽고 완전한 "어둠이 오면" 무한히 겹쳐진 '우리'는 "더 환해"질 수 있고 "다시 태어"날 수 있게 된다. 반딧불의 이미지처럼 강한 빛 속에서는 보이지 않지만 어둠 속에서 환해지고, 혼자서는 희미하지만 서로 겹쳐짐으로써 잔존한다.

백은선의 시에서 빛으로 존재하는 시적 주체 '우리'는 주체성의 새로운 가능성을 보여주는 이미지이다. 사라질 듯 하면서도 다시 빛을 회복하는 이 명멸하는 주체는 자신의 취약한 주체성을 보존하면서도 사랑하는 연인들과의 관계 속에서 강력한 삶의 의지를 내뿜고 있다. 이처럼 '우리'가 보여주는 이미지는 기존의 시적 주체와는 또 다른 가능성으로 최근 시 평론에서 거론되는 윤리적 주체나 공동체, 연대 등의 개념을 떠올리게도 한다. 그러나 '우리'는 개념이 아니라 하나의 이미지이다. 나는 이 시적 이미지가 곧바로 공동체나 연대로 번역될 수 없다고 생각한다. '우리'를 사랑과 연대의 주체라고 명명하기보다는 이러한 시적 주체의 이미지가 또 다른 주체성을 창조할 수 있도록 가능성을 열어두는 것이 비평의 역할이다. 너무 많은 비평의 용어들이 이미지를 잠식하지 않도록, 이미지들이 언어로부터 자유롭게 춤추도록. 마찬가지로 시적 주체 '나'의 연대기 역시 '나'의 역사를 단선적으로 재구성하기보다는 더 많은 이야기의 가능성들을 열어 둘 수 있도록 복수의 연대기로 쓰이는 것이 마땅한 일이었다.

결여의 주어

날개 달린 벌거숭이 소년 게니우스(Genius)는 출생과 죽음을 주관하는 신으로 알려져 있다. 고대 로마인들은 게니우스가 남자들의 출생과 삶을 함께하는 수호신이라 여겼다. 이 믿음은 마법적인 것이지만 자기의 삶과 죽음을 지켜보지 못하는 인간의 취약성을 위로해주는 효과적인 처방이었을 것이다. 자신의 출생을 지켜본 자이자 죽음을 지켜볼 자와 함께 존재한다고 믿는 것은 유한한 존재인 우리가 바로 그 유한성에서 오는 고독을 나눌 수 있다는 가능성을 열어두기 때문이다.

아감벤에 따르면 게니우스는 자아의 통제에서 벗어나는 모든 비인격적이고 전개체적인 요소로 우리 자신과 내밀한 관계를 맺으며 우리가 원하든 원하지 않든 함께 살아간다. 개인이라는 내면성의 존재를 초과하며 나의 생리적 생명과 관계하는 미지의 역량(potenza)이자 비의식의 지대가 나의 동반자이자 수호신인 게니우스이다.[1] 그러므로 우리가 게니우스와 함

---

1) 조르조 아감벤, 『세속화 예찬』, 김상운 역, 2010, 난장, 9~25쪽 참조.

께 존재하더라도 그를 이해하거나 규명하는 것은 불가능하다. 그는 언제나 자아의 밖에 있기 때문이다. 나의 출생을 지켜본 그를 향해 내가 "까르르 웃"었다는 사실조차도 나는 알지 못한다.

> 우리는 만난다
> 하지만 어색하지
> 우리는 누군지 모르는 사이
>
> 우리는 동시에 태어났다
> 너는 밖으로 가고 나는 여자의 배 속에 남아서
> 처음 눈을 뜬 당신을 보며 까르르 웃는다
> ― 민구, 「입관(入棺)」 부분(『시인수첩』, 2015.가을)

"동시에 태어"나고도 하나는 안에, 다른 하나는 밖에 존재하게 된 "우리"는 서로가 누구인지 모르는 사이다. 기이한 관계에 놓여 있는 "우리" 사이에는 사실 "우리"라고 부를 만한 어떤 공통성도 없다. 이것이 우리가 받아들여야 하는 자아와 게니우스의 관계이다. 낯설고 비인격적인 힘인 게니우스는 삶과 죽음의 운명을 가진 자가 있는 모든 곳에 존재할 뿐 아니라, 하나의 글쓰기에도 존재하며 나와 관계한다. 글쓰기를 향한 열망인 그는 결코 글쓰기를 통해 탄생하는 자아에 의해 전유되지 않지만 글쓰기의 주체가 "나"라는 주어를 호명할 때에 주어인 '나'를 변질시키며 자신을 증명하곤 한다.

최근 우리 시가 보여주는 비의식적 대상에 대한 태도는 주어인 '나'의 질적 변화를 통해 나타나는데, 이런 경향이 게니우스라는 타자의 출현을 생각해보게 된다. 주어인 '나'의 목소리는 주체의 분열과 그로 인한 증상이었던 혼성적이고 파열적인 목소리와는 차이를 드러낸다. '나'라는 주어는 글쓰기의 주체이면서 동시에 주체와는 상반된 힘에 이끌린 자기 밖의 존재를 내포함으로써 해체된 주체의 목소리가 아니라 결여된 주체의 목소리를 만들어내고 있다.

나는 내 안으로 나 있는 돌계단을 내려갔다.
심장 소리가 거세게 고막을 두드렸다.

그곳은 언젠가 와본 것 같은 계곡이었다.
평범하고 흔해서 기시감을 주는
그곳에 나는 오래도록 서 있었던 것 같다.

나는 공기에 흩어진 채 나를 바라보다가
내가 숨을 들이마실 때 코를 통해
내 안으로 들어가 다시 내가 되었다.

…(중략)…

나는 그곳에 오래 서 있다.
언제부터 서 있었고 언제까지 서 있을지
생각해본 적 없다. 다만
나는 나의 내부에 있을 뿐.

내부는 육체의 내부도 정신도
흔히 말하는 영혼이라는 내부도 아니다.
시간도 공간도 물리도 이 세상 같지 않은
다른 곳일 뿐.

한숨에 섞여 바깥으로 나갔을 수도 있다.
구름, 새파란 것에 대항하는 흰 구름.

새파란 하늘은 내려다볼 때의 흰자위일 수도 있다.
구름이 눈동자에서 시작하여 머리 부근을 덮었다.
숨겼다.
나의 바깥은 나무인가?
계곡일 수도,
여러 번 겹쳐진 하늘의 푸름일 수도 있다.
　　　　　　　　　― 채호기, 「다른 곳」 부분(『시인수첩』 2015.가을)

　이 시의 전반부 내용을 이루는 것은 육체를 통한 감각적 경험에 관한 것
이다. "공기에 흩어진 채 나를 바라보다가/내가 숨을 들이마실 때 코를 통
해/내 안으로 들어가 다시 내가 되"는 과정을 보면 주어 '나'는 생명체의
운동성을 담지한 육체 그 자체에 대한 지칭으로 보인다. 그러나 흥미로운
것은 감각적 경험의 주체인 '나'는 자신이 육체성에 의존하는 자임을 수용
하면서 동시에 자신의 내면성을 확인하려는 욕망을 지니고 있다는 점이
다. 그래서 '나'는 자신의 내면으로 침잠해보기로 하는 것인데, 자기 "안으
로 나 있는 돌계단을 내려"간 감각의 주체는 견고한 토대도 성곽도 없는
"다른 곳"에 도착하고 만다. "다른 곳"은 자아에게 동일화되지 않는 지대
이자 비동일적 이질성의 영역이란 점에서 "나의 바깥"이다. 이 시에서 '나'
라는 주어는 자신의 바깥에서 존재하는 상태를 환기함으로써 블랑쇼나 낭
시와 같은 철학자들이 언급했던 외존(ex-position)이라는 개념을 사유하도록
한다. 외존은 고립된 원자적 개인의 불가능성과 관계의 필연성을 의미하
는 나와 타자 상호 간의 노출됨으로 설명할 수 있는 개념[2]인데, 노출이 의
미하는 바는 나의 존재가 내 결정에 의해서가 아니라 타자의 접근에 의해
서 증명된다는 것이다. 그런 점에서 본다면 "나의 바깥"에 다다른 감각의

2)　장 뤽 낭시, 『무위의 공동체』, 박준상 역, 인간사랑, 2010, 274~277쪽.

주체인 '나'는 타자를 향해 자신을 노출시키는 수동적이고 결여된 자라고 할 수 있다.

낯선 것이 나를 지켜보고 있다는 것은 반가운 일이 아닌 것처럼 타자를 향한 자신의 노출됨은 불쾌함과 두려움을 동반한다. 외존은 다정함으로 서로를 감싸 안는 경험이 아니라 이질적인 것과 접촉하는 경험이다. 신해욱의 시에서는 이질성과의 대면이 무척 당황스럽고 놀라운 사건으로 그려지기도 한다. "옷 속에 누가 숨어 있다. 누가 숨어 있어.//저 봐. 숨을 쉰다. 다 보여." "저 봐. 누가 숨어 있어. 옷장 말고 옷 속에. 탈의실 말고 옷 속에. 옷걸이 말고 누가. 나 말고 누가."라는 진술만으로도 내가 누군가에게 노출되고 있다는 사실은 경악과 두려움을 유발한다. 그러나 소란스러운 감정의 틈에서 우리는 타자에 의한 새로운 감각의 출현을 본다. 타자의 응시 속에서 "부끄러움"과 "선악과"와 "마지막 잎새"(신해욱, 「벗은 옷」, 『시로 여는 세상』 2015.가을)를 떠올리는 '나'를 통해서 말이다. 살아 있는 인간의 양심과 죄 그리고 죽음을 연상시키는 말들은 타자의 응시가 '나'에게 암묵적으로 부과한 것이 일종의 윤리적 감각임을 일깨워준다.

타자에게 노출된 자기 바깥의 존재인 '나'나 타자의 응시 속에서 윤리적 감각을 환기하는 '나'가 게니우스적 역량을 내포한 주어라면, 김언과 안태운의 시는 그런 주어를 시적 진술의 형식적 차원에서 형상화하고자 한다. 김언은 '나'라는 주어의 실험을 통해, 안태운은 서술어의 실험을 통해 '나'를 결여를 증명해나간다.

> 나와 이것은 함께 다닌다. 나와 이것은 함께 움직이고 함께 잠든다. …(중략)… 나와 이것의 상태는 불안하지만 불안하게라도 있고 위험하지만 위험해서라도 더 잠자코 있는 나와 이것의 성격은 아직 불화중이다. 당연하게도 나와 이것은 하나가 아니다. 나와 이것밖에 없지만 나와 이것 안에는 또 얼마나 많은 나와 이것이 있는가. 그걸 이해 못한다

제2부 마음의 가능성

면 이렇게 묻고 싶다. 당신 안에는 얼마나 많은 당신이 있는가. 얼마나
많은 짐승이 있고 인간이 있고 얼마나 많은 흉기가 있는가. 당신 안에
있는 그 많은 생소한 물건과 신체는 또 얼마나 많은 지시를 기다리고
있는가. 기다리지 않아도 나와 이것은 있다. 나와 이것의 모든 면모를
합하여 나와 이것이 있고 모자라게도 있고 충분하게도 있고 분에 넘치
게도 나와 이것은 아직까지 살아 있다. 거의 기적적으로 오늘을 넘어가
고 있다. 나와 이것이 언제 끝날지는 나와 이것은 모르고 각자도 모르
고 서로도 모른다. 하물며 당신들이야 한두 사람이 아니니 한두 사람에
게 물어볼 일도 아니다. 모두가 궁금해하고 모두가 무관심해하는 나와
이것은 나와 이것에 대해 걱정한다. 더는 걱정하지 말자고 걱정스러운
말투로 각자를 위로하고 서로를 다짐하고 마침내 잔다. 나와 이것의 긴
하루가 끝났다. 불을 끄기 위해 팔을 뻗는 나와 이것이 잠깐 어둠 속에
서 서로를 더듬었다. 각자의 느낌이 동일했다. 나와 이것 사이에 나와
이것이 누울 만한 긴 침대가 누워 있다.

— 김언, 「나와 이것」 부분(『문학동네』 2015.가을)

김언의 시는 "이것"에 관한 수수께끼처럼 보인다. "이것"의 자리에 너,
연인, 타자 같은 말들을 대입해보아도 여전히 "이것"의 정체는 모호하다.
그림자처럼 나에게 들러붙어 있는 "이것"을 차라리 나의 일부라고 가정해
볼 수도 있지만 "나와 이것" 사이에는 엄연히 "와"라는 연결어미가 있다는
사실을 모른 척할 순 없다. "와"를 매개로 "나"는 "이것"과 연결되고, "와"
를 사이에 두고 "나"는 "이것"과 서로 다른 자리에 놓이게 된다. "이것"을
"나"의 일부로 간주할 수는 없다는 얘기가 된다. "당연하게도 나와 이것은
하나가 아니"다. 결국엔 "이것"이 무엇인가라는 정체 규명을 위한 추론은
아무런 답을 주지 않는다. 그래서 "이것"이 제 자신의 본질을 가지지 않은
채 다른 것을 지칭하는 데 쓰이는 말이라는 점에 주목하려고 한다. 그러면
"이것"은 그 자체로 무엇이든 대입될 수 있는 가능성의 장소라고 가정할
수 있다. 예컨대 "이것"이란 하나의 괄호이다. "이것"을 괄호로 간주한다

면 "이것"은 무한히 열려 있는 장소일 뿐이어서 무엇이냐는 질문은 더 이상 중요하지 않게 된다. 이제 논의의 초점은 "나와 이것"의 관계로 집중될 수 있다. 나에게 동일화되지 않고 영원히 나와 대자적 관계로 남게 될 "이것"은 나를 조건 짓는 관계에 있다. 이것은 "불화"와 "걱정" 속에서도 마치 나의 생명이나 육체처럼 함께 "살아 있"는 절대적인 나의 외부이자 존재의 조건이어서 나는 "이것" 없이는 존재할 수 없고 "이것" 없이는 나라고 말할 수조차 없다. 나에 대하여 "이것"이 갖는 절대성과 대칭성 그리고 분리 불가능성 때문에 김언은 "나와 이것"을 '우리'라고 환원하지 않은 채 동시에 주어로 쓴다. 김언의 시에서 탄생한 "나와 이것"이라는 주어는 나로 수렴되지 않는 영역을 나와 동시에 호명하는 가능성과 결여의 주어이다.

절대적인 나의 게니우스 혹은 나의 외부이자 타자인 "이것"은 안태운의 시에서 '그'라는 3인칭으로 등장한다. 일상적 언어 차원에서 일인칭 주어인 '나'는 세계를 보는 인식의 주체이자 시적 진술을 이끌어가는 문장의 주인인 경우가 보통이지만 안태운의 시에서는 그런 주어의 기능이 상실돼 있다.

드러나고 있다. 나는 드러납니다. 전망을 바라보면서 그러나 전망 안에서 걸어 본다. 물기가 스민다. 텅 빈 해변을 바라보면서, 이 해변에 맺힌 것들을 지나칩니다. 하지만 좁아지는 곳으로 들어선다는 기분만이 완연해졌고 나는 벗어나려 하고 있었다. 걸어가면서 그러자 덕장을 지나게 된다. 덕장 주위로 모든 게 널려 있다. 이전에 다 만져본 것들이었고 그러나 여기서는 더욱 마르고 있는 것처럼 느껴진다. 기물이 산재해 있다. 그 주위로 벌레가 더디게 움직인다. 벤치가 있다. 그곳에 앉아 있는 사람이 내 모습을 응시하고 있었다. 얼굴에서 땀이 계속 흐르고 있습니다. 그는 내게 말을 한다. 여기서 쉬었다 가시지 않겠습니까. 벤치에서 일어나고 있다. 악수를 하고나서 나는 앉는다. 그는 말없이 서 있었다. 그러나 떠나갑니까. 내가 가려한 방향으로. 그는 물과 함께 멀어지고 있었다. 벗어나고 있었다. 그러자 이제 나는 더 이상 보이지 않

제2부 마음의 가능성

는다. 그는 해송이 밀집한 지역으로 들어선다. 그것들은 흔들린다. 더 흔들리고 있다. 그 사이에서 실물이 생겨난다. 그늘이 보이고 있다. 그는 그와 어울리는 그늘을 찾고 있다. 그리고 하나를 골랐다. 눕고 있다. 어떤 것들은 쉽게 변질된다. 어떤 것들은 드러나지 않고 있다. 어떤 순간은 서서히 침윤되어 갑니다. 그늘은 두터워지고 있다. 그의 손을 움켜쥔다.

— 안태운, 「모습의 흐름」 전문(『현대시』 2015.9)

이 시에서 사건을 주도해나가는 쪽은 일인칭 주어인 '나'가 아니라 오히려 '그'이다. "나는 드러납니다" "나는 벗어나려 하고 있었다"와 같은 진술에서처럼 나는 누군가의 응시에 의해 드러나는 수동적 존재에 불과하다. 내가 "해변"을 관통해 "덕장" 주위로 걸어간 것도 그의 부름에 응답하는 몸짓처럼 보인다. 나는 처음부터 그를 향해 가고 있었던 것이다. 그가 "내게 말을" 걸 수 있도록 말이다. 그런데 막상 그가 내게 말을 걸자 그의 모습이 멀어지고 나도 "더 이상 보이지 않"게 되며 '나'는 깊은 불확실성에 빠지게 된다. 나와 그는 흔들리는 영상 안에 있는 존재들처럼 각자의 경계가 모호해지고 마침내는 서로 분간되지 않는 흔적처럼 느껴질 뿐이다. 존재한다는 것이 "어떤 것들은 쉽게 변질"되고, "어떤 것들은 드러나지 않"는 세계에서 잠시 드러나는 불분명한 흔적에 불과한 것이라면 우리에게는 여기, 이곳에 내가 존재한다는 것을 어떻게 증명할 수 있겠는가, 라는 질문이 남는다. 유한성의 존재가 피할 수 없는, 우리 스스로의 취약성을 절감하게 만드는 이 질문 앞에 선 '나'는 힘을 다해 "그의 손을 움켜쥔다." 낭시가 '함께-있음'을 드러내는 것은 무엇보다도 죽음이라고 말했던 것처럼 내가 그의 손을 움켜잡음으로써 '그'와 '함께-있음'을 나누는 계기는 그가 소멸하는 순간이다. 사라지는 그를 움켜쥘 때 '나'는 그의 고통과 고독과 운명 속으로 남김없이 빨려든다.

안태운의 시는 그의 다른 시들에서 시도되고 있는 것처럼 흔들리는 글쓰기이다. 그는 주어와 서술어의 부정합, 자아를 결여한 주어 그리고 일관성을 잃은 술어들을 구사하는 실험을 통해 글쓰기에서 탄생하게 될 자아의 정합성을 저지한다.

결여의 주어인 '나'의 발화가 환기하는 서정은 무엇인가를 묻는 것은 불확실성의 자아를 탄생시킨 오늘의 시를 지지하는 비평의 몫일 것이다. 결여의 주어인 내가 타자를 자기 존재의 조건으로 받아들이고자 할 때, 거기엔 모든 삶과 죽음이라는 운명이 '너'로 인해 가능해지기에 필연적으로 내 삶은 '너'에게 기댈 수밖에 없다는 고백이 담겨 있는 것은 아닌가. 그런 고백은 어떤 진술보다 강력하게 자기 자신으로 수렴되는 자폐적 정체성을 부인한다. 오늘의 서정시는, 타자를 향해 자신을 내던지는 '나'의 간절한 호소이다.

제2부 마음의 가능성

마음의 가능성

— 임경섭, 안미옥의 시

시인이라는 직업

시인은 시를 쓰는 사람이다. 시인을 하나의 직업으로 간주하는 경우도 없지 않지만 물질적인 맥락에서 전업 시인의 현실적 생존 가능성을 생각하면 시인은 생계와 무관한 직업일 수밖에 없다. 그렇다 보니 우리에게 각인된 시인의 이미지는 현실과 괴리되어 보이는 경우가 많다. 김양희 감독의 영화 〈시인의 사랑〉(2017)에 등장하는 주인공도 그런 시인이다. 영화를 이끌어가는 주요 사건은 가정이 있는 중년 남성과 한 소년 사이에서 벌어지는 사랑과 이별이지만 그가 '시인'이라는 설정에 주목해보기로 한다.

난임 치료를 위해 병원에 간 시인에게 의사가 무엇을 하는 분이냐고 묻자 당사자인 시인은 머뭇거린다. 시인이 보여준 난처한 얼굴처럼 지금의 사회적 환경에서 시인은 직업이라고 말하기에는 어딘가 애매한 구석이 많다. 무엇보다 결정적인 것은 시인이 생산한 시가 교환가치로 환원되기 어렵다는 점이다. 물론 시도 무형, 유형의 가치를 창출한다. 하지만 그것이 생계를 위한 물적 토대를 마련할 수 없는 미미한 수준이라면 전업 시인으로 살아가기는 거의 불가능하고, 이런 현실에서 시인이라는 이름은 현실적 기능을 결여한 직업에 대한 수사적 표현에 지나지 않는다.

만약 시 쓰기가 자본 시스템에 종속된 노동으로 환원되고 시 역시 상품으로 환원될 수 있다면 어떨지 모르겠으나 적어도 아직까지는 자본의 통제에서 비켜난 자발적 노동의 결과물인 시는 교환 가치를 결여한 비-상품으로 존재한다. 그렇기 때문에 시집은 팔린다기보다 읽힌다는 서술어가 더 적합하고, 시를 읽는 것은 소비라기보다 향유라고 말하는 편이 더 어울린다. 시에 특수한 권위를 부여하거나 시인을 특별한 존재로 간주하자는 것이 아니라 좀처럼 자본 체제로 환원되지 않는 시의 고유성이 존재한다는 점을 말하는 것이다. 시의 고유성은 시를 쓰는 행위와 그 행위의 주체에게 전이되고, 그가 원하든 원치 않든 시인은 현실 체제 안으로 편입되지 못하는 예외성을 지닌 존재로 남게 된다.

상황이 이렇다 보니 시인에 대한 표상은 현실적 기준들과 멀어지게 마련이다. 시인이란 호명은 세속적 이해관계에 밝은 사람 대신 거기에 귀속되지 않은 예외적 존재를 불러내고, 현실의 바깥을 노래함으로써 현실에 안주하지 않는 자율적 존재의 이미지를 환기한다. 그러나 현실로부터 예외적이고 자율적인 존재는 동시에 현실에서 배제되는 존재이기도 하다. 예컨대 현실의 규범과 질서를 비웃듯 비합리적 행동을 저지르는 광인의 얼굴을 한 시인을 떠올려보라. 그는 진리가 아닌 허구를 말하고 이성에 반하는 감상적 쾌락으로 사람들의 마음을 현혹시키는 불온한 존재로 간주되어왔다. 견고한 법과 제도를 갖춘 이상적인 국가가 되기 위해서 시인을 추방해야 한다고 주장했던 플라톤 이래 지금까지도 시인이라는 호명 속에는 현실과 불일치하는 존재라는 이미지가 내포되어 있는 듯하다.

다시 〈시인의 사랑〉으로 돌아가 보자. 시인의 사랑은 가정을 해체시킬 뻔한 일탈이었지만, 다른 한편으로 시인의 사랑은 현실적 규범이나 합리적 상식을 초과하는 마음의 가능성을 보여주었다. 불우한 환경에서 방황하는 소년을 위해 그는 온 마음을 쏟았다. 소년에게 아무런 대가를 바라지 않고 자신이 가진 모든 것을 기꺼이 내주려는 시인의 마음은 교환 관계를 벗어난 증여로서의 마음이자 달리 말하면 무상성(無償性)의 마음이었다. 그는 자신에게 물질적인 결과물로써 보답하지 않는 시를 사랑하듯 소년을 대한 것이다. 그런 점에서 소년에 대한 시인의 사랑은 시를 쓰는 일에 대한 메타포로 읽어볼 수도 있겠다. 소년을 사랑하는 것과 마찬가지로 시를 쓰는 일은 현실이라는 조건에서 벗어나 자신이 할 수 있는 한 마음의 가능성을 최대화해보는 시도일지도 모른다. 시인과 소년의 관계에서 내가 주목했던 것은 현실적 규범이나 교환 체제를 벗어난 대가 없는 관계였고, 그 관계는 시인이 누구인가를 보여주는 것 같았다. 시인이란 하나의 직업이라기보다 그가 존재하는 방식, 즉 그가 세계와 관계를 맺는 방식에 대한 호명이 아닐까?

이 영화가 끝날 즈음 생각했다. 전업 시인으로 사는 것이 불가능한 현실에서 대가 없이 시를 쓰는 시인에게, 그리고 목적 없이 시를 읽는 독자에게 주어질 수 있는 보상 아닌 보상에 대해서. 혹시라도 보상이 주어진다면 그것은 현실의 삶이 구속하고 은폐하는 마음의 가능성을 돌아보는 일일 것이다. 여기서 마음이란, 외부 세계와 독립적으로 존재하는 개인의 내면에 국한되지 않는다. 마음에 관한 선행 논의들이 지적해왔듯이 마음은 개인적이지만 동시에 사회적인 장에 걸쳐서 작동한다.[1] 마음이란 것이 막연

---

[1] 마음에 관해 참조한 몇 가지 논의를 간략히 소개한다. 먼저 『마음의 생태학』(책세상, 2006)을 저술한 그레고리 베이트슨의 경우, 마음(mind)은 물질적 기초에서 분리될 수 없으며 다수의 유기체들뿐만 아니라 살아 있지 않은 요소도 포함하는 거대한 차이들의 연결망 혹은 회로 속에 존재하는 관계들의 총체라고 말한다. 그에 따르면 한 개체로서 인간을 벗어난 마음은 환경 제반과 관계된 연결망 즉 '더 큰 마음(a lager mind)'으로

하고도 추상적인 대상이긴 하지만 사적이고 내면적인 영역만은 아니란 얘기다. 마음은 관계적 운동이기 때문에 우리는 자신의 마음만이 아니라 타인의 마음을 이해하기 위해 애쓰고, 또 복수의 주어인 '우리'라는 공동체나 사회의 마음을 들여다보기 위해 노력하기도 한다.

시를 쓰고 읽는 행위는 무엇보다도 마음의 일과 연루되어 있는 것처럼 보인다. "체에 걸러도 남는 마음"(안미옥, 「조율」, 『서정시학』 2018.봄)처럼 아무리 설명해도 이해되지 않고 헤아려지지 않는 마음이란 언어적 소통 밖의 일이므로 그것을 이야기할 수 있는 것은 비-소통의 영역을 함축하는 불투명한 시의 언어일 것이다. 시인은 불투명한 언어로 현실적 제약과 경계를 넘어서면서 마음의 가능성을 넓혀보는 일을 하는 사람이다. 시인은 마음

확장될 수 있다.

마음을 사회학적 관점에서 고찰해온 김홍중은 마음이 '나'의 것이 아니라 사회의 것이며 공유하는 매체라는 전제에서 출발하여 우리 사회의 마음을 연구했다. 『사회학적 파상력』(문학동네, 2016)에서 그는 "마음(heart)은, 사회적 실천들을 발생시키며, 실천을 통해 작동(생산, 표현, 사용, 소통)하며 실천의 효과들을 통해 항상적으로 재구성되는, 인지적/정서적/의지적 행위능력의 원천"이라고 정리한 바 있다. 이 글에서 사용한 마음은 'mind'나 'heart'를 구분한 것은 아니지만 김홍중의 구분에 따르면 'heart'에 가깝다.

마음이 사회와 별개로 개인의 내부에 존재하는 것이 아니라 사회라는 외부와의 구체적인 관계를 통해 작동하며 그것의 증표는 실천으로 나타난다는 점은 마음에 관해 이야기할 때 중요한 전제가 되어야 한다. 그러나 그렇다고 마음이 외부 세계의 영향과 질서에 종속되는 것은 아니다. 김우창은 『깊은 마음의 생태학』(김영사, 2014)에서 마음에 대한 융합적이고 심층적인 통찰을 보여주었다. 마음은 외부 세계에 취약해 물들기 쉽지만, 인간에게는 그런 상태의 마음 층위를 넘어서는 마음이 있다고 한다. 그에 따르면 우리에게는 "보이지 않는 생각의 총체적 체계 또는 일상적 의식의 기상 변화를 넘어 또 다른" 층위인 '깊은 마음'이 존재한다. '깊은 마음'은 인간의 삶을 지배하는 근본적인 조건들―생물학적, 진화론적, 우주론적, 존재론적 조건에 연결되어 있으며, 세계에 대한 신뢰, 인간의 마음의 깊이에 대한 신뢰, 존재 전체에 대한 신뢰라는 층위를 갖는다.

제2부 마음의 가능성

의 가능성을 최대화하기 위해 시를 쓰는 사람이다. 마음의 가능성을 최대화하기 위한 두 가지 시도를, 임경섭과 안미옥의 시에서 읽어보려고 한다.

모든 것을 의심하는 마음

지난여름 출간된 임경섭의 두 번째 시집 제목은 '우리는 살지도 않고 죽지도 않는다'였다. "너희는 살지도 않고 죽지도 않는다"(「엘리자, 나의 엘리자」, 『우리는 살지도 않고 죽지도 않는다』, 창비, 2018)에서 주어만 바꾼 이 문장은 삶과 죽음이라는 양립할 수 없는 두 사건을 모두 부정하는 모순어법을 구사함으로써 임경섭 시가 의도하는 바를 생각하게 만든다. 이 모순어법 안에 담긴 의도에 다가가기 위해 '살다'와 '죽다'라는 동사에 빗금을 쳐보자. 그러면 주어인 '우리'와 서술어를 보조하는 '않다'가 남는다. 결국 시적 의도로서 모순어법은 '우리'라는 주어 뒤에 진술될 수 있는 모든 가능한 행위를 부정하기 위한 장치처럼 보인다. 그것의 효과는 이미 진술된 것을 의심하게 만드는 것이다.

모순어법의 사용처럼 임경섭의 시에는 혼돈을 만들어내는 몇 가지 장치들이 사용된다. 그중 하나는 유사 구문의 반복적 기술이다. 가령 "아내는 나에게 얘기하지 않았지만/나에게 아내는 얘기하고 있었다"(「라이프치히 중앙역-슈레버 일기」, 『우리는 살지도 않고 죽지도 않는다』)와 같은 문장은 유사 구문이 반복되는 구조인데, 이러한 방식은 앞에서 진술된 내용까지도 착오나 오류라고 의심하게 하는 효과를 만들어낸다. 하지만 모순어법이나 유사 구문의 반복을 통한 의심의 환기는 어디까지나 효과일 뿐 임경섭 시의 궁극적인 목적은 아니다. 이 시적 장치들은 시인 자신이 말했듯이 "모든 문장은 가능성으로만 존재한다"(「눈이 내리고 있다」, 『우리는 살지도 않고 죽지도 않는다』)는 명제를 뒷받침할 뿐이다.

진술된 것을 의심하게 하며 모든 문장을 가능성의 차원으로 이행시키는 임경섭의 시는 행위의 주체인 문장의 주어에 대해서도 의심을 제기한다.

잠에서 깬 클레멘타인 페니페더는
모퉁이가 검게 닳아 해진 일기장 위로
자신의 문장들을
한달음에 적어 내려가기 시작했다

…(중략)…

생각해보면 우리의 꿈은
우리의 꿈에서 깨는 것이었는지도 몰라
그러나 우리는 우리의 꿈을 꿀 수 없다는 걸 알지 못했지
나는 나의 꿈
너는 너의 꿈에서
헤어날 수 없다는 걸 우리는 알지 못했지
우리는 기억을 살고 있을 뿐이었네

쓰던 일을 멈춘 클레멘타인 페니페더는
누구도 볼 수 없을 일기장 위의 글자들을
지우기 시작했다
자신의 문장들을 지울 때마다
종이는 지우개에 걸려
지우개보다 더 넓게
구겨졌다 펴지길 반복했다

— 임경섭, 「반복했다」 부분

이 시에서 주어인 '우리'의 균열이 말하듯 임경섭 시에 자주 등장하는 가족이나 연인 등 친밀한 관계를 지칭하는 '우리'는 대부분 하나의 집합 단수

를 부정하는 주어이다. 건널 수 없는 공동(空洞)을 가진 너와 내가 서로에 대한 타인이라는 사실이 '우리'의 전제인 한 '우리'는 불일치하는 서술어를 가진, 분파(分派)하는 주어일 뿐이다. 그러나 현실에서 호명되는 '우리'는 관계의 친밀함이나 유사한 경험과 기억의 공유, 공통의 정치적 신념과 가치 등을 근거로 동질성을 지닌 하나의 전체로 환원되곤 한다. 매끄럽게 봉합된 '우리'라는 집합 단수는 환상에 불과하다는 걸 알면서도 사람들은 하나의 '우리'가 되려는 욕망에 사로잡히기 십상이다. 완벽한 소통가능성을 믿으며 원래부터 하나였던 '우리'가 되려는 열망에 빠진 연인들처럼.

'클레멘타인'과 '메이브'도 "우리의 꿈"을 좇는 연인이다. 자신들이 공유하는 삶의 기쁨이 깨질까 두려운 그들은 공통의 미래를 향한 "우리의 꿈"을 믿으며 살아간다. 만약 두 연인 모두 그 꿈에서 깨지 않았다면 이 시는 쓰이지 않았겠지만, "잠에서 깬" 클레멘타인이 "자신의 문장들을/한달음에 적어 내려가기 시작"하면서 그 꿈이 환상임을 고백하는 이 시가 시작된다. 그녀는 "우리는 우리의 꿈을 꿀 수 없다는 것을 알지 못했"음을 고백하고 '메이브'와 자신이 실은 서로 다른 기억으로, 서로 다른 꿈을 꾸는 타인임을 인정한다. "잠"이라는 의식의 공백을 계기로 '우리'라는 주어 내부에 있는 균열을 직감한 '클레멘타인'의 고백은 '우리'라는 환상에 대한 제동이며 타인과의 소통 불가능성을 받아들이는 스스로의 선언이다.

그런데 일기를 다 쓴 후에 '클레멘타인'은 곧 자신이 쓴 문장을 지운다. 썼다 지우는 행위는 자신의 생각을 부정하는 것처럼 보이지만 이 시에서는 자신이 쓴 문장을 의심하지 못하도록 빗장을 걸어두는 행위로 해석해 보는 편이 타당하다. 진술된 모든 문장은 의심의 대상이 되지만 이미 지워진 것은 의심할 수 없는 견고한 진실로 남을 수 있기 때문이다. "우리의 꿈"이 환상임을 고백하는 문장을 썼다가 지우는 '클레멘타인'의 일기처럼 임경섭의 시 쓰기는 이미 진술된 것을 의심하고 분명하다고 믿는 사실들을 혼란에 빠뜨림으로써 또 다른 (진실의) 가능성을 열어놓는다.

> 무엇도 기억할 게 없을 때
> 우리는 기념일을 기다렸다
>
> …(중략)…
>
> 사라진 것들을
> 우리는 기념하기 시작했다
>
> 언젠가 우리가 죽고 없어졌을 때
> 우리를 기억하는 사람들이 한 상에 둘러앉아
> 육개장을 떠먹는 날을 상상하며 우리는
> 웃음도 울음도 아닌 이상한 소리를 주고받은 적도 있었다
>
> 우리는 우리가 함께 죽음을 상상한 그날을
> 기념하기 시작했지
>
> — 임경섭, 「기념일」 부분

시인은 '우리'가 무언가를 기억하기 위해 정해놓은 기념일의 의미마저 의심의 대상으로 만들고 만다. 일반적인 의미에서 기념일은 무언가를 기억하고 의미를 되새기기 위한 날이지만 이 시에서 기념일이란, "사라진 것들을" 기념하는, 즉 기억할 대상이 부재한다는 사실을 환기하는 날에 다름 아니다. 따라서 좀 이상하게 들리겠지만 시인의 논리에 따르면 우리가 기념할 수 있는 것은 자신의 죽음밖에 없게 된다. 영원한 침묵인 자신의 죽음이야말로 절대적 부재를 환기하기 때문이다.

그러나 '우리'는 살아 있기 때문에 '우리'의 죽음을 기념할 수가 없으므로 "함께 죽음을 상상한 그날을/기념"하기로 한다. '우리'가 부재하는 것을

제2부 마음의 가능성

기념하는 대신 죽음에 대한 자신들의 상상을 기념하는 '우리'는 "기념일"이 가진 허위성을 유희적으로 폭로하는 듯하다. 그런 면에서 '우리'는 다소 불온하고 엉뚱한 태도를 보이는 주체들이다. '우리'는 "웃음도 울음도 아닌 이상한 소리를 주고받"으면서 불완전한 소통을 시도하기도 한다. 「반복했다」에서 "우리의 꿈"을 좇는 '우리'와 달리 「기념일」에서 '우리'는 비-소통(non-communication)의 영역을 품고 있는 파열된 주어라고 말해볼 수도 있겠다. 자신들이 서로 온전히 소통한다고 믿었던 '클레멘타인'이나 '메이브'와 달리 '우리'는 불투명한 감각의 언어로 불완전한 소통을 시도하는 복수(複數)의 주체들이다.

임경섭의 시에서는 소통 가능한 의미들이 의심의 대상이 되며, 눈앞에 보이는 세계와 현상들만이 아니라 자기 자신마저도 의심의 대상이 된다. '나'는 의도된 방향을 향해 가고 있지만 자신도 모르게 애초의 방향에서 빗나가곤 하기 때문이다. 어떤 목적을 위해 "숲속으로 들어가" "계속 걷고 있"지만 "계속 걷다 보니" 어느새 "숲의 바깥을 향해 걷고 있"(「저물 무렵」, 『시와 사상』 2018.겨울)었던 경험을 고백하면서 시인은 '나'의 생각과 의지마저도 의심해야만 한다고 말한다. 진술된 것을 의심할 때 또 다른 가능성이 나타나듯이 '나'를 의심할 때 다른 '나'의 출현이 가능하기 때문이다.

임경섭이 시를 통해 시도해보는 모든 것에 대한 의심이다. 의심은, 모든 문장은 가능성으로만 존재한다는 걸 증명하는 방법이자 허구적인 의미를 들춰보는 계기이며 아직 드러나지 않은 진실의 가능성을 열어두기 위한 방법이다. 시 쓰기를 통해 모든 걸 의심해보는 시인은 아직 쓰여지지 않은 채 마음속에 있는 또 다른 진실의 가능성을 찾는다.

자기로부터 도약하는 마음

엎질러진 물처럼 돌이킬 수 없는 게 마음이다. '어떡해, 어떡해!'를 연발해도 마음은 물길처럼 어쩔 수 없이 흘러가기 마련이고, 멋대로 흘러가는 마음을 지켜볼 때면 제 마음도 스스로 추스르지 못하는 자신이 부끄러워진다. 내 마음인데 내 마음대로 안 되는 당혹감을 경험한 적이 있다면 안미옥의 시를 읽고 주체할 수 없는 자신의 마음에 대해 조금은 관대해질 수 있을지도 모르겠다. 시인은, 모든 것은 마음먹기에 달렸다는 말이 얼마나 무책임한 것인가를 증명하듯이 마음의 무차별성을 이렇게 표현한다. "물은 흐르는 것이 아니라/밀리고 밀리면서 터져나가는 것"이어서 "나에겐 멈출 수 있는 방법이 없다"(「프리즘」, 『온』, 창비, 2017)라고.

마음은 통제되지 않는 것이나 안미옥 시인은 종잡을 수 없는 마음에 관한 일들을 평이하고도 간결한 문장에 담는다. "마음의 일"(「시집」, 『온』)이란 것이 말로 재현할수록 구차하고 초라해진다는 것을 잘 알고 있기에 시인은 말과 말의 여백에 말로 풀어낼 수 없는 복잡한 "마음의 일"을 새겨 넣는다.

대체 마음이란 것의 정체는 무엇일까? 안미옥의 시에서 마음은 시인의 의식적 생각과 판단을 압도하는 외부적 힘이나 충동처럼 그려진다.

> 굴레도 감옥도 아니다
> 구원도 아니다
>
> …(중략)…
>
> 기대하는 모든 것을
> 배반해버리는 곳으로 가려고
>
> 멀고 추운

나라에서 입김을 불고 있는 너는
알고 있을지도 모른다

마음에서 시작된다는 건 정말일까
한겨울을 날아가는 벌을 보게 될 때

투명한 날갯짓일까
그렇다면

끔찍하구나
이게 전부 마음의 일이라니

— 안미옥, 「시집」 부분

　시인 자신에게 시 쓰기가 어떤 일인지를, 시가 어떤 것인지를 고백하는
시다. 시는 시인이 알고 있는 "굴레" "감옥" "구원" 같은 것이 아닌 전혀 알
수 없는 어떤 것이다. 심지어 시는 "기대하는 모든 것을 /배반"함으로써
쓰기 주체인 시인을 능가해버리기도 한다. 즉 한 편의 완성된 시는 시인의
의도와 앎을 초과하면서 자기 스스로 의미를 구성하는 자율성을 지니는
텍스트로 존재한다는 것이다. 따라서 시인의 입장에서는 바로 그 텍스트
의 자율성이 기대되는 한편 "끔찍"하고 두려운 일이기도 하다. 그것은 처
음 들여다보는 자기 마음과도 같은 것이기 때문이다.
　안미옥 시인에게 시를 쓴다는 건 자신의 생각이나 의도 등 인지되는 앎
을 넘어서는 일로 받아들여진다. 그럼에도 시인은 시가 자신에게 가져다
줄 배신감과 두려움을 감내하면서 시를 쓴다. 시를 쓰는 주체에게 배신감
과 패배감을 돌려주는 시 쓰기는 합리적으로 납득하기 어려운 행위지만
그것을 지속하는 이유에 대해 시인은 "이게 전부" "마음에서 시작"되는 일
이라고 말한다. 마치 그 마음이란 것이 자기 스스로 거부할 수 없는 것이

라는 듯이 말이다.

시인이 거부할 수 없는 마음은 주체인 '나'의 외부에서 작용하는 힘이다. 이때 외부란 주체가 인식할 수 있는 이성적 사고의 바깥이자 주체가 개입할 수 있는 권한 밖을 말한다. 달리 말하면 '나'의 외부는 주체의 인식이 닿지 못하는 낯선 타자의 영역과 같은 곳이기도 하다. 마음은 자신의 내면에 이미 삽입되어 있는 '낯섦'과도 같은 것이어서 "마음의 일" 앞에서 쓰기 주체는 무지해지고 무력해진다. 쓰기 주체가 할 수 있는 것은 알 수 없는 자신의 마음을 응시하는 일뿐이다. 실제로 안미옥의 시에서 시적 주체로 등장하는 '나'는 두려움을 참고 마음이 흘러가는 것을 지켜보는 태도를 보여주곤 했다. "무서워하면서도 끝까지 걸어가는 사람"(「생일 편지」, 『온』)처럼 또는 "세상이 끝나고 있"을 때 뒤로 물러나지 않고 "끝나는 것을 끝까지 보"(「나의 문」, 『온』)는 사람처럼, '나'는 자신이 주체할 수 없는 마음의 흐름을 가만히 좇는 수동적인 주체였다.

밤이 깊다
이제 들어가자

네 앞에서 발길을 돌리며
밤이 깊다는 건 무엇일까 생각한다

나는 반복하고 끝내지 못하고

서랍장을 모두 열었다
숲에서 숲까지 가는 길을 모른다

밤에는 시소를 타야지

　　　　　　　　　　　　　　　제2부 마음의 가능성

솟아오르는 일과
가라앉는 일의 깊이를 알게 될 때

빛은 제 몸을 비틀어
직선의 몸을 갖게 되었다
직선으로 깨지게 되었다

파편으로
빛을 경험하는 일처럼

도달한다는 것이
산산 조각나는 일이라는 것을 알게 되면서

나는 뛰어간다
나는 넘어간다

사람이 사람을 향해 복을 빌어 주는 일을 배워서
너의 시간을 축복해야지

네가 어딘가에 도달할 때까지

너의 흰 재의 시간
마른 장미의 시간을
— 안미옥, 「애프터」 전문(『비유(view.sfac.or.kr)』 2018.7)

　마음은 내 것인 것 같지만 그것은 동시에 낯선 타자여서 내 것이 아니기도 하다. 타자로서 마음은 종종 '빛'에 비유되기도 한다. 내부에서 끓는 것이지만 '빛'과 같아서 숨기려고 해도 새어 나가고 함부로 꺾을 수도 없기 때문이다. 마음의 타자성에 대한 포착도 안미옥 시의 한 특징이지만 그보다 최근 시에서 두드러진 것은 「애프터」에서 잘 나타나듯이 감당할 수 없는 마음을 대하는 수동적 태도의 역설 때문이다.

이 시에서 '나'는 '너'의 마음을 알 수 없어 답답한 입장이지만 너에게 말로써 묻는 대신 한 번도 가본 적 없는 "숲에서 숲까지 가는 길"을 찾듯이 마음의 흐름을 응시한다. 내가 알게 된 것은 마음은 한쪽이 오르면 반대쪽은 반드시 내려가는 시소 운동처럼 일정한 높이를 주고 받는 교환의 대상이 아니란 사실이다. 마음은 대가와 보답을 바라지 않고 증여되는 선물처럼 '너'를 향한다. 그렇게 거침없이 '너'를 향해 가다가 '너'에게 "도달"하면 "산산 조각나는" 마음은 불합리하고 소모적인 운동처럼 보이기도 한다. 그러니 투명한 나의 진심이 '너'에게 도달하기를 바라는 것은, 혹은 '너'의 진심을 온전하게 이해할 수 있기를 바라는 것은 불가능한 일일 수밖에. 마음은 원형 그대로 줄 수도 없고, 준 만큼 가져올 수도 없다. 마음이 "도달한다는 것"은 "파편으로/빛을 경험하는 일처럼" 하나의 온전한 의미가 완전히 해체되는 경험일 뿐이다.

마음의 흐름은 교환되지도, 반환되지도 않는 무상성(無償性)을 띤 운동이며, 바로 그러한 점 때문에 현실의 이해관계 안으로 종속되지 않는다. 시의 후반부쯤에서 시인은 그런 마음의 흐름을 받아들인 듯 자기를 맡겨보기로 한다. 주체의 의지와 이해를 넘어서는 마음의 무상성을 수용하며 '너'를 향해 도달하고 싶은 안간힘 대신 "뛰어"가고 "넘어"가는 도약을 시도해 본다. 시소 놀이 같은 교환 체제 안에서 마음은 늘 제자리를 반복할 뿐 앞으로 나가지 못했지만 뛰고 넘는 행위가 상징하는 도약의 시도는 너를 향한 마음이 시소 놀이에서 벗어나 그다음을 향해 나가도록 더 멀리, 높이 갈 수 있도록 확산하게 만든다. 자기 자신을 벗어난 마음이 '너'를 포용하며 "네가" "도달할" 또 다른 세계에 닿을 수 있도록.

안미옥 시인은 자아를 초과하여 외부로 확장하는 마음의 도약 가능성을 시도하고 있다. 교환 관계에 얽매이지 않을 때 자아로부터 도약하는 마음은 '너'를 경유하여 "네가" "도달할" 세계를 향해 확산하고, 마음은 빛처럼 멀리, 넓게 자신이 도달할 수 있는 최종까지 뻗어간다. 안미옥의 시는 주체의 내면에 갇힌 상태에서 벗어난 마음이 '너'를 비롯한 외부 세계와 연결될 수 있다는 가능성의 운동임을 보여주려는 것 같다. '깊은 마음'(김우창)이 인간의 삶을 지배하는 근원적인 조건들에 연결되어 있는 것처럼 안미옥 시인이 응시하는 마음이란, 삶의 근원적 조건인 타인이라는 존재와 연결되어 있다. 타인이라는 거대한 세계를 향해 무상하게 흐르는 그런 마음의 가능성, 그것을 가늠해보는 것이 안미옥이 보여주는 시인의 일이다.

모든 것에 실패하는 사랑의 주체

―손미의 시

1

여기, 서로를 향해 달려가는 연인이 있다. 사랑에 대한 열망으로 가득한 그들은 자신의 텅 빈 가슴을 채워줄 수 있는 것은 오직 연인뿐이라고 믿는다. 마치 자신이 사랑하는 대상을 소유하거나 대상과 하나가 된다면 충만한 존재가 될 수 있는 것처럼. 그러나 그 다음은 어디일까, 사랑하는 너를 향해 질주하는 내가 도달할 지점은? 너를 소유하거나 완전히 하나가 됨으로써 사랑의 주체인 '나'는 결핍 없는 충만한 존재가 될 수 있을까? 아쉽게도 사랑에 관한 많은 서사들은 연인들이 자신들 앞에 다가온 장애물을 극복하고 둘이 하나가 되거나 아니면 극복하지 못한 채 이별하는 장면으로 끝나는 경우가 많다. 너에게 도달했는지, 아닌지 그것만이 중요해 보인다.

손미의 시는 사랑의 대상에 도달하는 데 실패하는 주체를 통해 익숙지 않은 감각으로 사랑의 주체는 어떻게 가능한가를 보여준다. 기존의 작품에서도 그랬듯이 서사가 생략된 단편적 장면의 배치로 인해 발생하는 단절은 다양한 해석의 가능성을 동반하지만, 사랑의 주체-되기를 향한 시도

제2부 마음의 가능성

라는 맥락에서 손미의 최근작들을 읽어보고자 한다.

　우선 사랑에 대한 여러 해석을 보여주는 텍스트를 참조해보자. 플라톤의 『향연(symposion)』은 사랑의 신 에로스의 본질을 탐구해가는 소피스트들의 이야기를 전하는 형식을 띠고 있다. 에로스의 본성에 관한 흥미로운 설(說)은 소크라테스의 입을 빌려 전달되는 예언녀 디오티마의 이야기이다. 디오티마에 따르면 사랑의 신 에로스는 신과 인간 사이를 매개하는 정령(精靈)으로서 지혜와 무지의 중간에 선 애지자(愛智者)이다. 궁핍의 신 페니아와 풍요의 신 포로스 사이에서 잉태된 에로스는 결핍된 존재로서 끊임없이 아름다운 것(=지혜=선)을 추구한다. 물론 디오티마의 결론은 에로스가 사랑의 대상을 향하는 데서 끝나지 않고 절대적인 아름다움과 일체가 되는 삶으로 나아간다는 플라톤적 해석이지만 우리가 주목할 대목은 결핍된 존재인 에로스가 끊임없이 사랑의 대상을 향해 나아가는 진행 중인 존재라는 점이다. 여기서 도출할 수 있는 전제는 첫째, 사랑의 대상을 소유하거나 그것과 합일을 이루는 최종적 도착점이 아닌 사랑의 대상을 향해 나아가는 운동성이야말로 에로스의 핵심일지도 모른다는 것과 둘째, 사랑의 대상은 사랑의 주체에게 영원히 포착되지 않는 비-대상이라는 것이다.

　첫 시집 『양파 공동체』(『민음사』, 2013) 이후 지금까지 보여준 손미 시에서 시적 주체는 현재의 상태를 갱신하며 예측되지 않는 다른 지향점을 향하는 운동성을 내포하고 있었다. 최근작들의 시적 주체에서 소유와 인식의 차원을 초과하는 에로스적 충동과 사랑의 주체인 '나'의 자기 지양을 발견하게 되는 것 또한 우연은 아닐 것이다.

2

손미의 시는 이야기를 재구성하는 데 관심을 두지 않지만 '나'와 애인과 애인의 여자가 등장하는 「돌 저글링」 「정형외과」 등의 시는 사랑의 실패담처럼 들리기도 해서 읽는 이의 상상력을 한껏 자극한다. 연인과의 합일이나 완전한 소통을 지향하는 보통의 연애 서사를 기준으로 볼 때, 손미 시에 등장하는 시적 주체는 대상과 어긋나거나 서로 소통하지 못하고 사랑에 거듭 실패하는 듯이 보이기도 한다. 그러나 에로스가 사랑이 충족된 상태가 아니라 사랑의 대상을 향한 끊임없는 충동이라는 관점에서 보면 손미의 시는 단순히 실패한 연애 이야기에서 끝나지 않는다. 오히려 눈여겨볼 것은 어긋나는 관계에서 시적 주체가 보여주는 태도이다.

먼저 시적 주체로 등장하는 '나'를 살펴보는 과정이 필요하겠다. 에둘러가는 일이지만 「양파 공동체」에서 등장했던 '나'를 떠올려보자. "작아지는 양파를 발로 차며 속으로, 속으로만 가는 것은 올바른가. 입을 다문 채 이 자리에서 투명하게 변해가는 것은 올바른가."라는 문장에서 엿보이듯이 시적 주체는 자신의 내면에 도달하고 싶은 욕망에 대해 "올바른가"라는 윤리적 질문을 던졌다. 스스로를 향한 그 질문은 세계에 대한 인식이 자기동일성으로 회귀하는 데 대한 자각이면서 동시에 그것으로부터 벗어나고 싶은 자기 해체적 욕망을 보여주는 듯하다. 자기 해체적 욕망의 계기가 구체적으로 드러나는 것은 아니지만 분명한 것은 윤리적 각성이 개입되면서 시적 주체가 여러 겹의 껍질로 이루어진 양파처럼 내면의 공백 혹은 결핍 상태로 존재하는 '자기'의 실체에 직면했다는 것이다. 다시 말해 '나'는 하나의 아이덴티티를 가진 존재라기보다 여러 겹의 껍질처럼 복수적 기표들로 존재하는 주체라는 자각이 일어난 것이다. 그런 면에서 「양파 공동체」는 손미의 시가 자기 동일적 주체에 대한 윤리적 각성과 함께 자기 해체적 충동에서 출발한다는 점을 암시하는 작품이었다.

최근작들에서 나타나는 시적 주체 역시 '자기'라는 구심력으로부터 벗어나 자기동일성의 바깥으로 나아가는 시도를 보여준다. 그런데 이런 시도를 가능하게 하는 공통적인 배경은 스스로의 각성 과정을 보여준 「양파 공동체」와 달리 시적 주체가 '너'라는 대상과의 관계 안에서 자기를 자각하고 있다는 점이다. 사랑의 대상인 '너'와의 관계가 어긋나고 균열되는 사건들을 계기로 시적 주체는 자기동일적 '자기'에서 벗어나는 순간을 맞이하고 있다.

> 애인과 여자는 욕조 하나를 얻었다 나도 따라 들어갔다 셋의 차가운
> 무릎이 닿는다
>
> …(중략)…
>
> 나는 애인을 만지는 언니를 만진다
>
> 돌멩이가 떨어진다
> 돌고, 돌고, 돌아,
> 땅에 떨어진 것은 사람이 되고,
> 그게 누구였었는지 모른 채
> 발견한 순서대로 끌어안고
>
> 우리는 서로에게
> 저를 던지면서
> 충돌한다
> ― 「돌 저글링」 부분 (『사람을 사랑해도 될까』, 민음사, 2019)

저글링되는 세 개의 돌처럼 시적 주체인 '나'와 애인 그리고 애인의 여

자가 형성하는 관계에서 시적 주체의 변화를 관찰해보자. 이 시의 초반에 '나'의 발화는 애인을 뺏은 "언니"에 대한 복수심과 질투심으로 가득 차 있어서 얼핏 보면 애인의 여자 때문에 실패한 사랑의 한 장면을 말해주는 것처럼 보인다. 그러나 "식어가는 물속에서 누가 누굴 사랑하는지 모른 채, 우리의 무릎이 닿는" 시점에 이르면서 상투적인 삼각관계에 대한 확신은 의심스러워지기 시작한다. 시적 주체가 애인 그리고 "언니"와 한 욕조 안에 들어가 "애인을 만지는 언니를 만"지는 장면은 실제 상황이 아니라 시적 주체의 환각으로 보이기 때문이다. 이 장면이 상징적 표현이라고 보면 이러한 가정도 가능하다. 나와 애인 사이에 개입하는 "언니"는 내가 받아들일 수 없는 애인의 타자성을 상징하는 존재라는 것. 욕조 안에서 무릎을 맞대고 있으면서도 나와 애인이 완벽한 하나처럼 될 수 없다는 직감은 마치 나와 애인 사이에 "언니"가 끼어든 것처럼 견디기 힘든 일이다. 또한 애인이라는 대상이 나에게 완전히 소유되거나 인식되지 않는다는 것은 "누가 누굴 사랑하는지 모"르는 것처럼 두려운 일일 것이다.

그러나 이 시는 알 수 없는 사랑의 대상에 대한 이질감이나 두려움에서 그치지 않는다. 시적 주체가 "언니"에게 보였던 폭력적 태도가 점차 누그러지고 "언니를 만"지는 시점에 이르면 애인과 더불어 애인이라는 존재의 타자성을 받아들이는 것만 같다. 시적 주체는 애인을 사랑하는 일이 타인에게 포함된 자신이 모르는 이질성을 동반하는 경험임을 인정함으로써 애인을 향한 사랑을 지속하기를 원한다. "가지 마요 언니/살점이 떨어져도/사랑은 해야 하니까"라고 말하는 시적 주체는 사랑하는 애인이 자신과 온전히 소통하거나 이해할 수 없는 타자성을 함축한 타인임을 알면서도 그를 향한 에로스적 충동을 표명하는 발화이다.

에로스적 관계의 특성을 타자성과의 관계라고 보았던 레비나스의 사유처럼 손미의 시에서 시적 주체가 경험하는 사랑은 타자성을 동반한 관계이다. '애인'은 시적 주체에게 포착되지 않는 존재로서 완벽하게 소통할 수 있는 대상도 아니고 완전히 이해할 수 있는 대상도 아니다. 레비나스의 말처럼 사랑의 대상으로서 '애인'은 '할 수 있음'으로 번역할 수 없는 관계에 있다. 사랑의 주체가 처한 역설도 여기에서 비롯한다. 사랑의 주체는 할 수 있는 것, 즉 가능한 것 밖에서 관계를 맺음으로써 모든 것에 실패할 수밖에 없는 존재이다.

3

자본 시스템 안에서 작동하는 미디어가 재현하는 사랑의 서사는 사랑을 통해 삶의 의미나 진정성을 불어넣으며 결핍을 충족시킨다. 그런 서사의 주인공은 사랑의 대상을 소유함으로써 충만함을 느끼며 진정한 행복을 만끽하는 판타지를 생산한다. 그러나 냉정히 말하면 사랑의 대상을 통해 충만해질 수 있다는 환상은 상품을 소비함으로써 욕망이 충족될 수 있다는 소비주의의 환상과 다르지 않아 보인다.

사랑,
사랑?
그런 건 모퉁이 돌아 공장에

거기서 뭐가 될지 모르는 사람이
계속 생긴다
　　　　　　　　　— 「모퉁이에 공장」 부분(『사람을 사랑해도 될까』)

다양한 해석의 가능성을 전제하고 보자면, 이 시는 사랑을 소비하는 시대에 대한 환유로도 읽어볼 수 있겠다. 시인은 다소 건조한 문체로 공산품처럼 신비를 잃은 사랑의 풍경을 우울하게 그리고 있다. 사람을 공장에서 생산되는 "공산품"에 비유하는 대목이나 사랑은 "모퉁이 돌아 공장에" 있다고 진술하는 대목 등으로 미루어볼 때, 상품을 소비하듯 사랑의 대상을 소유 대상으로 전락시키는 시대에 대한 회의와 환멸도 느껴진다. 상품처럼 사랑의 대상이 주체에게 완전히 포착되는 교환물로 전락하는 시대에는 절대적 결핍을 동력으로 하는 에로스적 충동도, 붙잡히지 않는 사랑의 대상을 열망하는 사랑의 주체도 존재할 수 없기 때문이다.

그러나 앞서 보았듯이 손미 시의 시적 주체는 연인과 하나가 되려는 환상에서 벗어나 타자성을 향해 나아가는 사랑의 주체이다. 손미는 "우리"가 하나의 존재가 아니라는 점을 이야기함으로써 충족과 합일이라는 사랑의 환상을 스스로 부인하고 있다. 생일날 케이크를 자르는 장면을 묘사한 「아무 날」(『문학동네』 2018.봄)을 보자. 직관적 상상력을 동원해보면 케이크는 온전한 하나인 것처럼 호명되는 '우리'에 대한 비유일 수 있다. 그런데 노래가 끝나고 케이크를 자르는 순간이 찾아오자 당신과 나, 그리고 여기 모인 '우리' 모두의 "머리 위로 몇 번씩 칼날이 떨어지고" "너와 나는 갈라지"고, 또 우리는 "모두 멀어"진다. 자기의 존재를 확인하는 생일이 돌아올 때마다 '우리'는 하나가 될 수 없는 타인임을 알게 되는 것이다. 손미는 자신과 타인이라는 존재들 사이에 놓인 간극을 애써 봉합하려고 하지 않는다. 왜냐하면 사랑이라는 이름으로 간극을 봉합하려는 각고의 노력이 결국은 사랑의 대상을 자신의 그림자로 만드는 출발점이기 때문이다.

「24시간 콩나물국밥」은 '나'와 '너'의 미묘한 관계를 통해 그 사이에 존재하는 간극을 말해주는 시이다. 여기에 등장하는 너는 나를 소유하고자 하는 연인이다. 너는 나에게서 너 자신을 확인하고자 하는 나르시시즘적 주체로 보인다. 그에 반해, 나는 네가 부르는 이름을 가지게 되었으나 내가 누구인지 스스로 말하지 못하는 수동적 태도를 보인다. 내가 할 수 있는 것은 나르시시즘적 주체인 너를 응시하는 일이다. 나의 응시는 너를 향해 이렇게 묻는다. 너는 너의 결핍을 채우기 위해 "나를 훔쳤"고 네 마음대로 내 이름을 부르지만 너의 바람대로 나에게 "너를 상속하"는 일, 즉 나를 너와 동일한 존재로 만드는 것은 가능한가? 내가 너와 함께 "네가 도착하려는 숲"을 찾는 것은 가능한가? 나는 자유가 없는 존재처럼 수동적인 태도를 보일 뿐이지만 이 시에서 두 번 언급되는 "잠깐만"은 수동적인 나의 태도의 변화를 짐작하게 한다. 잠시의 휴지(休止)는 나의 머뭇거림을 말하고, 그것은 너와의 간격을 만드는 시간을 의미한다. "잠깐만"에 담긴 나의 머뭇거림은 너와 하나 되기를 거부하는 나의 희미한 거부 혹은 거절의 몸짓이다.

'에로스의 종말'을 시대적 징후로 읽어낸 철학자 한병철은 타인에게서 자기 자신을 확인하려는 욕망, 즉 언제나 동일성으로 환원되는 자기 도착적 욕망을 에로스와 반대되는 충동이라고 설명한 바 있다. 그의 우려처럼 우리는 나르시시즘적 충동을 사랑으로 오인한 채 타자 없는 사랑을 꿈꾸고 있는지도 모른다. 그런 꿈에 빠져 있다면 손미의 시는 실패한 사랑으로 읽힐 것이다. 하지만 나르시시즘적 충동에서 벗어나보면 손미 시에 나타난 시적 주체에게서 발견할 수 있는 것은 자기동일성에 대한 거부와 타자를 향한 에로스적 충동의 가능성이다. 손미의 시는 '우리'가 완벽한 하나처럼 조화를 이루는 사랑의 판타지 대신 부정교합처럼 어긋나는 관계의 실패를, 그러나 실패를 알고도 시도되는 관계를 이야기한다. 결핍을 안고 태어난 에로스가 소유하거나 인식할 수 있는 모든 것을 부정하며 마침내 사랑의 주체인 자신마저 부정하도록 만들 때 우리는 그것이 과연 사랑인지 잠시 머뭇거리게 될지도 모르겠다. 그러나 다른 한편으로 사랑의 주체가 된다는 것은 자기로부터 벗어나 모르는 것, 한 번도 경험해보지 못했던 것을 향해 나아가는 것임을 희미하게 예감할는지도 모를 일이다. 레비나스가 언급했던 바처럼 에로스는 자신이 이해하거나 소유하지 못하는 타자를 향한 충동이다. 덧붙이자면 그것은 자신을 어디로 데려갈지 알지 못한 채로 미지의 타자에게 자신을 맡겨보는 일이다. 사랑의 주체는 그렇게 탄생한다.

시인들의 극장
— 감각과 욕망 그리고 가능성의 장소

1895년 파리의 한 살롱에서는 최초의 유료 영화가 상영되었다. 1프랑을 내고 들어온 관람객들은 기차가 들어오는 장면을 보면서 비명을 지르기도 하고 자리에서 도망치기도 했다. 처음 영화를 본 그들이 스크린 위에서 본 것은 현실 그 자체였던 것이다. 놀라움을 금치 못한 사람들은 영화가 끝나자 거리로 나와서 아는 사람들을 데리고 다시 극장으로 들어갔다고 한다.[1] 이 소동을 보면 처음부터 영화와 현실이 명확히 구분되었던 것은 아닌 것 같다. 짐작건대 당시 관람객들은 아마도 극장의 어둠 속에서 비현실과 현실의 경계가 사라지는 것을 목격했을 것이다. 지금은 누구도 극장에 가서 영화와 현실의 경계가 사라지는 충격을 느끼진 않는다. 그래도 사람들은 여전히 새로운 기분이나 감정의 자극을 기대하며 극장에 간다. 시네마토그래프의 발명 이후 지금까지 극장은 현실과 비현실을 넘나드는 특별한 장소로 여겨지고 있다.

---

[1] 앙마뉘엘 툴레, 김희균 역, 『영화의 탄생』, 시공사, 1996 참조.

하지만 극장에서 보낸 시간이 누구에게나 즐거웠던 것만은 아니었다. 예컨대 폭압적 국가권력 아래서 숨죽인 채 한 시대를 보내던 시인에게 극장은 현실에 대한 절망을 대면하는 장소였다. 시인은 감시의 눈을 피하듯 극장에 들어왔으나 "애국가를 경청"하며 "자기 자리에" "주저앉"(황지우, 「새들도 세상을 뜨는구나」)고 마는 자신의 모습은 더욱 모멸스러웠고, 스크린 위에 비친 날아가는 새들의 모습은 그런 자신을 조롱하는 것만 같았을 것이다. 그는 극장에서 느낀 자괴와 절망을 시로 썼다. 또 어떤 시인에게 극장은 젊은 생을 마감한 마지막 장소이기도 했다. "잘 있거라, 더 이상 내 것이 아닌 열망들아"(기형도, 「빈집」)라는 문장을 남긴 채 우리가 찾을 수 없는 곳으로 가버린 시인에게 극장이 어떤 곳이었을지는 아무도 알지 못한다. 다만 우리가 말할 수 있는 것은 인간의 죽음이란, 서사적 의미를 표출하는 영화의 죽음과는 달리 의미의 세계를 벗어나 깊은 어둠 속에서 침묵을 지킬 뿐이란 점이다. 새삼 떠올려본 두 시인의 이야기에서 배경이 되는 극장은, 일상의 억압에서 벗어나려는 자들을 위한 은신처 같기도 하고 또 한편으로는 현실의 한복판에 있는 어두운 구멍 같기도 하다.

사람들이 스크린에 시선을 뺏긴 채 극장 안의 어둠을 무심히 흘려보내는 순간에 누군가 어둠을 응시하고 있다면 그는 아마 시인일 확률이 크다. 이번 계절에 발표된 시들 가운데 극장에서의 경험을 이야기한 세 편의 작품을 모아보았다. (스포일러일는지 모르겠으나) 극장 안의 어둠 속에서 시인들은 기억과 감각의 세계를 찾아 헤매면서 금기를 넘는 위반의 상상을 보여주기도 하고, 또 한편으로는 언어를 초과하는 가능성으로서의 글(시)쓰기가 무엇인지 말하고 싶어하기도 했다. 세 시인의 시적 상상은 서로 다른 지점을 향하고 있으면서도 극장의 어둠을 틈타 감각과 상상력의 한계를 초과하는 지점으로 나아가고 있었다. 이제 시인들의 아름다운 극장기(劇場記)를 함께 읽어보자.

감각

어느 날 극장에 간 시인은 관객들이 약속이나 한 듯 성별을 바꿔가며 앉아 있는 모습을 본다. 일상적 습관이란 다 그런 거지만, 심심함을 견디기 위해 찾아온 극장에서조차 보이지 않는 규칙을 반복하는 모습은 재미있는 장면이지만 한편으론 숨 막히는 기분이 들기도 했을 것이다. 애초에 사람들이 극장에 간 이유는 반복되는 일상을 벗어나기 위해서가 아니었던가? 일상의 규칙에서 조금도 벗어나지 못하는 우리 자신의 모습을 보다가 시인은 그 규칙을 빠져나가는 출구를 찾기 시작한다.

> 극장에서 사람들은 가만히 앉아 있다 나온다 영화를 보는 일은 가만히 앉아 있다가 심심하면 하는 일
> 남자 여자 남자 여자 성별을 바꿔가며 앉는다
>
> 어둠 속에서는 빛이 귀하다 옆 사람을 몰래 흘기던 시선을 순하게 내려 놓는다 가만히 쥐어보는 손으로만 찌릿찌릿
> 등장인물들은 골목 안쪽에서만 뛰어다니며 놀았다
> 볕이 들지 않는 곳으로만 쥐들이 다녔다 우리의 어두운 몸은 쥐들의 길이었다
>
> 제재소 뒤뜰에는 사정없이 톱밥이 날리고
> 까만 열매를 따먹고 혓바닥이 검게 달아오른 여자애들만 담 밑에 붙어 있었다
>
> 그늘 속에 가만히 앉아서
> 열매가 익어가기를 기다리고 있었다 허벅지에 멍이 들거나 무릎이 깨지는 일은
> 열매가 익기를 기다리다 심심하면
> 여자애들이 하는 일

담벼락 밑으로 돌을 던지는 것은
여자애들의 얼굴이 빨갛게 달아오르길 기다리다 심심하면
소년들이 하는 일이었다
　　　　 — 정은기, 「심심하면 하는 일」 전문(『현대시』 2016.10)

극장 안의 작은 불빛까지 모두 꺼지면 사람들의 시선은 스크린에 고정된다. 그때 시인은 "등장인물들"이 "골목 안쪽"으로만 뛰어다니는 스크린의 규칙을 목격한다. 그런데 "등장인물"들에게 스크린 안에서만 자유로울수 있다는 규칙이 있는 것처럼 우리에게도 일상의 범위 안에서만 자유를 누려도 된다는 현실적 규칙이 있는 건 마찬가지이다. 시인은 그 규칙의 바깥인 관객석으로 시선을 돌린다. 규칙을 벗어나는 골목의 바깥은 관람객들이 앉아 있는 어둠이다. 어둠을 응시하는 시인은 곧 "쥐들이 다"니는 어두운 골목들을 상상한다. 그런 길들은 어두운 곳으로만 뻗어 있어서 쥐처럼 촉각을 곤두세우고 찾아다녀야 한다. 아무것도 보이지 않는 눈은 차라리 감아버리고 "찌릿찌릿"한 감각을 따라가면 그 길이 "우리의 어두운 몸"으로도 퍼져 있다는 걸 발견할 수 있다. 감각에 의지한 채 시인은 자신의 몸으로 이어지는 어둠의 길들을 좇는다.

통로들을 따라가 보면 유년의 기억들이 한 장면씩 나타난다. 정은기 시인의 기억은 극장 안의 어둠과 대조적일만큼 강렬한 시각적 이미지들의 세계이다. "까만 열매를 따 먹고 혓바닥이 검게" 된 소녀들과 소녀들의 "얼굴이 빨갛게 달아오르길 기다리"며 담벼락 밑으로 돌을 던지는 소년들. 어른들 몰래 나쁜 장난이라도 할 것처럼 모여 있는 소녀와 소년들 사이에는 묘한 긴장감마저 흐른다. "사정없이 톱밥이 날"려 대상들의 경계를 모호하게 만드는 배경 속에서 검은색 혓바닥과 상기된 빨간 얼굴을 한 채 서로를 향한 관심을 늦추지 않는 소녀들과 소년들, 그들 사이의 긴장감은 환히

빛나는 스크린보다 더 강렬하게 시인의 감각을 사로잡는다. 그런데 이렇게 강렬하고 매혹적인 감각의 기억들이 자신의 몸 안을 떠돌고 있다면 누구라도 그것을 붙잡고 싶어지지 않을까? 하지만 은밀한 기억은 자신을 쉽게 드러내지 않는다. 우리는 스크린을 향했던 시선을 내리고 "어두운 몸"의 길을 따라 돌아다니는 "쥐들"처럼 은밀히 기억의 저장소를 휘돌아다녀야 할지도 모른다.

정은기의 시에서 "쥐들의 길"로 표현되는 통로는 일상의 규칙들을 벗어나는 출구이자 자유로운 감각의 세계로 향해 있다. 반복되는 일상이 삶을 피로와 무료함에 빠뜨릴 때 우리가 은연중에 잃게 되는 것들의 저장소 말이다. 시인이 말하고 싶어 하는 바처럼 우리 자신의 몸 어딘가에는 일상이 굴복시키지 못한 기억과 감각이 남아 있을 것이다. 그리고 그 감각을 되찾는 경험은 영화 속 "등장인물"처럼 정해진 골목 안에서만 자유롭던 우리를 일상의 규칙 밖으로 유유히, 은밀히 빠져나가게 한다.

위반

매혹적인 것들은 욕망을 자극한다. 하지만 욕망은 금기를 동반하기 마련이어서 욕망하는 존재인 인간에게 현실의 삶은 금기라는 위태로운 평균대 위에서 균형을 잡는 과정과도 같다. 그런데 조르주 바타유가 말했던 것처럼 금기는 그것을 넘어서서는 안 된다는 공포감을 주는 동시에 욕망을 충동질하는 이중의 동력장치이다. 금기가 없다면 위반도 성립되지 않고, 심지어 욕망의 대상도 그 매력을 잃게 된다. 금기는 그것을 넘어서지 못하게 욕망을 억제하는 것처럼 보이지만 오히려 금기가 있음으로써 욕망의 대상은 더 매혹적이게 되고, 위반의 상상도 강렬해진다. 양안다 시인이 밀폐된 상태처럼 꽉 막힌 극장을 "완벽하다"고 느끼는 것도 금기와 위반의 역설적 논리 위에서 가능한 진술이다.

시인에게 극장은 위반을 상상하는 장소이다. 위반을 꿈꾸는 누구에게도 어둠은 필요한 것이겠지만, 금지된 연인인 '너'를 욕망하는 이 시인에게 극장은 더없이 "완벽"한 장소이다.

> 극장은 완벽했다 완벽하다고, 느꼈다 왜 그렇게 생각하느냐고 묻는다면 극장은 정사각형의 관 같다고 해야지 벌린 입이 다물어지지 않도록. 그래서 그렇게 말했고
>
> 순간 애인을 떠올리는 표정으로
>
> 정말 이곳은 관 같아 주변 불빛이 소등될 때가 꼭 뚜껑이 덮이는 순간 같잖아, 너는 전생까지 기억한다는 듯이 말하지만
> 불이 꺼지면
> 우리는 시체의 얼굴을 하게 될 텐데
>
> …(중략)…
>
> "예고편, 이라는 제목의 영화를 만든다면 앞으로 일어날 모든 사건을 알 수 있을 거야."
> 그래 나는 너의 생각과 사랑에 빠지는데
>
> 목적지 없이 우리는 어디로 가려고
>
> 때에 맞춰 극장 내부가 어두워지는 방식으로 이별이 예정되어 있다고 믿었다 너와 애인이, 너와 내가,
> 모두 알 수 없는 일이지만
>
> 오늘 밤은 문을 잠그지 않고 잠들 것이다 네가 들어올 거라고 믿고 싶다 그래서 그렇게 할 예정인데

무용수가 쓰러지는 포즈로 네가 날 껴안았을 때 나는 너의 애인이 죽었으면 했다

너와 함께

— 양안다, 「비대칭 비행」 부분(『포지션』 2016.가을)

이 시에서 어둡고 밀폐된 극장은 죽음의 이미지로 가득하다. 바타유는 죽음에 대한 공포가 금기를 지키는 이유가 되었다고 말하기도 했는데, 그렇다면 죽음은 금기와 위반이라는 쌍생아를 출산한 모태와도 같은 것이다. 이런 맥락에서 보면 사랑이 허용되지 않는 연인을 향한 충동과 위반의 상상을 보여주는 이 시가 죽음의 이미지를 동반하는 것은 필연적이다. 이미 "애인"이 있는 연인과 함께 극장에 온 '나'는 금지된 연인을 욕망하면서 동시에 죽음을 상상한다. 극장은 "정사각형의 관"에 비유되고, 금지된 사랑을 욕망하는 연인과 나의 얼굴은 "시체의 얼굴"로 보이기도 한다. 금기의 위반은 죽음 외에 다른 "목적지"가 없기 때문이다. 이런 위반의 상상을 시인은 제목인 "비대칭 비행"에 비유한다. 금기의 위반이라는 불균형한 상태를 향해 자신을 내던지는 자들의 운명은 추락하는 비행과 다르지 않다.

극장의 어둠 속에서 죽음이라는 심연을 향한 추락의 상상은 극대화된다. 그런데 극장을 나온 후에도 위반의 상상은 계속된다. 파괴적이고 위태로운 감각을 동반한 채로. 그러나 아이러니한 것은 추락하는 자들이 보여주는 위태로움이란 "무용수가 쓰러지는 포즈"처럼 매혹적인 것이어서 그것을 엿본 우리의 마음을 사로잡는다는 사실이다. 그것이 한편의 비극일지라도 말이다.

위반의 상상은 불온한 욕망이 아니라 사실은 시의 숙명이란 점을 기억해야 하다. 언어적 질서를 초과하는 행위로서 시를 쓰는/읽는 것은 이미 위반의 감각을 동반하는 일이어야 하기 때문이다. 상징적 질서를 가진 언

어들이 쓰러지면서 만들어내는 의미의 파열은 쓰러지는 무용수의 포즈처럼 위태롭지만 감각의 충동을 초래한다. 파괴적 충동과 뒤섞인 아름다움은 언어에 대한 미학적 열정을 넘어서서 아직까지 표현된 적 없는 감각을 몰고 올 것이다.

가능성

이미 결말이 밝혀진 이야기는 더 이상 매혹적이지 않다. 그런 점에서 영화가 시작되기 전에 상영되는 예고편은 결말을 궁금하게 하는 동시에 짐작할 수 없도록 만들어져야 한다. 예고가 이야기 전체를 말해버리고 나면 예고로서 실패하는 것은 당연한 일. 스스로는 완전해질 수 없는 파편적 이야기에 불과하지만 예고는 진짜 이야기보다 더 많은 것을 상상하게 하는 가능성의 세계여야 한다. 신용목 시인에게는 극장이 바로 그런 곳이다. 진짜 삶은 현실 위에 있고, 현실의 삶이란 늘 그렇고 그런 이야기지만, 극장에서는 불가능성들이 스크린에 투영되어 우리 앞에 나타난다. "다시 나타나 무대인사를" 하는 죽은 '너'처럼 말이다.

> 극장은 처음 지어질 때부터 밤만 계속되는 곳이다. 마음처럼…… 마음의 수증기를 데리고
> 몸밖으로 날아가는 목소리처럼…… 너의 이름을 읽고 있었다.
>
> 너는 죽었다. 그리고 다시 나타나 무대인사를 했다. 아름다운 밤이라고 했다.
>
> 비가 올 것 같은데……
> 우산은 꼭 미리 챙겨가야 하는 것이다.

어떤 사랑은 혼자 할 수 없는 것이라고 했다. 내가 아직 사랑하고 있
으므로…… 그는 죽은 것이 아니다.

한 아이가 길을 잃고 울고 있었다.

구름 뒤의 달에게 물을 주고 있었다.

검은 우산을 펼친 것 같은 밤이었다. 아직 비는 내리지 않고 있었다.
그러나 네가 걷지 않은 밤은 없다.

그리고 네가 걷지 않을 밤도 없다.

아름다운 밤이다. 아름다운 밤이다.
중얼거리며,
집으로 돌아왔을 때…… 거기 내가 살고 있었다. 뻔했다. 영화는 밤
에 자는 낮잠 같다.

— 신용목, 「스포일러」 전문(『현대시』 2016.10)

이 시에서 "극장"은 사물의 경계가 불분명해지는 시간인 "밤"에 비유된
다. 삶과 죽음의 경계마저도 모호하게 만드는 시간을 계기로 '나'는 이미
죽은 '너'를 다시 만난다. 죽음은 모든 것의 끝이 아니었나 보다. "네가 걷
지 않은 밤은 없"고 "걷지 않을 밤도 없"듯이 밤이 있는 한 '너'는 영원히
존재한다. 그리고 네가 존재하는 밤은 아름답다. 왜냐하면 그런 밤에는 나
의 사랑도 지속되기 때문이다.

살아 있지도 죽어 있지도 않은 '너'를, 현실이 아닌 밤에만 살아 있는
'너'를 무어라고 불러야 할지 시인은 모른다. 그래서 "너의 이름을 읽는"
나의 목소리는 "마음의 수증기를 데리고 몸밖으로 날아가는 목소리처럼"
알아들을 수 없게 희미하다. 의미는 사라진 채 소리의 물질성만 남은 것

같은 그 목소리는 언어라기보다는 '끝나지 않는 것의 웅얼거림'(모리스 블랑쇼)에 가깝다. 그 웅얼거림은 언어를 초월하는 소리이자 하나의 몸짓이다.

시인이 희미한 목소리로 부르는 것이 궁극적으로 '시'라는 대상 그 자체라는 추론은 어떤가? 그러면 밤은 '너'라는 사랑의 대상을 만나는 시간이자 시를 쓰는 행위를 말하는 것으로 이해할 수 있다. "극장"－"밤"－"너"로 이어지는 이야기는 결국 시인 스스로 자신의 글(시)쓰기가 무인가를 묻는 사건인 것이다. 그러나 결론적으로 말해서 글(시)쓰기의 명확한 의미는 밝혀지지 않는다. 시인에게 글(시)쓰기란 의미를 드러내는 행위가 아니라 "마음의 수증기"나 "몸밖으로 날아가는 목소리"처럼 존재를 현현하는 행위일 뿐이기 때문이다. 그렇기 때문에 그것은 중단되지도 종결되지도 않을 것이며, 언어적 질서와 한계 안에 갇히지도 않을 것이다.

그러나 글(시)쓰기 역시 현실과 일상의 삶으로부터 자유롭지 않다. 극장에 갔던 시인이 밤을 배회하다가 집으로 돌아오듯이 시를 쓰는 행위도 (타의적으로 간혹은 자의적으로) 현실을 떠나지만 결국은 현실로 돌아온다. 부연하자면, 합리적 의미의 세계인 일상이 시의 웅얼거림처럼 언어화되지 않는 것들을 배제하는 데 대하여 저항하듯이 시는, 현실의 언어와 삶이라는 영역 안에서 불가능한 것들의 영역을 만들어내며 끝없이 현실 안으로 제 몸을 들이민다. 당연한 말이지만 시는 시인이 처한 현실과 무관하게 존재하거나 금기 없는 욕망을 분출하는 초월적 언어가 아니다. 매일 극장에 가서 '너'를 만나지만 다시 집으로 돌아와야 하는 시인의 하루처럼 "뻔"한 일이라 하더라도 이것은 달리 설명할 수 없는 시적 진실이다. 시는, 현실 안에서－현실의 가능성을 넓히는－불가능성을 드러내기 위해 존재한다. 시인들이 극장의 어둠 속에서 경험한 것은 바로 이 뻔한 시의 진실이다. 결국은 드러나야 하는 게 진실이라면, 모든 진실은 세상에서 가장 뻔한 얘기이다.

도래하는 시

존재의 집으로

존재의 발현함(Ereignen)이 언어를 통해 가능하다는 점에서 철학자 하이데거는 언어를 존재의 집이라 일컬었다. 그는 언어와 존재의 오묘한 관계 지점에 철학과 시의 뿌리가 얽혀 있음을 직감하였는데, 그에게 시적 언어는 존재와의 만남을 가능하게 하는 언어였고 시작(詩作)이란 은폐되어 있는 존재를 해방시키는 작업으로 간주되었다. 이런 맥락에 따르면 언어라는 집 없이는 존재도 없기에 시적 언어는 그 자체로 철학적 사유의 대상인 존재가 거주하는 장소가 된다. 하이데거는 존재의 집으로 걸어 들어가는 것은 시인과 사유가의 몫이라 암시했지만, 누구에게나 언어라는 존재의 집은 궁금한 대상임에 틀림이 없다. 아쉽게도 일상적 언어에 길들여진 우리로서는 시 읽기를 통해 시인에게 허락된 존재의 집을 상상해볼 뿐이다. 그럼, 최정진의 시를 읽고 있는 지금 우리가 가진 상상력을 발휘해보자.

무엇보다 먼저 직감할 수 있는 것은, 이 시인에게 언어란 내부의 경첩들이 삐걱대는 불안한 구조물이라는 점이다. 불안정하게 느껴지는 문장들을 통해 엿볼 수 있는 이 집에서는 모서리와 모서리들이 어긋나는 소리가 들리고 출렁거리는 복도 위에서는 현기증마저 느껴진다. 그리고 사방을 분간할 수 없는 어둑함이 이 집을 누르고 있다. 최정진 시인에게 시 쓰기란 언어와 존재의 불안정한 부정교합의 상태로 빠져드는 일이자 세계에 대한 분별을 포기하며 어둠에 서서히 젖어드는 일과도 같아 보인다.

언어가 존재의 발현함이라는 맥락에서 존재의 집이라면, 최정진에게 이 집은 근본적인 불능의 장소이며 실패가 반복되는 장소이다. 최정진의 언어에서 존재의 발현함은 연기되고 또 연기될 뿐 좀처럼 도래하지 않는다. 시인은 언제나 그것을 기다릴 뿐이다. 기다리기 위하여 시를 쓰고, 시를 쓰기 위하여 기다린다. 그는 언어가 이미 말해지고 나면 그 순간 언어와 존재가 불일치하는 역설적 운명에 처해 있음을 알고도 그 실패의 집으로 돌아가 다시 '쓴다'.

"다시 시작이로구나."[1]

질서와 법칙을 초월하는 시적 언어일지라도 그것이 언어인 한 시를 쓰기 위해서는 언어의 한계를 감당해야 하는 것이 시인의 숙명이다. 시인은, 존재란 언제나 존재하는 것과 불일치하고 말하기는 말해진 것과 불일치한다는 존재와 언어의 진리를 왜곡할 수 없는 자들이 아닌가. 그러므로 시인은 오지 않는 대상을 기다리는 자신의 운명을 직감하며 다시 시작이라고

---

1) 사뮈엘 베케트의 『고도를 기다리며』에서 고도의 전령인 소년으로부터 고도가 '오늘' 오지 않는다는 말을 듣고 블라디미르가 하는 대사. 이 대사는 오늘 오지 않는다는 실망과 기다림 자체에 대한 회의를 담고 있지만 동시에 내일 다시 기다리겠다는 다짐이기도 하다.

읊조리는 베케트 극의 어릿광대처럼 다시 쓰기를 시도한다. 와야만 하는 대상의 도래를 기다리는 말하기–시 쓰기는 언제나 다시 시작된다.

최정진의 시에서, 이미 말해진 것들은 다시 시작되어야만 한다는 시 쓰기의 숙명이 표출되는 순간을 우리는 기억한다. 가령 시인은 "로션을 바르다가 나는 시작된다"(「로션의 테두리」, 『동경』, 창작과비평사, 2011)라고 말하기도 했는데, '나'가 다시 시작된다고 선언될 때 로션을 바르는 일상적 행위가 중단되고 '나'는 이미 사유된 것, 말해진 것, 의미된 것들을 부정하는 다시 말하기의 주체로 소환된다. 다시 시작하기를 통해 소환된 주체는 "가본 적 없는 곳"과 이미 "지나간 곳"을 구분하며 말하기라는 행위와 말해진 것의 차이를 확보한다. 달리 말하면 '나'는 소리와 소리가, 단어와 단어가, 구절과 구절이 연결되면서 의미의 연쇄가 구성되려고 할 때, 그 의미의 "도착을 거부하"는 주체이다. 여기서 '나'의 거부는 분명한 표명으로 읽힌다. 그 이유를 추측해보면 이미 말해진 것–쓰인 것은 언어의 질서 아래 굴복된 것, 위축된 것, 질식된 것으로 존재를 잠재우는 무덤이기 때문이다. 오직 말해진 것을 거부할 때만이 "용서가 잊었던 용서를 생생하게 겪"을 수 있는 유일한 순간으로 남는다.

이미 말해진 것들을 거부하는 최정진의 시 쓰기는 다시 말하기를 시작(詩作)의 동력으로 삼고 있다. 이런 태도는 사뮈엘 베케트의 작품에서 나타나는 다시 말하기의 이유와 유사해 보이는데, 베케트를 논하면서 바디우는 이렇게 전한다. 베케트에게 있어 "말하기의 절대 명령은, 글쓰기의 첫 구절이며 그것을 연속성으로 규정하는 '다시'라는 규정에 의해 제시된다"[2]는 것이다. 모든 대상은 명명되는 그 순간–말해진 순간 비–존재를 향해 사라지기 때문에 베케트에게 명명은 계속되어야 하는 절대 명령이었는데,

---

2) 알랭 바디우, 『베케트에 대하여』, 서용순·임수현 역, 민음사, 2013, 171쪽.

이것은 최정진의 시 쓰기에서도 다르지 않다. 사물의 이름을 부르면 "테이블과 바닥과 벽과 지붕이 사라"(「부르면」)지고 마는 세계에서 언어는 사물을 명명하지만 그와 동시에 존재(being)는 사라지고 존재하는 것(things)만이 남는다. 요컨대 존재하는 것은 존재의 증명이 아니라 존재의 실패를 증명할 뿐인 것이다. 따라서 시인의 언어는, 존재의 드러남을 위해 '다시'라는 절대적 명령을 숙명처럼 받아들일 수밖에 없는 것이다.

최정진 시인에게 다시 말하기라는 작업은 시 쓰기의 동력이라는 층위에서 나아가 존재와 언어에 대한 미학적 실험이라는 의미도 갖는다. 시적 언어가 갖는 궁극의 운명을 사유하는 이 시인에게 다시 말하기로써 시 쓰기는 존재의 드러남이라는 불가능성의 문제이면서 또 한편으로는 재현 불가능한 것을 표현해내는 새로운 미적 감각의 문제이다. 이 모든 시도는 언어를 매개로 하지만 시인의 문장은 인과관계 속에서 배치되기를 거부하고, 맥락을 형성하지도 않는다. 탈맥락적 의도가 강조된 최정진의 시들을 보면 시적 주체인 '나'의 시선과 위치마저 모호하기 때문에 '나'는 육체도 없이 목소리로만 존재하는 것처럼 느껴지기도 한다. 대부분의 시에서 '나'는 희미하다. 거의 사라지고 있는 시적 주체인 '나'를 매개로 삼아 무슨 말을 하기 위해서보다는 말할 수 없는 미지가 있다는 걸 말하기 위해서 쓰인 시들, 그 미지를 우리는—일어나자마자 사라지는—존재의 드러남이라는 사건이라고 짐작해본다.

이 같은 몇 가지 정황들 때문에 최정진의 시를 읽는 이들에게 각별히 요청하고 싶은 것은 관객이 되어달라는 것이다. 의미의 간극을 채워넣기 위해 고통스러워하는 독자가 되기보다는 어둑한 곳에 있는 희미한 존재를 드러내는 말하기—시 쓰기라는 행위에 동참하며 우리 자신일 수도 있는 '나'의 불안한 호흡에 빠져들어 주시길.

막이 열리고

현대 예술이 다양한 방식으로 시도해왔던 것처럼 미학적 새로움의 출현은 장식물을 덧붙이는 것이 아니라 습관을 깨는 장치에서 비롯되기도 하는데, 최정진 시의 경우는 간단히 조사를 삽입하는 방법으로 습관적 관념을 탈피한다. 첫 시집 『동경』(창비, 2011)에 실린 여러 편의 시에서 발견할 수 있었던 것처럼,[3] 시인은 조사를 사용하여 접합된 단어들을 벌려놓고 기존의 의미를 탈맥락화, 무력화하는 효과를 발생시키는 것이다. 예컨대 「인공과 호흡」이란 제목을 보자. 인공, 호흡 두 단어 사이에 조사 '과'를 넣음으로써 인공호흡이라는 단어의 의미와 맥락은 중단되고, 그에 따라 시 안에서 시적 주체가 존재하는 방식도 달라진다. '나'는 삶도 죽음도 아닌 기이한 상태에 머물게 되는 상황이 벌어진다. 말하자면 '과'의 개입은 인공호흡의 완료를 지연시키며, 그 사이에서 살아있는 것이 아니라 다만 "살아나는 기분을 느끼"(「인공과 호흡」)는 살아 있음과 죽어 있음의 중간적 상태를 유지시키는 것이다. 그런데 삶과 죽음을 구분하는 언어의 차원에서는 "살아 있는데 살아나는 기분"과 "죽어서도 살아나는 기분"이나 상태를 일컫거나 의미화할 단어가 없다. 이처럼 해명되지 않는 '나'의 모호한 위치와 상태는 다른 시들에서도 마찬가지이고, 시적 주체인 '나'의 모호성은 여기 있는 시들에서만 나타나는 것이 아니라 차라리 최정진 시의 출발점이었다고 기억된다. "무언가를 시도하다가 한동안 아무것도 할 수 없었다. 이것

---

3) 최정진 시의 제목들을 떠올려보자. 「첫 발의 강요」 「버스의 탄성」 「로션의 테두리」 「내 몸 안의 반지층」 「펭귄과 달의 난방기」 「피의 설치 1」 「피의 설치 2」 「피의 설치 3」 「선풍기와 달의 뙤약볕」 「열차의 윤곽」 「거울의 정리」 「새의 조각」 「졸음의 높이」 「배의 기묘한 리듬」 등 조사 '의'를 사용한 제목들이 많은데, '의'가 자연스러운 경우는 별로 없다. 다시 말해 '의'는 두 단어를 연결하는 것처럼 보이지만 사실 두 단어의 사이를, 좀처럼 좁혀지지 않는 간극을 유지시키는 역할을 한다.

은 아직도 무언가를 포기하는 방식으로 시작된다"(「시인의 말」, 『동경』)는 말에도 나타나듯이 애초부터 '나'의 행위의 방향은 부정되고 있었다. 시도로써 행위 그 자체는 일어나지만 그 행위가 무엇을 뜻하는지 어떤 목적을 지녔는지 등 모든 의도나 목적이라 할 수 있는 방향은 정해진 적이 없었다. 마찬가지로 「인공과 호흡」에서도 '살다' 혹은 '죽다'라고 명명할 수 없는 어떤 움직임이 있을 뿐, 어디로부터 출발하여 어디를 향해 가는지 방향은 알 수 없다. 다만 "어디로 가는 중"이라는 상태만이 드러나지 않는 어떤 역량이 있다는 걸 증명한다. 이 역량의 배경이자 장소는 죽음과 연관되기도 한 "밤"이나 "어둠"이다.

나는 살아 있는데 살아나는 것 같다

이 차체는 무엇으로 만들어져 있길래 굉음을 우리로 바꾸는 것일까 이런 이상한 의문처럼 너는 왜 노래가 끝나는 부분의 가사를 좋아하는 것일까

나는 죽어서도 살아나는 것 같다

어두운 표정이 죽음을 드러내고 지나간다 목소리에서 언젠가 파헤쳐졌던 죽음이 쏟아진다

누가 좋아하는 노래인지를 우선 기억하고
그 노래의 제목을 생각해내는 나무

내가 살아나는 기분은 밤과 이어져 있다

어디론가 가자고 묻지 않고 어디로 가는 중이라고 답하고 있는 그런 밤과 말이다

너는 속삭인다

어항이 반사하는 빛깔들에 방의 어둠처럼 혼자 드러나서
　　　　— 「인공과 호흡」 전문(『시로여는세상』 2015.겨울)

"밤" "어둠"과 관련하여 베케트 극의 배경으로 곧잘 등장하는 회색–암흑을 참조해보는 것도 흥미로울 것 같다. 베케트의 극에서 회색–암흑은 어떠한 빛도 대립물로 가정될 수 없는 암흑이자 존재의 공간이다.[4] 존재를 비가시화하는 회색–암흑이라는 이 기이한 어둠의 장소로부터 존재를 드러나게 하는 것은 사건인데, 사건은 지금까지 일어나지 않았던 일이기 때문에 기존의 언어로 포착될 수 없다는 점에서 불명확한 것의 발생이지만 동시에 기존의 질서를 파괴하는 새로운 것의 등장이다. 사건이 일어날 때 존재는 스스로 드러난다. 「인공과 호흡」에서 '나'의 존재가 어둠 속에 있다가 살아나는 기분을 느끼게 되는 까닭도 사건이 일어났기 때문이다. 아무 일도 일어나지 않은 것 같지만 사실 내가 처음 세상을 보는 것처럼 눈을 뜨고 살아나는 기분을 느끼고 어두운 표정이 죽음을 드러내며 지나가는 것을 볼 수 있는 것도 (마치 숨을 멈추었던 사람이 인공호흡 처치 후에 다시 숨을 쉬듯이) 사건이 일어났기 때문이다.

결론부터 말하면 그 사건이란, 어둠을 뚫고 '나'의 감각 안으로 스며드는 '너'의 속삭임이다. 나 자신조차 분간할 수 없는 어둠 속에서 들려오는 목소리가 있다면 그것이 내가 유일하게 포착할 수 있는 '너'에 대한 감각이다. 또한 '너'는 아직 자신도 분별할 수 없는 나에게 유일한 관계로 다가온다. 회색–어둠을 뚫고 내가 온 힘을 다해 너를 부르자 드디어 너는 나를 향해 온다. 내 부름에 대답하며 다가오는 너의 윤곽이 서서히 드러난다.

---

4)　알랭 바디우, 앞의 책, 18쪽.

그러나 '너'라는 사건은 정확하게 말해지지 못한다. 「부른 사람을 찾는 얼굴」에서 나타나는 것처럼 '너'의 모습은 손을 위로 향한 것인지 아래로 향한 것인지도 확신할 수 없고, '너'의 형상은 복도가 흔들리는 것처럼 여러 겹으로 흩어진다. 게다가 "잡은 손을 잡고/놓은 손을 놓는 것처럼"(「부른 사람을 찾는 얼굴」) 행위는 반복되고 '너'는 또다시 "방에서 나오며 옷을 입"고 나오는 장면이 반복되기도 한다. 그런데 불명확한 '너'의 모습일지라도 그것은 '나'의 시선에 포착되고 있다고 여겨졌는데, 끝부분에서는 "이것은 건물 밖 내 서술이 아니"라며 '너'를 보던 '나'마저 부정된다. '너'는 사건처럼 발생했지만 다시 사라지고 있는 중이다. '나'는 처음에 네가 복도를 걸어오고 있다고 말했지만, 마침내는 네가 걸어 나오는 복도마저도 소거되어 버린다. 결국 이 시는 '너'라는 사건의 발생을 이야기하지만 동시에 '너'는 사라지고 있다는 것으로 끝난다. 아무것도 확신할 수 없는 이 상황을 해명해주는 것은 잘못 보이고 잘못 말해진 사건에 대한 바디우의 해명이다. 그에 따르면 사건이란 바로 가시성의 일상적 법칙들의 예외에 속해 있기 때문에 반드시 잘못 보이고, 잘못 말해진다. 사건은 일어난 적이 없는 새로움의 국면이기 때문에 객관적으로 설명되지 못하며, 어떤 상황 속에서 일어나더라도 그 상황에 속하지 않는다. 그러나 사건은 주체를 구성하도록 소환한다. 재현되지 않는 '너'의 등장을 사건이라 할 수 있는 이유는 타자인 '너'만이 희미하게나마 '나'를 소환하기 때문이다.

막이 내리고

시인은 존재의 드러남을 언어로 붙잡을 수 없다고 말하고 있다. "네가 본 찍고 싶은 풍경이/셔터를 누르는 사이에 지나가 버리는 것"(「축제의 인상」)처럼 존재는 존재하는 것으로 대체될 수 없기 때문이다. 언어로 명명되는 순간 사물화되는 존재는 오히려 언어의 중단이나 막다른 맥락의 개입 등 언어가 파괴될 때 언뜻 나타나기도 하는데, 그런 존재의 발현을 위해 시인이 시도하는 것은 실패를 직시하면서도 계속되는 말하기이다. 모든 말하기가 언어적 실패라는 것을 인정하는 다시 말하기의 전략은 사물과 존재의 불일치를 드러낸다. 일상의 언어가 빛과 어둠을 대비시키며 분별을 만들어내고 또 사물을 언어의 질서에 따라 배치시킴으로써 존재와 사물의 불일치를 메꾸려 하는 데 반해 '다시 말하기'는 빛과 어둠의 대비를 부정하며 가시화된 사물(세계)을 부인한다.

부인의 태도가 비교적 선명히 드러나는 작품은 「호수의 공원」이다. 이 시에서 "그것이 켜져 있다는 생각"에 억울해하는 '너'는 보여진 세계를 부인하는 존재이다. 불빛이나 가로등쯤으로 대치될 수 있는 "그것"이 켜지면, 공원 안에 벤치들은 일정한 간격으로 배치되고 '너'는 그 상황에 대해 의문을 품고 질문하는 주체가 된다. "그것은 왜 사람이 없어도 켜져 있나요?"라는 질문은 묻고 있기보다, 어둠이 밝혀지고 사물들이 배치된 장소에 실은 아무것도 존재하지 않는다는 사실을 말하고 있다. 그리고 나서 '너'는 "공원에 들어가면 마음에 드는 전경을 볼 수 없"다며 "돌아간다." '너'는 질문을 마치고 이내 사라지는 것이다.

최정진 시인에게 존재는 볼 수 있거나 만질 수 있는 것이 아니다. 존재는 사건처럼 우연하고 돌발적으로 일어나는 것일 뿐, 구체적으로 분별되거나 재현될 수 없다. 그래서 "그것"이 켜진 공원, 즉 의도적인 배치가 이루어진 장소는 존재의 장소가 될 수 없고 단지 인위적인 재현물에 지나지 않는다. 그렇다면 "그것"은 재현물을 만들어내는 원천으로서 힘, 의도, 권력 등을 포함한 통치나 지배 혹은 질서와 체제일 수도 있다. 존재를 존재하는 것으로 대체하는 힘에 맞선 시적 언어는 그 자체로 하나의 사건이 된다. 그러나 여전히 우리는 그 사건에 대하여 "무슨 말을 어떻게 붙여야 할지 알 수 없"(「축제의 인상」)다. 다만 시인이 지금까지 말해진 것을 부인하듯 '다시 말하기'를 시작할 때, 그것이 존재하는 것 — 말해진 것을 불안정하게 만들고 있다는 걸 알아차릴 수 있을 뿐이다.

인간 존재의 유일한 집은 언어지만 그 집은 명명함과 동시에 존재와 분리되는 결함을 가진 집이다. 최정진의 시가 보여주듯이 그 결함은 수리될 수 없다. 그것만이 분명한데, 바로 그 이유 때문에 다시 말하기가 요청된다. 언어를 가진 예술가들이 이미 말해진 것을 부정하며 다시 말하기를 시도할 때, 실패와 반복 속에서 우연히 시가 도래한다. 존재가 도래한다. 그리고 이 세계를 지배하는 감각이 조금 다른 쪽으로 기운다.

살아남은 자의 몫

— 이산하의 시

1

프리모 레비(Primo Levi, 1919~1987)는 수용소 생활 일주일 만에 청결의 욕구를 잃어버렸다고 고백했다. 하지만 레비의 친구 슈타인라우프는 최선을 다해 몸을 씻었고, 그들이 원하는 게 우리를 동물로 격하시키는 것이라면 우리에게는 동의하지 않을 수 있는 능력이 남아 있다고 레비에게 말했다.[1] 아우슈비츠에서 보낸 시간을 기록한 글에서 레비가 전한 이 이야기는 절멸의 공포에 굴복하지 않고 존엄을 지키고자 했던 인간성이 무엇인가를 생각하게 한다.

그러나 수용소에서 살아남아 본래의 삶으로 돌아온 레비는 인간성에 대한 깊은 회의를 품어야 했다. 그가 삶의 마지막 무렵에 남긴 시이다.

반란의 씨앗에다 지능까지 높다는 그 멍청한 인간들은

---

1) 프리모 레비, 『이것이 인간인가』, 이현경 역, 돌베개, 2007, 56~58쪽 참조.

항상 불안하고 탐욕스런 나머지 마구 짓밟고 파괴해왔다.
조만간 울창한 아마존 숲과
삶이 꿈틀거리는 이 세상
그리고 마지막엔 따뜻한 인간들의 가슴까지
모조리 황폐한 사막으로 만들어버릴 것이다.

— 프리모 레비, 「인생연감」 부분
(『살아남은 자의 아픔』, 이산하 역, 노마드북스, 2011)

나는, 여기 그려진 "짓밟고 파괴"하는 인간이 수사나 비유가 아니라 실제로 다른 인간과 자연을 절멸시키는 존재일 거라는 섬뜩한 생각에 빠진다. 프리모 레비라는 이름을 분리해낼 수 없는 한 이 시는 문학적 형상이 아니라 살아남은 자의 기억이자 증언의 일부로 다가온다. 그래서 마음이 아득히 무거워지는 가운데 문득 내게 도달한 몫을 가늠해본다. 레비가 묻고자 했던 질문이 이 시를 번역한 또 한 명의 시인을 거쳐 나에게 전달되었음을 비로소 깨닫는다. 수용소에서 살아남은 생존자였던 레비가 은폐된 학살의 역사를 증언했던 시인에게 그리고 시인이 그의 독자인 나에게 살아남은 자의 몫으로서 인간이 무엇인가라는 질문을 넘겨주고 있다.

2

프리모 레비의 시를 번역함으로써 살아남은 자의 몫을 넘겨준 이는 이산하 시인이다. 그런데 그가 레비의 시의 번역하게 된 것이 결코 우연은 아니란 생각이 든다. 발터 벤야민의 말처럼 번역은 단지 원작을 다른 언어로 옮기는 작업이 아니라 원작 속에 잠재된 가능성을 해방시키는 작업이다. 따라서 번역가의 과제는 작품의 본질인 순수 언어(pure language), 즉 잠재되어 있는 시적인 것을 해방시키는 것이다. 이산하 시인이 레비의 시를

제2부 마음의 가능성

번역하고자 했던 이유는 아마도 여기에 있을 것이다. 살아남은 자로서 증언의 의무를 받은 레비가 남긴 질문을 이어가기 위해 그는 필연적으로 번역이라는 이름으로 레비의 것이자 자신의 것인 시를 써야 했던 것이다.

우리는 이산하 시인 역시 학살의 증언자임을 알고 있다. 해방 이후 수년간 제주는 또 다른 아우슈비츠였고 절멸의 장소였다. '제주 4·3'은 거론되는 것만으로도 불온한 이름이었다. 신성한 국가를 흠집내는 반공의 추악한 얼굴은 은폐되어야 했기 때문에 4·3은 하나의 금기였다. 20대 후반의 젊은 시인이 불온한 역사를 쓰기로 결정하기까지 어떤 난관을 겪었을지 짐작하기는 쉽지 않다. 다만 그의 후기를 통해 '역사의 방관자'로 남지 않기 위해 4·3을 이야기하고자 결심했다고 전해들을 뿐이다. 시인이 후술한 대로 앞으로 자신이 겪을 고초를 예감하면서 젊은 시인은 장편서사시 『한라산』을 집필했고, 1987년 3월 『녹두서평』에 일부를 발표했다. 4·3의 진실을 두려워한 것은 누구보다도 국가, 아니 반공을 내세워 국가의 권력을 독점한 자들이었다. 이산하는 간첩의 지령을 받고 제주도 빨치산 만세를 외친 빨갱이로 지목되었고 불온한 조직의 수괴로 낙인찍혔다. 1987년 11월 구속되었다가 1988년에 석방되었지만 『한라산』은 그 이후로 오랫동안 어둠 속에 유폐되어 있었다. 이른바 '한라산 필화 사건'의 개요이다.[2] 오래전 이야기이지만 현재의 이야기이다. 학살의 역사를 기록한 『한라산』이 출간된 것은 필화 사건 이후 16년 만인 2003년이었다. 그리고 2018년 『한라산』이 복간되었다.

지난 4월, 70주년 제주 4·3 희생자 추념식에서 낭송된 이산하 시인의 「생은 아물지 않는다」는 학살이 은폐되었던 긴 시간 동안 숨죽여야 했던

---

2) 새로 복간된 『한라산』(노마드북스, 2018)에 실린 저자 후기 「늘 진실만 말해야 하는 고통」 참조.

희생자와 유가족들의 고통을 상기시켰다. 그리고 한 시인의 굴곡진 삶을 떠올리게 했다. 진실을 말한 대가는 혹독했고, 진실이 밝혀진 후에도 이미 깊은 상처를 가진 "생(生)은 아물지 않는다"는 걸 다시 한번 확인해야 했기 때문이다. '한라산 필화 사건' 이후 10여 년간의 절필은 상처가 아무는 시간이 아니라 그것이 아물지 않는다는 것을 알게 된 시간이었을지도 모른다.

침묵의 시간을 끝내고 이산하 시인은 프리모 레비와 체 게바라의 시를 번역했고, 다시 시와 산문을 쓰고 있지만 다시 시작된 그의 글쓰기가 상처의 봉합을 말해주는 것은 아니다. 오히려 절필 이후의 글쓰기는 상처를 증언하는 과정일 뿐이다. 그래서 이산하의 시가 낭송될 때, 그것은 여전히 피 흘리는 상처의 현현으로 다가왔다. "베인 자리/아물면,/내가 다시 벤다"는 다짐은 4·3의 아픔을 영원히 잊지 않겠다는 의지의 표명이고, 그러기 위해서 영원히 벌어진 상처로 살아가겠다는 약속이기 때문이다.

붉게 벌어진 상처로 스며드는 고통이 살아남은 자의 의무인 것처럼 그의 시는 고통을 자처함으로써 증언의 의무를 다하고자 한다. 자기 삶의 마지막 순간까지 세상을 향해 인간이 무엇인지를 물었던 프리모 레비처럼 이산하 시인은 상처를 지속함으로써 인간에 대한 질문을 이어받는다. 우리를 비인간으로 전락시키고 진실을 은폐하려는 폭력 속에서도 끝끝내 진실을 기억하는 인간은 어떤 존재인가.

3

시인은 국가가 자행한 광기 어린 학살의 역사를 폭로함으로써 국가와 역사를 윤리의 심판대에 올려놓았다. 그 심판대 위에서 노출된 것은 하나의 강고한 이념을 근간으로 형성된 국가라는 이름의 사회가 지닌 폭력성이었고, 그 다음은 국가가 내부의 법과 질서하에서 폭력과 살해를 정당화할 때 발생하는 기형화된 인간성이었다. 역사를 돌아보면 한 사회의 근간이 되는 이념의 순수성을 지키고자 질서와 윤리가 강요될 때 인간은 타인을 살해하는 괴물이 되었고, 죽어가는 자를 외면했다. 윤리는 폭력을 정당화하는 수사로 전락했다. 인간이기 때문에 가장 고귀하고 존엄한 존재였던 인간은 서로에게 가장 위험하고 공포스러운 존재가 되고 말았다.

> 마지막 방문에 새겨진 이름은
> '세상에서 가장 위험한 동물'이었다.
> 호기심에 얼른 문을 열었다.
> 그런데 방은 텅 비어 있었고 정면 벽에
> 커다란 거울 하나가 걸려 있었다.
> 내 얼굴이 비춰졌다.
> ― 「가장 위험한 동물」 부분(『시작』 2018.여름)

　「가장 위험한 동물」은 실내 동물원에서 마주친 자기 얼굴과의 대면 장면을 담고 있다. 이 경험은 새로운 감각이나 충격을 동반하지는 않는다. 대부분의 독자는 이미 마지막 방문 안에 거울이 있으리라 짐작했을 것이다. 어쩌면 거기에 거울을 달아둔 것은 동물원 측의 이벤트 정도에 불과할지도 모를 일이다. 그러나 여기서 주목할 것은 거울에 비친 자신을 보는 순간 '나'에서 '인간'으로 바라보게 되었다는 점이다. 거울에 비춰진 "내 얼굴"은 사유의 주체인 나 자신을 보편적 인간 존재로 바라보게 한다. 인간의 얼굴을 가진 '나' 역시 누군가에게 가장 위험한 동물일 수도 있다는 사실 앞에서 인간으로서의 자신은 성찰의 대상이 된다. 수많은 동물 가운데 하나인 인간으로 존재하고 있다는 사실이 드러난 순간이다. '나'의 진짜 고민은 그 다음부터이다. '나'를 포함하는 인간은 대체 무엇인가.

일반적으로 인간답다는 것은 인간다움 혹은 인간성을 지닌다는 것을 뜻으로 해석된다. 여기서 인간다움이나 인간성은 생물학적 욕구를 뜻하는 인간의 본성(human natural)적 측면보다는 인간의 도리 등 윤리적 차원의 인간을 문제 삼고 있다. 그런데 인간이 어떤 존재인지를 판단하는 준거로 삼을 수 있는 윤리가 그렇게 쉽게 정의될 수 없다는 점에서 인간다움은 아포리아에 직면한다. 가령 인간다움에 대한 답변으로서 인간의 존엄성과 가치를 우선시하는 '모든' 인간을 위한 휴머니즘을 떠올릴 수도 있지만 특정 시대의 이념과 결합하면서 배제의 논리로 작동해온 휴머니즘의 역사를 돌아보면 대부분은 공동체를 결속하는 내부의 논리로 작동했다. 실제로 모든 인간을 포괄하는 휴머니즘은 아직까지 존재한 적이 없었고 휴머니즘은 배제의 윤리적 근거이자 억압과 탄압 그리고 심지어는 폭력을 정당화하는 이데올로기로 기능했다.

대체 인간이라고 말할 수 있는 최소의 공통점은 무얼까? 이산하 시인의 시는 그것이 인간의 죽음이라고 말하는 듯하다. 특히 죽음의 장면을 사실적으로 묘사한 「찢어진 고무신」과 「노란 넥타이」는 타인의 죽음을 목격하는 자의 비애를 생생하게 전한다. 그런데 타인의 죽음은 처참함과 충격 때문에 우리를 고통스럽게 만들기도 하지만 죽음의 충격이 가신 이후에도 우리를 근본적인 의문에 빠지게 하는 사건이다. 타인의 죽음을 통해 우리 자신도 불가해한 죽음을 앞둔 존재임을 비로소 깨닫기 때문이다.

죽음이라는 사건에 관해 모리스 블랑쇼를 참조하자면, 그는 타인의 죽음이 유한한 내 자신에 대한 나의 관계를 말해주는 사건이라고 말한다. 죽어가면서 멀어져 가는 타인 곁에 자신을 묶어둠으로써 나는 비로소 자신의 바깥에 놓이게 되기 때문이다. '죽어가는 자의 이웃'[3]이 됨으로써 자신

---

3) 조르주 바타유가 『저 너머의 발자국』에서 한 말을 모리스 블랑쇼가 가져와서 『밝힐 수

제2부 마음의 가능성

이 파악할 수 없는 내면적 인식의 바깥에 놓인다는 것은 인간의 죽음이 곧 존재의 외재성을 의미하는 것이자 각자의 것일 수 없는 사건이란 점을 말한다. 살아남은 자들이 자신의 목숨을 걸고도 타인의 죽음에 대한 정의를 묻는 이유는 바로 여기에 있다. 자기의 것일 수 없는 죽음은 살아남은 자들이 상속받는 필연적인 몫이다.

「찢어진 고무신」 「노란 넥타이」에서 이산하 시인은 죽음의 상속이란 무엇인가를 묻는다. 존재의 바깥에 있는 죽음은 한 인간이 속한 사회의 법과 질서를 넘어서는 영역이기 때문에 그것의 상속 역시 법과 질서라는 상징적 영역을 넘어설 때 가능하다. 시인은 '사형수'라는 예외적 존재의 죽음을 매개로 죽음의 상속이 일어나는 과정을 보여주고 있다. 두 편의 시는 각각 사형장으로 끌려가는 이를 바라보는 '나'의 시선과 사형이 집행되는 풍경을 전지적 시선으로 보여준다. 먼저 「찢어진 고무신」에서 등장하는 '사형수'는 법의 심판을 받고 사회 안에서 살아갈 자격을 박탈당한 자 혹은 사회 밖으로 내던져진 자이다. 아이러니하게도 이 사회의 법적 정의는 그가 죽어야 비로소 실현된다. 달리 말해 법이 지배하는 이 사회는 법을 어긴 자가 추방당할 때 그 정의로움이 증명되는 것이다. 그런데 죽음을 향해 걸어가는 그를 지켜보며 '나'는 다급히 고무신의 뒤축을 찢어 던져준다. "조금만이라도 햇볕을 더 쬐고 가라"는 뜻에서. 엄밀히 말하면 '나'의 행위는 법의 정의를 위배한 것이므로 '나'는 사회적으로는 윤리적이지 않다.

그럼 '나'의 슬픔은 어떻게 해석해야 할까? 법의 심판을 받은 추방자를 바라보는 '나'의 슬픔은 법과 질서로 경계 지어진 사회를 초과하는 감정이다. 누군가를 살해했거나 그보다 더 나쁜 일을 저질렀을지도 모르는 사형수를 옹호하지는 않지만 내가 슬픔을 느끼는 것은 사형수 앞에 닥친 죽음

없는 공동체」에서 소제목으로 썼다.

이 사형수와 내가 죽음이라는 공통점을 지닌다는 점을 일깨웠기 때문이다. 사형수의 방문이 열릴 때 "갑자기 내 온몸에 전율이 일어"나는 까닭도 바로 죽음이라는 공통적 운명에 대한 예감 때문이다. 사형수의 죽음을 통해 '나'는 사형수와 자신이 '죽음 공동체'(알폰소 링기스)로 묶여 있음을 알게 된 것이다.

「노란 넥타이」는 "넥타이공장"에 비유된 사형 집행장에서 벌어지는 일을 서술 주체의 개입 없이 정황 중심적으로 써 내려간 시이다. 사형수들은 넥타이에 목이 조여지면서 질식사하거나 목이 부러져서 사망하게 되는데, 이를 집행하는 교도관들이 나누는 대화는 다소 충격적으로 들린다. "갔어?" "아직 안 갔어?" "이번엔 좀 오래 걸리네" "아무래도 다음부터는 새 넥타이로 교체해야 될 것 같아" 등의 대화는 인간의 죽음마저도 사물로 전락시키기 때문이다. 여기서 드러나는 사실은 사회 밖으로 추방당한 사형수들은 이미 인간으로서의 존재를 박탈당한 인간 아닌 인간이란 점이다. 때문에 이 장면에서 사형수의 죽음을 바라보는 '나'의 슬픔은 인간에 대한 근원적인 질문으로 바뀐다. 인간은 법과 질서의 테두리 안에서만 인간인가? 사형수처럼 추방당한 자들은 우리와 같은 인간일 수 없는가?

사형수의 죽음을 지켜보는 '나'의 슬픔이 '함께-있음'의 존재로서 죽음의 운명을 나누는 슬픔이라면 바로 이것이 지금까지 없던 공동체를 만드는데 필요한 최소한의 모럴(관습적 차원의 윤리와 구분하는 의미에서)이 아닐까. 타인의 죽음 그리고 그것에 대한 살아남은 자의 증언은 죽음이야말로 아무것도 공유하지 않는 공동체의 근간임을 말해준다. 인종이나 종교 혹은 이념적 지향이나 삶의 방식 등 어떠한 공통점도 가지지 않은 공동체라는 불가능성이 성립될 수 있는 것은 죽음이나 타자와 같은 존재의 외재성 때문이다. 각 존재들이 이해 불가한 자기 인식의 바깥에서 존재의 탄생과 죽음을 경험하듯이 말이다. 아이러니한 것은 이미 죽은 자는 남아 있는 자들에게 아무런 말도 하지 않지만 죽음이라는 영원한 침묵이 남아 있는 자들로 하여금 죽은 자에 관하여 이야기하도록 만든다는 사실이다.

마르크스의 꿈과 실패를 이야기한 「엥겔스의 여우사냥」은 앞의 시들과 좀 다른 주제로 읽힌다. 이 작품은 표면적으로는 마르크스와 함께 사회주의 혁명 운동을 이끌었던 엥겔스의 계급적 한계를 이야기한다. "사라진 애인"이 마르크스의 무덤을 찾아가 찍어 보낸 셀카를 보면서 끝내 사회주의 혁명을 보지 못하고 죽은 마르크스와 어쩌면 자신의 계급적 한계 때문에 자본주의적 관념에서 벗어나지 못했던 엥겔스를 떠올리며 시인은 실패한 계급혁명과 비정상적으로 비대해진 자본 체제를 응시한다. "맑스의 자본론이 오히려 예방주사가 되"어 자본의 비대를 초래한 것일지도 모른다고 추측해볼 만큼 마르크스의 혁명론은 자본의 비정상적 증식을 막지 못했다. 이미 자본은 체제 내부에 있는 모든 견고한 것들을 녹이고 자기 스스로 이 시대의 윤리이자 정의가 되어버린 것만 같다. 그러나 여전히 자본이 녹이지 못하는 유일한 것이 잔존한다. 마르크스라는 이름이 유령처럼 남아 자본 체제의 허공을 떠돌고 있다. "맑스 무덤에서 혼자 중얼거리며 촛불을 들고" 죽은 자의 곁에서 끝나지 않을 애도를 시작한 애인은 인간으로서 최소한의 모럴이 가능한 사회에 대한 꿈을 상속한다.

4

증언한다는 것은 순수한 방관자가 되는 것이 아니라 함께 살아가는 것, 서로 나누어 갖는 것 그리고 역사를 견뎌내고 있는 이 낮은 곳에 몸을 두는 것이라는 르네 쉘레르의 말을 떠올려본다.[4] 이산하 시인은 방관자가 되

---

4) 오카 마리, 『기억·서사』, 김병구 역, 소명출판, 2004, 177쪽.

지 않기 위해 학살의 역사를 들추어야 했고 그것을 써야 했다. 그는 타인의 죽음에 대한 증언자로서 그들의 고통 또한 나누어야 했을 것이다. 그리고 끝나지 않는 증언의 의무를 우리와 함께 나누기 위해 번역하고, 시와 산문을 쓰며 온몸으로 말을 걸어온다. 타인의 죽음에 대하여 그리고 인간성에 대하여 질문을 던진다. 살아남은 자의 몫을 다하기 위하여.

인간적인 죽음, 그런 미래를 상상하는 일

— 김사이의 시

'그녀'를 기억함

첫 시집 『반성하다 그만둔 날』(실천문학사, 2008)에 등장했던 '그녀'. 오후 늦게 며칠 동안의 숙취를 풀러 노가다꾼들이 가득한 순댓국집에 들어가서 열심히 숟가락을 놀리는 "젊은 여자"(「어떤 오후」)는 김사이 시인을 닮은 페르소나였다. '그녀'가 등장한 배경은 1990년대 중반 이후에서 2000년대, IMF 시대를 맞은 한국 사회는 해외 자본의 관리를 받으며 급속히 구조조정에 돌입했고 수순처럼 신자유주의 체제로 이행해나갔다. 시대가 바뀌니 '그녀'가 사는 곳 "가리봉1동"(「가리봉1동에 살아요」)의 풍경도 달라지기 시작했다. "말로만 듣던 거대한 공단단지엔 마찌꼬바가 하나씩 들어차고/생각을 파는 벤처산업이 슬금슬금 발을 내딛"(「출구」)고 있었다. 산업화 시절 대규모로 들어섰던 공장들이 생산 단가 절감을 위해 해외로 공장을 옮기고 나자 그나마도 기술을 가진 노동자들은 하청의 하청을 자처하며 일명 '마찌꼬바'라고 일컬어지는 소규모 공장들을 운영하기 시작했던 것이다. 벤처라는 화려한 말과 함께 생겨난 '마찌꼬바'는 쇠락하는 제조업의 운명과 함께 노동 시장의 급격한 변화를 예고하는 현상이었다. 변화는 신속하게 이루어졌다. 산업화 시절 한국수출산업단지로 지정된 이래 1980년대 노동 운동의 온상이었던 구로공단은 2000년대 이후 IT 첨단산업 단지로 육성되면서 구로디지털단지, 가산디지털단지라는 화려한 이름으로 바뀌어 불리게 되었고, 어린 여공들이 우르르 몰려다니던 공장 부지에는 세련된 외관의 아파트형 공장과 대형 쇼핑센터 등이 들어서서 거리의 풍경과 냄새까지 바꾸어놓았다. 노동 해방이 오기 전에 기름밥, 먼지밥 먹는 노동의 시대는 막을 내린 것처럼 보였다. 그러나 대로를 조금만 벗어나면 이 도시의 민낯이 드러나는 초라한 동네가 남아 있다. '그녀'가 살던 가리봉동이 그렇다.

> 햇볕이 타는 한낮
> 가리봉오거리
> 슬리퍼에 맨발로
> 술 취해서 돌아다니는 후줄근한 남자
> 시장 복판에서 한바탕 몸씨름과 입씨름을 하다가
> 여자에게 허리춤 잡혀 끌려가고
> 無事한
>
> 그래, 이곳도 서울
> 아직 뱉어내지 못한 징그러운 삶이 있는
>
> ─「가리봉 엘레지」 전문

첫 시집의 여러 시편에서 흔히 마주치는 장면들을 하나씩 이어보면 가리봉의 이야기는 '그녀'의 삶과 겹쳐진다. '그녀'에게 가리봉은 "아직 뱉어내지 못한 징그러운 삶"이라는 말로 함축된다. 살기 위하여 밥을 구하는 숭고한 삶, 그러나 아이러니하게도 숭고한 삶을 위해 현실에 뛰어든 사람들은 죽기 살기로 일하고 때론 살기 위하여 목숨을 바친다. 징그럽고 숭고한 삶의 장소가 바로 가리봉이다. "선과 악이 날마다 쌈박질하"(「사랑은 어디에서 우는가」)고 "누가 들고 나는지 모르는 벌집"(「숨어 있기 좋은 방」) 같은 쪽방촌에 입성한 첫 날, '그녀'는 "보따리 구석에 밀어놓은 그대로/꼴딱" 밤을 새우고 말았다. "고향보다 더 허름한 빈민촌 같아/자꾸 자꾸 눈에 밟히고 불편"한 그곳, 시인은 "젊음의 덫이기도 했던" 그곳에서 "내 시가 시작"되었다고 고백한다(「머물기 위해 떠나다」). 김사이 시인에게 가리봉은 밥벌이와 시 쓰기가 동시에 발아된 장소인 셈이다.

그러므로 김사이의 시를 읽는다는 건 화자인 '그녀'를 따라 가리봉의 삶을 추체험하는 일이다. 쪽방이나 상점 등 구로공단 여공들의 생활을 재현한 '구로공단노동자생활체험관'에서 전시물을 관람하며 과거를 회상하는 일과 달리 시를 매개로 한 추체험은 먹고, 일하고, 살고, 죽는 방식에 관한 감각을 공유하게 한다. 그리고 궁극적으로는 현재의 삶을 반성적으로 이해하기 위한 과정이다. 예컨대 지난 시대 구로공단의 '여공 순이'가 사라진 것이 아니라 국적과 피부색을 바꾼 누군가로 대체되었을 뿐임을 알게 되는 것처럼 말이다. '그녀'가 숨 쉬는 거리를 보라. "30여 년 전 산업화의 발과 손이었던/여공은 노동운동사의 유물로 사라지고/사각 콘크리트 건물들이 자본의 기둥처럼/위풍당당하게 우뚝 솟은 이곳엔/여공의 제복을 벗고 발가벗겨진 여성이/불법체류자로 낙인찍혀도 국경을 넘는 아시아 여성이/돈 벌러 홀린 듯이 모여드는"(「달의 여자들」) 거리를. 이곳이 증명하는 건 글로벌한 노동 시장이 아니라 자본에서 배제된 이들에게 자신의 몸과 영혼을 팔도록 만드는 자본의 위력이다. 한때 노동 해방의 꿈을 이야기했던 거리가 이제 노동 이상의 것을 내놓도록 종용하는 고요한 폭력의 세계로 바뀌었다. 숭고한 삶을 위해 몸과 영혼을 팔아야 하는 일까지도 개인의 자유라고 말하는 체제는 공포스럽기까지 하다.

'그녀'의 이야기를 따라가 보면 이곳에서 살아 있다는 건 징그럽게도 지독하고 슬픈 일이다. 하지만 '그녀'를 통해 김사이 시인이 우리에게 던지는 화두는 슬픔이 아니라 지독한 삶의 슬픔을 '쓰는' 행위에 있다. "지독하게 살았으나/지독하게 죽어가겠구나"(「고시원, 아름다운 날들」, 『나는 아무것도 안하고 있다고 한다』, 창비, 2018)라고 되뇌게 만드는 슬픔은 운명에서 비롯하는 것이 아니기 때문에 슬픔의 이유를 알기 위하여 시인은 '쓴다'. 그리고 지독한 죽음을 상상하게 만드는 현실을 반성의 대상으로 삼고 지독하게 죽어가는 삶에 저항하는 방식에 대하여 생각한다. 자유롭게 각자의 능력껏 먹고사는 것이 자본주의이자 민주주의의 아니겠냐고 주장하는 이들에게 차별과 배제는 정치적 문제가 아닌 능력의 문제로 간주되는 이 시대의 감수성을 반성한다. 자본의 감수성으로는 도저히 납득되지 않을 "밥의 감수성"을, 가난한 자든 부자든 누구나 밥을 먹을 권리가 있으며 "밥은 빼앗는 것이 아니"라 "나누는 것"(「밥」, 『나는 아무것도 안하고 있다고 한다』)이라는 밥의 태도를 회복하고자 시인은, 쓴다.

노동의 위기와 생의 위기

김사이 시인은 두 번째 시집 『나는 아무것도 안하고 있다고 한다』(창비, 2018)에서 노동과 삶을 둘러싼 사회 전반의 현실을 시의 배경으로 삼고 있다. 장소에 대한 직접적 언급이 확연히 줄어든 건 사실이지만 시인은 여전히 가리봉에서 시작되었던 노동과 시 쓰기를 삶의 동력으로 삼으며 인간으로서의 삶과 죽음을 생각하기에 이른다. "사람으로 태어났으나 사람으로 살아가는 일이 비극"인 세계에서 자신의 살아 있음을 확인하며 자신에게 남아 있는 '인간'을 잃지 않겠다는 듯, 두려움과 공포에 길들여진 "몸을 빡빡 씻"으며 그럴수록 "더 사람으로 죽어야겠"(「다시 반성을 하며」)다고 반성한다. 김사이 시인의 '반성'은 과거에 대한 참회라기보다 인간으로서의 미래를 확보하려는 의지의 표명으로 읽힌다. 그러므로 노동과 시 쓰기 그리고 두 가지를 매개하며 인간다움을 사유하는 행위인 반성은 삶을 지속하기 위한 세 가지 필요조건인 셈이다. 그 점들이 서로 기대며 균형을 이룰 때 삶은 비로소 인간다운 죽음을 준비하는 시간이 되지 않을까?

하지만 지금, 이곳의 노동은 위기에 빠져 있고, 시인에게 노동의 위기는 곧 상상력의 위기이자 생의 위기로 받아들여진다. 화려하게 탈바꿈한 구로디지털단지와 가산디지털단지 뒷골목에서는 또 다른 형태로 삶이 위협받고 있기 때문이다. 개발과 발전이란 누군가의 인간다운 삶만이 아니라 인간다운 죽음마저 박탈함으로써 가능했던 것은 아닐까 싶을 만큼 그들에게 닥친 노동의 위기는 생의 위기로 이어진다.

> 나 살아온 시간보다 오래된 구로공단
> …(중략)…
> 불편한 역사를 콘크리트로 발라 덮는다고
> 뒷골목 노동이 사라질까
> 조선족이 그 자리를 채우고
> 바다 건너 이주민 노동이 눈물로 온다
>
> 상상력이 위험에 빠졌다
> 외로울 사이 없이 그리움이 털리고
> 노동은 있으나 노동자가 노동자라 불리지 못하는
> 작업복 주머니로 슬픔이 흐르는 시간
> 오십살 구로공단도 디지털이란 이름으로 털리고
> 가리봉동 차이나타운 벌집촌은 디지털인가 아날로그인가
> 디지털 디지털 디지털 털털털
> 온 생이 탈 탈 털리고 있다
>
> — 「탈 탈」 부분

비릿하게 씹히는 두려움이 발길을 잡는다
네 손을 잡아도 불안하고 내 손을 잡지 않은 너도 불안하여
구덩이를 파서 둥그렇게 구부린 등으로
사람의 시간이 멈추었다

통증이 마비되어가는 사이 욕망은 견고해져서
지구 밖 별들을 호시탐탐 넘어다보며
생식기도 심장도 사라진 자본형 인간으로 진화 중

그리운 몸과 반항하던 추억과 애인 같은 언어를
두 손 모아 공손하게 바치고 나니
우아한 시대에 그림자가 되었다

— 「잠 못 드는 밤」 부분

　　나날이 진화하는 자본에 힘입어 비약하는 기술 산업의 성장과 그에 따른 기술적 실업은 노동자들에게 공포와 불안을 주입하며 그들을 유연하게 길들이는 중이다. 비정규직의 확대와 고용 불안정성을 노동 유연화로 간주하는 주장도 없지 않지만 분명한 것은 노동자들의 신분과 지위의 불안정은 그들의 기본권과 비례하지 않는다는 사실이다. 근대 자본주의 생산양식이 노동자를 자본의 규율에 복종시키고 노동자의 창조적인 생산 능력을 억압하며 노동자를 기형적 존재로 만드는 노동 소외를 낳은 것과 마찬가지로 21세기의 자본주의는 제도적으로 노동자의 신분을 불안정하게 만들고 내적 불안을 극대화함으로써 마침내 노동하는 자신이 인간이라는 사실을 망각하게 만든다. 시인은 "노동은 있으나 노동자가 노동자라 불리지 못하는" 지금, 여기의 노동은 노동하는 주체를 해체시켜버리거나 비인간으로 전락시키고 있다고 진단한다. 그 결과 "생식기도 심장도 사라진 자본형 인간"이 출현하고, 자본에 의해 강제된 노동은 결국 인간의 삶을 통제하는 데 동원되고 만다. 디지털 시대의 자본이 통제하는 노동의 대가

로 "보답인 양 던져주는/커피와 샌드위치에 길들여져" 가는 "커피 마시는 개"(「커피 마시는 개」)가 더 이상 우화가 아닌 시대, 노동이 인간 행위의 산물로 인정되지 못하고 동물화 된 행위로 전락한 이상 "커피 마시는 개"는 우리의 자화상과 오버랩된다.

두 번째 시집에서 김사이 시인은 현재의 체제가 낳은 노동 현실에서 인간임을 상실해가는 존재의 형상을 깊숙이 응시하고, 반성적 응시는 노동자라는 계급적 인식과 정체성이 단일하게 수렴되지 않는다는 데에 이른다. 세계와의 불화 속에서 균열하는 시적 주체의 목소리가 두드러지는 두 번째 시집은 계급적 자각보다 한 인간의 삶을 억압하는 힘의 복잡성과 폭력성에 집중하고 있다. 특히 여성이 폭력의 대상으로 지목된 사건을 재구성하거나 피해 여성의 목소리를 재현하는 여러 편의 시들은 여성의 삶을 억압하는 힘이 복잡하게 얽혀 있음을 강조하고 있는데, 뉴스 기사가 아닌 시의 언어로 형상화한 우리 사회의 젠더적 폭력과 차별을 읽어내는 과정은 독자에게도 힘든 순간이었을 것이다. 시는 사전적 의미보다는 경험을 전이시키는 언어이기 때문이다. 그럼에도 여성을 향한 폭력과 그것이 남긴 상처들을 대면해야 하는 까닭은 젠더 폭력이 특정한 사람의 우발적 행동이 아니라 구조적이며 정치적인 영역을 망라하면서 반복적으로 재생산되는 문제라는 데 있다.

다시 말하지만 시인이 젠더 폭력을 시로 끌어들여와 치명적이고 민감하고 덧나기 쉬운 상처들을 이야기하는 이유는 폭력으로 발현되는 차별과 배제의 구조가 여성으로 태어난 인간의 노동과 삶을 억압하는 조건이 되기 때문이다. "여러 층위에서 동시에 작동하는 억압이 우리 삶의 조건을 결정한다."[1]라는 흑인 페미니스트 선언문에 담긴 통찰처럼 억압의 구조를

---

1) 한우리 외, 『교차성×페미니즘』, 여이연, 2018, 29쪽.

다층적, 종합적, 동시발생적으로 이해하는 교차성(intersectionality) 개념은 지금, 이곳에 실재하는 여성의 삶을 이해하기 위해 가져와야 할 방법론이다. 동시에 성, 계급, 계층, 인종, 학벌, 출신지, 집안, 정치적 성향, 사회적 정서 등 복합적이고 다층적인 삶의 억압 위에서 발화되는 목소리를 포착하기 위해서도 필요한 관점이다.

> 밥을 하고 청소를 하고
> 아이를 낳고 젖을 주고 흙을 다지는데
> 나는 아무것도 안하고 있다
>
> 따닥따닥 붙은 콜센터에서 상냥하게 친절하게
> 보이지 않아도 웃고 보이지 않아도 참아서
> 나는 아무것도 안하고 있다
>
> 직업소개소를 찾으니
> 학력 미달 경력 없고 나이 많고 애도 있어
> 손가락 하나로 끌려나왔다 끌려나가도 그 자리
> 나는 아무것도 안하고 있다
>
> …(중략)…
>
> 내가 여자를 입었는지 여자가 나를 입고 있는지
> 나를 찾아 출구를 더듬거리며 오늘을 걷는다만
> 여자의 시간은 어디쯤에 머물러 있나
> 나는 아무것도 안하고 있다고 한다
>
> ──「내 죄는 무엇일까」 부분

'나'는 아이가 있는 기혼 여성, 저학력, 비전문직으로 구직자로 분류된다. 비정규직을 전전하며 일자리를 구하는 중인 '나'의 진술은 이 체제가

'나'에 대한 배제와 차별을 정당화하는 기준들이 무엇인지를 고발하고 그것에 저항하는 행위이다. 동시에 이 진술의 또 다른 효과는 배제와 차별의 논리가 이미 우리 안에 내면화되었음을 깨닫게 만든다는 것이다. 가령 우리는 '나'의 고백에 대해 절반은 공감하는 한편 이렇게 말하고 싶어하는지도 모른다. 살림에 보탠다는 명분으로 그녀가 아이를 방치한 채 직업을 구하고 있는 것은 아닌지, 그럴 바에야 더 아껴 쓰면 될 일인데 굳이 반찬값을 벌러 나오는 게 득이 되는 일인지, 이미 경력은 단절되고 직업 정신도 희박해 보이는 중년 여성 때문에 젊은이들의 일자리가 하나 줄어드는 것은 아닌지……. 그녀를 향해 차라리 아이를 잘 돌보며 가사에 충실한 게 낫지 않겠느냐고 충고하고 싶었는지도 모른다.

이반 일리치의 말을 빌리자면 산업 체제에서 여성에게 배정된 '그림자 노동'이란 "산업사회가 재화와 서비스를 생산하는 데 있어서 필수적인 보완물로 요구하는 무급 노동"을 말한다. 가정이라는 영역에서 주로 여성들이 수행하게 되는 그림자 노동을 그가 비판적으로 분석한 이유는 "사회적으로 가장 만연해 있으면서도 가장 문제시되지 않는 억압적 차별의 중심을 이루고 있"기 때문이다.[2] 그의 지적대로 근대 산업사회에서 사적 영역에 배정된 여성의 가사노동은 실제로는 공식 경제에 기여해왔지만 교환가치가 부정되었고 그와 함께 여성들의 경제적 · 정치적 지위는 임금 노동자인 남성과 동등하게 인정되지 못했음은 주지의 사실이다. 위 시에서 발화하는 '나' 역시 아이를 돌보고 가사를 수행하며 그 일과 병행 가능한 저임금 서비스업에 종사하지만 "아무것도 안하고 있"는 존재로 간주된다. 여성을 공적인 세계와 단절된 사적 영역에 배치했던 근대의 기획을 계승한 사회는 '나'의 노동을 은폐하고 '나'를 임금 노동자로서 자격 미달인 존재로

---

2) 이반 일리치, 『그림자 노동』, 노승영 역, 사월의책, 2015, 176~178쪽.

규정한다. 이것은 필경 '나'의 경우에만 해당되는 얘기가 아니다. 관습적으로, 규범적으로 여성에게 맡겨지는 가사와 돌봄 노동은 여전히 여성의 생득적 행위로 간주되기도 하고 기업, 공장 등 산업 조직 내에서는 여성들이 해온 그림자 노동이 공론화되는 것을 꺼려한다. 그것이 공적 영역에 기여하는 가치로 승인되는 순간 자본은 그림자 노동에 대한 보상을 치러야 하기 때문이다.

현재 우리 사회는 여성에 대한 배제와 차별의 구조를 없애고 가정에서 행해지는 노동의 가치를 인정하려는 쪽으로 움직이고 있지만 구조와 인식의 변환이 그리 간단치는 않아 보인다. 여성이라는 성별 외에도 인종, 나이, 학력, 외모, 계층 등 다른 조건들이 동시에 작동하기 때문이다. 이것이 바로 교차성 개념이 요구되는 지점이다. 즉 "내 죄가 무엇일까"를 묻는 '나'의 질문이 집합 단수인 여성이 아니라 중년, 기혼, 저학력, 비전문직 여성의 사회적 지위에 대한 물음이라고 할 때, 과연 그러한 정체성들의 위계를 만들어내는 심급이 무엇인가를 생각하지 않을 수 없다. 그 순간에 가능한 "실천은 '정체성 사이의 횡단'이나 '정체성 그룹들 간의 연대'가 아니라 끊임없이 범주화와 규범화를 통해 정체성의 위계를 가르며 새로운 통제를 시도하는 구조-권력의 작동을 복합적으로 확인하고 인식하는 과정"[3]이다. 불행히도 위 시에서 '나'는 "여자를 입었"기 때문에 억압받고 있다고 느낀다. 다른 사람들과 평등한 존재로 인정받지 못하고 여러 삶의 조건들이 동시적으로 자신을 불평등한 지위에 가둬놓을 때 '나'는 "쪼들려서, 악착같이, 외로움에 죄책감으로 찌든/수척한 감정"에 시달린다.

세계가 한 인간으로 하여금 자신의 성적 정체성을 긍정하지 못하게 만든다면 우리는 구성원의 평등을 전제로 하는 공동체의 운영 방식인 민주

---

3) 한우리 외, 앞의 책, 119쪽.

제2부 마음의 가능성

주의의 실체를 들여다보지 않을 수 없다. 평등에 기초한 합의 체제를 표방하는 민주주의가 사실상 자본 체제의 정치적 표피라는 것은 기지의 사실이다. 그런데도 우리가 종종 범하는 오류는 민주주의가 체제를 위한 장치로 도구화되어 평등한 합의를 도출하지 못할 때에도 그것을 불가역적 이념으로 받아들인다는 것이다. 자본 체제에서 민주주의는 그 자체로 숭고한 이데올로기이다. 그 결과 민주주의를 내건 "교양의 나라"에서는 "밥을 먹듯 똥을 싸듯 폭력의 시계"가 돌아간다. "부자들이 가난뱅이들을 짓밟"으면 "가난뱅이들이 여자씨를 툭 때리"는 방식으로 "죽을 맛인 남근의 폭주에 죽어주는 여자씨의 일상"이 펼쳐진다(「교양의 나라」). 문제는 정체성의 차이를 근거로 한 폭력의 전이이다. 계급적·계층적 혐오와 폭력이 젠더의 차이 외에도 외국인, 노인, 어린이, 장애인 등 자신과 다른 정체성을 가진 특정한 대상에 대한 폭력으로 전이될 때 사회는 공포와 불안에 빠지고 구성원들은 내적 불안을 각인하게 된다. 이러한 내적 불안의 핵심 기제는 여러 가지 정체성을 위계화하여 구성원들을 불평등한 존재로 만드는 위계의 정치술이다. 부자들이 가난뱅이보다 더 높은 신분을 차지하고 더 많은 권력을 지니는 사회에서 가난은 그 자체로 범죄이고 치욕이 된다. 이 지점에서 시인은 묻는다. 과연 우리는 모두 평등한가, 지금 여기는 민주주의인가를.

> 희망은 위험한 전염병 같은 것이어서 공포에 젖은 군중은 광장으로 희망을 불러내지 못하지 군중이 불안할수록 권력은 거대해지고 가난은 불편할 뿐 부끄러운 것도 죄도 아니라지만 지금 팽팽하게 살아 있는 시간이 공포인데 그 공포의 가난은 범죄가 되었는데 불안 속으로 태어날 아이에게 나는 어떻게 죽고 싶었는지 말할 수 있을까

—「묻지 마 따지지 마」부분

지금, 여기에서 살아가는 이들이 지닌 삶의 균열은 희망을 말하는 것이 금지된 광장과 "환상을 키우는 욕망의 집"(「다시, 다시, 또」) 사이에서 비롯한다. 모두가 평등하게 나눌 수 있는 인간다움을 회복하려면 우리는 다시 광장으로 나가야 하고 누가 인간답게 살 수 있는 자격이 있는지를 통제하는 권력과 맞서야 한다. 반면 그것을 포기한다면 자본이 통제하는 노동에 종사하되 공적 영역에 개입하지 않고 비정치적 존재로서 살아갈 수도 있을 것이다. 위 시에도 '나'는 "무너지지 않을 안식처"인 "환상의 집"에 안주하고자 하는 현실적 욕망과 이 광장에 남아야 한다는 이상적 욕망 사이에서 갈등하며 공포와 불안에 젖은 광장에 서서 절망감을 느낀다. 군중이 사라진 광장, 희망을 이야기하지 못하는 광장에는 미래가 없고 가난한 자에게는 "살아 있는 시간이 공포"라는 암담하고 우울한 고백마저 터져나온다.

이 시는 미래에 대한 더 많은 이야기를 들려주지 않지만 마지막 구절을 보면 김사이 시인의 이야기가 여기서 멈추지 않으리라는 건 분명히 알겠다. 절망의 한가운데서도 '나'는 미래의 아이를 상상하고 그 아이를 향해 "어떻게 죽고 싶었는지 말할 수 있을까"를 걱정한다는 건 인간답게 죽고 싶은 희망을 포기하지 않고 미래로 가져가고자 함이니까.

노동시라는 화두

어쩌면 지금 우리는 김사이의 시를 매개로 노동시란 무엇인가를 이야기하고 있는 중인지도 모른다. 아니면 '민중이 사라진 시대의 노동'(김수이), '노동시의 불가능성'(고봉준) 등으로 요약해볼 수 있는 2000년대 중반의 노동시 이후 또 다른 노동시의 가능성을 엿본 것인지도 모른다.

구로공단에서 구로디지털단지로의 변화, 외국인 노동자의 유입, 비정규직 확대 등이 말해주듯 오늘날 노동 계급의 정체성은 단일하게 표상되기 어

제2부 마음의 가능성

렵고, 계급적 모순과 억압은 유동적이고 복합적이며 동시다발적이다. 지금의 상황을 앞에 둔 김사이 시인의 시 쓰기는 소통과 연대의 희망을 말하는 것보다는 그것의 어려움을 먼저 돌아보는 행위이다. 이제껏 사용해온 '노동시'라는 말로 포섭될 수 없는 시와 노동과 세계를 들여다보는 일, 그 반성의 한 지점에서 시인은 우리가 공유해온 '노동시'는 남성 외의 젠더를 배제한 관념이었다는 점을 들춰내 보여주었다. 가령 하루의 피로를 소주로 달래고 순댓국집에서 속을 푸는 노동자의 일상은 육체노동으로 단련된 남성 이미지로 상상되어왔다는 점을 말이다. 그런 정형화된 상상들이 노동시를 지배할 때 현재의 위기를 제대로 반성할 수 없다는 건 너무도 당연한 얘기다.

고백하건대 노동자의 삶을 매개로 인간다운 삶과 죽음을 사유하고, 노동의 위기와 생의 위기를 초래한 시대의 절망과 공포를 폭로하는 김사이의 시를 읽으며 나는, 지금까지 이야기해온 노동시 비평 역시 정형화된 관념과 표상에서 벗어나지 못한 것이었는지도 모른다는 반성적 의심에 이르렀다. 그리고 지금이라도 다시 이 글의 처음으로 돌아가 노동시에 대한 이야기부터 시작해야 하는 것일까를 고민했다. 부끄럽게도 이 글에선 이 시대의 노동시에 대한 고민을 한 발짝도 밀고 나가지 못했지만 그것이 미래에 수행되어야 할 과제임을 알게 되었다. 때론 "방향 잃은 난상토론"처럼 "길을 잃고/끈적끈적한 알몸뚱이로/헤매"(「다시, 다시, 또」)게 되더라도 '다시, 다시, 또' 인간의 삶, 인간의 죽음을 맞이하기 위한 반성을 계속 이어갈 수밖에 없다는 김사이 시인의 말처럼 노동시가 불가능한 시대에도, 노동의 주체들을 말살하는 시대에도 "노동이 죽은 땅에도 다시 씨앗을 심"(「아득한 내일에게」)어야 한다는 것을 확인했다. 인간의 죽음을 맞이하기 위해서 오늘 직면한 노동의 위기를 반성하지 않을 수 없기 때문이다.

당신이 보는 것은 무엇입니까?

— 이민하와 양안다의 시

1

아시다시피 오늘날 시의 곤란함은 언어의 '바깥'을 언어화하려는 데 있다. 예술의 통념에 저항하면서 출발한 현대 예술이 재현에 대한 의무에서 벗어나 '보이지 않는 것을 보이게'(파울 클레) 만들고자 했던 것처럼, 그것의 한 장르로서 시는 언어를 매개로 언어를 초과하는 역설 위에서 이전 시대를 넘어섰다. 그렇게 도달한 오늘의 시 쓰기란, 언어의 상징적 의미를 해체하는 데서 나아가 재현의 논리를 거부하며 조직화되지 않은 감각의 잠재성을 발견하는 데 있다. 그리고 그에 따라 동시대의 시인이 뚫고 넘어서야 하는 것은 우리의 눈과 감각을 조종하는 견고한 재현의 세계와 그것의 논리에 길든 언어이다. 그런데 엄밀히 말하면 시 쓰기를 수행하는 이들이 맞서고 있는 것은 언어 일반이 아닌 자신의 모국어로서의 언어이다. 모국어의 아름다움과 숭고를 노래한 지난 세기의 시인과는 달리 동일시적 재현의 논리를 거부하는 현대 시인은 모국어를 무기로 모국어 안에서 배치된 감각의 질서를 넘어서야 하는 부조리한 상황에 처해 있는 것이다.

2000년대 이후의 우리 시에서 외국어로 된 지명이나 인물의 이름이 빈번히 출현하는 것도 이런 맥락과 무관하지 않아 보인다. 발음조차 힘든 낯선 언어는 관습적 읽기를 방해하고 반사적인 의미 형성을 무너뜨리는 효과를 가져왔다. 소리와 의미의 간격이 벌어지자 언어와 그것이 재현하는 대상의 간극이 드러나고 언어는 불안정한 기호임이 다시 한번 확인되었다. 그러나 당연한 얘기지만 모국어를 넘어서는 일이 모국어를 파괴하거나 외국어를 삽입하여 이국적 감각을 환기하는 단순한 기교와는 구별되어야 한다. 한 시인이 모국어로서의 언어와 마주 선다는 것은 이국적 분위기를 시의 장식물로 사용하는 경우와 전혀 다른 문제이기 때문이다. 기존의 언어를 초과하는 시적 언어를 창조하기 위해 시도되는 모국어와의 '맞섬'은 모국어에 함축된 사회적이고 역사적인 담론과의 대결이며 한 사회공동체의 질서와 체제 안에서 분배된 감각을 재편하는 과정에 가깝다. 그렇기 때문에 그 행위의 결과는 모국어의 세계로부터 추방되면서 동시에 해방되는 역설의 증표와도 같은 낙인이자 왕관인 미적 자율성을 또다시 갱신한다.

지난가을과 겨울 동안 문예 매체에 발표된 시들을 추려보면서―이것은 무척 제한적이고 주관적인 절차였음을 밝힌다―모국어의 질서로 통합되지 않는 낯선 언어가 무엇일까를 생각해보았다. 기존의 것들과 접목되고 동화될 수 있는 쪽을 새로운 언어라고 한다면 어떻게 해도 통합되거나 소비되지 않는 잉여와 같은 것을 낯선 언어라고 말해도 될까? 달리 말해 그것은 상식적 감각이나 합리적 의미 체제 등 모든 관습에서 벗어나 '지금 여기' 존재하는 것을 응시하는 언어이다. 또한 말해지지 않는 언어의 바깥을 드러내기 위해 언어적 질서가 없는 세계로 탈출하는, 마침내 언어적 주체의 의식으로 회귀하지 않을 언어이다.

사소한 물건일지라도 용도를 알 수 없는 낯선 것을 집안에 들이기는 쉽지 않듯 낯선 언어를 읽어내기는 쉽지 않다. 불편한 어감이나 의미의 무지 때문이라기보다 낯선 언어가 몰고 오는 감각의 이질성이나 부조화를 경험해야 하므로 그렇다. 그럼에도 불구하고 만약 시적 언어의 방향이라는 것이 있다면 그것은 새롭거나 참신한 것과 무관하더라도 투명할 만치 선명한 세계를 의심하게 만드는 낯선 언어를 향해 나가야 한다고 생각한다. 낯선 언어는 지금의 언어가 재현하는 세계, 말에 의해 가시적으로 드러난 세계에 대하여 기존의 언어가 말하지 않은 부자유와 불평등을 제기하기 때문이다. 이민하 시인이 "남루한 모국어를 벗고"(「누드비치」, 『문학동네』 2018. 가을) 난 후에 우리가 볼 수 있는 것, 말할 수 있는 것이 무엇일까를 묻고 있듯이 재현의 논리에 길들여지지 않은 낯선 언어는 그 자체로 우리가 무엇을 보고 무엇을 말하는지에 대해 질문을 던진다.

2

'누드비치'란 말은 어쩐지 온전한 자유를 향유할 수 있을 것만 같은 이국적 장소를 떠올리게 한다. '나체 해변'으로 바꿔 말할 수도 있지만 그러면 '누드비치'라는 말에서 풍기는 황홀한 나른함은 금방 사라질 것만 같다. (사라진다니, 무엇이? 본 적이 없는 세계가 사라진다고?)

> 누드비치라는 말은 기분이 좋다
> 먼 나라 사람 이름 같다
>
> 달리는 말 위의 소나기 같고
> 골목 끝 신혼집에서 불어오는 콧노래 같고 그곳에선
> 밤이면 까르르 한 쌍의 깃털베개도 날아다닌다
>
> 말을 달려도 말을 멈춰도 소나기는 내린다
> 베개 솔기가 터지도록

찢어지게 웃다가 찢어지는 연인과 찢어지게 가난해서 찢어지는 가족
과 찢어지게 낡아서 찢어지는 책들과
속수무책이 쌓여서
읽을 수 없는 날이 오고

— 이민하, 「누드비치」 부분

이민하 시인의 「누드비치」 앞부분이다. 시적 화자는 소극적인 태도로 언어가 환기하는 기분을 떠올리고 있다. "누드비치라는 말은 기분이 좋다"라고 말하면서 화자는 소리의 유사성에 따른 언어유희를 즐기듯 "귀르비치 말코비치 이바노비치" 등 "먼 나라 사람 이름"들을 불러낸다. 그리고 곧이어 달콤한 베개 싸움이 벌어지는 "신혼집"에서 들리는 "까르르" 웃음소리가 이어지고, 소나기 속에서 말을 달리는 장면도 등장한다. "누드비치"라는 단어만으로도 어떤 기분과 장면들이 거의 반사적으로 떠오르는 중이다. 그러나 4연에 이르면 화자는 갑자기 아무것도 할 수 없는 "속수무책"인 기분에 빠진다. "찢어지게 가난해서 찢어지는 가족과 찢어지게 낡아서 찢어지는 책들"이 환기되었기 때문이다. "누드비치"에 대한 상상 때문에 좋았던 기분이 사라지고 난 후에, 화자는 자동기계처럼 자기 스스로 의미를 재현하는 언어를 의식하며 "읽을 수 없는 날이" 왔다고 고백한다. 그리고 비로소 질문한다. 언어를 읽을 수 없다면 우리는 어떻게 말할 수 있을까, 언어 없이도 말할 수 있는 것일까?

시의 중반부에 이르면 화자는 "누드비치"란 단어가 야기하는 연상에서 벗어나 자기 앞에 펼쳐진 세계를 본다. 그리고 거기서 언어와 국경으로부터 배제된 벌거벗은 몸과 마주친다. '본다'라는 행위는 벌거벗은 몸과의 마주침이라는 사건이 되고 그제야 시적 화자가 반사적으로 떠올렸던 달콤하고 나른한 "누드비치"의 환영은 사라진다. "누드"는 벌거벗음이란 사건을 드러내는 기표가 되고 이제 다른 이야기가 시작되는 것이다. 말해지지 않

은 '봄'의 경험에 대한 이야기가.

창 밖의 창 밖의 창 밖의 별들을 더듬으며

과거를 알고 싶어요?
나체로 말을 하면 이야기가 달라질까

그런데 왜 양말은 신고 있죠?
그것이 이름표라는 듯이
아직 벗을 게 더 남았다는 듯이

국경을 벗으면 세계는 하나라는 듯이
유럽 아시아 아프리카
얼기설기 발 담근 지중해 어디쯤

난민들은 난민의 옷을 벗고
남루한 모국어를 벗고
그을린 피부색을 벗고

모든 걸 벗고 나면 새사람이 될까
뼈대를 벗고 핏줄도 벗고
죽고 나면 모든 게 투명해질까

열 달 동안 물을 건너 우린 국적을 얻었는데
난파된 바다 위에는 기다리는 꼬부랑 산파도 없이

　　　　　　　　　　　　　　— 이민하, 「누드비치」 부분

　주권 밖으로 내몰린 채 국적도 없이 바다를 표류하는 난민은 지금 우리
가 당면한 현실이라는 점에서 이 시는 난민 문제를 전면화하고 있다. 그러
나 이 시의 궁극적 문제 제기는 난민을 외면하는 환대 없는 세계의 비정함

에서 조금 더 나아간다. 시인은 모국어와 국경을 넘어서는 벌거벗은 몸을 통해 두 가지 문제를 제기하고 있다. 하나는 난민이 상징하는 벌거벗은 생명이다. "얼기설기 발 담근 지중해 어디쯤"이란 구절이 암시하듯이 벌거벗은 생명이 존재하는 곳은 구체적으로 언표화되지 못하는 비-장소이다. 국적을 잃은 그들은 자신의 신원을 확인할 수 있는 장치들로부터 벗어났기 때문에 상징적 질서 내에서는 그들이 어디 있는지 또 누구인지 말할 수 없다. 벌거벗은 몸으로 우리 앞에 서 있음에도 불구하고 그들은 증명할 수 없는 존재로 간주되는 것이다. 우리가 그들을 보았지만 존재를 증명할 수는 없다면, 우리가 본 것은 대체 무엇이란 말인가. 벌거벗은 몸으로 우리 앞에 나타나 '우리'가 본 것이 무엇인가를 묻는 난민은 언어적 재현을 초과하여 그 자체로 하나의 질문인 존재이다. 국적도 모국어도 걸치지 않은 벌거벗은 몸은 아무 말 하지 않고도, 두려움과 경계의 시선으로 낯선 당신은 누구냐고 묻는 우리에게 당신이 입고 있는 옷은 무엇이냐는 질문을 되돌려준다.

여기서 다시 "모국어"와 "피부색을 벗고" "모든 걸 벗고 나면 새사람이 될까"라는 구절을 천천히 따라가보자. 그러면 모국어와 국적을 가지기 전 어떤 의미도 부여받지 않은 순수한 생명으로서의 몸을 마주하게 된다. 벌거벗음, 그것은 주권으로부터 배제된 희생양적 존재지만 그것을 본다는 것은 다만 비극적 타자를 보는 것에 그치지 않는다. 아감벤의 말처럼 벌거벗음을 본다는 것은 대상에 대한 앎이 아니라 "객관적 속성 이전이나 그 너머에 있는 순수한 지식-인식의 가능성"[1]을 깨닫게 되는 것인지도 모른다. 이민하 시인이 난민의 벌거벗음을 보며 '봄'에 대해 반성적 사유를 시작하게 되었듯이.

시인이 제기하는 또 하나의 문제는 우리의 감각을 은폐하는 언어의 억

---

1) 조르조 아감벤, 『벌거벗음』, 김영훈 역, 인간사랑, 2014, 131쪽.

압에 대해서이다. 말해진 것, 즉 말로써 재현된 것은 볼 수 있지만 존재하는 것을 볼 수 없다면 우리가 가진 모국어로서의 언어란 감각을 배제하는 억압적 재현 도구에 불과함을 의심해야 한다. "나체로 말을 하면 이야기가 달라질까"라는 문장에서 엿보이듯이 시인은 "누드"와 "나체"에서 벌어지는 의미의 틈을 사유하는 방식으로 세계를 재현할 수 있다고 믿는 합리적 언어에 따르기를 거부한다. 시인은 동일한 의미라고 간주되는 "누드"와 "나체" 사이에 무수한 의미의 스펙트럼이 존재함을 발견한다. "누드"라는 기표는 그것이 지시하는 대상과 대응하지 못한 채 끝없이 의미의 차이를 만들어내며 틈을 벌리는 하나의 구멍이고 시인은 그것을 응시하고 있다.

랑시에르의 말을 참조하면 대상을 지시하여 부재한 것을 소환하고 감춰진 것을 드러내는 말(하기)에 의한 '보게-만듦'은 실제로 고유한 억제를 통해 기능한다.[2] 이때 말은 기존의 재현 체제에 종속된 도구이며, 이것에 의한 '보게-만듦'은 자율적 감각 작용에 의한 '봄'을 제한한다. 문제는 자율적 감각작용이 억압되면 보이는 것이 평등하게 재현될 수 없다는 것이다. 그런 점에서 시적 언어는 '보게-만듦'으로부터 벗어나 감각의 자율성을 획득하고자 시도된, 말을 초과하는 말이다. 마찬가지로 이민하 시인에게도 시적 언어란, 국경 안쪽의 규범과 질서가 기입된 모국어를 넘어섬으로써 불평등한 재현 체제를 거부하고 억제된 감각적 경험을 되살리는 낯선 이방의 말인 셈이다. 벌거벗은 몸에게서 흘러나오는 소리와도 같은.

3

양안다 시인의 「deja vu」(『현대시』 2018.10)는 꿈과 의식의 세계를 병치시키

---

2) 자크 랑시에르, 『이미지의 운명』, 김상운 역, 현실문화, 2014, 204쪽.

제2부 마음의 가능성

며 재현의 논리와 맞서는 시도를 보여주는 작품이다. "각국 사람들의 꿈을 끌어다 선로로 연결하고 싶다"는 첫 문장은 한 번도 완수된 적 없는 전 지구적 꿈의 연대를 조직하려는 지하 혁명 세력의 선언처럼 은밀하지만 절박하게 들린다. 그렇지만 결론부터 말하자면, 시인이 바라는 전복적 시도는 완수되지 못한 채 반복 중인 상태에 있다. '의식'과 '꿈' 혹은 '실제'와 'deja vu'라는 두 층위의 세계는 원본과 사본의 자리를 두고 역전의 역전을 거듭하는 중이다. 이렇게 반복되는 역전의 상황을 고려하자면 이 시가 정말로 말하고 싶은 바는 어느 한쪽이 승리하는 결말이 아니라 현실화되지 않은, 아직은 잠재성에 지나지 않는 꿈의 세계를 현실 세계와 의도적으로 병치시켜 보는 것인지도 모른다는 추론에 도달한다.

어느 새벽, 소년이 정신을 차렸을 땐 모르는 장소를 헤매고 있었다 그곳은 낡고 비 냄새를 풍기는 아파트였는데, 소년은 그곳을 왜 헤매고 있는지, 어쩌다 그곳에 가게 되었는지 기억나지 않았다 출구가 어디인지 알 수 없는 건물이었다 오랜 시간 복도를 헤맨 끝에 소년은 아무 문이나 붙잡고는 두드리기 시작했다, 도와주세요 도와주세요 저 이곳에 있는데요……

그러니까 문제는 창문이라는 것입니다

난생 처음으로 열차를 탑승했다는 남자와 있었던 일입니다
…(중략)…
나는 남자의 코에서 쏟아진 코피가
남자의 손을 적시는 걸 멍하니 바라보다가
갑작스럽게
두 다리 위로 구토를 해버렸습니다

닫고 싶은 입을
닫지 못한 채로

당신이 보는 것은 무엇입니까?

서로의 고통을 카피하면서

한국 남성은 프랑스 여성과 위험한 놀이를 시작한다 한낮이면 한국 남성은 자신의 손목과 선로를 단단히 묶었고 동시에 프랑스 여성은 이른 아침에 자신과 선로를 연결시켰다 그들은 선로에 누워 눈을 감는다 먼 곳에서 열차 오는 소리가 들릴 때까지, 점점 증폭되는 진동을 느끼기 전까지

어째서 환각은 언제나 편도인 걸까요 머릿속을 휘젓고는 이내 사라져서 돌아오지 않는 열차라도 되는 걸까요 나는 반복된다 반복되어 매일 죽는다 눈을 감으세요 두 눈을 감고 어둠 속에서 옅게 번지는 빛을 바라보세요 갈라지는 빛의 파편을 바라보세요 그곳에서 나는 죽는다 그곳에서 반복되어 매일 살아나고 다시 죽는다 누가 나를 되감는 것이겠습니까

…(중략)…

꿈속에서 꿈밖을 바라보듯이

나는 계속 뒤집어진다

열차의 창문은 풍경을 자꾸 바꾸는데

— 양안다, 「deja vu」 부분

꿈을 텍스트화한 이 시를 통해 이야기할 수 있는 것은 논리화될 수 있는 서사 구조가 아니다. 프로이트의 꿈 이론을 참조하면 논리적 사고를 이미지로 변환하는 꿈의 작업은 사고와 언어를 퇴행시키고 인과관계를 단순한 병렬로 바꿔 놓는다. 이 시 역시 논리적 동일성을 결여한 서사가 "갈라지"고 "파편"화된 다층적인 발화를 만들어낸다. 여러 인물이 동시에 이야기하는 듯한 발화는 꿈의 속성을 그대로 반영하는데, 여기서 우리는 은유의 구

제2부 마음의 가능성

조를 띤 꿈의 증상을 짐작해볼 수 있을 뿐이다.

꿈에 등장하는 인물 가운데 먼저 '소년'에 주목해보자. 소년은 아직 어른이 되지 못한 미숙한 존재이고 혼자의 힘으로는 자신이 있는 곳이 어디인지, 출구는 어디인지 전혀 알지 못하는 무기력한 존재이기도 하다. 심지어 소년은 누군가 "방향을 가리키면/그곳이 출구라고 믿은 채/달려"가 또다시 위기에 처하는 부조리를 반복한다. 소년이 누구인가에 대한 확증은 없지만 화자의 꿈이라는 점을 고려하면 현실에서 벗어나고 싶은 무기력하고 수동적인 시적 화자 자신에 대한 은유로서 화자가 지닌 퇴행적 욕망의 형상이라고 가정해볼 수 있다. 소년으로의 퇴행을 통해 화자는 현실 세계에 대한 거부나 회피의 태도를 보여주는 것이다. 그러나 그보다 중요한 것은 화자에게는 자기 앞에 펼쳐진 재현된 세계로서의 현실이 출구 없는 견고한 감옥처럼 억압적 공간으로 작용한다는 점이다. 소년이 등장하는 꿈이 말하듯, 재현된 세계가 시적 화자에겐 하나의 감옥이라면 그 매개는 언어이다. 따라서 그곳에서 탈출하려는 화자는 곧 언어의 질서로부터 해방되려는 주체에 다름 아니다.

하지만 언어를 넘어서는 것은 어떻게 가능한 것일까? 양안다 시인에게 언어를 넘어선다는 것은 언어의 질서와 논리를 거치지 않은 꿈처럼 제각각으로 펼쳐지는 시각적 감각의 세계를 경험하는 일이다. "뽑아 놓은 눈알이 테이블 위를 굴러가"는 비현실적 상상은 바로 그러한 시각적 경험, 즉 재현의 논리에 갇히지 않고 해방된 자의 눈으로 세계를 보려는 열망에서 비롯한다.

그런데 해방의 열망은 동시에 재현된 세계에서의 죽음을 대가로 치름으로써 이루어지는 사건이다. 언어를 넘어 의미화되지 않은 실재로서 세계를 보기 위해선 "창문" 밖에 펼쳐진 심연과도 같은 의미의 부재를 피할 도리가 없을 것이다. 의미의 세계를 허물고 나면 그 자리엔 또 다른 의미가 드러나는 것이 아니라 무한하게 펼쳐지는 공백이 있을 뿐이고, 아무 말도 하지 않는 공백이야말로 재현된 세계의 죽음을 의미하는 증상임을 시인도 직감하고 있다. 사실 "매일 살아나고 다시 죽는"다는 고백에서 이미 시인은 죽음 충동을 고백했다. 선로에 자신의 몸을 연결하는 "위험한 놀이"에서도 드러나듯이 시인은 삶의 본능에 은폐되었던 파괴와 해체의 충동을 드러내며 삶의 방향과 의미를 지시하는 재현의 논리를 거부한다. 그는 재현된 세계에서의 죽음을 무릅쓰고라도 공백으로서의 세계와 마주하려는 불온한 충동을 숨기지 않는다.

양안다 시인에게 꿈은, 언어를 넘어서야 도달할 수 있는 시적인 것의 저 장소이다. 의식의 오류이거나 실수로 "환각"에 불과할지도 모르는 꿈을 "머릿속을 휘젓고는 이내 사라져서 돌아오지 않는 열차"에 비유한 까닭은 그것이 의식에 귀속되거나 포착되지 않은 영역임을 주장하기 위해서일 것이다. 해방된 눈으로 세계를 평등하게 볼 수 있기를 열망하면서 시인은, 줄곧 언어와 의식의 틈을 추적해나간다. 언표될 수 없는 그 틈을 "꿈" "deja vu" "환각"이라는 부재의 장소로 명명하면서 시인은 현실이라고 불리는 재현된 세계 내부로 그 공백의 장소를 끌어들인다. 서로 다른 두 세계의 경계가 교란되고 그로써 꿈은 현실에 개입할 수 있는 여지를 얻으면 데자뷔가 일어나기 시작한다. 잠재된 세계의 존재를 암시하는 데자뷔, 이것은 시인이 꿈의 세계를 현실 세계와 의도적으로 병치시켜본 궁극적 이유였는지도 모른다. 그리고 만약 시인의 의도가 성공적이라면 "서로의 고통을 카피"하듯이 꿈과 현실이 마주 보고 뒤섞일 때, 현실화된 적 없는 가능성으로써 잠재된 세계는 질문하기 시작할 것이다. 말해진 것을 보고 있는 당신에게 당신의 눈으로 감각하라는 요청이자 질문은 바로 이것이다.

"당신이 보는 것은 무엇입니까?"

제2부 마음의 가능성

얼굴, 유령, 이야기

타자의 요청과 호소로 시작된 이야기들은 행운의 편지처럼 반복해서 쓰이지만 없
고, 혹은 지나 유령 등 비존재의 흔적들만 파생시키는 이 곤란한 텍스트는 유령의 의미란이 아니라
의 자명함까지도 불투명하게 만든다. 이런 주체에게 이야기의 완성이란 도래하는 것이지 지금 와 있지는 않은 미…

유령이 부르는 노래

ㅁ과 ㅇ의 뚫린 입을 텅 빈 중심을 허방을 실족을 부재를
낯설어하는 내가 낯설기만 한 나는 누구일까
— 이현호, 「ㅁㅇ」 중에서

시적 주체에게도 마음이란 것이 있을까? 이현호의 시는 마음이라고 상상되는 바로 그곳에서 "뚫린 입", "텅 빈 중심"을 경험한 후에 우리가 한 덩이의 따뜻하고 붉은 살덩이로 환원하여 실체를 부여하려고 했던 마음이라는 것이 "허방"을 가리기 위한 환상인지도 모른다고 전한다. 사실 그에게는 그럴 만한 사연이 있다. 간밤에 핸드폰에 도착한 'ㅁㅇ'이란 결여의 메시지는 그로 하여금 마음에 대한 인식을 무너지게 만들었던 것이다. 'ㅁㅇ'이란 언제나 내가 생각한 'ㅁㅇ'이 아닐 수도 있지 않나? 그것은 완성되지 않고 빗나가고 미끄러지는 기표일 뿐이다. 문제는 마음의 존재와 형식을 의심할 때 그 마음을 소유함으로써 존재하는 자아 역시 함께 무너진다는 점이다. 결국 질문은 이렇게 바뀐다. 마음이라 생각된 허상과 함께 무너져 내리는 나는 누구란 말인가.

이 질문이 '진짜 나(Real Me)'라는 자아 찾기와 정반대되는 사유의 경로임을 짐작했다면 이제 시적 주체에 대한 이야기로 넘어가보자. '나'를 의심하는 질문은 기억과 경험의 통합체인 '나'를 분열시키고, 세계를 자아화하는 자기동일성을 정지시킨다. 아이덴티티를 확보할 수 없는 '나'는 누구인지

설명되지 못함으로써 존재함을 증명할 수 없게 된다. 이렇게 이현호의 시에 출현한 시적 주체는 부재의 존재라는 역설로만 해명될 수 있는, 유령처럼 부재하지만 부재함으로써 존재하는 '나'이다.

자아의 부재를 대신하여 출현한 시적 주체는 새로운 현상도, 최근의 담론도 아니다. 이미 알고 있듯이 진짜 자아가 있어야 할 자리에 빈 공간, 격차, 결핍만이 존재함을 인정하는 것은 포스트모더니즘이 제시했던 하나의 비전이기도 하다.[1] 이와 더불어 우리 시문학의 구체적 맥락도 떠올려보기로 하자. 시적 자아나 시적 화자와 달리 시적 주체라고 호명할 때 별도의 구분이 필요하다고 인정된 것은 2000년대 이후이다. 짐작하겠지만 새로운 발화 방식과 스타일을 보여준 일군의 시인들을 미래파로 지칭하며 "텅 빈 명명이자 일종의 여백"[2]이라고 정의한 후, 이에 반응한 비평 담론과 더불어 시적 주체라는 말도 전면화되었다.

시적 주체의 전면화와 미래파의 등장이 우연만은 아닐 것이다. 이 현상은 몇몇 시인의 개성적 면모가 촉발했다기보다 신자유주의 체제로 진입한 한국 사회의 체제 변화와 그에 따른 정서와 감성의 변화들을 배경으로 삼는다. 특수한 현실 위에서 출현 가능했던 시적 주체는 시적 자아처럼 인격을 지닌 발화자도 아니고, 또 시인과 동일시되는 페르소나(persona)도 아니었으며 본래적인 내면이나 정신을 지닌 사유하는 주체가 아니었다. 시적 주체는 언술된 것들로 말미암아 구성되는 것으로써 "언술의 분석과 언술의 운용을 헤아리며 차분히 지어 올려야 하는, 잘 보이지 않는 무정형의, 그러니까 유령의 집"[3]이었다. 이 말을 빌려본다면 이현호의 시는, 유령의

1) 찰스 귀논, 『진정성에 대하여』, 강혜원 역, 동문선, 2005, 155~156쪽.
2) 권혁웅, 「'미래파' 시의 아름다움을 생각함」, 『실천문학』 2006.겨울, 128쪽.
3) 조재룡, 「말하는 주체, 시적 주체, 주체화」, 『시작』 2013.봄, 303쪽.

집과도 같은 시적 주체의 '비어 있음'을 "ㅁ ㅇ"이라는 기표로, "허방"으로, "텅 빈 중심"으로 말하고 있는 것이다.

여전히 마음이 무엇인가라는 의문이 남는다. 사회학, 심리학, 철학 등의 학문 분야에서 정의가 시도되기는 하지만 마음에 대한 정의는 특정한 맥락 안에서 마음을 다루기로 전제함으로써만 가능하다. 그것이 말해주는 것은 마음은 해석될 수 있지만 단 하나의 정의로 존재할 수 없다는 사실이다. 시적 주체의 마음이라면 더욱 그렇다. 마음은 유령처럼 예기치 않은 곳에 출현하는 사건일 뿐 본래적 실체를 확인할 길이 없다. 가령 "내 마음은 호수요, 그대 노 저어 오오"라고 노래했던 시적 자아는 마음이 존재한다는 전제하에 대상 세계를 자아화하는 상상력을 보여주었지만, 시적 주체의 마음이란 곧 '비어 있음'이므로 그대를 내 마음으로 끌어들이는 방식, 즉 세계의 자아화는 실패한다. 다만 그대가 노 저어 오는 것을 상상할 때 비로소 물결이 일렁이듯, 가슴이 팽창하듯, 생기(生起)하는 것을 경험할 뿐이다. 언술 위에서 형성되는 구성물인 시적 주체와 마찬가지로 마음은, 타자의 존재함이 촉발하는 이질성과 낯섦의 파문, 그것에 대한 경험이다. 마음이 본래성(Authenticity)을 담보하는 내면이 아니라 사건이라는 데 동의한다면 우리가 이야기할 수 있는 것은 마음이 무엇인가라는 얘기보다는 마음이 어떻게 생성되고 사라지는가, 마음이 생기하는 사건으로 인해 시적 주체는 어떻게 변화하는가에 관해서일 것이다.

> 왼쪽 창문이 마을과 사과밭, 갈대숲과 작은 폭포를 지나는 동안
> 오른쪽 창문은 이름 모를 산을 통과하고 있었다
> 우리는 열차 안에서 도시락을 먹으며 아름다운 창문을 보았다
>
> …(중략)…

왼쪽 창문이 동백군락지 위로 쏟아지는 볕을 지나는 동안
오른쪽 창문은 여전히 이름 모를 산이었다
우리 어디서 내리지? 얼마나 남았지?
너는 아무 대답 없이 오른쪽 창문만 바라보았고
요괴 앞에 늘어놓을 잘못의 종류를 헤아리다 나는 괜히 억울해졌다
터널로 들어서자 양쪽 창문을 가득 채우는 얼굴들
그제야 너는 나를 바라보고 악수를 청했다
　　　　　　— 박은지, 「횡단열차」 부분(『창작과비평』 2019. 봄)

　　박은지의 시는 일상에서 시적 주체가 경험하게 되는 사건을 섬세하게
따라간다. 시적 주체의 이야기를 따라가 보면, 기차가 달리는 동안 왼쪽,
오른쪽 창밖에는 서로 다른 풍경이 펼쳐지고 '나'와 '너'는 착한 사람과 나
쁜 사람을 구분하는 요괴가 있을 수 있냐는 시시껄렁한 대화를 나눈다. 그
러다가 '나'와 '너'의 생각이 다른 걸 알고는 서로가 알 수 없는 외부처럼
낯설고 어색해지고 만다. 그러나 사실 우리가 어색해진 것은 서로 다른 풍
경을 보았기 때문이 아니라 창밖의 외부가 요괴처럼 보이지 않는 세계의
일부라는 점을 감지했기 때문인지도 모른다. '너'는 바깥을 볼 수 없게 되
었을 때 비로소 '나'에게 악수를 청하고 시는 끝나지만, (그 후를 상상하자면)
'나'는 생각한다. 외부가 차단된 내부 안에서의 화해란 무엇인가를.
　　네가 나에게 청한 악수가, 그 화해의 몸짓이 내가 거절할 수 없는 너의
진심이라거나 우리에게 필요한 윤리적 태도는 아닐 것이다. 요괴 얘기는
잊자는 너의 악수가 진심이 아닐리는 없겠지만 하필 외부가 차단되었을
때 손을 내미는 것은 "적대와 대립이 부재한 고요한 세계"[4] 안에서의 화해

---

4)　서동진은 아도르노가 말하는 진정성이란 자본주의가 만들어내는 총체적인 매개–연관
　　을 사색하지 못할 때 나타나는 마음으로의 도피였을 것이라며, 도구적 합리성의 기원
　　인 자본주의라는 경제적 · 정치적 현실을 분절하지 못할 때 그것은 환멸의 기분 속에

처럼 보인다. '나'와 '너' 사이에 존재하는 간극과 차이를 외면하는 도피로 서의 화해. 그래서 '나'는 악수를 청하는 네 손을 응시한다. 그것은 일종의 거부. '나'는 차이를 소거하는 화해의 모멘트로부터 탈출하는 시적 주체이 다.

세계를 통합하는 내면으로서의 마음은 시적 주체들이 내파하려는 환영 이나 이데올로기에 가깝다. "시적 주체는 진리나 진정성보다는, 언어에 의 해 자리매김하는 역사성과 특수성의 편에 선다"[5]는 말은 여전히 유효하 고, 그런 시적 주체는 박은지의 경우처럼 간극을 덮는 화해를 원치 않고 또는 김현의 경우처럼 적대의 세계를 봉합하려고 하지 않는다.

> 가난뱅이 소녀가
> 한겨울에 걸레를 들고 손을 호호 불며
> 진실의 계단을 닦다가
> 끝에 가서
> 꼭 주저앉아 우는 것처럼
> 양동이처럼
> 엎질러진 물처럼
> 거짓말같이
>
> — 김현, 「송가─봄이 가기 전에 우리 집에 놀러 와」 전문
> (『비유(view.sfac.or.kr)』 2019.4)

거듭 읽다 보면 이야기의 시작과 끝이 없다는 걸 알게 되는 이 시는 소

서 진정성이라는 마음의 레짐을 상상하게 된다고 지적한다(서동진, 「서평 환멸의 사회학 : 김홍중의 『마음의 사회학』에서의 마음, 사회 그리고 비판의 자리들」, 『문화와 사회』 제9권, 2010, 205쪽). 외부 세계가 차단된 자폐적 상황에서 이루어지는 화해란 그런 도피에 가깝다는 점에서 서동진의 말을 빌렸다.

5) 조재룡, 앞의 글, 303쪽.

녀의 노동이 도돌이표를 만난 악절처럼 반복되리라는 걸 짐작하게 만든다. 아무리 닦아도 끝나지 않는 "진실의 계단"처럼 소녀의 노동은 끝나지 않을 것이고 소녀의 삶에는 무한 반복되는 노동만이 예비되어 있을 것이다. 안타깝게도 소녀에게 다른 미래는 없어 보인다. 가난뱅이 소녀가 어른이 된 후 정말 힘들었던 시절을 회상하며 이젠 그럭저럭 살 만한 중산층이 되었다고 안도하는 평범한 서사를, 이 시는 거부한다. 끝나지 않는 미완성의 문장은 소녀가 "진실의 계단"을 닦는 걸 멈출 수 없으리라고 예고할 뿐이다.

이 가혹한 이야기의 배경에는 끝없는 노동을 강요하는 "진실의 계단"이라는 착취 시스템이 있다. 소녀의 삶을 착취하는 "진실의 계단"은 열심히 노동하면 구원받으리라는 자본주의적 환상에 다름 아니고, 소녀는 약자로서의 개인이다. 물론 계층적, 계급적 약자가 아니더라도 한 개인이 삶을 착취하는 자본 체제에 맞서 항전을 벌이기는 쉽지 않다. 자본이 만들어낸 스펙터클은 그럴듯하고 심지어 이상화된 혁명의 구호보다 솔직담백해 보이기까지 한다. 능력에 따라 대가로 주어지는 돈은 얼마나 진실한가? 돈에 대한 사적 소유의 욕망이 인간의 본성이라는 건 또 얼마나 당연하다 못해 뻔한 얘긴가? 자본 체제는 가난뱅이 소녀에게 너무도 당위적인 진실을 일러주며 열심히 노동하라고 권유한다. 그러나 아이러니한 것은 "진실의 계단"은 더 나은 삶이라는 약속을 지연시키며 소녀를 갉아 먹고 있을 뿐이라는 점이다.

이 시를 자본 체제의 몰락을 겨냥하는 참요(讖謠)로 읽어보면 어떨까? 참요는 체제의 건국과 몰락을 예언하는 주술성을 내세워 새로운 정치가 도래하기를 바라는 노래이다. 김현의 시 역시 또 다른 소녀들이 가난뱅이 소녀의 딱한 이야기를 전해 듣고 동요하기를 바라는 노래가 아닐까? "진실의 계단"이 약속하는 것들을 의심하도록, 진실이라고 말해지는 모든 것들로부터 저항선을 긋도록 독려하면서 가난뱅이 소녀와 연대하게 만드는 노래! 이 노래가 울려 퍼질 때 계층적으로는 빈곤하고 제도적으로는 온전한 노동권을 보호받지 못한 미성년자인 소녀들은 곧 나아질 거야, 라며 자기를 위로하는 자폐적 화해를 멈추고 자신의 노동을 착취하는 적대와 대립의 세계를 응시하리라.

돌아보면, 모든 건 너무도 쉽게 마음의 문제로 귀착되어왔다. 풍경이 아름답게 보이거나 우울하게 보이는 것도, 너와의 우정이 흔들리는 것도, 노동하는 내가 언제나 고단한 것도. 그런데 오늘 우리가 만난 시적 주체는 바로 그 마음을 의심하고 마음의 소유자인 자아마저 의심한다. 시적 자아가 도달했던 자기동일적 화해의 순간을 의심하며, 조심스럽고 유연한 목소리로 봉합된 마음의 균열을 응시한다. "금이 깊어지면 틈이 된다/틈이 깊어지면 그 사이로 손을 넣을 수도 있다/…(중략)…/조금 더 긴 왼다리를 잡아 꺼내면 무늬 없는 나도 흘러나올 거야"(박은지, 「아끼는 비밀」, 『창작과비평』 2019.봄)라고 말하는 시적 주체는 자신이 견고한 자아라고 믿지 않으므로 진짜 나를 찾아 나서지도, 균열 없이 잘 봉합된 진정한 삶을 찾아 떠나지도 않을 것이다. 다만 세계가 배제된 화해의 시도들을 의심하며 불온한 노래를 부를 것이다.

얼굴에 대하여

비록 얼굴이 쓰여질 수 없고 말해질 수 없고 재현될 수 없다
해도,
얼굴은 항상 화술, 글, 재현의 기초가 된다.
얼굴은 도래하는 의미다.[1)]

— 자크 코엔

시인의 임무

릴케가 젊은 시인의 눈을 빌려 현대인에게 닥친 존재의 불안을 목격한
것은 20세기가 막 시작되는 무렵이었다. 대도시 파리에 온 시인 말테는 사
람들이 여러 개의 얼굴을 차례로 바꿔 쓰면서 살아가는 것을 보았고, 결국
모든 얼굴이 낡아버리게 되면 얼굴도 무엇도 아닌 것(non-visage)이 드러난
다는 것을 알아차렸다. 20세기의 관찰자를 자청했던 젊은 시인의 눈에 비
친 것은 의미들이 파열된 장소로서의 얼굴이었다.

짐작건대 릴케는 자신의 독백과도 같은 소설 『말테의 수기』에서 세계를
새롭게 보는 눈이야말로 시인에게 주어진 임무이자 숙명임을 강조하고자
했다. 화려하고 강력한 조명이 비추는 무대와도 같은 대도시에서 보이지
않는 현실의 힘에 조종당하지 않는 자로서 세계를 응시하는 일은 누구보
다 시인의 몫이어야 했다.

---

1) 자크 오몽, 『영화 속의 얼굴』, 김호영 역, 마음산책, 2006, 54쪽에서 재인용.

제3부 얼굴, 유령, 이야기

시인을 향한 이러한 요청과 그에 대한 수락은 각자의 신념과 의지 외에도 시적 감각의 문제겠지만, 한 세기를 뛰어넘은 지금도 여기에 수긍하는 시인들이 있어 이 요청은 유효하다. 사물의 낡은 이미지를 찢고 나올 "새로운 사물"의 도래를 기다리는 또 한 명의 젊은 시인이 '지금-여기' 존재하는 것이 결코 우연한 일은 아니라고 여겨진다.

사물들은 새롭게 증명되었다
순식간에 밤이 끝나면
색감들이 제자리에 돌아오는 것을 본다

밤이 지나면 이어지던 다른 밤에
사람들은 검은 띠로 눈을 가리고
아침을 기대하면서
상대방으로 사라지거나 소멸하곤 했다

사과의 빛을 잃은 바나나와
고양이로 둔갑한 고양이와
내용 없는 두꺼운 사전이 자리를 바꾸며
밤이 닳고 닳기를 기다렸다

…(중략)…

어두워지면서 우리는 아침을 실감하게 된다
어제와 다르고 그제와 다른 네가
사라지지 않고 남아 있다

새로운 모든 사물 곁에서
소멸되지 않은 채 앉아 있다 처음으로
검은 띠를 바닥에 남겨 두지 않고

무엇과도 자리를 바꾸지 않는다

　　　　　　── 신두호, 「다른 아침」 부분(『현대문학』 2016.5월)

　무엇보다 시인은 반복되는 아침을 벗어나려 한다. 지금까지 맞이한 아침은 "사과의 빛을 잃은 바나나와/고양이로 둔갑한 고양이"가 말해주는 것처럼 다른 이미지로의 가능성을 잃은 고착화된 세계이다. 달리 말하면 밤은 어둡다는 생각이 "검은 띠"처럼 "눈을 가리고" 있어 관찰의 눈은 실명되고, 사물들의 이미지는 변하지 않는 폐쇄적 공간이다. 그런 곳에서 사물들은 하나의 본질적 이미지를 부여받는다. 그러나 시인은 사물의 이미지가 반복되는 아침은 눈을 뜨고 있어도 감고 있는 것보다 나을 것이 없다고 판단한다. 아무것도 새롭게 증명되는 것은 없으니 말이다.

　신두호 시인이 이미지의 폐쇄성을 극복하는 방법은 의외로 간단하다. "밤이 닳고 닳기를 기다"리는 일, 즉 어둠이 걷히면서 서서히 사물들이 드러나는 것을 응시하는 일이다. 단, 밤을 응시하는 순간을 너와 함께해야 한다는 점이 중요하다. 사물들을 응시하는 내가 "사라지거나 소멸하"지 않고 남아 있을 수 있는 이유는 나를 증명하는 네가 여기 남아서 나를 지켜보고 있기 때문이다. 시적 주체인 '나'는 '너'라는 타인의 응시에 붙들려서 존재할 때만 비로소 새로운 이미지의 가능성을 여는 주체가 될 수 있는 것이다.

　그러므로 이 시는 비로소 "다른 아침"을 맞이하게 된 '우리'의 이야기라고 말할 수 있겠다. 마침내 사물들을 새롭게 증명하려는 시인의 시도는 이루어졌고, 마지막 연에서 진술되었듯이 "소멸"하지 않고 남게 된 '우리'는 "새로운 모든 사물 곁에" "앉아 있"을 수 있게 되었다. 새롭게 증명된 사물들에 대하여 무엇을 이야기할 수 있을지는 아직 모르지만 '우리'가 "소멸"하지 않고 남아서 지금까지와는 "다른 아침"을 맞이했다는 것은 "다른" 이미지의 가능성을 예고한다. 아마도 이 젊은 시인이 예고하는 "다른 아침"이란 새로운 이미지의 역사를 여는 시의 국면을 염두에 둔 표현일 것이다.

그러면 새로운 이미지의 주체는 누구인가? 신두호의 시에서 '우리'라는 조건 없이는 새로운 이미지의 세계와 대면하지 못하는 수동적이고 의존적인 주체 '나'는 생략되어 있다는 점에 주목해 보자. 상징적 질서 체제로 편입되기를 거부하며 자발적으로 자폐적 세계를 택하는 근래의 시적 주체들과 달리 신두호는 현실과 대결하기 위한 방법으로써 '우리'라는 복수적 주체를 등장시킨다. '우리'는 이 세계에 남아서 사물을 새롭게 증명하는 주체라는 점에서 현실에 대한 대결적 자세를 표명하는 주체이기도 하다. 또한 "무엇과도 자리를 바꾸지 않"고 세계의 한복판에 남아서 사물들의 이미지를 새로 쓰려는 젊은 시인의 눈은 20세기를 맞이했던 시인의 관찰자적 태도와 다르지 않다.

이 두 시인은 세기를 달리하지만 동일한 시인의 임무를 공유하고 있는 것 같다. 이 시인들에게 시는, 언제나 새로운 이미지의 창조자를 필요로 하고 더불어 가능성을 폐쇄하는 허구적 이미지와 권위적 의미의 체제를 믿지 않는 눈을 강력히 요청한다. 그런 시의 요청을 수락한 시인이 이미 주어진 세계에서 보이는 것을 그대로 믿지 않는 것은 당연한 얘기다. 말테가 사람들의 얼굴에 들러붙은 허상과 같은 이미지를 걷어내고 아무것도 아닌 얼굴을 발견한 것도 그런 이유에서이다.

타인의 얼굴

인간은 타인의 얼굴을 경유해서만 자신의 얼굴을 상상할 수 있다. 타인 없이는 얼굴을 가질 수 없는 치명적 결함을 안고 살아간다고 말해도 무리는 아니다. 언제나 자신의 얼굴 이미지를 상상하는 우리에게 타인의 얼굴이란 얼마나 절실한 것인지 짐작하고도 남는다.

그러나 허구적 낙관과 극단적 절망이 공존하는 이 시대의 얼굴이란 무엇인지는 한마디로 말하기 어려운 일이다. 우리는 이 시대의 시인에게 다시 물어야겠다. 우리 앞에 보이는 얼굴은 무엇인지를. 이 질문에 대한 하나의 대답이 되어줄 시를 읽어보기로 하자.

> 꼭 한번만 당신의 얼굴을 만져 볼 수 있다면
> 얼굴 위에 쌓인 먼지에 내 손자국을 낼 수 있다면
>
> 오늘은 미세먼지 주의보, 창틀 위에 먼지가
> 수평선 위에 내려앉은 새떼처럼 새까맣게 앉아 있는 날.
>
> 꼭 한번만 스치듯 당신의 손을 잡아 볼 수 있다면
> 그 흰 손은 내가 가져갈 텐데.
> 잡은 손 놓지 않고 가져가 마스크로 쓰고 다닐 텐데.
>
> 끔찍한 일을 보았을 때
> 끔찍이 보고 싶었던 이를 드디어 만났을 때
>
> 우리는 마스크 쓰듯 손으로 입을 틀어막는다.
> 벌어진 입이 보이지 않게
> 놀란 입술을 가릴 수 있게
> 순간 비어져 나온 내생의 한쪽 손을 감출 수 있게
>
> 뒤통수라는 검은 마스크도 잊지 않고 써서
> 내 안의 기억이 쏟아져 나오지 않게
> 내 안의 기적이 쏟아져 나오지 않게
>
> 한번은 마스크를 쓴 사람이 나를 알은체했다.

나는 그 사람을 알아보아야 했다.

흰 먼지처럼 진눈깨비가 날린다.
그러나 무엇보다 미세하고 흰 먼지는 햇빛이다.
미세한 햇빛이 폐부에 가득 차 숨이 턱 막힌다.
이런 날씨엔 불가피하게 마스크를 써야한다.

내 얼굴에 쌓이는 먼지는
누구도 털어주지 못한다.
밤의 얼굴에 묻은 저 하얀 달처럼 영원히 묻어 있다.
—— 김중일, 「마스크」 전문(『미네르바』 2016.여름)

　김중일이 본 것은 얼굴이 아닌 마스크이다. 그런데 시의 첫 부분에서 "당신의 얼굴을 만져 볼 수 있다면"이라는 바람을 통해 얼굴은 시각적 대상이 아니라 경험적 대상임을 전제하는 것을 보면 마스크는 얼굴에 대한 시각적 재현을 차단하는 의도적 장치로 읽히기도 한다. 얼굴이 경험적 대상이라는 것은 시각적 형상으로는 그것을 완전히 재현할 수 없다는 뜻이다. 실제의 얼굴을 똑같이 본뜬 조각상이라 해도 얼굴이 표출하는 단독성을 드러낼 수는 없듯이 시각적 정보들의 총합만으로 얼굴을 재현하는 것은 불가능하다. 얼굴의 재현 불가능성을 받아들이는 시인은 마스크라는 장치를 미리 설치해두고, 얼굴의 재현 이미지를 만드는 대신 마스크 너머의 당신이란 존재를 상상한다.

　당신은 특정한 대상이라기보다 "미세먼지 주의보"가 내린 날 손으로 얼굴을 가리고 지나가는 누군가일 수도 있다. 보이지 않는 치명적 위험이 당신을 위협하는 세계에서 당신이 할 수 있는 일이란 단지 손으로 마스크를 하는 것이라니, 당신은 너무 연약하다. 그래서 '나'는 당신의 손이라도 잡아주고 싶다고 느낀다. 이렇게 시작된 당신을 향한 연민의 감정은 마스크를 쓰는 이유를 추구하게 한다. 김중일은 "마스크를 쓰듯 손으로 입을 틀어막"는 행위가 현실에서의 삶을 지속시키기 위한 안간힘이라고 여기는 것 같다. "벌어진 입"과 "놀란 입술을" 감추지 않으면 "내생의 한쪽 손"이 비어져 나와 우리들의 삶의 의지를 시험할지도 모르니, 우리는 삶을 버티기 위해 손으로 얼굴을 감싸고 있는 것은 아닐까. 또 시인은 마스크를 해서라도 감추지 않으면 우리가 꼭 간직해야 할 "기억"과 "기적"이 쏟아져 나올지도 모른다고 우려한다. "기억"이나 "기적"처럼 변형되기 쉽고 사라지기 쉬운 무형의 것들을 보호하기 위해서 우리는 마스크를 쓰는 것이다. 그것이 없다면 삶도 지속될 수 없기 때문이다.

그런데 시인은 현실적 삶을 지속하기 위한 대안으로 마스크를 쓰는 것이라 여기면서도 시의 마지막 부분에서는 체념에 가까운 감정을 드러낸다. 눈에 보이는 것보다 "폐부에 가득 차 숨"을 막히게 하는 "미세한 햇빛"처럼 보이지 않는 것들이 더 위험한 세계에서 어쩔 수 없이 우리는 연약한 존재이기 때문이다. 현실의 위험에 비한다면 마스크를 쓰는 일은 무기력한 행위에 지나지 않는다.

김중일은 현실의 위험과 인간 존재의 무력함을 인정하면서도 동시에 그것을 극복하는 특이한 포즈를 취하고 있다. 이것이 가능한 이유는 마스크를 쓴 '당신'의 얼굴을 만져주고 싶다는 시인의 욕망이 우리의 연약함과 무기력함을 다른 종류의 에너지로 변형시키기 때문이다. 당신을 만져보고 싶은 욕망은 '당신'을 향함으로써 갖게 되는 '순결하고 강력한 기쁨'(조르주 디디-위베르만)과 연동되어 있다. 디디-위베르만은 이런 종류의 기쁨은 "파시즘이 승승장구하는 너무 어둡거나 너무 밝은 시대에 하나의 대안으로 출현한다"[2]라고 말한 바 있다. 그것은 우리의 욕망이 어떤 한계와 위험 속

---

2) 조르주 디디-위베르만, 『반딧불의 잔존』, 김홍기 역, 도서출판 길, 2012, 22쪽.

에서도 자유와 해방을 선취하기 위해 다시 고개를 들며 자신의 기쁨을 향해 나아가기 때문이다. 김중일 역시 현실을 절망적으로 인식하면서도 당신을 향한 순수한 욕망을 포기하지 않고 자신의 가진 욕망과 그 순수한 기쁨에서 나오는 빛을 드러낸다.

이 시가 우리에게 일깨워준 것이 있다면 그것은 우리가 현실의 위험과 맞서 싸우기에는 너무도 연약하지만 그럼에도 손을 내밀어 당신을 만져보고 싶은 욕망의 주체라는 사실이다. 당신의 손과 얼굴을 향해 손을 내미는 우리의 모습은 어둠 속에서 서로를 찾아 헤매며 미광을 발하는 반딧불이의 이미지를 닮아 보인다. 우리의 얼굴이 "밤의 얼굴에 묻은 저 하얀 달처럼" 작고 약하더라도 사라지지 않는 빛(lucciole)을 발할 수 있다면 위험이 도사린 절망 속에서도 우리는 잔존하고, 삶은 지속될 것이다. 김중일의 시가 우울한 현실에 대한 기록에 머물지 않는 것은 마스크 너머의 얼굴이 발하는 희미한 빛을 노래하기 때문이다.

얼굴을 마주 본다는 것은

서로의 얼굴을 마주 본다는 것은 희미한 빛을 보는 것과 같은 것이지만 그것은 볼 때마다 새롭게 증명되는 세계의 경험을 뜻하는 것이기도 하다. '당신'의 얼굴이 마스크에 가려져 있는 희미한 이미지에 불과할지라도 때로 당신의 얼굴은 "눈보라 속에서"도 모든 것을 "선명"하게 드러내는 빛이 되어 '나'에게 세계를 보여준다. 이것은 당신과 나 사이에서 일어나는 하나의 사건인데, 이러한 사건을 사랑이라고 말할 수도 있을 것 같다.

그렇게 말할 수 있다면 두 사람이 서로 얼굴을 마주보았던 우연한 일에서 김현이 포착한 것은 사랑이라는 사건에 다름 아니다.

두 사람이 걸어가는 것이다
그런 곳에서는

눈 쌓인 진부령을 넘어가며
멀리서 가만히
이쪽을
보는 것을 보았다

부모였다

…(중략)…

눈은 내리고
어둠 속에서 촛불 앞에 발가락을 모으고
두 사람은 두 사람밖에 보지 못하지만
끝없이 같은 곳을 바라본 후에
안도의 한숨을 내쉬고
그렇게 빤한 인생사를 시작했을 것이다

민박에서 해야 할 것을 하고
하지 말아야 할 것을 하지 않고
눈은 참으로 근사하여
멀리서 가만히
아무것도 없는 쪽을 보아서
슬픔에 눈을 뜨는 사람이 있고
그런 사람 때문에 탄생해
이쪽에 서 있게 되는 사람에 관하여

약속하지
남자는 말하고
약속할게

여자는 말하고
두 사람은 창문을 두 사람에게로 옮겨 왔을 것이다
그 깨지기 쉬운 것을

이것이 부모의 사랑 이야기이고
부모에게서 만들어진 이의 사랑 이야기이다

민박하였다

터무니없게도
딱 한 번 고개를 돌렸을 뿐인데

한 사람이 마침
나를 보게 되고
　　　　　— 김현, 「눈앞에서 시간은 사라지고 그때 우리의 얼굴은
　　　　　　　　　얇고 투명해져서」 부분(『현대시』 2016.6)

　눈이 내려 앞이 잘 보이지 않는 진부령을 두 사람이 걸어간다. 그들은
다행히 민박을 발견하고 하룻밤 머물기로 한다. 그곳에서 서로의 미래를
함께하겠다는 약속을 하고 사랑을 나눈다. 시인은 그것이 "빤한 인생사"의
시작이라고 말하지만 한편으론 지금까지와는 다른 삶의 국면이 펼쳐지는
시점이라는 것을 암묵적으로 말하고 있다. 무엇보다도 이 순간은 그들의
미래가 열리는 순간이다.
　부모들이 한 세대를 이루고 그들이 낳은 아이들이 다음 세대를 이루며
인간의 시간이 지속되어왔다는 것은 당연한 얘기지만, 이 시에서는 그런
시간의 연속성이 의도적으로 파괴된다. "눈앞에서 시간은 사라지고" 과거
와 미래는 비연속적 시간의 단면을 드러낸 채 한 공간에 배치된다. 그렇게
해서 '나'는 부모들의 삶이 시작되는 장면을 목격할 수 있게 되는데, 내가

목격한 것은 "부모의 사랑 이야기"가 "부모에게서 만들어진 이의 사랑 이야기"와 다르지 않다는 사실이다. 우리는 지금까지의 인간이 그렇게 해왔던 것처럼 서로를 마주 보고 사랑을 나누면서 미래를 열어나간다. 시의 마지막 부분에서 진술되었듯이 이 모든 사태는 "한 사람이 마침/나를 보게 되"었던 순간에 발생하였다. 순간적인 마주침이 시간과 공간의 새로운 지평을 열어 '나'에게 과거와 미래를 그리고 모든 이야기의 가능성을 열어준 것이다.

김현은 이 시를 빌려 얼굴을 마주 본다는 것이, 시간의 질서에 갇힌 유한한 존재의 폐쇄적 현실을 파열시키는 사건이라고 이야기한다. 그런 사건의 경험은 "우리의 얼굴"을 "얇고 투명"하게 만드는데, "두 사람은 창문을 두 사람에게로 옮겨 왔을 것"이라는 구절에서 짐작되듯이 얼굴이 투명해진다는 것은 우리가 서로의 얼굴을 통해서 세계를 보게 된다는 것을 의미한다. 이 시인의 말대로라면 당신이라는 창문을 통해 보이는 세계는 "눈보라 속에서 바람이 보이고 나무가 보이고 입술이 보이고 모든 게 선명해지"는 세계이다. 그리고 당신의 얼굴이 내뿜는 희미한 미광이 현실의 어떤 빛보다 선명하게 세계를 보여준다면, '나'는 눈보라 속을 헤치고 당신이라는 빛이 이끄는 대로 걸어갈 것이다. 부모들이 그랬듯이, 부모들의 아이들이 그러할 것이듯이.

에필로그

사물을 새롭게 증명하는 빛은 아침의 빛이 아니라 미명의 빛인 것처럼 우리의 삶에 희망을 주는 빛은 작고 연약한 불빛들이다. 우리 시대의 시인들은 그 불빛을 타인의 얼굴에서 발견한다. 그런데 아무리 보아도 그 의미를 다 해석할 수 없는 타인의 얼굴은 우리에게 무차별적으로 명령을 내리기도 하고 또는 무한한 자비를 베풀기도 한다. 또는 폭군이자 천사인 그 얼굴은 절대적 세계로 군림하기도 한다. 그 얼굴에 자신을 맡긴 채 휘둘리고 농락당하면서 슬퍼하고 또 즐거워하는 것은 우리가 그것을 욕망하기 때문이다. 어쩌면 우리에게 얼굴이란 재현의 대상이 아니라, 삶에 대한 욕망과 사랑에 대한 욕망을 불러일으키는 가능성 그 자체인지도 모른다. 시인들이 우리에게 알려준 것처럼 그 얼굴을 마주 볼 때 느끼는 사랑의 기쁨은 삶의 새로운 국면을 여는 가능성의 시작이다.

위험한 꿈의 숭배자

시인의 눈은
하늘에서 땅을 굽어보고, 땅에서 하늘을 응시하지.
시인의 펜은
미지의 것에 그 형체를 부여하고
아무것도 아닌 환상에 그 위치와 이름을 부여하지.
　　　　　　　　　　　　　　—『한여름 밤의 꿈』 5막 1장

1

아버지의 말씀을 거역하고 사랑하는 이와 도망친 허미아(Hermia)에게 숲은 사랑을 위한 은신처였다. 요정의 실수로 연인이 엇갈리는 사건이 일어나긴 했지만, 숲에 있는 한 딸에 대한 소유권을 가진 아버지의 권위도 아테네의 법도 허미아와 그의 연인을 갈라놓지는 못했다. 셰익스피어의 희극『한여름 밤의 꿈(A Midsummer Nights Dream)』에서 숲은 합리적 질서가 지배하는 현실의 '바깥'으로, 이곳에서 연인들은 이유를 알 수 없는 변덕스러운 열정에 사로잡힌 시간을 보낸다. 그 후 다시 아테네로 돌아온 허미아와 그 일행은 자신들이 경험한 일을 회상하며 그동안 겪은 일이 마치 꿈인 것 같다고, 모든 일이 구름 속으로 사라진 먼 산처럼 초점이 맞지 않는 것처럼 이중으로 보인다고 말한다. 숲에서 일어난 일이 실재인지 꿈인지 모호하지만, 이 이야기에서 숲은 꿈과 마찬가지로 현실의 힘이 닿지 않는 곳을 상징한다.

이번 시 월평에서는 현실을 부정하는 상상력과 꿈의 이미지에 주목해보

제3부　얼굴, 유령, 이야기

려고 한다. 근래에 발표된 시들이 보여주는 현실에 대한 인식도 중요한 문제였지만 현실을 대하는 태도로서 나타나는 부정성(否定性)은 현실 비판이나 대항과는 다른 방식의 상상력을 보여주었다. 현실에 대항하기보다는 현실의 논리를 거부하면서 자신의 꿈이라는 모호성의 장소로 사라지는 시적 주체는 자칫하면 무능력한 주체로 오인될 수도 있고 다른 한편으론 자기 자신을 부정하는 주체로 보일 수도 있다. 억압과 규율이 사라진 자율성의 체제에서는 모든 것이 자신의 선택에 달린 것이라고 스스로 믿기 때문이다. 그러나 우리의 자유로운 선택이 이미 정해진 선택항에 종속된 것이며, 무엇을 택하든 정해진 결과를 향하고 있다면 선택 자체를 거부하는 행위가 현실을 위태롭게 만들 가능성도 있지 않을까.

한 철학자는 지금의 시대가 긍정성의 과잉으로 인한 신경성 질병을 앓고 있다고 진단한 바 있다. 그에 따르면 사회가 요구하는 대로 무한 긍정을 따라 외치며 '자폐적 성과 기계'가 된 현대인들이 상실한 것은 '아니오'라고 말할 수 있는 부정성이다. 성과주의가 팽배한 소비주의적 자본주의 사회에서 부정성은 무언가에 종속되지 않을 수 있는 힘을 뜻한다.[1] 그 힘의 출처는 다 밝혀지기 어렵겠지만, 오늘 우리의 문학이 현실에 종속되지 않으려는 부정의 힘을 상상하고 있다면 그 힘이 어디서 비롯되는 것인지 알아보는 것은 그것을 옹호하기 위함이다.

2

충분히 자유로운 개인이라는 믿음은 애초부터 정해져 있는 현실적 삶의 결과를 개인이 자율적 선택에 대한 책임으로 떠맡아야 한다는 도덕적 감

---

[1] 한병철, 『피로사회』, 김태환 역, 문학과지성사, 2012, 52~53쪽.

정을 유포시킨다. 그런 사회에서 현실을 탓하거나 회피하는 행위는 무책임하고 비도덕적인 것으로 해석되기 십상이다. 현실이 원하는 것은 현실을 바꾸기 위한 더 좋은 생각보다는 주어진 상황에 최선을 다하는 무한한 긍정론이다. 긍정의 힘이 나 자신을 더욱 가치 있게, 자유롭게 만들어주리라는 메시지는 이미 오래전부터 대항 세력 없는 이데올로기가 되어버린 것만 같다. 민주주의와 자유를 옹호하는 우리가 이런 이데올로기에 순응하게 될 줄은 몰랐지만, 이제 와서 적당히 순응하는 삶을 부인하기도 어렵게 되었다. 그런 심정이기 때문에 안희연의 시에서 시적 주체인 '나'가 멈추지 말고 계속 작동하라는 현실의 요구에 복종하는 주체라는 점을 쉽게 고백해버린 것이 적잖이 당황스럽기는 하다. 그러나 이것을 인정하지 않고서 우리는 다음 단계로 나가기 어렵다.

이 방엔 나와 모래시계뿐이다

나는 그것을 뒤집고
다시 뒤집는 일을 한다

머릿속이 우유로 가득한 것처럼
정신이 흐릿해질 때마다

삶이 정말
이것뿐일 리는 없다는 생각을 하게 된다

그렇지만 이 방은 복종에 적합하게 설계되었고
그의 목소리는 끈질기게 들려온다
그는 내 눈동자가 비어 있기를 원한다
작동을 멈추어서는 안 된다고

그러고 보니 테이블은 엎드린 사람 같다
모두들 버티고 있다

끊어낼 수 있어야 사랑이 아닐까
내일은 오지 않는 동안에만 내일이라는 것을 알지만
정답 같은 세계를 움직일 불의 고리가 되는 일
몸을 채워 부르는 노래들

이런 나의 생각을 읽은 것인지
그가 또다시 일을 도모하고 있다

그가 나의 발목에 체인을 감고 있지만
꿈이겠지

눈을 떠도
안대를 벗어도
불을 켜도

여전히 캄캄하다

— 안희연, 「고리」 전문(『현대문학』 2016.7)

"복종"의 "방"은 현실에 대한 알레고리이다. 하지만 수사로 받아들일 필요가 없을 만큼 익숙한 상황을 나타낸다. "정답 같은 세계" "모래시계"를 뒤집는 반복적인 삶, "복종에 적합하게 설계"된 "방", 테이블처럼 엎드려 버티는 무력한 현대인의 이미지는 '나'의 눈동자마저도 감시하고 조종하는 현실 세계를 비유하는데, 문학작품에서 이런 감시 사회의 이미지가 표현된 것이 결코 새로운 일은 아니다. 현실에 대한 익숙한 알레고리보다 중요한 것은 다음과 같은 '나'의 두 가지 포즈에 있다.

첫째, '나'는 복종하는 자와 회의하는 자로 분열된다. '나'를 현실에 대한 관찰자의 위치에 두지 않고 자기 자신도 "테이블"처럼 엎드려 버티는 다른 사람들과 마찬가지로 현실에 철저히 굴복된 상태라는 것을 전제하고 있기 때문에 자신은 자율적 주체라는 자기기만에 빠지지 않고 있다. 그러나 한편으로 '나'는 의식이 명징한 순간이 아니라 오히려 "머릿속이 우유로 가득한 것처럼/정신이 흐릿해질 때" 삶을 의심하게 된다. 눈동자마저 조종당하는 공간에서 '나'의 의식도 통제되는 것은 물론이기 때문에 "삶이/정말 이것뿐일 리는 없다는 생각"은 스스로 의식을 통제하지 못하는 순간에 경험되는 것이다.

둘째, '나'는 기다리는 자이다. '나'는 이 방이 "작동"을 멈추는 시간, 즉 종말이 도래하기를 기다린다. 현실의 작동을 멈추는 일은 타협이 아니라 한 덩어리의 지각을 "끊어"내듯이 단호하고 파괴적인 힘을 필요로 한다. 그런 힘을 "세계를 움직일 불의 고리가 되는 일"에 비유하는 '나'는 그것을 "사랑이 아닐까"라고 추측한다. 요컨대 '나'에게 "불의 고리"와도 같은 "사랑"은 현실이라는 감시의 매트릭스를 "끊어낼 수 있"는 파괴적 힘을 뜻한다. 그런데 그것은 "내일"이라는 미래에 예기되어 있고, '나'는 그 힘을 믿으며 그것이 도래하기를 기다리는 자이다.

"내정된 실패의 세계"(「기타는 총, 노래는 총알」, 『너의 슬픔이 끼어들 때』, 창비, 2015)에서도 그러했듯이 시인은 현실에서의 실패를 순순히 받아들이는 소극적 포즈를 취하고 있지만, 어떤 상황 속에서도 잔존하는 "우리"의 삶을 미래에 의탁하는 상상력은 실패를 실패로 받아들이지 않는 부정성을 내포한다. 안희연은 긍정의 논리로 개인의 자아를 몰수하는 현실의 지배를 솔직히 인정하면서도 한편으로는 현실을 부정하는 힘을 상상함으로써 무력함에 빠지지 않는 특유의 포즈를, 이 시에서도 보여주는 것이다.

안희연의 시가 말해주듯이 현실을 부정하는 힘은 현실의 내부로부터 나오지 않는다. 안희연이 그 힘을 "내일"이라는 미래로부터 가져왔다면 한인

준은 생경하고 창조적인 그 힘을 꿈이라는 미지의 세계로부터 얻고자 한
다. 우리가 보편적으로 경험하는 현상으로서 꿈은 인과율로 이해되지 않
으며, 언어로 완전히 환원되지 않는 현상이다. 그러나 꿈은 항상 언어를
초과하고 상징과 질서를 벗어나 누구도 가보지 못한 장소로 우리를 데리
고 가기도 한다. '종언'이란 제목이 암시하듯이 한인준의 시를 읽는 우리는
문장들이 조금씩 사라지는, 그리고 문장들과 함께 시적 주체인 '나'도 조금
씩 희미해지는 "미묘"하고 몽환적인 감각을 경험하게 된다.

> 천천히를 생각합니다
> 천천히만을
>
> 물결과 구름은 조금 맞는 것이고
>
> 조금만을 생각합니다
> 조금만을
>
> 손가락이 까딱만큼 미묘해지는 일에 대해
>
> 모래알을 쥐어도 새어 나가는 멀고 먼에 대해
>
> 나는 갑자기의 옆으로 갈 것입니다 이대로
> 오자마자와 애틋합니다
>
> 꿈속에서 당신이 아닌 당신의 꿈속을 만나
>
> 아무도를 생각합니다
> 아무도만을
>
> …(중략)…

바람과 불 것입니다
불어오지 않는 바람도 바람이라고 생각하는 힘에 대해

꿈속에서 당신이 아닌 당신의 꿈속을

— 한인준, 「종언」 부분(『현대문학』 2016.7)

"모래알을 쥐어도 새어 나가는" 것처럼 "천천히" "조금씩" 문장이 사라지는 궁극적 이유는 시인이 의미를 만들기 위해 문장을 쓰는 것이 아니기 때문이다. 한인준은 생경한 이미지나 분열증적 목소리에 기대지 않고 주어진 문장의 연결부를 헐겁게 하는 방식으로 의미를 해체시키는 자기 나름의 '종언'을 실행한다. 조사를 교체하고 단어의 순서를 바꿈으로써 결합관계(Syntagme)가 느슨해지고, 예측 가능한 문장의 의미와 함께 글쓰는 이의 의도와 목적도 사그라들게 만드는 것이다. 그러나 궁극적으로 종언의 세계가 무(無)의 상태를 향하고 있는 건 아닌 듯하다. "아무도를 생각합니다/아무도만을"이라고 말하는 시인은 주어지지 않은 것과 의도되지 않은 것을 사유하는 주체이다. 이것을 단서로 보면, 시인의 종언은 침묵에 빠지는 것이 아니라 "당신의 꿈속"처럼 언어를 초과하는 이미지의 세계를 그리고 언어로 규정할 수 없는 존재를 경험하기 위한 시도로 보인다.

꿈꾸는 삶을 깨어 있는 삶과 더불어 삶의 절반이라고 보았던 니체에게 꿈은 합리적인 사고를 넘어서는 창조적인 사유의 스승이었다.[2] 이 시가 보여주듯이 한인준 시인에게도 꿈은 "불어오지 않는 바람도 바람이라고 생각하는 힘"을 배우는 창조적 사유의 장소이다. 시인은 꿈으로부터 언어가 말해주지 않는 것을 배운다. 오래전에, 꿈을 신성한 계시라고 믿었던 인디

---

2) 니체의 『비극의 탄생』(김대경 역, 청하, 2000)과 『차라투스트라는 이렇게 말했다』(정동호 역, 책세상, 2000) 참조.

언들이 꿈으로부터 지혜만이 아니라 거룩한 시와 노래를 배웠듯이 말이다.

3

『한여름 밤의 꿈』의 결말은 이렇다. 숲에서 돌아온 연인들의 이야기가 알려지자 사람들은 믿기 어려운 이상한 이야기라고 생각한다. 아테네의 공작은 그들－연인들만이 아니라 광인들과 시인들이 만들어내는 환상에 가까운 이야기를 믿을 수 없다고 말하면서도 그 상상력에는 기쁨을 가져다주는 강력한 어떤 힘이 있다는 걸 인정한다. 그의 말대로 무엇인가가 잡힐 듯 존재하는 것 같지만 도무지 선명해지지 않는 꿈의 상상력은 말 그대로 "아무것도 아닌 환상"(『한여름 밤의 꿈』 5막 1장)에 불과할지도 모른다. 그러나 어떤 법과 권위로도 막을 수 없는 환상적이고 몽환적인 꿈의 기쁨이야말로 고대로부터 지금까지, 시인들이 꿈을 동경하도록 만든 묘약인 것은 아닐까.

잤던 잠을 또 잤다.

모래처럼 하얗게 쏟아지는 잠이었다.
누구의 이름이든
부르면,
그가 나타날 것 같은 모래밭이었다. 잠은 어떻게 나의 바닥을 다 메우도록
그 많은 모래를 옮겨왔을까?
이런 생각을 하며,

멀리서부터 모래를 털며 걸어오는 사람들을 보았다. 모래로 부서지

는 이름들을 보았다.
　가까워지면,
　누가 누군지 알 수 없었다.

　해변이 끝없이 펼쳐져 있었다.
　잤던 잠을 또 잤다.

　꿨던 꿈을 또 꿨다. 나는 언제부터 파도 소리를 듣고 있었을까? 이런
생각을 하며, 그리고 언제까지……

　누군가가 누군가를 부르면,

　내가 돌아보았다.

　누군가가 누군가를 부르지 않아도
　나는 돌아보았다.
— 신용목, 「꿈」 전문(『문학과 사회』 2016.여름)

　시인의 잠은 우리를 고요한 해변의 모래밭으로 안내한다. 먼 바다로부터 물결이 밀려오고 다시 빠지기를 반복하며 해변에 조금씩 엇갈리는 물결선을 겹쳐놓는다. "잠" "모래" "파도 소리" 등 모호한 경계들을 만들어내는 시적 장치들은 형상도 경계도 없는 꿈의 장소 이미지를 만들어낸다. 한편 이 시에서는 잠을 자고, 꿈을 꾸는 행위들이 반복되는데, 시인은 마치 꿈을 꾸기 위해 계속 잠을 청하고 있는 것만 같다.

　시인의 꿈에서 일어나는 일을 살펴보기로 하자. '나'는 처음엔 누군가의 이름을 부르면 "그가 나타날 것 같은" 기대감을 갖는다. 그런데 꿈속의 내가 누군가를 부르려고 하면 그 이름들이 "모래로 부서"져버려 '나'는 누구의 이름도 부르지 못한다. '나'는 꿈속에서 아무것도 할 수 없는 처지인데,

어디선가 누군가가 부르는 소리가 들려온다. '나'를 부르는 것인지 아닌지 알 수 없지만 "누군가가 누군가를 부"를 때도, "누군가가 누군가를 부르지 않아도" 꿈속의 '나'는 부르는 쪽을 돌아본다. 여기서 궁금해지는 것은 내가 왜 나를 부르지 않아도, 아무도 부르지 않아도 돌아보고 있는가이다. 하지만 우리는 '나'는 누구인가라는 진짜 질문을 먼저 던져야 한다.

보다시피 시인이 자신의 꿈을 통해 우리에게 보여준 것은 멋진 꿈의 이미지가 아니라 누군가의 부름에 응답하는 '나'라는 존재의 수수께끼이다. 시인의 수수께끼는 그대로 남겨두는 것이 좋지만 간단히 실마리를 풀어보자면, 중요한 전제는 꿈속에서 우리가 능동적인 행위의 주체가 아니라 수동적인 주체로 존재한다는 것이다. 우리가 꿈을 꾸는 것이 아니라 꿈이 우리를 찾아온다는 속담처럼 누구도 꿈을 자신의 의지대로 통제할 수 없기 때문이다. 그러므로 꿈의 세계에서는 누구라도 자신의 의지대로 누군가를 부르는 능동적 주체가 아니라 꿈이라는 타자의 부름에 응답함으로써 존재를 인정받는 수동적 주체의 위치에 선다.

신용목은 자신의 꿈을 매개로 '나'는 누구인지 묻고 있었다. 꿈속에 있을 때와 마찬가지로 타인이라는 세계에서 살아가는 '나'는 자기 확실성을 결여한 채 타인의 부름과 인정에 기대어서만 존재를 인정받는다. 이것이 '나'는 누구인가에 대한 시인의 대답이다. 그런데 이 수동적이고 불확실한 존재는 현실이 제조한 긍정적 삶이라는 자기기만에 빠진 주체와 대척점에서 있음으로써 불온한 존재가 된다. 확실성의 주체에게는 자기 확실성을 결여한 '나'의 포즈가 위험하게 보일 뿐이다.

깨어 있으면서도 자꾸만 꿈의 세계를 돌아보는 사람, 깨어 있으면서도 꿈으로부터 들려오는 부름에 응답하는 사람, 그렇게 꿈의 세계에 압도당하는 이들은 규정되지 않는 그것에 완전히 매료되어서 현실을 부정하는 힘을 얻는다. 그들은 긍정하라는 이데올로기를 거부하고, 대신에 위험하고도 창조적인 파괴와 종말을 초래할 힘의 도래를 상상한다. 현실을 부정하는 힘을 "내일" 도래할 사랑이라고 말할 수도 있고, 문장의 종언 이후 도래할 창조적 이미지와 사유라고 말할 수도 있을 것이다. 우린 아직 그들, 위험한 꿈의 숭배자들의 전모에 대해서는 말하지 못했다. 그들이 보여주는 포즈의 위험성만을 감지해보았을 뿐이다.

소년은 다시 태어난다

—조원효의 시

세상은 소년을 두려워하지 않는다. 무럭무럭 자라 곧 성숙한 어른이 될 테니 지금의 미성숙함은 훈육의 대상일 뿐 두려움의 대상은 아니다. 어른들의 세계로 호명되기 전까지 작고 사나운 짐승에 불과한 그들이 야만을 감추지 못하고 어른들의 세상을 조롱하며 종주먹을 들이대도 견고한 세상은 흐트러지지 않을 것이다. 자신의 미성숙함을 부끄러워할 줄 모르는 소년은 곧 어른이 되고 말 테니까.

그러나 모두가 어른이 되는 것이 아니다. 2010년을 전후하여 우리 시에 등장했던 소년, 소녀 화자들은 기꺼이 어른이 되기를 거절하고 다른 무엇이 되거나 아니면 미성년으로 남아 있는 시적 주체로서 현실의 바깥을 꿈꾸기도 했다. 세계가 자신에게 부여한 규율을 내면화하는 것이 어른이 갖추어야 할 성숙한 태도라면 미성년 주체들은 금기를 어김으로써 어른들이 강요하는 규율을 조롱하는 한편 탈주체화의 가능성을 엿보았던 것이다. 돌이켜보건대 그들이 원했던 것은 촘촘한 그물처럼 삶을 감싸는 질서를 해체하는 것이었다기보다 자신을 규율화된 세계 안으로 회귀하게 만드는 자아를 상실하는 것이었다. 포스트모던 사회의 증상으로서 미성년 주체들이 겪는 자아의 상실은 회복해야 하는 병적 증상에 머무르지는 않았다고 생각된다. 그들이 보여준 전위성이나 탈서정성의 이면에 비소통성에 대한 불만과 의심이 없는 것은 아니었지만 어른-되기에 실패한 미성년 주체의 목소리는 세계에 대항하는 새로운 방식을 보여주었다. 자아로 회귀하지 않고-자기동일성의 과정을 거치지 않고 환상, 분열, 유동성, 탈중심화 등의 전략으로 그들은 견고한 어른들의 세계를 관통했으니까. 작은 균열을 일으키면서.

미성년 주체에 대한 기억을 가지고 우리는 다시 조원효의 시에서 소년을 만난다. 그의 시에는 규율의 세계를 탈주하는 소년들이 자기만의 스웨그(swag)를 발산하듯 분방하게 발화한다. 분절적이고 파편적인 서술 방식, 주어와 서술어의 느슨한 결합, 구분이 불분명한 문장의 연결, 의미의 구성을 단절하는 생략을 뒤섞으며 소년은 자신의 방식대로 이야기를 시작한다. 성장기에 겪는 반항심에 불과해 보이지만 어느새 금기를 위반하는 욕망을 표출하고 분열증적 주체의 욕망을 드러내기도 하며 자조와 조롱을 담은 유머 감각을 발휘하기도 한다. 소년은 어른이 되어가는 중이 아니라 어른이 되지 않기로 선택한 자답게 불온하고 용감하며 자유롭다.

파이프여, 안녕

「구름의 문제」「다시 봄」「마른 시체가 되어 생각해보자」는 일그러진 가족 모형과 나쁜 소년의 출현을 보여주는 시들이다. 위악적인 미성년 화자와 부모 살해 모티프의 도입은 새로운 시도는 아니지만 그 모티프를 구현하는 발화의 특이성은 눈여겨 보아도 좋겠다. 먼저 가족 삼각형의 해체가 선명하게 드러난 「구름의 문제」를 살펴보자.

282

아버지의 페니스를
뒷골목 정육점에다
내다 판 적이 있어요
어른들이여 야, 야망을 가져라… 이러면서

밤 열두 시가 되면
아버지는
아랫도리를 움켜쥐고
나의 파이프 안으로
걸어 들어옵니다

이웃집 불빛이 하나둘씩 꺼지면 엄마는 집 안을 서성이다, 아버지의
중절모는 어디 갔느냐 아버지가 질질 끌던 휠체어는 누가 탈 것이냐 아
버지란 페니스를 잃어도 아버지인 것이다 노발대발 역정을 내며

나의
따귀를 때렸죠

열두 시
잠든 엄마의 얼굴을
조용한 베개로 짓누릅니다

파이프 하나
국화 한 송이
침상에 던져둔 채

　　　　　　　　　　　— 「구름의 문제」 부분(『문학선』 2019.봄)

　이 시는 실제 소년들이 한 번쯤 겪었을 법한 단순한 사건을 탈주의 상상
력을 확장해서 풀어내고 있다. 현실에서라면 아버지의 담배를 피우다가
들킨 소년은 부모의 꾸지람을 듣고 조금은 자신의 잘못을 인정할 것이다.

소년은 반항-훈계-반성의 과정을 반복하다가 어느 순간 스스로 자기반성에 이르렀을 때 비로소 자신도 아버지처럼 성숙한 존재임을 깨닫게 될 것이다. 소년은 그렇게 어른이 되어간다. 그러나 이 시의 소년은 자기반성 없는 반항-훈계-복수의 과정을 거쳐 탈주를 시도한다. 탈주의 과정을 되짚어보면 첫 번째 장면에서 시적 주체인 '나'는 아버지의 파이프를 빼앗아 입에 물고 질주하기 시작한다. 파이프는 아버지의 페니스를 은유하는 것으로서 상징적 질서를 작동시키는 견고하고 단단한 기표이다. 그 자체로 하나의 질서이자 규범인 파이프를 훔친 소년은 아버지의 특권을 침범함으로써 자신을 훈육시킬 수 있는 권위를 무너뜨린 것이다. 파이프를 물고 질주하며 아버지의 권위를 조롱하는 '나'에게 아버지는 "각 나라의 언어로 파이프를 발음해보자"라고 제안해본다. 잃어버린 권위를 되찾기 위해 파이프의 또 다른 기표들을 열거하며 '나'를 회유하려는 것이다. 그러나 '나'는 파이프로 담배를 피우다가 알게 된다. 그렇게 견고해 보이던 기표로서의 파이프가 사실은 "눈송이처럼 흩날"리는 "담뱃재"처럼 아무 의미를 지니지 않은 결여의 기표일 뿐임을 알아차린 '나'는 파이프를 욕망하는 대신 "진짜"를 찾아보기로 한다. 아버지의 집 바깥, 아직 가보지 못한 영토에 있을지도 모르는 "진짜"를.

다음 장면으로 넘어가 보자. 아버지의 페니스를 정육점에 내다 파는 '나'와 자신이 거세된 존재라는 사실을 숨기기 위해 파이프 안에 숨는 아버지, "아버지란 페니스를 잃어도 아버지인 것이"라며 화를 내며 여전히 페니스를 선망하는 엄마는 가족이라는 삼각형을 가까스로 지탱하고 있다. 이 혈연관계는 도저히 부인할 수도, 벗어날 수도 없는 손상되지 않는 위계이기에 가족 삼각형은 좀처럼 무너지지 않는다. 그러니까 이 "핏줄"이라는 위계의 근거가 사라지지 않는 한 언제나 '나'는 가족 질서가 정해놓은 자리에 서게 되는 셈이다. '나'는 정해진 자리에서 벗어나기 위한 수단으로서 부모 살해의 충동을 드러낸다. 가족 삼각형을 벗어나려는 소년 주체의 탈주는 아버지를 거세하는 데서 끝나지 않고 아버지의 페니스를 욕망하는 어머니를 "베개로 짓누"르며 더 확실해진다. "핏줄"도 없는 '나'는 이제 길러줄 사람도, 훈육해줄 사람도 없는 영원히 미성년인 존재가 되어 가족이라는 세계를 빠져나간다.

이 시의 마지막 장면은 시인이 직접 달아놓은 주석 혹은 에필로그에 가깝다. 가족을 떠난 소년은 더 이상 자신이 누구임을 말할 필요조차 없겠지만 이 장면은 자신이 누구인가를 말하기 위해 덧붙은 부분으로 유서처럼 미리 씌여진 것이라는 점이 흥미롭다. **"나는 구름이 낳은 자식입니다"**는 소년 주체의 현재적 발화가 아니라 이미 씌어진 "대사"이다. 이 대사는 '나'를 말함으로써 자신이 누구도 아님을 증명하고자 하는 역설의 시도이다. 의도가 담은 "대사"를 빌려 그가 전하는 것은 어떤 이름으로 불릴 수 있는 모든 가능성에 대한 부정인 셈이다. 다시 말해 이 대사는 자신이 돌아갈 최초의 질서인 가족을 완전히 무너뜨린 '나'는 어떤 식으로도 호명되지 않는 비-주체로 남게 되는 것을 말한다.

「구름의 문제」가 보여주듯이 아버지, 어머니, 자식으로 이루어진 혈연관계를 세 꼭짓점으로 삼는 근대 가족의 삼각형을 해체하는 서사구조는 「마른 시체가 되어 생각해보자」에서도 변주된다. 그리고 좀 더 나아가 탈주의 욕망을 더 강하게 드러낸다. 몽환적이고 그로테스크한 분위기를 풍기는 이 시의 전반부에 등장하는 '나' 그리고 내가 죽었지만 '나'와 함께 앉아서 모과를 먹는 시체인 '너'의 관계에 주목해보자. 의식적 자아로서 '나'와 시체로 환유된 무의식의 타자인 '너'가 공존하는 장면은 시적 주체가 분열증적 주체임을 암시한다. 일반적이 분열증 증세에서 초자아가 쇠퇴한 분열증 환자는 본능적 충동을 억제하지 못하는데, 이 시에서 시적 주체가 대면하는 "마른 시체"가 바로 억제되지 않는 본능적 충동의 한 형상이다. 망상에 빠진 분열증적 주체는 살아 있으면서도 죽은 자신(무의식)을 대면하는 불가능성을 가능한 사건으로 경험하는 것이다. 여기서 중요한 것은 자아를 상실한 시적 주체가 분열증을 앓고 있다는 사실이고 그 증상의 효과이다. 금기를 내면화하지 못하는 분열증적 주체는 오이디푸스적 불안에 억압되지 않으면서 순수한 자신의 욕망을 드러내는 데 성공한다. 들뢰즈와 가타리가 『앙티 오이디푸스』에서 설명했던 것처럼 분열증적 주체는 어떤 대상이나 자아의 신체 이미지로 회귀하지 않고 기계와도 같은 욕망의 흐름을 가능하게 한다. 순수한 욕망의 흐름이 의미하는 것은 무의식을 구성하는 무한한 에너지, 즉 창조적인 변형의 힘과 의지이다. 질서와 규범의 세계를 횡단하는 탈주의 욕망은 바로 여기서 자양분을 얻는다. 이 시에서도 분열증을 앓는 '나'는 무의식의 형상인 '너'를 대면함으로써/욕망함으로써 상징적 질서에 종속되지 않는 욕망을 좇을 수 있는 에너지를 얻는다. 그 무한한 힘이 내 몸을 흐를 때, '나'는 부모들로부터 배운 말들을 잊고("나는 준비된 대사가 떠오르지 않고") 아버지도 어머니도 없이 다시 "태어"난다.

도래할 챔피언

가족이라는 질서 밖에서 태어난 소년들은 어떤 말을 할 수 있을까? 그런 소년의 말을 형상화하기 위해 시인은 시 쓰기로 분출되는 말의 가능성을 시험해보는 중인 것 같다. 「내가 쓰고 싶었던, 주먹」 「맷집 경연」은 주먹을 내지르고 싶은 충동으로 가득 찬 복서들의 이야기이다. 주먹을 잘 쓰는 방법을, 누구의 주먹이 더 강한가를 겨루는 복서들의 이야기는 자신의 말을 찾고자 하는 조원효 시인의 자전적 이야기로 또는 시-쓰기에 대한 메타시로 읽어볼 수도 있겠다.

「내가 쓰고 싶었던, 주먹」에서 복서는 복싱장을 찾아가 "가장 이상적인 주먹의 각도"를 묻는다. 그런데 복서의 질문에 대하여 관장은 다소 엉뚱한 대답을 늘어놓는다. 복서의 입장에서 볼 때, 관장은 엉뚱하거나 무능하고 소통되지 않는 대화가 지속되는 장면은 희극적으로 보이기도 한다. 그러나 두 사람의 대화를 다시 들여다보면 관장의 환유적 말하기는 복서가 찾고자 하는 것을 지연시키기 위한 의도적 장치인 것도 같다. 여기서 "가장 이상적인 주먹의 각도"를 찾기 위해 복싱장에 찾아간 '복서'를 시인과 겹쳐 놓아보자. 복서의 이야기가 시인 자신의 시 쓰기에 대한 알레고리라면, 이 시는 가장 시적인 말을 찾고자 하는 자신의 실패담이다. 그러나 진짜 실패담은 아닌 것이다. 이 실패담은 가장 이상적인 주먹의 각도처럼 가장 시적의 말의 가능성은 하나의 가능성을 지연시키고 또 다른 것을 찾아보도록 만드는 데 있음을 말해주기 때문이다.

> 환상적인 날씨 몰려든 사람들 찍어대는
> 카메라 챔피언은 누구일까
>
> 메이웨더, 너의 주먹은 직유법이다 너무
> 트레이트 하잖아 조금 더 돌려 때릴 순 없을까
>
> 둘은 이내 쓰러진다 하지만 입에 문 콘샐러드의 맛이란, 피의 맛이란, 싸울 줄 아는 녀석이군 무언가 오고 있다 맥도날드의 빛나던 전광판이 꺼지고 사람들이 도망가고 사실, 그런 동화는 없습니다
>
> 멀리서 비유의 챔피언 그가
> 나체의 모습으로 달려오고 있다
>
> ― 「맷집 경연」 부분(『문학선』 2019.봄)

「맷집 경연」은 실제 파이터들의 이름을 차용하여 두서없는 대사나 상황을 연출함으로써 유머러스한 분위기를 가장하고 있다. 은유와 직유의 주

먹을 날려대며 시 쓰기의 챔피언이 되려는 '파퀴아오'와 '메이웨더'는 결국 "입에" 콘샐러드를 물고 쓰러지고 만다. 시 쓰기를 챔피언이 되려는 복서들의 주먹에 빗댄 이 시는 경쾌하고 발랄한 분위기를 띠고 있지만 그 분위기를 관통하는 것은 시를 둘러싼 현실적 환경이나 인위적인 욕망에 관한 자조적 감각이다. "맥도날드"를 배경으로 삼은 것이나 '파퀴아오'나 '메이웨더' 같은 실제 복서들이 "흩날리는 돈다발과 함께 거친 잽을 선보"이는 장면, 또는 "카메라 챔피언"같은 구절들에서 나타나는 것은, 자본주의 체제 안에서 파이터의 주먹이 물질로 즉각 환원되듯이 시를 쓰고자 하는 욕망도 그런 것이 아닐까라는 의구심이다. 또 맥도날드와 관객의 카메라에 길든 주먹은 진짜 챔피언의 주먹이 아닌 돈다발을 얻기 위한 희극에 불과하듯이 독자의 환호를 기대하는 시 쓰기도 한 편의 희극으로 전락할지 모른다는 의혹과 회의이다.

조원효 시인이 시 쓰기에 대한 자기 의심이 도달하는 어떤 결론이나 전망까지 말하는 것은 아니지만 이 시들은 대체로 만족스럽다. 소년 주체를 빌려 드러내는 탈주의 욕망이 다소 미성년 주체의 발화적 특징들에 묻혔다면 이에 비해 시인이 스스로에 대한 의심을 드러내는 이 시들은 소년다운 발화의 스웨그를 제대로 탄 느낌을 준다. 그리고 의심들 끝에서 열리는 가능성도 기대된다. "나체의 모습으로 달려오"는 "비유의 챔피언"은 그가 누구인지 짐작도 할 수 없지만 아직 만나보지 못한 주먹을 가진 복서일 것이다. 그의 주먹이 어떨지 상상해보시라. 누구도 시도해보지 못한 이상적인 각도를 자기도 모르게 뻗어내는 익명의 복서, 세상을 두려움에 떨게 할 그가 곧 온다.

제3부 얼굴, 유령, 이야기

재현된 세계의 종말과 감각의 시작

— 정선율의 시

동물-되기

말 없는 동물의 응시에 사로잡히는 순간이 있다. 그 눈은 아무 의미도 드러내지 않지만 그렇기 때문에 의미의 주체인 '나'의 시선을 무기력하게 만든다. 심연의 입구처럼 열린 동공은 그 시선의 의미를 발견하려는 주체의 욕망을 외면한 채 오히려 주체를 대상으로 만들어버린다. 철학자 데리다는 자신을 응시하는 고양이의 시선에서 어떤 경계 너머에 있는 '인간의 끝'을 보았다고 고백하기도 했는데, 언어로 설명하기 힘든 이 사로잡힘의 경험은 의미의 재현을 거부하는 회화와 음악과 시에서도 종종 일어난다.

정선율의 시에서도 이것을 경험한다. 해석의 주체인 내가 점차 의미의 바깥으로 인도되는 이 경험은 나로 하여금 동물의 응시에 사로잡힌 것과 같은 수동성을 느끼게 한다. 정선율의 시는 분명 우리가 알고 있는 언어로 쓰였지만 파편처럼 나열된 문장들을 읽다 보면 비규범적 서술에 맞선 해석의 욕망은 동물의 응시를 인간의 언어로 재현하는 것처럼 무안하고 어색하기만 하다. 정선율의 시 앞에서 느끼는 당혹감은 어디서 오는 것일까.

재현을 거부하는 비규범적 언어가 야기하는 혼란스러움은 어느 정도 '의도된 비이성적 사유'(원구식)의 산물일 것이다. 그러나 한편으로는 의도를 통해 통제할 수 없는 우연과 충동이 개입하면서 만들어진 예측 불가능성의 산물이다.

우리가 읽은 몇 편의 시에서도 나타나듯이 혼란스러움과 예측 불가능성은 타자로서의 동물을 시에 끌어들인 데서 기인하고 있다. 정선율 시인에게 동물은 시선의 대상이 아닌 시적 주체이고 시인 자신이며 발화자이다. 물론 엄밀히 말하면 시적 진술을 하고 있는 동물이 인간의 언어로 재현한 의인화된 동물을 거부하고 언어적 주체인 우리가 해석할 수 없는 동물의 말을 들려준다는 점에서 그것을 '~주체'라고 말하기는 어렵다. 뿐만 아니라 동물 발화자의 진술은 이해와 해석의 영역 바깥에 있다. 잡음과도 같은 비규범적 문장은 의미와 맥락이 아니라 울음이나 짖음과도 같은 동물의 소리를 매개하는 도구일 뿐이다. 따라서 스스로 동물이 되어 발화하는 시인의 동물-되기 전략은 처음엔 의도적으로 시작되었을지 몰라도 의미와 재현을 거부하는 발화들은 점차 우연과 예측 불가능한 지점을 향해 나아간다.

시적 발화를 통한 동물-되기는 인간과 동물의 경계를 지움으로써 동물이라는 타자를 '나'로 통합하는 작업이다. 그런데 인간과 동물의 경계에 대한 의심은 오래전부터 제기된 것이었고 사실상 그 경계의 모호성은 인간에 대한 물음과 사유를 확장하는 계기들이었다. 예컨대 일생을 박물지 작업에 바쳤던 뷔퐁(Buffon, 1707~1788)은 동물이 없었다면 인간의 본질을 이해하기 어려웠을 것이라고 말한 바 있다. 그는 비록 인간을 제외한 사물들을 조사하고 연구했지만 그 연구의 결론은 인간을 포함한 피조물 전체가 '존재의 거대한 사슬'을 이루고 있다는 지점으로 수렴되었다. 후대의 철학자들이 논하는 것처럼 인간은 비인간적인 것, 그러니까 자기 안의 동물 없이는 스스로를 설명할 수 없는 존재라는 점에 이르지는 못했으나 뷔퐁이 인간과 동물의 존재가 분리 불가능함에 처해 있다는 것을, 인간과 동물의 경계가 반쯤 열리고 반쯤 닫힌 채 모호하게 존재한다는 걸 몰랐을 리는 없다.

좀 더 직접적으로 인간과 동물 간 경계의 모호성을 드러낸 것은 카프카의 작품에서였다. 카프카는 어느 날 갑자기 벌레로 변하는 충격적인 변신 사건을 소설로 보여주었는데, 변신을 통한 동물-되기는 인간이 자기 정체성의 이미지에 동물의 타자성을 통합함으로써 스스로를 정의하는 존재임을 인정하는 사건이었다.[1] 여기서 중요한 것은 자기 스스로를 설명할 수 없는 상태, 즉 "내가 이해하지 못하는 삶"(「파란색은 사랑하는 시간이었다」)에 처한 인간이 동물로 변신함으로써 주체에서 타자로 전락한 이 사건에서 인간과 동물은 경계를 사이에 둔 존재가 아니라 동물성을 공유하는 존재임이 드러났다는 것이다.

동물-되기를 통해 타자성을 '나'로 수렴하는 통합의 시도는 정선율의 시가 출발하는 지점이기도 하다. 자기 자신 안에 내재한 동물로서의 '나'를 받아들이고, 그런 '나'의 목소리를 들려주는 작업으로써의 시 쓰기, 그것은 의미에 갇힌 인간이 경험하지 못하는 감각을 증언하며 비규범적인 언어로 의미의 바깥에 대하여 발설하는 작업이라고도 말할 수 있다.

부계(父系)의 종말

동물-되기라는 전략은 「아버지, 소리는 희망인가요」 「파란색은 사랑하

---

1) 게르하르트 노이만, 「인간과 동물의 경계에 있는 인류학」, 『실패한 시작과 열린 결말/
    프란츠 카프카의 시적 인류학』, 신동화 역, 에디투스, 2017, 147~155쪽 참조.

는 시간이었다」「나는 지금 옥수역을 지나간다」에서 가시적으로 나타난
다. 이 작품들에서 시인은 일인칭 동물 발화자로 하여금 말하게 하는데,
「아버지, 소리는 희망인가요」에서 '나'는 쥐로서 말하고, 「파란색은 사랑하
는 시간이었다」에서 '나'는 곧 도살당할 운명의 돼지로서 말한다. 「나는 지
금 옥수역을 지나간다」에서 '나'는 인간과 물고기의 경계에 있는 화자로서
말한다. 그런데 동물로서 발화하는 각각의 이야기는 비서사적이고 단절적
이어서 무엇을 의미하는지 단정하기 어렵다. 동물의 응시가 의미를 전달
하는 시선이 아닌 것처럼 그들이 들려주는 말 역시 서사화되지 못한다. 게
다가 동물인 '나'는 언어적 이해를 벗어나는 지점에서 발화하기 때문에 이
해와 공감의 대상이 될 수 없다. 우리는 시 텍스트를 경유하여 발화의 단
편에 접근할 뿐이다. 동물 발화자가 등장하는 정선율의 시가 공통적으로
표출하는 것은 죽음의 위기이다.

> 기차의 끝을 생각한다
> 나의 형과 아버지가 온몸이 썰린 채 봉투에 담겨있는 냉동 화물칸 안
> 에서,
> 나는 남겨진 돼지로 차창에 비친 나를 본다
> 이곳의 삶은 더 아프거나 죽거나 둘 중 하나다
> 내가 이해하지 못하는 삶은 풍경이 채워줄 것이다
> ― 「파란색은 사랑하는 시간이었다」 부분(『시사사』 2018.3-4)

동물 화자를 통해 드러나는 것은 부계를 통해 이어지는 죽음과 고통의
계보다. 정선율 시인은 이전 시에서도 발화자인 '나'에게 남성성을 부여해
왔고, 아버지에서 '나'로 이어지는 부계가 고통과 죽음을 향하고 있음을 암
시해왔다. 역사는 아버지에서 아들로 이어지는 부계의 전통이 삶의 질서
와 규범을 만들고 인간의 문명을 건설한 토대였다고 서술하고 있지만, 동

물의 발화에서 부계는 죽음의 상징일 뿐이다. "아프거나 죽거나 둘 중 하나"인 채로 죽음을 향해 가는 비극적 운명만이 아버지에서 아들에게로 대물림된다. 이 운명의 비극성을 극단적으로 보여주는 것은 "형과 아버지가 온몸이 썰린 채 봉투 안에 담겨있는 냉동 화물칸"에서 "차창에 비친 나를" 보는 장면이다. 부계의 해체와 파국을 상징적으로 드러내는 이 장면은 비극적이라기보다 그로테스크한 분위기가 압도적이다. 그 이유는 차창에 비친 것이 인간의 얼굴이 아닌 동물의 머리이기 때문이다. 얼굴이 아닌 동물-돼지의 형상은 고통이나 공포와 같은 의미를 전달하는 데 (의도적으로) 실패한다. 뿐만 아니라 이 시의 뒷부분에서 "도망간 돼지들은 사나흘 머리통이 깨져 다시 우리 앞에 나타나"기도 하는 등 점차 그 형상마저도 잃어 간다. 죽어있는 고깃덩이와 함께 기차를 타고 죽음을 향해 가는 '나'의 여정, 그것은 부계가 상징하는 인간 사회의 위계와 질서의 종말이다.

부연하자면 정선율 시인에게 부계가 상징하는 인간의 삶은, 이미 대상의 의미가 위계에 의해 정해져 있다는 점에서 "자신을 잃"고 "목적지에 도착"하는 것과 같다. 부계의 역사 속에서 우리는 삶이라는 의미에 안정적으로 도달하기 위해서 언어화할 수 없는 감각은 억압하거나 탈각시켜 왔기 때문이다. 시인은 감각을 억압하고 의미를 강요했던 부계의 역사에 동의하지 않는다. 질서와 의미의 지배하에서 감각이 제거된 삶은 "목적하는 이상향을 정해놓고, 거기에" 자신을 "끊임없이 우겨넣는"(「나는 지금 옥수역을 지나간다」) 것처럼 폭력적이라고 느낀다. 그러므로 아버지와 아들로 전승되는 죽음의 운명이 상징하는 부계의 종말은 의미를 너머 감각의 세계로 나가기 위한 첫 번째 조건이 되는 셈이다.

감각의 가능성

정선율의 시는 규범적 차원에 있는 "현실적인 언어"와 비규범적인 언어의 경계를 횡단하면서 시작되었다. 규범적인 언어가 의미를 구성하고 형상을 재현하기 위한 목적을 향하고 있다면, 비규범적인 언어는 의미를 해체하며 익숙하지 않은, 경험되지 않은 감각을 향한다. 이때 언어적 경계의 횡단은 시인에게 인간이자 동물로서 자신이 존재하는 방식을 스스로 묻고 사유하는 과정이었다. 그 과정에서 시인은 동물-되기와 더불어 현실적 언어 규범을 이탈하는 전략을 통해 감각의 세계와 접속하고자 했다.

여기서 잠시 시인이 현실적 언어에 대해 서술한 대목을 돌이켜보자. "현실적인 언어들을 쓰기 시작했다. 한번도 그래본 적이 없었는데, 삶의 단편들을 꽤나, 나를 변화시켜 주고 있다. 시력 2.0"(「나는 지금 옥수역을 지니간다」) 이 진술이 뜻하는 것은 대상을 바라보는 주체의 시선에 포착되는 삶이란 곧 규범적인 언어로 환언되는 삶이라는 점이다. 규범적 언어로 환언되는 삶의 세계는 자신의 감각을 통해서 경험된다기보다 질서와 위계 속에서 이미 의미화된 세계이고, 경험된 감각을 수용하는 세계이다. 이것이 바로 시인이 벗어나고자 하는 지점이다. 자신의 시선을 지배하는 경계들을 지우는 것, 거기서부터 감각의 열림이 시작되고 '나'에 대한 물음도 시작될 수 있기 때문이다. 모든 가능성을 가로막는 의미의 세계에서 벗어나기 위해 시인은, 그리는 자에게 지우게 하는 역설을 행하게 한다.

> 화가는 자신을 지워 보트를 채우고,
> 빛은 바다에 흔들리는 자신에게 묻는다.
> 대체 나는 누구입니까.
> …(중략)…
> 화가는 반쪽 잎만 남겨두고 모두 지운다. 늑대가 양의 귀를 가졌는지

는 기억나지 않는다.

　차를 마시는 시각에 차를 쏟는다. 차를 쏟았으니 무엇이 뜨거운 것이고 무엇이 차가운 것인지 구분하지 못한다.

　화가는 보트를 세우기 위해 몇 번의 바다를 지운다.

　그럴수록 바다가 내게 온다.

— 「바람이 오른쪽에서 왼쪽으로 불어요」 부분

(『시사사』 2018.3-4 재수록)

　눈앞에 보이는 세계를 자신의 캔버스에 재현하고자 하는 화가는 보는 주체, 시선의 주체이다. 시선의 주체는 빛이 세계를 비추는 한 자신의 눈으로 세계의 모든 것을 볼 수 있고 또 그것을 재현할 수 있다고 믿는다. 그러나 우리의 언어가 정말 세계를 재현할 수 있을까?

　정선율 시인에게 세계의 재현은 불가능성이다. 동물의 응시가 말해주듯이 세계는 감각을 통해 교접하는 하나의 몸이며, 그로써 우리가 얻게 되는 것은 살아 있음의 생생한 감각이다. 그런데 '나'의 시선이 아니라 몸을 통해 경험하는 세계에 대한 감각은 '나'의 것이면서 동시에 나의 내부에 통합된 타자—동물의 것이기 때문에 애초부터 세계에 대한 감각의 재현은 불가능의 영역에 있는 것이다. 때문에 시인의 문장에서 재현된 세계에 대한 의미를 발견하려는 시도들은 언제나 실패를 경험할 뿐이다.

　하지만 해석의 실패는 또 다른 변화 가능성을 시사한다. 재현 불가능성은 보는 주체-해석의 주체를 수동적으로 변화시키기 때문이다. 위 시에 등장하는 화가는 보고 그리는 재현의 주체가 아니라 재현된 세계를 지우는 자이다. 지우면 지울수록 "늑대가 양의 귀를 가졌는지 기억나지 않는" 화가 앞에서 재현된 세계는 점점 사라지는데 마침내는 세계에 대한 기억을 잃어가면서 화가 자신도 사라진다. 재현된 것이 모두 사라지자 시인은 비로소 감각의 "바다가 내게 온다"고 진술한다. 「파란색은 사랑하는 시간이었다」의 결말처럼 "목적지"에 도착하지 않은 '나'는 의미화된 세계를 벗어나 "파란색"이라는 감각의 바다에 다다르고자 한다. 바다는 아무것도 정해지지 않은 무한한 감각의 세계이다. 말할 수 없고 오직 감각할 수만 있는 실재로서 "파란색"은 언어화되지 않는 감각의 가능성을 시사한다.

정선율의 시 쓰기는 인간 아닌 동물을, 언어 아닌 소리를, 형상 아닌 비형상을 추구하며 진행된다. 도착지가 정해지지 않은 세계를 향해 가는 정선율의 시는, 비삽화적인 형태는 먼저 감각에 호소하고 그다음에 서서히 사실을 향해 흘러간다는 프랜시스 베이컨의 말을 떠올리게 한다. 시인 역시 형상을 지우고 대신 감각의 가능성을 열어두고자 하기 때문이다.

시차적 세계의 소년들

─ 구현우와 홍지호의 시

> 자신의 삶과 존재를 공공 영역으로의 모험에 바친 사람만이
> 인간성을 획득할 수 있다.
>
> ─ 한나 아렌트, 『어두운 시대의 사람들』 중에서

더없이 남루한 '여기'

한동안 우리는 좋은 사회를 만드는 특효약을 처방하듯 필사적으로 소통과 공감을 강조했지만 타인을 향한 극단적 혐오와 폭력을 예방하는 데 실패했다. 왜 그런가에 대한 납득할 만한 답을 찾지 못한 채 우리에게 남은 건 '여기'를 떠나고 싶다는 충동과 무기력함이다.

다시 펼쳐보고 싶지 않은 한 벌의 남루처럼 초라하기만 한 '여기'는 대체 어디인가. 한쪽에서는 소통과 공감의 구호가 나부끼는 가운데 다른 쪽에서는 적나라한 여성 혐오 범죄가 일어나고 각종 추문들이 연일 폭로되고 있는 '여기'는, 불행히도 우리 모두의 삶이 연루된 공동의 세계이다.

한나 아렌트는 타인들과 함께 살아가는 이 공적 영역(public realm)을 인간성의 실현을 위한 장소로 보았다. 아렌트가 강조한 것은 공적 영역이 나와 타인들 간의 사이(in-between)를 전제로 성립된다는 점이었다. 사이는 사람들을 결집시키거나 분리하는 작용을 하고, 이 사이 공간에서 우리는 말과 행동으로써 자신이 누구인가를 타인들에게 드러내며 실재성을 확인한

다.[1] 그러므로 공적 영역으로부터의 이탈은 타인 없는 삶으로 돌아가는 것이자 자신의 실재성과 인간성을 확인할 수 없는 존재의 고립을 뜻한다.

그러나 안타깝게도 지금, '여기'에서는 공적 영역으로부터의 이탈 현상이 급속히 진행되고 있는 것 같다. 이 문제의 연장선에서 얼마 전 문예지를 통해 제기된 '질문'[2]의 의미를 다시 생각해본다. 그 질문은, 일차적으로 추문으로만 남을 뻔했던 문단의 폭력을 폭로했고, 그것이 타인의 인격을 훼손하는 엄연한 죄라는 점을 환기했다. 타인을 욕망의 도구로 전락시킨 매개가 문학이었다는 점에서 문학은 결백을 주장하지 못할 것이다. 문학은 그것을 실현하는 인간과 떨어져서 무중력 상태로 존재하는 것이 아니기 때문이다. 하지만 또 한편으로 우리는 이 질문을 '공적 영역'의 소멸에 대한 경고로 받아들여야 한다. 문학이 우리에게 어떤 것이어야 하는지는 언제나 새롭게 물어야 하고 다시 만들어갈 수 있는 것이지만 그러한 질문이 소통될 수 있는 공간, 즉 공적 영역 자체의 소멸은 도리어 질문의 가능성 자체를 차단하기 때문이다.

함께 모여 있다는 사실은 억압이나 배제가 아니라 더 자유로운 삶을 누리기 위한 조건이 되어야 한다. 타인과 다른 자신의 차이를 실현하는 것이 자유로운 삶이라면 공적 영역이야말로 모든 사람의 '자리'='장소'가 마련된 공간[3]으로서 각자의 자유를 실현하게 하는 곳이어야 한다. 지금까지 문학이 줄곧 희망해온 것이 있다면 문학 스스로가 바로 그런 자유의 공간이 되는 것 아니었을까? 그런 의미에서 우리는 문학적(시적) 공공성은 가능한가를 물어야 하는 시점에 와 있다. 그것이 뭔가를 바꾼다고 믿기 때문은

---

1) 한나 아렌트, 『인간의 조건』, 이진우 역, 한길사, 1996.
2) 김현, 「질문 있습니다」, 『21세기문학』 2016.가을.
3) 사이토 준이치, 『민주적 공공성』, 윤대석 외 역, 이음, 2009.

아니지만 그런 가능성을 찾아보는 일이 두려움과 냉소가 뒤섞인 감정으로 이 사회와 문학을 회피하는 것보다 나은 일이기 때문이다.

공적인 삶에서 문학이 갖는 가치를 강조한 마사 누스바움은 문학이 우리가 사회적 정의를 위한 합리적인 판단을 내릴 수 있게끔 정서를 훈련시키는 텍스트가 될 수 있다고 보았다. 그녀는 문학적 상상력이 편견과 증오에 대항하기에는 너무 미약하다는 의견에 대하여 조심스럽게 시민으로서 우리가 만약 희망을 갖고 또 스스로를 존중하고 싶다면 다른 무엇을 할 수 있는지를 되묻기도 한다.[4] 나는 누스바움처럼 문학적 상상력이 사회 정의로 이어지는 필수적인 가교라고까지 보지는 않지만, 현실에서 보이지 않고 들리지 않는 것들—가령, 사회적 약자나 비주류의 목소리, 정치적으로 배제된 자들의 목소리, 자유로운 발언의 기회를 박탈당한 목소리 등—을 문학이 드러낼 수 있다고는 믿는다. 시는, 공동체적 지배 서사에 얽매이지 않고 자율적인 이미지의 운동을 통해 차이를 조건으로 형성되는 공적 영역에 대한 감각을 구체화할 수 있다고 믿는다. 공통성을 강조해야만 지속되는 공동체로의 회귀를 거부하는 감각, 타인의 자유를 존중하지 않는 낡은 습관과 폭력 들을 거부하는 차이의 감각을 말이다.

시적 공공성이라고 말할 수 있는 차이의 감각과 그것의 연대 가능성을 발견해보기 위해 차이의 공존이 어떻게 가능한지를 보여주는 두 시인의 작품을 읽어보기로 한다. 이번 계절에 발표된 구현우와 홍지호의 시들은 이 남루한 세계를 향해 말을 거는 소년들의 목소리를 들려주었고, 우리는 거기서 장소와 시간에 대한 시차적 문제들을 이야기할 수 있게 되었다. "우리는 모여 있었다고 말할 수 있을까"(홍지호, 「캠프화이어」, 『열린시학』 2016. 가을)라는 시인의 질문을 화두로 이야기를 시작하려고 한다.

---

4) 마사 누스바움, 『시적 정의』, 박용준 역, 궁리, 2013.

차이가 현현되는 장소, 혹은 그 너머

사이토 준이치는 '민주적 공공성'을 복수의 가치와 의견 '사이'에서 생성되는 공간으로 정의한다. 민주적 공공성은 공통성에 기반한 공동체의 한계를 넘어서기 위한 논의로써 제기되는 개념이란 점에서 중요하다. 지금 우리에게 소통과 공감이 필요한 이유 역시 공동체를 만들기 위해서가 아니라 그것을 넘어서서 우리 자신이 복수적 가치와 의견을 가진 존재라는 점을 드러내기 위해서이다. 실제로 현실의 제도 안에서는 우리가 차이를 지닌 존재라는 사실이 자주 망각되고, 소통은 합의를 위한 도구로 사용되기 일쑤다. 거대한 규모의 사회에서 대의민주주의는 불가피한 것이지만 그것이 항상 민주적 가치의 필요충분조건은 아니라는 걸 알면서도 합의에 다다르면 다른 의견들은 배제되기 시작한다. 그런 점에서 민주적 공공성을 실현하는 방편으로서 우리가 요청하고 싶은 시적 상상력은 동질화될 수 없는 차이의 형상이다.

20세기 이후의 문학은 전통적 관념과 동일성의 감각에 저항해왔지만 지금처럼 동질성에 기반한 공동체를 부정해야 하는 난감한 임무를 맡은 적은 없던 것 같다. 오늘날 문학의 임무는 "공동세계가 모두에게 공동의 집합장소를 제공할지라도, 여기에 모이는 사람들의 위치는 상이하다"[5]는 것을 감각적으로 보여주는 일이다. 나는 이것이 다름 아닌 시적 공공성이라고 생각한다. 민주적 공공성의 구성 원리와 마찬가지로 감각적 차이의 공간인 시적 공공성은 미적 자율성에 입각한 감각의 연대에서 실현된다. 공감 능력이 모든 타인이 자유를 지닌 존재라는 걸 전제로 하듯이 감각의 연대 역시 세계에 대한 서로 다른 감각이 평등하게 공존하는 상태를 전제로

---

5) 한나 아렌트, 앞의 책.

할 때 가능하다.

　　벽화가 끊어진 곳에서 펍을 지나치면

　　당신은 춥지 않냐고 묻고 나는 춥지 않다고 말한다 불과 몇 걸음 차
　이로 지명이 바뀌고 문득
　　너무 멀리 와버린 것은 아닐까 고개를 돌리지 않고 당신의 목소리만
　듣고 있으면 당신이 아닌 사람을 떠올리고 만다
　　　　　　　── 구현우, 「빌헬름의 에로티시즘」 부분(『포지션』 2016.봄)

　반복적인 말이지만 우리가 함께 모여 있다고 해서 그 장소에 대해 동일
한 감각을 공유하는 것은 아니란 점이 중요하다. 심지어는 가장 긴밀한 관
계에 있는 연인들의 경우에도 그렇다. 그 미묘한 감각의 불일치를 증명하
듯 구현우는 손을 잡고 걷는 연인들 사이의 미묘한 간극을 장소의 이미지
를 통해 형상화한다. 서로 다른 위치에 있는 '나'와 '너' 사이의 대화는 분
절된 벽화처럼 어긋났고, 오해와 착각도 이어진다. 이 시에서 시인은 '우
리'가 같은 장소를 함께 걷는다고 해서 동일한 위치에서 세계를 경험하는
것은 아니란 점을 얘기하고 있다. '나'와 가장 가까운 '너' 사이에도 좁힐
수 없는 차이가 존재한다는 생각은 다른 시들에서도 변주되어 나타난다.
구현우는 시차와 장소에 대한 시적 상상력을 보여주는데, 집합 단수적이
고 체계적인 표상의 세계를 부인하는가 하면 시차의 차이가 공존하는 장
소에 대한 가능성을 구체적 감각으로 드러내기도 한다.

　　아는 도시에서 길을 잃었다. 모르는 건물로 들어갔다. 그곳에는 눈에
　익은 가게가 많았다.

　　언젠가 와본 적이 있는 기분이었다.

나는 알 것 같은 길에 매료되었다. 출처를 알 수 없는 발소리를 따라 걸었다. 스치는 사람들을 흘깃
홈쳐보니 그래도

같은 세계에 있는 것은 분명해 보였다.

평등한 빛이 제멋대로의 이목구비를 적나라하게 밝혔다. 발소리를 따르던 내가 성별을 알 수 없는 목소리에 끌려가고 있었다. 배가 고팠고
울고 싶은

죄를 짓고 싶은 심정이었다.

— 구현우, 「광시증」 부분(『문학과 사회』 2016. 가을)

"아는 도시"인데도 웬일인지 길을 헤매는 시적 주체가 직면한 본질적 문제는 세계에 대한 표상의 붕괴이다. 시적 주체는 익숙한 도시에서 길을 잃는 사건을 계기로 세계에 대한 인식이 이미 정해진 표상의 체계를 받아들이는 일임을 경험하는 중이다. 통제할 수 없는 번쩍거림이 계속되자 시적 주체는 더 이상 보이는 것을 믿을 수 없게 되고, 보는 행위를 포기한 채 "출처를 알 수 없는 발소리" "성별을 알 수 없는 목소리"를 따라 걷는다. 이 도시의 길들이 보이지/이해되지 않는 시적 주체에게 분명한 것은 사람들이 "같은 세계"에 있다는 감각적 사실과 난데없이 솟아난 자신의 욕망들이다.

이 시를 통해 보자면 구현우에게 장소란 표상의 세계를 벗어날 때 비로소 도달할 수 있는 곳이다. 그는 시 쓰기를 매개로 표상들이 희미하게 사라지는 장소를 상상해보곤 하는데, 그의 상상 속에서 나타나는 (표상으로서의 세계와 변별되는) 장소들에서는 보이지 않던 것들—배고픔과 같은 욕구를 비롯해 "울고 싶은" "죄를 짓고 싶은" 욕망들이 나타나기 시작한다. 합리

적인 언어로 설명되지 않았던 것들, 그리고 표상의 세계에서는 대면해보지 못한 것들이 "제멋대로의 이목구비를 적나라하게" 드러내기 시작한다.

이 시는 '광시증'을 겪는 시적 주체의 경험을 통해 표상을 부인하게 되는 과정을 보여주고 있는데 약간의 비약을 무릅쓰고 말하자면 시적 주체의 경험을 통해 확인할 수 있는 것은 '우리'라는 공동체 안에 잠재된 시차들이다. '광시증'은 시차적 존재의 증상인 것이다. 자기 자신이 시차적 존재라는 걸 인정하는 데서 출발하는 구현우의 시적 상상력은 시차적 차이가 현현되는 장소에 대한 상상으로 나간다.

> 비를 좋아하지만 비에 젖는 건 조금도 좋아하지 않는 너에게
>
> 해주려고 한 얘기가 있어
>
> 선유도에서 만나자 선유도에는
> 오만 색으로 어지러운 화원이 있으니까
>
> 녹음된 빗소리를 들으며 비로소 안정을 찾는 너에게
>
> 어울린다 믿는 풍경이 있어
>
> 혀끝이 둔감해지면 입안 가득 맥주를 머금고
> 어디에선가
>
> 이 통화가 계속되지 않는다고
>
> 네가 여길 때면 무음이 침묵과 다르다면 난치의 감정이라면
> 그건 바라지 않아도 젖어드는 일
>
> 너는 가을옷이 필요하구나 나는 봄옷을 생각하면서

양화대교를 건너고 있어

선유도에서는 볼 수 있을 거야 차마 겉으로는 구분되지 않는 계절

나의 9월은 너의 3월

선유도에서 만나자 선유도에는
직접 본 다음에야 알게 되는 게 있으니까
　　　　　　　— 구현우, 「선유도」 부분(『문학과 사회』 2016.가을)

　아마도 '너'는 '나'의 연인인 것 같지만, 사랑스러운 연인이라고 해서 우리가 서로를 온전히 이해할 수 있는 것은 아니다. 사실 이 시에서 '나'와 '너'의 관계는 이해를 기반으로 하지 않는다. 오히려 '나'는 '너'를 이해하지 못한다. "비를 좋아하지만 비에 젖는 건 조금도 좋아하지 않는 너"는 모순적으로 보이고, 그런 너의 세계는 나와는 정반대 편에 있으니까. 현실의 연인이 이런 상황에 처한다면 대개는 이별을 선언할지도 모르겠다. 서로의 교집합만이 관계를 가능하게 하는 조건이라고 생각한다면 말이다. 하지만 구현우가 발견하고 싶은 것은 취향을 가진 사람끼리 공유하는 공통성이나 상호 간의 이해가 아니다. 타인인 '너'에게 차이의 세계를 보여주기 위해서 "오만 색으로 어지러운 화원"인 "선유도"에 가자고 제안하는 것처럼, 지금의 소통 중지 상태를 벗어나기 위해서 필요한 일은 이 세계가 "오만 색으로" 제각기 다른 존재들이 공존하는 상태라는 걸 먼저 확인하는 것이다. 물론 현실적인 공간에서 우리들이 지닌 존재적 차이는 "차마 겉으로 구분되지 않는 계절"과 같아서 간과되기 십상일 테고, 소리가 들리지 않는 현상만으로 "무음"과 "침묵"의 차이를 분간하기 어려운 것처럼 차이들을 증명하는 것은 쉽지 않다. 그러나 증명되지 않는다고 부정되어야 하는 것은 아니다.

소통이 멈춘 사회에서 우리가 할 수 있는 것은 보이지 않는 가능성을 상상하는 일이다. 자기 자신과 타인이 인간으로서 지니는 고유한 존재성을 상상하지 않는다면 사물 세계를 보는 다양한 관점도 존재하기 어렵다. 동질성이 지배하는 사회에서는 인간성의 다양한 양태들이 인정되지 못하고 규범이나 법을 통해 통제되리라는 것도 자명해 보인다. 그리고 감각의 다양성과 미적 자율성 역시 사라질 것이다. 더 우려스러운 것은 차이가 만들어내는 낯설고 비합리적인 이미지들이 사라지면 우리가 살아가는 세계는 철저히 표상에 갇히게 된다는 점이다. "녹음된 빗소리"에서 "비로소 안정을 찾는 너"처럼 감각의 자유를 포기한 채 삶을 표상들에 의탁하게 될지도 모른다. 암울한 미래에 대한 예견에 맞서는 시인은 '너'에게 "선유도"에 가자고 제안한다. "선유도"는 표상의 세계에서는 구분되지 않는 실재성의 차이들을 "직접" 볼 수 있는 가능성의 공간이다. 시차적 세계가 현현되는 장소 "선유도", 그곳을 상상하는 것은 현실의 표상들을 넘어서는 감각의 자유를 실현하는 일이다.

시간의 틈을 상상하는 소년의 목소리

구현우가 장소를 통해 시차적 세계를 형상화했다면, 홍지호는 시간의 틈에 주목하여 시차의 문제를 제기한다. 줄곧 들려오던 음악이 갑자기 멈춘 뒤 찾아오는 낯선 정적처럼 홍지호는 규칙적으로 흘러가는 시간 앞에서 현상학적 판단 중지를 시도하듯 세계에 접근해간다. 그에게 시간의 흐름은 당위적 현상이 아니라 인식의 문제이다. 때문에 그가 경험하는 사건들은 당위적이거나 자연스럽지 않다. 시간은 "원래부터" 정확하게 앞으로만 흘러간다고 생각되지만 그런 질서에 길들지 않은 시적 주체에겐 "원래부터 그런 건 없"(홍지호, 「산책」, 『문학동네』 2016.가을)다.

홍지호의 시에서 정지된 시간은 공백이 아니라 다른 시간이 개입되는 가능성의 조건이다. 현재적 시간의 틈으로 과거와 미래가 상상되기도 하듯이 시간의 중지는 다른 가능성을 상상하기 위한 계기가 된다. 하지만 우리가 홍지호의 시에서 주목해야 하는 부분은 아직 개시되지 않은 가능성들보다는 현재의 세계에 의문을 제기하는 그의 태도에 있다. 이미 정해진 것들에 대한 문제 제기는 그가 표상의 세계에 귀속되지 않은 감각을 가졌음을 보여주는 증거이기도 하다.

번개가 쳤는데 천둥소리를 듣지 못했다

번개 뒤에 천둥을 계속 듣지 못한다면
이것 또한 하나의 현상이 되겠지

옛날에는 번개 뒤에 천둥이라는 것이 있었대
같은 이야기도 들려주겠지

…(중략)…

비가 들어오고 있었다
침대가 다 젖었고
문을 닫지 않았다
기다리는 것이 있었기 때문이다

비를 들어오게 하는 것은
젖고 있는 침대도
누워서 젖어가는 사람도
그 날의 날씨도
비도 아닌

창문의 틈
— 홍지호, 「번개가 천둥을 기다리는 시간 혹은 천둥이 번개를」 부분
(『21세기문학』 2016.가을)

「번개가 천둥을 기다리는 시간 혹은 천둥이 번개를」은 현상에 대한 시적 주체의 경연적(agonistic) 태도가 확연히 드러나는 작품이다. 천둥과 번개는 동시적으로 발생하는 하나의 현상이지만 보이는 것과 들리는 것의 속도 차이 때문에 다른 사건처럼 여겨진다. 가시적으로 나타나는 반복적 사건은 객관적 사실이나 본질적인 속성처럼 보이기 마련이고, 홍지호는 이런 현상에 반론을 제기하기 위하여 "반복이 리듬을 만들고" "리듬이/현상"을 만든다는 점을 추론해낸다. 논리적인 태도를 보이기도 하지만 사실 시인의 의도는 습관적인 인과관계를 거부하고 우연적인 사건에 주목하기 위한 것이다. 예컨대 시인이 의도적으로 강조하고 있는 "틈"에 대해 생각해 보자. 만약 밖에는 비가 내리고 방 안에 있는 침대가 젖었다면 침대가 젖은 이유는 비 때문이다. 하지만 시인은 "비를 들어오게 하는" 것은 "창문의 틈"이라고 역설한다. 애초에 창문을 열어둔 이유는 뭔가 다른 것을 기다렸기 때문인데 우연히 "비를 들어오게" 하고 말았다. "창문의 틈"은 예기치 않은 사건을 야기한 것이다. 이처럼 시인은 인과적으로 보이는 현상에 대한 판단을 보류하고 그 간극(틈)을 상상하면서 우연과 또 다른 가능성의 여지를 열어둔다. 이것은 번개와 천둥처럼 자연현상에만 국한되는 얘기가 아니다. 우리의 인식을 지배하는 세계에 대한 표상들도 원래 그런 것이었다기보다 반복적으로 일어나다 보니 하나의 현상이 되고 그 후에는 바꿀 수 없는 당위나 본질로 받아들여진 것은 아닐까? 시인의 의도를 그렇게 해석한다면 번개와 천둥의 이야기는 표상의 세계와 타협하지 않겠다는 의지가 투영된 알레고리로 읽어야 한다.

그런데 홍지호가 보여주는 표상에 대한 비타협적 태도는 하나의 정립된 입장이라기보다 세계를 대하는 시적 감각으로 보는 것이 타당하겠다. 비타협적 태도의 발원지가 논리적 사고나 이성적 태도가 아니라 그가 경험한 "슬픈 일"이어서 그렇다. 시적 주체가 사고로 딸을 잃은 아저씨 때문에 죄책감에 빠지기도 하듯이(「정시성(定時性)」) 타인의 존재는 그를 슬프게 하는데, 그 슬픔은 타인의 슬픔에 동화되어서가 아니고 타인의 감정을 이해할 수 없다는 데서 비롯하는 무력감 때문이다. 또 여기에는 타인을 대할 때 무심코 갖게 되는 합리적 판단에 대한 죄책감도 뒤섞여 있다.

> 커튼을 치면 어두워졌다
>
> 알고 보면
> 그건 슬픈 일이다
>
> 사고로 딸을 잃은 아저씨를 만났다
> 기차를 기다리면서
> 어린아이가 된 거 같다며 웃는 아저씨가
> 웃고 있다고 생각하지 않았다
>
> 때가 되면 꽃이 피고 진다는 생각이 스쳤고
> 죄책감을 느꼈다
>
> …(중략)…
>
> 우리의 행성에서는 떠다니지 못하는 기차
> 사람들이 가득했다
>
> 빈 좌석들과 상관없이
>
> 기차는 조금도 지연되지 않았다

알고 보면 모두
슬픈 일이다

    — 홍지호, 「정시성(定時性)」 부분(『21세기문학』 2016.가을)

"정시성(定時性)"은 "커튼을 치면 어두워"지고, "때가 되면 꽃이 피고" 지
듯이 지극히 당연한 인과율의 세계를 상징한다. 언제나 제 시각에 맞춰 떠
나는 기차처럼 정해져 있는 원칙에 따라 이 세계가 움직인다는 믿음, 그
것은 합리적인 세계와 그 세계의 표상에 대한 믿음에 다름 아니다. 하지만
정시성으로 상징되는 합리적인 세계가 시인에게는 슬픔의 원인이 된다.
시인에게 정시성은 사람들을 태우지 못하고 떠나는 기차처럼 맹목적이고
일방적인 세계의 횡포이자 우리 자신을 수동적인 존재로 만들고 마는 질
서에 불과하기 때문이다.

 살펴본 것처럼 홍지호가 표상의 세계, 합리적 세계에 대한 저항감을 보
여주는 방식은 시간에 대한 거부와 감정에 대한 옹호를 통해서이다. 나는
이런 감각들이 시적 공공성에 관한 지평을 넓혀준다고 생각한다. 시적 주
체가 취하는 비합리적 태도, 즉 인과적 현상에 대한 반론이나 합리적 시간
에 대한 거부는 그것 때문에 배제되는 것들을 옹호하기 위한 데 있기 때문
이다. 시인은 우연이 야기하는 가능성이나 이유를 설명할 수 없는 감정들,
또는 도저히 알 수 없는 타인의 감정들처럼 인과율을 따르지 않기 때문에
합리적 판단 과정에서 배제된 것들을 자신의 시에 끌어들인다. 인과율에
위배되는 것들을 배제하면 할수록 자신의 삶이 더 나빠진다고 투정하기도
하면서.

밤이 와도 밤은 지나간다
낮이 와도 낮은 지나가고

나는
점점 나빠지는 거 같다

나는 걸으면 걸을수록
어색해지는 보폭

생각하기 싫어서
생각 없이 걷는 줄 알았는데
빨간 블록만 밟고 있었다

빨간 블록은 나의 오래된 보폭
그것들을 밟지 않으면 건널 수 없을 거 같았다

…(중략)…

원래부터 그랬다고 생각했는데
원래부터 그런 건 없다고 혼났다

낮이었는지 밤이었는지
언제부터
나는

나빠지는 거 같다

원래부터 그런 건 없어서

거울 앞에서는
거울처럼 울었다

　　　　　　　— 홍지호, 「산책」 부분(『문학동네』 2016.가을)

　"빨간 블록"을 밟지 않으면 앞으로 한 걸음도 나가지 못하는 시인의 "산

　　　　　　　　　　　　　　　제3부　얼굴, 유령, 이야기

책"은 결국 울음으로 끝난다. "오래된 보폭" 같은 습관들이 정해진 것 밖으로 한 걸음도 나가지 못하도록 '나'를 강제하기 때문이다. 그런데 이 시에서 흥미로운 점은 자기 자신에 대한 시적 주체의 미확정적 태도이다. 반복적으로 사용된 추측형 서술어 '같다'는 시적 주체가 자기 자신에 대해서도 확신이 없는 미성숙한 존재인 것처럼 보이게 한다. 이 시는 표면적으로는 자기 고백적이고 자기 반성적 태도를 드러내고 있지만 시적 주체인 '나'는 도덕적인 평가나 성찰을 하는 것과는 무관해 보이고 오히려 스스로는 자신을 성찰하지 못하는 미성숙함과 의존성을 드러낸다. "원래부터 그랬다고 생각했는데/원래부터 그런 건 없다고 혼났다"는 진술은 자기 자신이 성찰의 주체가 아니란 점을 분명히 드러내고 있다. "전봇대 앞에서/전봇대처럼 울"고 "거울 앞에서는/거울처럼" 우는 장면도 마찬가지이다. '나'는 주체적으로 자기 성찰에 도달하는 성숙한 존재가 아니다. '나'는 타인으로부터 자신을 인정받기를 원하고 또 타인을 모방하는 미완성의 주체이다.

미성숙한 주체로서 소년의 목소리에 주목한 이유는 두 가지이다. 하나는 소년의 목소리가 합리적인 어른의 목소리와 대립하기 때문이다. 합리적 의사소통을 중시하는 어른들에 비해 소년들은 감정적이고 일탈적인 표현으로 비합리적 소통을 시도한다. 시적 언어가 비합리적 소통과 더 근접해 있음은 물론이다. 또 다른 이유는 미성숙하고 비합리적인 존재들이 타인이라는 존재의 속성을 함축하고 있기 때문이다. 타인과의 소통은 그가 나의 위치와 입장에서는 이해할 수 없는 차이의 존재이기 때문에 시작되므로 애초에 합리적 차원을 벗어나 있다. 시차적 세계의 가능성을 말하는 소년들의 목소리는 우리가 공감하고 연대해야 할 타인이 합리적인 어른 즉 우리 자신과 함께 동질적인 사고와 판단을 내릴 수 있는 존재라는 기대와 착각을 버리게 한다.

그럼에도 불구하고 어른들의 목소리 사이로 돌출하는 미성숙한 소년들의 목소리는 어쩐지 귀를 기울이게 만든다. 변성기 소년의 목소리가 그의 과거와 미래의 목소리를 동시에 들려주는 것처럼, 소년의 음색을 가진 시적 주체들은 어른스러우면서도 아이 같고, 때론 어른도 아이도 아닌 것처럼 보인다. 대체 그들이 본래 누구인지는 알 수 없지만 그들을 바라보는 시선의 주체인 '나'와는 '다른' 존재들이다. '나'의 눈에 비친 그들은 합리적 소통의 대상으로 여겨지지 않을지도 모르겠다. 하지만 시차적 차이를 표명하는 소년들처럼 타인이 비합리적 언어와 낯선 감각으로 다가올 때 비로소 우리에게는 소통과 공감이 필요해진다. 그런 순간에야 서로 다른 감각들의 경연도 가능해지고 시적 공공성도 가능한 얘기가 된다.

차이의 공간을 실현하고 각자의 자유를 위한 '자리'를 '여기'에 만들고자 하는 우리가 기억해야 할 것은 타인과의 연대란 언제나 예측하지 못했던 것들과의 만남으로부터 시작된다는 점이다. 시차적 세계에서 벌어지는 감각의 경연과 충돌은 갈등을 야기하지만 동시에 소통과 연대의 가능성을 제공한다. 그런 연대 속에서 우리는 서로를 향해 질문하고 이야기하면서 각자의 존재를 드러내고 인정받을 수 있다. 타인을 삶의 조건으로 삼는 공적 영역은 우리에게 인간성이 무엇인가라는 질문을 향해 나아가도록 권한다. 그러므로 우리가 시적 공공성을 이야기하기 위해서 더 치열하게 질문해야 한다는 점은 분명하다.

그래서 우리는 질문한다. 차이의 연대가 아닌 무차별적 동일성을 강요하는 관계나 공감을 위장한 일방적 감정의 출처가 어디인지를. 그 출처가 세계를 바라보는 자기중심적 감각이라면 자신에게는 익숙한 감각 속에는 폭력적 권력의 욕망이 은밀히 숨어 있지는 않은지를. 우리는 또다시 질문한다. 타인의 존재까지도 초월하는 문학의 실체란 언어로 위장된 폭력이 아니라면 무엇인지를.

출몰하는 유령과 이야기의 재래

— 장이지의 시

지금, 다른 대륙의 이 어두운 방 안에서,
다른 세상에서, 바로 여기, 지금, 그래요, 나는 믿어요,
나는 환영들을 믿어요.[1]

행운의 편지를 쓰는 소년

유령은 언제나 우리를 곤란에 빠뜨린다. 유령 이야기는 사실로 증명된
적이 없으면서도 소문처럼 끊이질 않다 보니 유령의 존재 여부에 관한 공
방도 지루하게 반복된다. 유령의 존재를 증명할 수 없는 것처럼 유령이 없
다는 것도 증명할 수 없기 때문이다. 결국 우리가 말할 수 있는 유령론은
유령의 출몰 장면에 기댈 수밖에 없다.

철학자 데리다는 자신의 경험을 통해 유령성의 출현을 이야기한 적이
있다. 그가 직접 등장한 영화 〈유령춤(*Ghostdance*)〉(켄 맥뮬렌 감독, 1982)에서
함께 연기했던 파스칼 오지에(Pascale Ogier)가 사망한 후 다시 그 영화를 보
게 되었을 때의 일이다. 화면 속 파스칼과 데리다는 서로를 마주 보고 있

---

1) 켄 맥뮬렌(Ken McMullen)의 영화 〈유령춤〉에서 파스칼 오지에가 한 말(자크 데리다 ·
   베르나르 스티글러, 『에코그라피—텔레비전에 관하여』, 김재희 · 진태원 역, 민음사,
   2002, 207쪽).

었지만 그들의 시선은 서로 교환할 수 없는 비대칭성 안에 있었다. 이미 죽은 자인 그녀는 다른 세상에서 데리다를 바라보고 있었고, 서로의 시선이 어긋난 이 기묘한 상황에서 그는 유령의 출몰을 경험한 것이다. 이 사건을 회상하면서 데리다는 유령이란 일체의 상호성 없이 나를 바라보는 누군가이며, '나'를 관찰하고 감시하며 요청의 말을 걸어오는 절대적 타자라고 말한다. 데리다의 유령론(hantologie)에 따르면 유령/타자는 절대적인 볼 권리를 지닌다. 언제 어디서나 그가 '나'를 바라볼 때 그 시선은 '나'를 초과하고, 내가 그 응시에 사로잡힐 때 '나'는 벗어날 수 없는 타자의 요청과 명령 앞에 복종하게 된다. '나'는 비대칭적 관계를 맺은 유령/타자의 시선 아래서 타율적인 존재가 되는 것이다.

장이지의 「유령」 연작을 논하기 전에 환기해보고 싶은 것은 유령성의 출현이 새로운 일은 아니라는 것이다. 유령에 사로잡힌 경험은 첫 시집에서부터 나타난다.[2] 그는 새끼 고양이와 누나의 죽음 이후에 찾아온 "알맹이 혼령들"의 환영에 넋을 잃은 채 "나는 어디 있을까요"(「장이지 프로젝트」, 『안국동울음상점』)라고 묻기도 했고, 중국집 배달원이었던 고아 형의 죽음 이후에는 "입이 없고" "혀도 없"는 형의 유령이 "우리를 감싸"(「여래장(如來藏)」, 『라플란드 우체국』)는 느낌에 사로잡힌 적도 있다. 장이지는 죽음이라는 사건을 매개로 자신을 통제할 수 없는 응시를 경험하며 여러 가지 형상으로 그것을 표출해왔다.

그 가운데 기억하고 싶은 것은 "셔벗 랜드"에서 만남이 이루어지는 장면이다. 그것은 "날개가 넷, 다리가 여섯인 눈먼 개"였는데 내가 그의 이마에 손을 얹어주자 "눈도 없는데 온몸으로 나를 보"았다는 이야기. '나'에게

---

2) 첫 시집 『안국동울음상점』(랜덤하우스, 2007), 두 번째 시집 『연꽃의 입술』(문학동네, 2011), 세 번째 시집 『라플란드 우체국』(실천문학사, 2013)이 있다.

의지하지 않을 수 없는 무력한 "눈먼 개"의 응시와 그에 답하는 '나'의 몸짓은 아름답다. 그리고 중요한 건 그 순간을 "비로소 이야기가 시작되는 참"(「셔벗 랜드, 글쓰기의 영도」, 『안국동울음상점』)이라고 쓴 점이다. 데리다가 경험한 파스칼의 경우와 마찬가지로 시선의 상호성 없는 절대적인 바라봄을 이야기의 시작이라고 선언하는 시인, 그는 자신의 시 쓰기가 타율적인 책임에서 비롯되었다는 것을 말하고 있는 것이다.

장이지에게 시를 쓴다는 것은 자유롭지만 동시에 수동적이고 타율적인 행위이다. 그는 소년 시절의 경험으로부터 이 모순적인 행위가 반복되고 있다는 것을 발견해낸다. 사마귀가 난 것은 "사마귀 정령 탓"이라고 생각하는 소년은 똑같은 내용을 쓰고 또 써도 행운이 오지 않는다는 걸 알면서도 또다시 '행운의 편지'를 쓰곤 했는데, 그것 역시 전적으로 "정령 탓"(「우편 5」)이라고 우긴다. 사마귀와 행운의 편지 사이에 공통점이 있다면, 그게 나한테 온 이유는 나의 밖에 있다는 것뿐이다. 그러니 이 영리한 소년이 정령들에게 원인을 돌릴 수밖에. 유령을 주어로 삼아 다시 말하면 유령은 자신을 거절하지 못하는 유약한 소년의 마음을 위협하며 수취인 불명의 편지를 쓰도록 명령했고, 소년은 유령의 요청을 받아들여서 일어난 사건이다.

그런데 그렇게 마음을 내준 것은 비단 이 소년만이 아니다. 이 시인과 비슷한 때에 소년기를 보낸 사람이라면 위서(僞書)임을 알면서도 반쯤은 두려운 마음으로, 또 반쯤은 안도의 마음으로 행운의 편지를 쓰는 심정이 무엇인지 안다. 한번쯤은 우리도 자신을 지켜볼 유령들에게 '이거 봐, 난 쓰고 있어'라고 되뇌면서 미지의 수취인에게 편지를 쓰는 기이한 책임을 다한 적이 있으므로.

우리 대부분은 수취인 불명의 이상한 편지를 썼다는 사실조차 잊고 유령을 믿지 않는 어른이 되었지만 다행인지 불행인지 장이지 시인에겐 편지 쓰기라는 명령이 여전히 유효해 보인다. 「유령」 연작은 그 명령으로부터 시작되었고, 좀 더 지속될 것 같다. 행운의 편지는 그렇게 반복된다.

이토록 가련한 유령들

유령(revenant)은 죽었지만 다시 돌아온 자다. 그래서 유령은 죽어 있지도 살아 있지도 않은 존재이다. 그런 비결정적 존재인 유령이 우리 앞에 출몰해 뭔가를 요청하거나 호소한다. 간혹 무섭게 역정을 내는 경우도 있는데, 그런 상황에서도 그들이 원하는 건 자신들이 할 수 없는 일을 대신해달라는 것이다. 전설이나 이야기책에서 등장하는 유령은 공포와 광기의 이미지로 재현되는 경우가 많아 우리를 공격하는 것처럼 보이지만 근본적으로 유령은 우리에게 무언가를 요구하는 청탁의 자리에 나타난다.

그런데 장이지의 「유령」 연작에 등장한 그들은 너무 남루하고 외롭게 보여서 슬픔마저 느껴질 정도이다. 인간을 놀래키며 간담을 서늘하게 만드는 유령은 간데없고 가련한 모습으로 등장해 자신들의 무력함을 호소한다. 사람들을 겁주기보다는 도리어 남들이 자신을 볼까 봐 전전긍긍하며 자신의 얼룩을 닦고(「좀비 일기」), 앞으로 어떻게 살아가야 할지 하도 막막해서 수험서를 손에서 놓지 못할 지경이다. 우리를 향해 무언가를 요청하기는커녕 현실 세계의 질서 앞에서 한없이 위축되는 무력함의 "정점을 보여준다"(「지박령」).

> 방 이야기를 꺼내면, 또다시 시무룩해져서는 눈가가 촉촉해진다. 그러면 내게는 내 잠옷 밑으로 길게 삐져나온 그의 흰 발목이 보인다. 참 멀쑥한 슬픔이로고! 그는 점점 희미해져 간다. 다른 게 아니라 바로 그것이 슬픈 것이다.

제3부 얼굴, 유령, 이야기

나는 이 멀쑥하게 키만 큰 유령을 피해 다시 거리로 나선다. 무언가 영양가 있는 야식을 사다 먹여야겠다. 하지만 나도 나다, 참.

— 「지박령(地縛靈)－유령」 부분

「유령」 연작에 등장한 유령들은 공통적으로 특정한 공간에 유폐되어 있다. 유령이 본래 어디서나 출몰하는 존재라는 점을 생각하면 특이한 점이다. 그런데 곰곰이 보면 이 이상한 점 때문에 각종 방에 유폐된 우리 자신의 모습과 닮아 보인다. 밝히고 싶지 않은 우리의 궁핍함을 닮은 그들 가운데 가장 안타까운 것은 그나마도 "지낼 곳이 없다"고 호소하는 '지박령'이다. "보증금"과 "월세"가 너무 높아서 살 곳이 없다는 호소는 무척 난감하게 들린다. 그들은 엄연한 유령이지 않은가. 하지만 이 유령이 월세 때문에, 취업 때문에 죽음을 택한 자라면 이해 못 할 바도 아니다. 유령이 나타나 월세 걱정을 한다는 게 황당한 이야기라고 생각될지 몰라도 살아가는 데 드는 비용이야말로 현실적 인간을 무력화하는 결정적 요인이 맞다. 현실의 요구 앞에서 무능력했던 자들은 죽음으로써 자신들의 무력함을 드러냈고, 이제 자신들의 무력함을 잊지 말아 달라고 호소하며 다시 나타났다. '지박령'은 '나'에게 아무것도 요청하지 않지만 그의 측은한 처지 자체는 우리에게 묻는다. 그를 세계로부터 소외시키는 힘이 무엇인가를 말이다. 그러나 여기서 자본주의적 삶의 모순이나 나날이 축적되기만 하는 깊은 피로감에 대한 얘기는 생략하기로 하자. 그것보다 중요한 것은 죽음으로 내몰린 자본주의의 타자들을 대하는 '나'의 태도인 것 같다. 보다시피 '나'는 분명히 친절한 이웃이고 배려심 많은 사람이다. 그렇다면 친절함과 배려심이 '나'로 하여금 유령을 환대하도록 만든 것일까?

'나'의 행위를 중심에 놓고 보자. '나'는 유령에게 야식을 사다 먹인다는 핑계로 밖으로 나오는데 그때 읊조린 "나도 나다"란 말은 친절과 배려

의 표현만은 아니다. 자신에 대한 실소처럼 들리는 말이지만 다시 생각해
보면 그것은 장이지가 주체인 자기 자신의 한계를 드러내는 말인 것 같기
도 하다. "나도 나다"라는 말에는 자신의 어떤 행동이 특별한 의도와 논리
를 지닌다기보다는, 자기 앞에 벌어진 일에 대한 어쩔 수 없는 반응이었다
는 체념적 감정이 담겨 있다. 즉 유령과의 관계에 있어서 내가 능동적으로
선행을 베푼 것이 아니라 그를 보니 밀려든 "슬픔"이라는 감정을 거부하지
못해서 그렇게 행동하게 되었다는 괜한 변명에 가까운 자기표현인 것이
다. 무력한 유령 앞에 있는 '나' 역시도 능동적인 방 주인으로 보이지는 않
는다. 환대의 태도를 보여준 장이지가 이 시에서 조금은 유머러스하게 에
둘러 드러내고 있는 것은 타자 앞에 선 주체의 수동성이다.

　수동적 주체는 유령의 암묵적 요청을 받아들여 그들의 존재를 현현하거
나 그들의 이야기를 대신 전한다. 그렇지 않으면 그들은 사라지기 때문이
다. 실제로 「유령」 연작에서는 정작 유령의 실체는 없고 구멍 뚫린 옷과 발
자국이라는 흔적(「좀비 일기」)만 발견될 뿐이다. "잠옷 밑으로 길게 삐져나
온 그의 흰 발목"이 등장하기도 하나 그것마저도 "점점 희미해져"(「지박령」)
가기 때문에 그들의 '있음'을 증거하는 실체는 하나도 없다. 그럼에도 '나'
는 사라지는 그들을 믿지 않을 수가 없다. 그 믿음의 필연성에 관해서는
또 다른 연작시 「구원(久遠)」의 일부를 인용해보기로 한다.

　　　세계의 바깥에서 들려오는 신의 자장가를
　　· 지구의 잔존자들은
　　　몸 전체가 조리 모양의 귀가 되어 듣는다.
　　　세계의 바깥이 없는 것이라면……
　　　산천이 끊어질 듯 울어도
　　　그 눈물 닦아줄 손 없을까 봐.
　　　지리멸렬의 시간을

별빛은, 멀고 적요한 데서 날아와 반짝이고.

　　　　　— 「구원(久遠) 12 – 세계의 바깥」 부분, 『연꽃의 입술』

이 시에서 구원의 가능성은 이 세계가 전부가 아니라는 전제 아래 있다. "세계의 바깥"에는 신이나 천사 아니면 "별빛" 같은 것이라도 있어야 기도도 하고, 원망도 하며 이 현실로부터의 구원을 꿈꿀 수 있지 않겠는가. 현실적 한계를 넘어서지 못하는 인간에게 "신"으로 상징되는 "세계의 바깥"이란 현실의 "지리멸렬"을 견딜 수 있게 해주는 미래의 약속이다. 그러므로 그것이 현전하지 않는 것이라고 해서 믿지 않을 도리가 없다. 장이지의 「유령」 연작은 어떤 면에서는 세계의 바깥에 관한 또 하나의 상상이라고 할 수 있다. 상상의 부력으로 세계의 바깥을 이야기하는 시인은 유령을 빌려 현실이라는 표면 아래 있는 심층을 예고하고, 또 한편으로 그의 텍스트는 현실 안에 있으나 비현실적인 것의 도래를 기다리고 있으니, 「유령」 연작은 그 자체로 현실을 반쯤 비껴서는 유령적 텍스트라 할밖에.

살아 있는 유령들

「유령」 연작에서 장이지는 이야기를 빌려 유령들을 불러낸다. 장이지가 이야기에 관심을 기울이는 것은 하나의 세계로서 이야기가 사라지고 있기 때문이다.[3] 지금의 인터넷 환경 속에서 이른바 '유저(user)'로 불리는 이들

---

3) 이야기를 잃어버린 후에는 이야기를 소비의 형태로 날조하고 급기야는 단순히 데이터베이스를 욕망하는 단계에 이르렀다는 아즈마 히로키의 논의는 경험적 세계의 종말 국면에 대한 해석이다. 물론 이 비평가에게 중요한 전제는 인터넷 환경이 만들어낸 문화적 현상들이다. 일명 오타쿠로 불리는 문화 소비자 계층이 등장했고, 그들은 이야기가 아니라 데이터베이스를 소비하며 각자의 욕망을 충족시키는 데 몰두한다. 데이터베이스 소비가 일어나는 일련의 과정은 타인의 개입이 들어설 수 없는 신체의 즉각적

은 정보의 바다에서 이야기의 과잉을 겪는 것처럼 보이지만 사실 그들의 정보 습득은 서사적 맥락 없이 파편화된 것들을 소비하는 차원으로 변화하고 있다. 실제로 젊은 세대들이 대중문화를 접하는 태도에서 흥미로운 점은 그들이 내용적 흐름과 상관없이 짤막하게 잘린 채 떠돌아다니는 동영상을 통해 정보를 소비한다는 사실이다. 그들은 서사적 맥락이나 개인적 관심보다는 '지금' 폭발적으로 많은 사람들이 접속하고 있는 바로 그것을 해석 없이 통째로 먹어 치우기 위해 접속한다. 이미 순위가 매겨진 동영상을 보며 누군가에 의해 해석된 바로 그 부분에 몰두하여 눈으로 '스캔'한 다음 인스턴트 식품을 먹듯 한입에 털어 넣는다. 이 경우 그 식품이 만들어진 경로나 조리법에 해당하는 심층 정보(이야기)는 끼어들 틈이 없다.

시의 영역에서도 예외는 아니다. 시를 더 잘 쓰거나 잘 읽기 위해서 문학사부터 들추는 시대도 있었지만, 이제 그런 방식으로 맥락을 따지는 일은 오히려 현재의 흐름—소비를 역행하는 것이 되었다. 문제는 지금 당장 그것을 한입에 털어 넣을 수 있는가이다. 한 구절의 촌철살인으로 감각적 재미와 공감을 불러일으킨 일명 'SNS 시'들이 그런 사례이다. 이미 시집의 형태로도 출간을 마친 유명한 구절들은 기성 문학의 답답한 편견을 비판하며 시의 대중화를 주장하고 있다. 'SNS 시'를 옹호하는 유저들은 자신들이 퍼뜨린 작품이 쉽게 공감할 수 있다는 점, 변화하는 환경을 반영한 문학의 형태라는 점 등을 미덕으로 내세운다. 그런데 무엇보다 중요한 건 그것이 SNS상에서 핫한 것으로 떠올랐는가의 문제가 아닐까? 시가 좋아서

반응에 의존하는 것이 특징이다. 아즈마 히로키는 오타쿠의 데이터베이스 소비에서 '모에(萌え) 요소'라는 개념을 제시하는데, 표면에 드러난 특정한 요소만을 열광적으로 소비하는 양상은 오타쿠의 경우를 말하기 위해 사용되었지만 표층의 일부만을 향유한다는 점에서는 일반적 네티즌의 정보 소비 양상 역시 그와 다르지 않아 보인다(아즈마 히로키, 『동물화하는 포스트모던』, 이은미 역, 문학동네, 2007, 90~103쪽 참조).

제3부 얼굴, 유령, 이야기

'핫'해지는 것만이 아니라 '핫'한 것이 좋은 것이 되기도 한다. 어쨌든 이젠 시도 문학적 진지성보다는 스스로 '핫'한 것이 될 수 있도록 과시하는 능력이 필요하게 되었다.

이런 시대적 흐름에서 본다면 '이야기'라는 구현 방식은 소비에 적절한 형태는 아니다. 경험적 이야기들의 시적 형상화 역시 한입에 먹어 치우기 거북한 형태인데, 왜냐하면 이야기들은 표층화될 수 없는 외연을 거느리기 때문이다. 이야기는, 사람들의 추측과 예견 속에서 알쏭달쏭함이 한껏 부풀어 오르는 누군가의 연애 사건(「우편2」, 『라플란드 우체국』)처럼 누군가에서 다른 누군가로 옮겨지며 해석과 추측이 붙고, 인용되기를 반복하는 관계망의 텍스트이다. 그런 까닭에 표면적으로 드러나는 서사의 심층에는 타자들의 욕망이 개입되고, 이야기는 인과가 투명해질 수 없는 불투명한 의미들의 세계가 된다. 이것이 이야기에서 심연을 뭉텅 잘라낸 스토리텔링과 다른 점이다.

그러니까 이야기를 옹호하는 장이지는, 차마 한입에 털어 넣기 불가능한 세계—소비되지 않는 세계를 확보하려는 욕망을 보여주고 있는 것이다. 대중매체를 통해 확장되는 시뮬라크르가 타자와 주체를 단절시키며 '나'를 맥락 없이 부유하는 존재로, 살아 있는 유령으로 만들고 있다면 거기에 맞선 장이지의 이야기는 경험적 세계를 환기함으로써 살아 있는 유령-되기에 거부를 표명한다.

> 죽는다면 어차피 보이지 않는 바이러스에 죽겠지.
> 에볼라, 사스, 혹은 트로이의 목마 바이러스…….
>
> 그 전에 나는 유령이 된다.
> 그 많던 물신들이 몸을 잃고 금융 자산이 된 것처럼.

유령 따위는 되고 싶지 않은데,
칼로 그어보면 신의 유언이 붉게 돋아날까.

'나 여기 있어요.'

— 「자해 유령」 부분

그럼 유령이 되느니 스스로의 죽음을 선택할까? 육체적 "통증"과 피의
메타포인 "신의 유언"은 인간의 물성(物性)을 말해주는 증거들이다. 그런
데 물성을 전제로 한 자기 존재의 선언 "나 여기 있어요.'"는 선언되지 못
하고 작은따옴표 안에 조용히 갇혀 있다. 물성이 '나'의 존재함을 대변한다
고 하더라도 어차피 "바이러스"처럼 보이지 않는 것들이 더 막강한 권력을
가지는 이 세계에서 물성은 그리 중요한 문제가 아니다. "그 많던 물신들
이 몸을 잃고 금융 자산이 된 것처럼" 이제 존재의 심급은 비트 안에 기입
된 숫자로 모아진다. 1 또는 0으로. 그럼 차라리 물성 따위는 잊어버리고
새로운 종교 안에서 구원받는 것은 어떤가. 물성을 포기하면 '나'는 유령처
럼 이 "도시"(세계)를 자유롭게 "쏘다니"(부유)며 "콧노래를 흥얼거리"는 쾌
락을 맛볼 수 있을지도 모른다. 물론 이 시에는 그런 달콤한 약속을 제안
한 배후는 자본이란 점이 암시되어 있다. "통증"과 죽음으로 종결될 현실
세계를 폐기하고, "설교도 찬양도 없"는 "빛의 빈 사원"인 시뮬라크르 안
에 주체를 유폐시키도록 명령하는 자본은 무한 증식을 꿈꾸는 종교와도
같다. 끝없는 욕망을 강요하는 종교의 광기를 피하기 위해서 우리가 할 수
있는 선택이란 스스로의 죽음을 초래하는 것뿐이다.

그러나 이 시에서 '자해'는 지연되고 '나'는 아직 "신의 유언"을 대면하지
못했다는 점에 주목해야 한다. "신의 유언"이 유예된 이유는 장이지가 이
야기의 죽음을 유보 상태로 진단했기 때문이다. 장이지는 이야기의 죽음을
앞둔 시점에서 이야기 없는 시대의 우울한 자화상을 이렇게도 그려본다.

컴퓨터 모니터가 켜져 있고
나는 없다.
나는 성기사와 싸우는 중이다.
말하자면 나는 키메라다.
사람이라면 이렇게 외로울 리 없다고*
내 친구는 위서(僞書)처럼 서러운 말을 했다.

내가 키메라라는 사실이 조금 힘들지만,
곧 피자배달부가 올 것이다.

나는 복수할 것이다.

— 「키메라─유령」 부분

　보다시피 '키메라'는 타인의 시선으로부터 단절된 공간에 유폐된 존재다. 그는 컴퓨터 게임에 열중하고 있는데, "나는 없다"라며 현실에서의 부재를 선언한다. 아마도 그는 접속된 상태에서 전사처럼 싸우는 자기만이 진짜 자기라고 주장하고 싶은가 보다. 하지만 그건 키메라의 착각이다. "프랑켄슈타인 박사"가 시체들을 기워서 유사인간을 만드는 데 실패했듯이 가상의 '나'로 현실의 '나'를 대체하려는 키메라의 시도는 성공할 것 같지 않다.

　그런데 여기서 장이지는 우리에게 수수께끼를 하나 던진다. 피자배달부가 복수의 대상이라니 무슨 말인가. 프랑켄슈타인 박사가 탄생시킨 괴물이 자기 자신을 끔찍한 존재로 만든 창조주에게 복수하고자 했던 것처럼 키메라도 "피자배달부"가 자신을 끔찍한 존재로 만들었다고 믿고 있는 것인지도 모르겠다. 표면적으로만 본다면 피자배달부는 키메라가 집 밖으로 나오지 않아도 되도록 조력한 자이다. 키메라는 배달된 피자를 먹고 자신이 키메라가 되었다고 생각할 수도 있다. 그러나 "위서(僞書)"와 "배달"이라는 단어가 지닌 우편 이미지에 착안해보면 "피자배달부"는 시인의 고의적 유사성 장애 때문에 생긴 오기일 수도 있다. 두음의 유사성을 고려하여 "피자"를 '편지'로 바꿔보면 피자배달부가 키메라에게 가져다준 것은 사실 편지였다고 가정할 수 있다. 그럼 그동안 배달부는 키메라에게 줄곧 "위서"를 가져다주었고, 키메라는 가짜 이야기들인 "위서"를 배송받으며 이 외로운 공간만이 세계의 전부라고 생각해온 것인지도 모른다. 키메라가 그 외로움으로부터 탈출할 방법은 컴퓨터 안으로 들어가는 것뿐이었다.

결국 이야기를 위장한 과시적인 기표들만을 배송받아 온 키메라는 비트가 되지 못하고 자신의 몸으로써 과시적 기호들의 무덤이 된다. 그러므로 이 시에 등장한 "키메라"는 이방인, 괴물, 유령으로 현현되는 타자적 존재가 아니라 타자의 개입 없이 즉물적으로 욕구를 충족시키는 데 열광하는 주체의 시각적 형상이라고 말할 수 있다.

"성기사와 싸우는" 게임 유저에게 왜 싸우는가라는 질문이 불필요한 것처럼 시뮬라크르에 열광하는 소비 주체에게 경험적 이야기의 세계는 거추장스러울 뿐이다. 타자라는 관계망을 거느리고 있는 이야기는 즉물적 욕망을 저지하는 장애물에 불과하기 때문이다.

이야기와 타자

자기 자신을 이야기한다는 것은 주체가 타자와의 관계 속에서 구성되는 것임을 확인하는 일이다. 자기서사의 윤리적 의미를 고찰한 주디스 버틀러는 '나'의 설명이 시작될 때 서사적 기능으로 환원될 수 없는 무언가가 언어와 더불어 이루어지고 있음에 주목하여, '나'의 이야기는 "항상 대화적이고, 유령처럼 출몰하고, 무언가를 적재하고"[4] 있다고 말했다. 그 무언

---

4) 주디스 버틀러, 『윤리적 폭력 비판』, 양효실 역, 인간사랑, 2013, 111~112쪽.

가는 자신의 삶에 깊이 개입된 타자에 다름 아니다. 버틀러의 말을 참조하면 장이지의 「유령」 연작 역시 유령의 형상과 이야기라는 형식을 빌려 쓴 자기서사에 가까워 보인다. 더 정확히는 시인 자신의 실제적 경험과 무관하지 않은 하프픽션이다.

표면적으로 보기에도 유령의 등장배경인 현실은 매우 구체적이다. 대부분의 작품에서 핸드폰, TV, 인터넷 등의 매체가 등장하는 것을 보면 유령들은 공통적으로 대중매체 환경에 노출되어 있는 '유저'라고 볼 수 있다. 인터넷 공간에서 새로운 방식의 소비 양상을 습득한 유저들이 당면한 문제는 사물의 표면적 이미지를 소비하며 얻는 즉각적 만족에 길들여져서 결국은 키메라처럼 자기기만에 빠진다는 점이다. 시뮬라크르가 주체들을 재사회화(recyclage)하는 데 성공한 사회에서는 시뮬라크르 밖의 이야기가 필요 없듯이 그런 곳에서 주체는 자기의 진짜 이야기가 필요 없다. 자기서사를 상실한 시대에는 자기서사와 더불어 주체의 삶에 개입하는 타자도 사라지고, 타자의 부름에 응답해야 할 윤리적 주체인 '나'도 모두 함께 사라질 것이다.

끝으로 윤리적 주체의 죽음과 혼동하지 말아야 할 주체의 불확실성에 관한 얘기를 해보자. 시뮬라크르와 유령처럼 윤리적 주체의 죽음과 주체의 불확실성은 유사한 결과처럼 보이지만, 윤리적 주체의 죽음을 막기 위해서 필요한 것이 주체의 불확실성이다. 시뮬라크르와 유령이 둘 다 환영적 이미지라는 공통점을 갖더라도 시뮬라크르는 즉각적인 욕망의 충족을 약속하는 반면 유령은 주체에게 타자인 자신의 욕망을 실현해달라고 호소한다. 따라서 유령의 응시에 사로잡힌 주체는 타자의 욕망을 실현하는 주체라고 말할 수 있는 것이다. 이렇게 되면 이번에는 '나'라는 주체의 확실성이 위기에 빠진다. 타자의 부름에 답하며 윤리적 주체가 등장하지만 동시에 자기 안에 타자성을 받아들인 주체는 불확실성에 빠진 분열된 주체

가 된다. 분열된 주체는 일관성 있는 자기서사를 완성시키지 못하고, '나'
의 이야기는 그 끝을 알 수 없는 방향을 향해 흘러간다.

> 내 안에는 열두 개의 문과 봉인된 하나의 문이 있다.
> 내 안에 교대로 어떤 아이들이 출몰하고
> 나는 가끔,
>
> 내가 아닌 것 같다. (가슴이 아프다)
>
> 한 아이가 그 방에 들어왔다.
> 참 독단적인 아이.
>
> ─「십이면상(十二面相)—유령」부분

　자기 내면에 대한 공포와 두려움이 시적 분위기를 압도하는 가운데 13
명의 아이가 등장하는 이 시는 이상의 「오감도(烏瞰圖)—제1호」를 떠오르
게 한다. 이상과 장이지는 과거와 현재라는 엇갈린 시간에 있지만 기호의
인용을 매개로 연결된다. 「오감도」가 발표된 이래 많은 해설과 각주, 오해
와 억측도 난무했는데 재미있는 것은 숫자 13의 의미나 아이들의 질주 등
에 관한 꽤 그럴듯한 설이 나와도 그럴수록 오히려 「오감도」는 해설의 불
충분성을 드러내는 텍스트로 여겨졌다는 점이다. 그래서 우리가 「오감도」
를 읽는다는 건 작품에 대한 합리적 이해의 과정이 아니라 불투명한 언어
의 세계와 접촉하는 것을 뜻한다. 이런 경우 해석의 주체는 해독불가한 텍
스트 앞에서 실의에 빠질 수도 있다. 그러나 추측컨대 이상 역시 자기가
쓴 이야기 앞에서 우리와 유사한 감정에 직면했을 것이다. 저자의 의식대
로 구조화되어야 할 텍스트가 저자를 떠나 다른 힘들에 의해 쓰여질 때 저
자 역시 그 텍스트에 '나'는 없다는 자기상실의 두려움을 지녔을 테니까.

「십이면상」에도 이와 유사한 감정이 나타난다. 장이지는 "열세 개의 문"을 가진 "그 방"에 대해 말하는데, 그 방은 "(사실/나)"이다. 괄호 안에 '나'를 넣어둔 까닭은 많은 문으로 둘러싸인 그 방이 정말 '나'인지 확신할 수 없기 때문이다. 그 문으로 드나드는 익명의 아이들은 다른 아이를 죽이기도 하고, 또 어떤 문을 봉쇄하기도 하지만 '나'는 아무 조치를 취하지 못한다. "내가 아닌 것 같"아 가슴 아파하는 일 외에는. 또 누가 이 방에 들어온다고 해도 '나'는 그것을 거부하거나 막을 수 없다. '나'는 수동적 주체일 뿐이다.

앞서 장이지의 「유령」 연작을 유령적 텍스트라고 말했던 것은 이런 이유 때문이다. 타자의 요청과 호소로 시작된 이야기들은 행운의 편지처럼 반복해서 쓰이지만 완결되지 않고, 죽은 자나 유령 등 비존재의 흔적들만 파생시키는 이 곤란한 텍스트는 유령의 의미만이 아니라 '나'의 자명함까지도 불투명하게 만든다. 늦은 감이 없지 않지만 우리는 이제 장이지의 이야기가 완성되리란 기대를 버려야 한다. 이런 주체에게 이야기의 완성이란 도래하는 것이지 지금 와 있지는 않은 미래이다.

장이지가 그런 것처럼 이 세계 어딘가에 행운의 편지를 쓰는 소년들이 있는 한 이야기는 완결되지 않을 것이다. '알파고'를 능가하는 컴퓨터가 등장한다고 해도 끝나지 않고 반복되기만 하는 이야기의 오류를 해결하긴 불가능하다. 이야기의 세계는 시간과 공간의 평면에서 작동하는 논리 회로(logical circuit)가 아니기 때문이다. 혹여나 행운의 편지 때문에 오류와 불확실성이 생긴다고 해서 그것을 증오하거나 두려워할 필요는 없다. 행운의 편지가 재앙을 주려는 협박은 아니니까. 오히려 우리가 정작 두려워해야 할 것은 편지를 쓰라고 명령하는 정령이 없는 평평하고 가시적인 세계이다. 공백도, 유령도, 흔적도 없는 완벽한 평면 공간인 '플랫', 그곳은 모든 메시지가 전광판에 드러나버리는(「내가 사는 그림자 세계」, 『라플란드 우체국』) 투명성의 공간이다. 투명한 표면만이 펼쳐지는 플랫에서는 오류도 없고, 불확실성도 없다. 그리고 편지를 쓸 일조차도 없다. 어차피 수신할 누군가도 없으므로. 자기기만적 욕망의 세계 플랫에서는 '내게 쓰기'처럼 공허한 가짜 편지들만이 배송된다. 정말 두려운 것은 그런 세계다.

다시 이야기는 시작되고

장이지는 네 번째 시집 『레몬옐로』에서 알쏭달쏭한 질문을 던진다. "여러분, 저는 '그 빛'에 이른 것일까요?"라는 '시인의 말'을 곱씹어보면 마치 유령으로 변해가듯 몸이 투명해지는 중인 한 사람이 레몬옐로(lemon yellow) 빛이 환한 창밖을 향해 힘겹게 팔을 뻗는 장면이 연상된다. 가늘고 희미한 실루엣을 가진 '그'는 누구일까?

'그'는 장이지의 시 「유령」 연작의 모델일 수도 있고, 비행물체를 타고 전투 중인 게이머처럼 가상 세계를 정신의 거처로 삼는 「권태」 연작의 주인공일 수도 있다. 확실한 정체를 알 수 없는 '그'는 웹(web) 혹은 요즘 유행하는 말로 '랜선'이라고 통칭되는 온라인 관계망 안에서 삶의 필요를 충족하고 존재를 인정받으며 약간의 콘텐츠 비용으로 가상의 쾌락까지도 즐기는 IT 제국의 일원 중 하나일지도 모른다. 그런데 '그'가 희미해진 자신의 몸을 이끌고 그곳에서 빠져나오려고 한다. 신체의 감각이 퇴화된 채로 기억 속의 '그 빛'을 향해 다가가는 '그'는, 화려하고 자극적이며 의미로 충만한 환각에서 빠져나와 자신을 구원해줄 밝고 따뜻한 빛을 향해 손을 내민다.

『레몬옐로』에서 장이지는 「플랫」 「권태」 연작시를 통해 웹으로 상징되는 현대 사회의 삶과 존재에 대한 관심을 적극 표명하고 있다. 그의 시는 대중문화에서 키워드를 가져오고 있는데, 이젠 옛날 영화가 된 〈용문객잔〉

이나 〈란링위〉 〈연지구〉 등이 서사화된 세계의 이미지로서 시에 차용되었다면 「남겨진 나날들－권태」의 경우처럼 온라인 게임을 연상하게 하는 장면들은 비역사적이고 탈신체화된 공간과 파편화된 이미지의 세계를 보여주기 위해 차용되고 있다.

> 적을 생각하면 눈앞에 적이 나타난다. 모든 문명이 격멸된 세계……. 이 공역(空域)에서 나는 디아블로형 기체(機體)에 내 자신을 동조한다. 나에겐 지켜야 할 가족도 친구도 없다. 그럼에도 나의 정신은 차가운 기체를 기동하여 적과 대치한다.
>
> ― 「남겨진 나날들－권태」 부분

시에 차용된 것처럼 영화에서 온라인 게임으로 진화한 대중문화 콘텐츠의 변천은 인간의 존재 방식에 일어난 변화와 무관하지 않다. 이제 인간이 거주하는 공간은, 복잡한 인과관계가 지배하는 현실 대신 "생각하면 눈앞에" 나타나는 거대한 가상의 영역과도 같은 "공역(空域)"인 것은 아닌가라는 질문이 생각의 흐름을 멈추게 한다. 역사적 맥락 위에서 작동하던 현실이 가상공간에 삶에 대한 주도권을 넘겨버린 시대에는 서사가 들어설 자리가 없다. 한 개인의 삶이 서사화될 때 등장하는 "가족도 친구도" 개입할 여지가 없다.

밝은 액정 화면에 홀린 듯 온라인에 접속하는 사람들은 "원래의 개성을 잃"고 "서서히 '중화'"되고 "범용해"(「암시－플랫」)지면서 공통의 정보와 취향과 감성을 갖추고 자발적으로 대중적으로 확산된 랜선 연대의 일원이 된다. 이것이 의미하는 바는 온라인 대중문화 속에서 인간의 존재 방식이 역사적 시간으로부터 자유로워지고 있다는 것이다. "공역(空域)" 즉 가상공간에서는 경험과 기억이 규정하는 '나'로부터 벗어나 "지켜야 할 가족도 친구도 없"(「남겨진 나날들－권태」)이 살아갈 수 있게 되었고, 조금의 위험도 없이 숨 막히는 긴장 속에서 가상의 적과 대치하는 희열도 얻을 수 있게 되었기 때문이다.

비루한 일상의 권태에서 벗어나 가상공간에 접속할 때 '나'는 비로소 충족된다. 「키메라」 「지박령」 「좀비 일기」 등의 「유령」 연작 주인공처럼 자기만의 방에 갇힌 우리의 신체와 감각은 점차 희미해지는 중이지만 그 대가로 결핍 없는 충족감을 만끽하는 것이 오늘날의 새로운 존재 방식이 아닐까. 물론 유령이 되는 속도는 저마다 다르고, 현실에서의 결핍이 큰 자일수록 빠르다. 안타깝게도 '유령'은 현실로부터 먼저 배제되거나 자기의 몫을 박탈당했거나, 현실에의 진입을 거절당한 존재이다. 우리 모두 그렇게 되는 중일지도 모르지만 먼저 유령이 된 자들을 바라보는 시인의 심경은 복잡하다. "참 멀쑥한 슬픔이로고! 그는 점점 희미해져 간다. 다른 게 아니라 바로 그것이 슬픈 것이다."(「지박령-유령」)

「유령」 「권태」 연작이 보여주듯이 장이지는 모든 견고한 것들의 차이를 평면화하는 '플랫'의 무시간성, 탈신체성으로부터 탈출하고자 '레몬옐로'를 향해 손을 뻗고 있다. '레몬옐로'는 플랫에는 없는 빛에 대한 명명으로서 정보나 프로그램 속에 존재하는 색이 아니라 현실적 경험에서만 감각될 수 있는 빛이다. 정보화되지 않는 세계의 빛 '레몬옐로'는 한마디로 현실 세계가 뿜어내는 불투명성과 모호성이다. 세계의 불투명성은, 인간의 삶이 모든 것을 드러나게 만드는 평면 '플랫'으로 온전히 수렴되지 않는 이유이자 시(문학)가 존재할 수 있는 조건이기도 하다. 불투명한 것들은 데이터로 환원될 수 없기 때문이다.

현실 세계가 뿜어내는 모호한 빛 '레몬옐로'를 떠올리면, **"문학이 왜 사라져서는 안 되느냐고"**(「최소한의 사랑-권태」) 물었던 한 남학생의 질문에 조금은 대답해줄 수 있을지도 모른다. 물론 시인은 그에 대한 답변을 들려주지 않는다. 장이지는 시에서 '플랫'이 상징하는 가상공간과 그 밖에 있는 불투명한 세계의 미완결된 이야기들을 병치하지만 어떤 판정을 의도적으로 유보하는 듯하다. 하지만 그런 태도가, 밝혀지거나 설명되지 않지만 분명히 존재하는 세계의 삶을 이야기하기 위해서 시(문학)가 남아 있어야 한다고 항변한다고 느끼는 것은 지나친 착각일까?

장이지의 시는 끊임없이 계속되는 이야기로 세계를 증명하려 한다. "비로소 이야기가 시작되려는 참"(「셔벗 랜드, 글쓰기의 영도」, 『안국동울음상점』)이라고 쓴 그의 말을 떠올려본다. 이번 시집에서도 「커피포트」나 「웃는 악당」같이 완결되지 않는 이야기를 계속한다는 것은, 마치 타인의 마음처럼 온전히 드러나지 않는 세계에 대한 시인의 믿음을 엿보게 한다. "벌써 십년도 전의 일인데, 아직도"(「커피포트」) 기억하는 사건들, 이유는 알 수 없지만 "지금도 가끔 떠오르는 그날의 미소"(「웃는 악당」) 혹은 어느 날 장사도 하지 않고 옥상에서 두 아들과 눈사람을 만들었던 엄마의 속마음(「남천(南天)」)은 아무리 생각해보아도 알쏭달쏭한 불투명한 세계의 한 조각이자 그 의미를 분명하게 설명할 수 없는 장면이지만 어떤 기억보다 밝고 아름다운 빛을 뿜어내는 실재이다.

역사와 기억의 축적 위에서 개시되는 세계는 그 빛과 같은 것이어서 경험할 수 있을 뿐 재현되기 어렵다. 좀처럼 재현할 수 없는 신비한 빛 '레몬옐로'를 향해 그는 손을 뻗는다. 이야기를 시작한다.

지상에 사는 자들의 슬픔
— 김중일의 시

슬픔이 찾아오면 마음의 풍경은 걷잡을 수 없게 마련이다. 도망가지 못할 때나 놀랄 때 얼룩덜룩한 털이 눈물로 변해 흘러내리는 스큉크[1]처럼 슬픔은 변덕스럽고 불안정한 감정이기 때문이다. 슬픔은 폭설처럼 "기습적으로 순식간에 다녀"(「기습폭설」, 『가슴에서 사슴까지』, 창비, 2018)가기도 하고 "살갗과 옷 사이로 온종일 흐르는 울음"(「애도 일기」, 『가슴에서 사슴까지』)이 되어 흘러내리기도 한다. 태어날 때 약속된 죽음을 피할 수 없듯 살아 있는 자라면 슬픔을 막을 도리는 없는 것이다.

하지만 슬픔이 몸과 마음을 찢어놓더라도 "모든 사이를 잇는 투명한 문

---

1) 스큉크는 보르헤스의 『상상동물 이야기』에 나오는 신기한 동물 중 하나이다. 매우 무뚝뚝한 동물로 석양 무렵에 잘 나타나며 모든 동물 중에서 가장 불행한 동물이라고 소개되어 있다. J.P. 웬틀링 씨는 스큉크를 잡는 데 성공해서 자루에 넣고 집으로 가고 있었는데 점점 자루가 가벼워지더니 울음이 그치고 자루 안에는 눈물과 거품만 남아 있었다고 한다(호르헤 루이스 보르헤스, 「스큉크(눈물로 흘러내리는 육체)」, 『상상 동물 이야기』, 남진희 역, 민음사, 2016, 269~270쪽).

장"(「투명한 문장」, 『가슴에서 사슴까지』)이 있다면 찢어진 것을 다시 이어볼 수 있지 않을까? 그런 점에서 슬픔에 대하여 쓴다는 것은 찢어진 마음을 수습하는 것과 같다. 슬픔이 찾아오면 슬픔에 빠지겠지만 슬픔을 계기로 한참 울고 나서 후련해진 표정을 짓듯 본래의 마음을 되찾거나 경험해본 적 없는 다른 마음을 가져볼 수도 있을 것이다.

김중일은 세 번째 시집과 네 번째 시집에서 슬픔에 뒤덮인 마음의 풍경 속으로 들어간다. 한 개인이 겪게 되는 상실만이 아니라 한 개인을 둘러싼 세계가 겪는 상실을 애도하며 그는 슬픔 가득한 마음의 풍경 가장 깊은 곳에서 전해지는 슬픔의 온도로 자신의 문장을 달군다.

슬픔 속에서 '나'를 잃을 때

김중일 시인의 세 번째 시집 『내가 살아갈 사람』(창비, 2015)은 앞선 시집들보다 뜨거운 온도를 가지고 있다. 시인에게 찾아온 상실의 슬픔이 언어의 체온을 덥히기라도 한 듯 달아오른 언어들은 시적 상상력과 현실 세계의 경계를 녹이며 뒤섞인다. "두 손으로 서로의 얼굴을 들고 온몸 부풀어 떠오르도록 입 맞대고 서로를 숨처럼 서로에게 불어넣"(「키스의 시작」)는 키스의 장면처럼, 몽환적인 내면의 언어와 현실적 사건들의 관계가 긴밀해진 것이다. 그리고 이 시집에서 느껴지는 또 하나의 변화는 평론가 황현산이 두 번째 시집 『아무튼씨 미안해요』(창비, 2012)에 대한 평에서 언급한 바 있는 "알레고리에서부터 은유에 걸치는 복합적인 비유법"은 여전하지만 그로부터 비롯되는 난해함은 완화되었다는 것이다. 긴장의 부피는 줄고 감정의 증폭은 커졌기 때문이다. 그래도 여전히 김중일 시인이 그려낸 시적 세계는 숨 가쁘게 이어지는 상상과 사건의 연속들이어서 쉽게 결론이 단정될 수 없다. 시에 대한 결론이 아니라 이야기의 시작을 위하여 감정의

밀도가 높아져 가는 사랑, 죽음, 상실, 부재에 대한 문장들을 읽어보려고 한다.

이 시집의 온도를 높이는 감정의 실체에 먼저 접근해보자. 1부에서 나타나듯이 '너'를 향한 사랑은 이 시집에서 가장 확실한 감정이다. 그런데 김중일의 사랑은 어떤 상태를 지칭하는 감정이라기보다 운동성에 가까워 보인다. "영구 항진하는 텅 빈"(「영구 항진」) 우주선처럼 너를 향해 날아가는 시적 주체의 비행이 그렇듯이 사랑은 너와 결합하기 위한 무중력 상태의 운동이다. 영원히 끝날 것 같지 않은 비행을 끝낼 수 있는 것은 키스할 때처럼 너와 하나가 되는 순간이다. 하지만 "지금 내 무릎을 벤 너라는 주머니 속에는 나와 같은 부피의 죽음이 밀주(密酒)처럼 가득"(「밀주」)한 것을 알아차린 '나'는 '너'와의 관계가 영원하지 않다는 걸 알고 있다. 이 예민한 감각을 가진 시적 주체에게 죽음이란, 너를 상실하는 사건이다. 상실은 너의 부재 상태이고, 너와의 관계가 찢어진 자리는 너의 부재를 알리는 텅 빈 장소가 되는 것이다. 달리 말해 너의 죽음은 네가 빠져나간 자리를 게시하는 사건인데, 애도에 관한 프로이트의 분석대로라면 상실의 장소는 다른 사랑의 대상으로 메워져야 한다. 그러나 김중일 시의 주체들은 상실로 생긴 부재를 지속시킴으로써 너의 죽음을 '계속해서' 슬퍼하고, 너를 '계속해서' 사랑한다.

정은 철의 또렷한 눈썹을 생각했고, 철은 정의 깊은 인중을 생각했다. 정은 철의 오랜 노동으로 기운 어깨뼈를 떠올리며 자신을 업고 대기의 물길을 차고 가던 목선처럼 단단한 감촉을 기억했고, 철은 정이 이고 온 구름 한 채를 생각했다. 구름 속에서 곤히 잠든 토끼와 토끼 품에 안긴 어린 새를 기억했다. 어린 새의 꼭 감은 눈. 가늘고 빠르게 떨리는 눈. 정과 철은 볍씨처럼 작은 그 눈 속에서 창공 같은 잎사귀를 피워 올릴, 푸른 줄기가 도는 밤을 고대했다. 내년 기일부터는 이제 막 새잎 돋기 시작한 부재의 가지가, 공중의 또렷한 눈매에 활짝 핀 웃음 따라 주름에 주름의 곁가지를 만들며 자라고 대신 늙어갈 거라고 정과 철은 믿고 또 울었다.

—「연인」 부분

"정"과 "철"의 이야기는 사랑하는 대상이 남긴 부재가 무엇인가를 그리고 계속된 슬픔 속에서 사랑이 지속되는 것이 어떻게 가능한가를 보여준다. "내년 기일부터는 이제 막 새잎 돋기 시작한 부재의 가지가" "주름에 주름의 곁가지를 만들며 자라고 대신 늙어갈 거라고" 연인들이 믿었듯이 서로의 존재를 잊지 않기 위해서는 더 많은 부재의 가지들이 필요하다. 부재의 가지는 서로에 대한 기억과 감각으로 자라날 것이며, 사랑을 이루고자 하는 연인들의 작은 꿈도 "푸른 줄기"로 자라날 것이다. 부재의 시간이 계속될수록 상실의 슬픔도 커지지만 역설적이게도 슬픔은 언젠가 다시 만나게 되리라는 그들의 믿음을 자라나게 한다. 그럼 바르트의 경우처럼 김중일 시에서 나타나는 부재의 자리도 다른 대상으로 대체할 수 없는 절대적 연인의 귀환을 기다리는 장소인 것일까? 여기에 대한 대답은 김중일 시인이 던진 슬픈 질문에서 추측해볼 수 있다. "오늘도 실종자를 기다리며 기도하는 사람은/지구상에 모두 몇 명일까"(「밤과 하늘」)라는 물음은 묻고 있는 시인 자신이 바로 실종자들이 떠나간 자리를 기억하며 그들을 기다리는 사람임을 말하고 있다. 그는 부재자들의 귀환을 기다리는 지구상의 한 사람이다.

그렇다면 사랑하는 대상은 어떤 모습으로 귀환하는가. 바르트가 어머니의 어린 시절 사진에서 그녀의 완전한 현전을 경험했던 것처럼 부재자의 귀환은 그의 본질이 현현되는 사건이며 상실한 자의 순수한 슬픔이 드러나는 순간이다. 김중일 시인이 아버지의 귀환을 그려낸 장면에서도 그림자나 얼룩으로 드러나는 죽은 자의 현현은 그것을 오직 아버지라고만

느낄 수 있는 고유성을 말해주는 동시에 시인이 느끼는 상실의 슬픔이 표출되는 순간이다. 아버지는 "장의차 문틈에 낀 검은 옷자락처럼" "비어져 나"온 "그림자"(「정거장에 서 있다」)로 나타나거나 "지구상의 가장 높은 바닷속을 나는 물고기" "푸른 새벽처럼 일렁이는 물고기 그림자를/좇는 육십 대 망명가"(「물고기 그림자—아버지에 대해」)의 모습으로 나타난다. 또는 "가혹한 노동에 혹사당한 어깨가 뚝뚝/녹아내리던" "흙투성이 눈사람"(「흙투성이 눈사람」)으로 등장하기도 한다. 김중일 시인은 「노래할 수 있다면」 「고스트」 등에서도 부재하는 아버지의 존재를 이야기했고, 그에 대한 사랑을 드러냈다. "내 여생의 모든 웃음과 음악을/작별의 선물로 내어놓고자/나직이 노래하듯 입 맞"(「노래할 수 있다면」)추는 아들의 모습은 경건하고 아름답다. 하지만 우리는 이 장면에 대한 관습적 해석을 멈추어야 한다. "그의 슬픔의 빈 가지가 내 뇌 속 구석구석까지 뻗어 지독히 붉은 꽃 피우"라 기도하며 했던 입맞춤은 아버지를 떠나보내는 인사가 아니라 다시 그가 돌아오기를 기다리겠다는 약속이다. 붉은 꽃은 아버지가 부재한 자리를 증명해 보이는 상징물이자 그에 대한 기억의 약속이다. 시인은 운구차를 보내며 "맨 처음부터 다 같이 기억의 연주를/지금부터 연주보다 아름다운 노래를"(「노래할 수 있다면」) 부르겠다고 약속하기도 했다.

김중일 시에서 사랑하는 대상의 부재를 견디는 시적 주체는 비록 '나'라는 주어 속에서 말하고 있지만, 이 주체는 자기 자신으로 수렴될 수 없는 절대적 타자 앞에서 순순히 자신을 상실해버리는 존재이다.

측량할 수 없다 슬픔의 반감기에 대해.
완벽히 사랑하고도 계속해서 사랑하는 사람에 대해.
완전히 사라지고도 계속해서 사라지고 있는
충분히 멀어지고도 계속해서 멀어지고 있는 놀라운 공식에 대해.

모든 사라지는 것들은 존엄성이 있는가.
사라지기 때문에 존엄성이 있는가.

— 「눈사람의 존엄성」 부분

사라지는 것들의 존엄성을 묻는 시적 주체는 우리가 개별적으로 겪는 상실과 슬픔의 문제를 보편적 운명에 관한 문제로 바꿔놓는다. 인용시의 뒷부분에서 "빙판과 서리와 그와 나는 다 같은 눈사람" "우리는 태양의 윗목에서 고작 수십 년에 걸쳐 녹고 있다"고 말했듯이 죽음과 상실과 부재는 우리 모두의 운명이다. 하지만 우리가 가진 존엄성은 사라지는 존재의 운명에서 나오는 것이 아니라 운명을 넘어서는 행위에서 얻게 되는 것이다. "완벽히 사랑하고도 계속해서 사랑하는" 행위는 죽음과 부재라는 허무로부터 우리를 구한다.

누군가는 부재하는 대상을 계속 사랑하는 것이 과연 가능한 것인지 그것이 시인의 농담은 아니었는지 의아해할지도 모르겠다. 그런데 실제로 우리에겐 이런 경험이 있었다. "물 차오르는 여객선 갑판 밑 객실 철제 침대에서 해풍으로 속을 가득 채운/베개를 베고 쌔근쌔근 세상 모르고 자고 있"(「불면이라는 농담」)던 아이들이 깨어나 돌아오기를 계속해서 기다렸던 일 말이다. 지금도 계속되는 아이들의 귀환을 기다리는 이 시간은, 이 시대를 함께 살아가는 눈사람, 그러니까 부재하는 대상의 존엄성이 무엇인가를 곰곰이 생각하게 한다.

애도의 실패에서 사랑의 주체로

네 번째 시집 『가슴에서 사슴까지』는 상실의 경험에서 이야기를 시작한다. "봄에 죽은 친구"(「어깨에서 봄까지」)를 떠올리자 봄이 오는 것을 비로소 알게 되는 맨 처음 시부터 "죽은 사람 산 사람 다 같이 살아가는 이 시집 속을 한걸음도 나가지 않기로"(「나무는 나뭇잎이 꾸는 꿈, 나는 네가 꾸는 꿈」) 공존을 약속하는 마지막 시에 이르기까지 시집 전체를 관통하는 죽음은 김중일로 하여금 슬픔과 애도의 다음 단계로 나가도록 만드는 계기이다. 그가 시에 빌려온 『애도 일기(Journal de deuil)』에서 롤랑 바르트가 에고(ego)를 넘어서는 '완전히 새로운 슬픔'에 도달했듯이 김중일은 영원한 타자인 죽은 자를 삼킴으로써 애도의 규범을 넘어서서 타자와 공존하는 시적 주체를 탄생시킨다. 예를 들어 「숨 나누기」 「투명인간」 「기습폭설」 「둥근 노래만이 입술을 들어올리네」 등에서 나타나듯 아버지의 죽음에서 시작된 슬픔과 애도는 「매일 무너지려는 세상」 「일어서다, 그리고 가다」 등에서 그려진 세월호 희생자의 죽음과 그 가족들의 슬픔을 아우르며 우리 사회에서 일어난 또 다른 죽음들로 자장을 넓혀나가고, 시적 주체가 감당해야 할 상실의 슬픔은 커져만 간다. 이 지점에서 시적 주체는 살아 있는 자가 끝내 완성하지 못할 수많은 죽음에 대한 애도 대신 상실을 내면화하는 쪽을 택한다.

어느 날 내 가슴이 불타면 어쩌나
내 사슴은 어쩌나
깡마른 사슴, 비 맞는 사슴, 눈물 맺힌 사슴, 다리 부러진 사슴, 멍투성이 사슴, 땅에 파묻힌 사슴, 아빠 없는 사슴, 엄마 없는 사슴.
폐에 바닷물이 찬 사슴, 바다가 딘 사슴, 자식 잃은 사슴.
집으로 돌아오는 늦은 밤, 어김없이 마중 나오는 사슴, 폴짝 내 가슴 속으로 뛰어드는 사슴, 잠 못 드는 사슴, 때문에 점점 커지는 가슴, 점점 자라는 사슴이 사는 사람의 가슴.
온몸에 멍이 든 알몸의 네 살배기 아이가 제 손을 과자처럼 선뜻 내민다. 사슴은 잘도 받아먹는다. 꽃잎보다도 작은 나뭇잎 한 장 남김없이, 내 가슴팍에 앉아 사슴은 다 먹어 치운다. 그렇다고 이 계절이 오는

제3부 얼굴, 유령, 이야기

걸 막을 수는 없다. 가는 걸 붙잡아도 놓을 수도 없다.

　이 계절에 일어난 참혹한 사건으로 사슴은 태어났다. 누군가는 죽고, 사슴은 태어났다. 나는 죽은 이의 가슴을 사슴이라 부른다.

　사슴은 태어나자마자 눈 뜨고, 일어섰으며, 매일 나를 어디론가 데려가려 한다. 나는 그 여정을 가슴에서 사슴까지, 라고 한다.

　무너진 내 가슴에서 태어난 사슴 한 마리가, 자란다. 내 가슴은 사슴 따라 점점 커진다. 계속 커진다.

　어느 날 가슴이 터지고 불타면 내 사슴은 어쩌나.

　한순간 구름처럼 하얀 재가 된 내 사슴을 어쩌나.

　사슴 한 마리 사슴 두 마리 사슴 세 마리…… 아무리 백까지 백 번을 헤아려도 잠이 오지 않는다.

— 「가슴에서 사슴까지」 전문

　"누군가는 죽고, 사슴은 태어났다" "무너진 내 가슴에서 태어난 사슴 한 마리가 자란다"라는 구절에서 말하고 있듯이 시적 주체는 상실로 인한 공백을 다른 대상으로 메우는 대신 상실을 삼켜버리는 것이다. "사슴"으로 비유된 부재의 추상성을 삼키자 상실의 슬픔이 육체의 일부로 환원되고 '나'의 육체는 내 것이면서 동시에 내 것이 아닌 상황이 벌어진다. 타자와 공존하는 장소로서 '나'의 몸ㅡ"몸의 가장자리"(「눈썹이라는 가장자리」)인 '눈썹'이나 "슬픔의 표지"(「등을 떠미는 일」)인 '등'처럼 내 마음대로 표정을 가질 수 없는ㅡ은 이제 타자인 '너'의 것이기도 하다.

　시적 주체의 가슴 한편에 죽은 이들이 살게 된 이후 세계의 풍경과 그것을 바라보는 주체의 관계는 달라지기 시작한다. 국도 밖으로 흘러가는 무심한 풍경은 죽은 자들의 마음이 깃든 "영혼한 풍경"(「영혼한 풍경」)이 되고, 우리가 사는 이 세계의 주인은 죽은 자들임이 드러나기 때문이다. 「우리는 산다」에서 들려주는 것처럼 우리가 산다는 것은 "돌아올 몸 없는" 그들의 집을 빌려야만 가능한 일로 여겨지는 것이다.

지상에 사는 자들의 슬픔

이처럼 김중일의 애도는 주체와 타자의 자리에 위치했던 산 자와 죽은 자의 관계를 다시 쓰는 일이다. "우리 몸 바깥은 온통 공중이었으므로, 우리 몸 안이야말로 원래 공중의 바깥"(「먼지가 쌓이는 공중」)이라는 말에서 우리는 김중일이 '자기'로부터 벗어난 시적 주체를 꿈꾸고 있음을 다시 한 번 확인한다. 시적 주체는 "각자 앞의 공중을 등까지 닿도록 깊숙이 끌어안"(「안다」)으며 '자기'라는 세계를 벗어나 세계 바깥의 존재에게 다다른다. 더 이상 슬픔의 주체가 아닌 그는, 자신의 가슴을 타자에게 내어줌으로써 대상을 상실하지 않는 사랑의 주체로 태어나는 중이다.

제3부 얼굴, 유령, 이야기

제4부

미래를 쓰는 밤

소통 불가능은 뭐라 말할 수 없는 불편하고 난감한 상태이지만 사실 소통 불가능을 일으키는 차이는 "공동"을 불러 장애가 아니라 "공동"을 존재할 수 있게 만드는 최소의 조건입니다. 끊임없이 서로를 향해 질문하고 대답하도록 만들기 때문 그렇기 때문에 싫은 미완결된 서사로, 파편적인 장면으로 이야기되어야 합니다. 오해와 소통 불가능성을 드러내기 위하여 하나와

우리는 어두운 밤에도 미래를 쓸 수 있다

― 김현, 『입술을 열면』

> 밤이 되자 시는 어둠을 밝힐 수 있을까? 궁금해졌습니다.
> ― 김현, 「가슴에 손을 얹고」 중에서

　　김현의 두 번째 시집 『입술을 열면』(문학과지성사, 2018)은 무엇보다도 '지금 여기'의 현실에서 시의 생존이 어떻게 가능한지를 적나라하게 보여준 시집으로 기억될 것이다. 그는 알고 보면 상냥한 시인일 테지만, 혐오와 분노가 낭자한 말들의 전쟁터에 뼈를 세운 말들을 깃발처럼 꽂아버리고 말았다. 무릇 시는 현실의 저만치에서 짐짓 이 현실이 삶의 전부가 아닌 척 돌려 말할 수도 있지만, 김현은 "이 시집에 수록된 시들은 2013년부터 2015년 사이에 쓴 것"(「시인의 말」)이라고 밝힘으로써 자신의 시가 현실의 말들 깊숙이 연루되었음을 선언했다. 그리하여 이 시집은 우리가 벌써 망각해가는 중이나 여전히 심판이 완결되지 않은 지난 몇 년간의 현실을 생생하게 환기한다. 간략히 돌아보자면 "박근혜가 대통령"(「불온서적」) 임기 중이었던 당시는 세월호가 침몰하여 304명이 돌아오지 못한 때이며, 한 농민이 물대포를 맞고 쓰러진 바로 그 시절이다. 또한 인터넷에서 '#나는_페미니스트입니다'라는 해시태그가 번져가고 있던 때이기도 했다. 진실을 둘러싼 말의 혈투가 벌어지는 즈음에 대통령은 "국민들 모두가 정부부터 해가지고 안전을 같이 지키자는 그런 의식을 가지고 신고 열심히 하"면 "진상 규명이 확실하게"(「어떤 이름이 다른 이름을」) 된다는 협박에 가까운 희망을 연설했다. 김현은 그런 시절의 기록을 '지금 여기'로 불러내 어둠의 시대를 관통하면서 시가, 마치 입이 없는 몸이 비명을 지르듯이 생존했음을 증명하고 있다. 근래 출간된 시집들 중에서 『입술을 열면』을 다시 기억하는 이유는 바로 여기에 있다. 진실을 요청하는 말이 박탈되고 자유와 평등을 위한 선언이 불가능한 시대에 처한 시는 자신의 발화를 창조하거나 혹은 그들이 허용한 말을 재전유(reappropriation)함으로써 다른 미래를 쓸 수 있다는 것을 이 시집이 이행하고 있기 때문이다.

김현 시의 발화에서 두드러지는 것은 유사 각주의 사용이다. 첫 시집 『글로리홀』(문학과지성사, 2014. 7)에서 그러했던 것처럼 김현의 각주 사용은 각주의 일반적 용례를 넘어서서 시의 독특한 발화를 구성하는 요소로 작용한다. 유사 각주들은 특정한 단어나 중심 텍스트를 설명하기 위해 쓰인 경우도 있지만 그보다는 복수의 텍스트를 등장시키는 효과를 내기 때문에 중심 서사를 방해하고 의미 구성을 지연시킨다. 따라서 텍스트를 읽는 독자 입장에서는 곤혹스러울 수도 있겠다. 하나로 종합되는 이미지와 일의적 의미에 익숙한 경우라면 낯선 독법을 요구하는 이 화법이 마음에 들지는 않을 것이다. 『입술을 열면』에서 유사 각주는 첫 시를 제외하고 전편에서 사용되었고, 이전보다 더 정련된 형태-내용을 갖추고 있다. 김현은 이것을 '디졸브'라고 밝힘으로써 장면들을 오버랩하듯 전환하면서 읽어줄 것을 넌지시 부탁했는데, 발화를 동시다발적 장면으로 공간화하는 이 화법은 하나의 스타일을 넘어서 세계와 역사(시간)를 대하는 시인의 관점이라고 하는 것이 더 적절한 표현이다.

예를 들자면, 「어떤 이름이 다른 이름을」에서는 2차 대전 종전 후 독일인을 증오한 연합군의 만행을 서술하는 시의 앞부분에 제주 4·3 희생자의 이름이 겹쳐지고, 시의 마지막 부분에서는 '박근혜 대통령'의 연설이 등장한다. 서로 다른 시간대에 벌어진 사건들이 오버랩되면서 텍스트는 국가가 저지른 폭력의 역사를 맥락화한다. 연합군이 평화를 위해 대문에 적힌 독일인의 이름을 보고 살해를 저질렀듯이, 4·3 당시 국가는 체제의 안녕을 위해 사람들을 '빨갱이'로 호명하고 1만 4천 명 이상을 학살했다. 자신이 규정한 평화를 위해 살해를 허용하는 국가가 폭력을 정당화하기 위해 필요로 했던 것은 상징적 적의 이름뿐이었다. 그러나 국가의 이름으로 벌어지는 광기와 폭력의 과거보다 더 잔인한 것은 그것이 오늘날 되풀이되고 있다는 사실이다. 이 시들이 쓰인 2013년에서 2015년 사이에도 여전히 '간첩'이라는 호명이 국가의 영토에 울려 퍼졌음을 시인은 증언한다.

이처럼 '디졸브'는 인간의 진실에 기댄 증언처럼 불완전하고 파편적이지만 폭로되어야 할 것을 들추어내는 한편 장면의 겹침-연결-단절을 통해 기존의 역사적 서사를 전복시키고 새로운 역사, 그러니까 아직 쓰인 적 없는 미래를 쓰기 위한 방법이기도 하다. 실제로 첫 시집에서 김현은 "인간의 호흡을 잃었구나, 인간." "인간 인간 인간은 마침 표 사라집니다."(「비인간적인」)라고 진술하며 인간의 종말을 예고한 바 있다. 그리곤 맨 마지막 표지에 「인간」을 실었는데, 이 시는 『입술을 열면』에 다시 실렸다.

> 생명력을 주관하는 열세번째 천사는
> 고요하고 거룩하다
>
> 밤이 되면
> 잉크를 쏟는다
>
> 영혼에 동공을 만드는 것이다

우리는 어두운 밤에도 미래를 쏠 수 있다

저기 저 먼 구멍을 보렴
너에게로 향하는 눈동자

가슴의 운명은
빛으로 쓰인다

생명은 태어나고
죽음으로 끝이 난다

열네번째 천사는
주관한다.°°

° 인간은 온다. 내일의 비는 떨어지므로 인간적이다. 비 맞는 인간은 인간다워지기 위해 젖은 몸에서는 따뜻한 김이 솟고 그때에 인간의 다리란 참으로 인간의 것이다. 가령, 광장에서 물대포가 쏘아질 때 패배의 무기는 무기력하고 인간은 젖은 채로 서서 방패가 된다. 무기를 막지 않는다. 무기를 넘보지 않는다. 이 또한 인간이 가진 눈동자다. 그러나 오늘까지도 생명은 비인간적이다.

°° 비가 그치고 빛이 떨어질 때 인간은 마땅히 고개를 드는 것이다. 고해하는 인간에게 목은 얼마나 유용한 도구인가. 가령 인간은 물대포 앞에서 천사를 상상할 수 있고 평화를 그릴 수 있으며 종말이 멀지 않았음을 기록할 수 있다. 언청이의 입술이 예쁘다고 생각한다. 이로써 인간의 눈동자는 인간적이고 방패는 무기를 찌른다. 어제만 해도 생명은 인간을 따돌렸으리라.

— 「°인간」 전문

두 번째로 실린 「인간」에서는 생명이 충만한 인간의 몸이 묘사된다. "광장에서 물대포가 쏘아질 때" "젖은 채로 서서 방패가 된" "따뜻한 김이 솟"는 인간의 몸, 생명을 앗아가는 거센 물줄기 앞에서 말을 몰수당한 그 몸은 정확한 발음으로 말하지 못하지만 언제나 자신(의 구멍)을 드러낸 채 열려 있는 "언청이의 입술"처럼 살아 있는 존재를 표명하는 행위로서의 말과도 같다.

호흡을 잃고 침묵하는 인간이기를 그만두고 이제 우리가 기대해야 할 것은 말하는 몸이 쓰는 미래의 서사이다. "너에게로 향하는 눈동자"(「인간」)를 가진 존재는 무기가 아니라 방패라고 믿는 시인은 미래의 삶을 서술하기 위하여 저항하고 투쟁하는 인간이 아니라 사랑하는 인간에 주목한다. 인간은 "애인은 어떻게 영혼을 아늑하게 하는가"(「기화」)를 생각하며 사랑하는 타인과 이야기를 나누고 뽀뽀하고 섹스하며 위로하는 삶을 살아가야 한다. 생각해보건대 "마음 먹는 입술이/먹는 것"이 "몸"(「조선마음 8」)이라면 몸은 결국 '너'라는 타인과 사랑을 나누기 위해 존재하는 것이 아닐 수 없다. 그러므로 시인은 인간이 행하는 사랑의 역사를 쓰는 자여야 한다. 잠들어 있는 연인의 "코와 입술에/코와 입술을 붙이고/숨을" 쉬다가 배에 귀를 대보면 뱃속에서 "물이 순환하는 소리"가 들리고 비로소 "생명을 이해하"게 되는 듯한 기분이 들 때, "그때/아침"(「빛의 뱃살」)을 맞이하게 되는 인간의 역사를. 당신과 사랑을 나누며 아침 해를 맞이하는 인간의 삶을 사랑과 평화의 역사가 아니면 무어라고 부를 텐가.

그러나 당신도 아시다시피, '지금 여기'에서 사랑과 평화는 제도적이고 정치적이며 담론적이다. 사랑을 체현하는 인간의 몸을 정상과 비정상으로 구획하고 규율하는 체제는 성소수자의 "사랑을 음란으로 격하시"키며 그들의 "인권"을 "항문섹스"(「인권」)로 환원한다. 이성애자의 사랑이나 인권이 남성과 여성의 성기 섹스로 환원된 적 없는 점을 고려한다면 "인권"과 "항문섹스"의 환원은 언어적 호명을 통해 성소수자의 사랑을 규율화 하는 전략이자 그들의 몸을 대상화하는 혐오 발언에 다름이 없다. 이 지점에서 김현은 재전유의 발화를 통해 체제 내에서 수행되는 젠더 정치에 질문을 제기한다.

　　　인권을 생각하자

항문섹스는 우리 겁니까?

밤이 봉오리를 닫고
수련은 잠든다

미래다[Y]

> [Y] 사랑이 음란을 격화시킨다. "꺼져라 지옥의 개들아. 누구를 물고 가려고 동방의
> 빛나는 나라에 더러운 모습을 보이느냐. 너희가 여는 건 지옥문이다." 여자와
> 여자는 미래를 앞두고 인간의 탈을 쓴 것들을 생각한다. 여자와 여자로서 손을
> 잡고 남자와 남자로서 입술을 맞대고 여자와 남자로서 마음의 수련을 꼭꼭 씹
> 어 먹는다. 언제까지 부채춤을 추게 할 거야.
>
> — 「[Y]인권」 부분

가령 "꺼져라 지옥의 개들아. 누구를 물고 가려고 동방의 빛나는 나라에 더러운 모습을 보이느냐. 너희가 여는 건 지옥문이다."(「[Y]인권」)라는 성소수자들을 향한 혐오 발언이 그대로 텍스트에 옮겨질 때, 주디스 버틀러의 말대로 언어 행위가 발언하는 자의 소유가 아니듯 시를 통해 재전유된 혐오 발언은 처음 발화한 주체의 의도를 초과하며 다른 효과들을 생산해낸다. 이 극단적 발언의 인용과 그들의 퍼포먼스에 대한 언급은 성소수자의 비정상성을 보여주기보다는 그들을 혐오하기 위해 종교의 이름으로 부채춤을 추었던 까닭이 무엇인지를 의아하게 만들 뿐이다. 아연스러운 마음을 잠시 접어두고 생각해보면, 지금도 어디선가 벌어지는 이 퍼포먼스가 종교적인 이유에서만 시도된 것이 아니라는 점은 너무도 명확하다. 종북 반대와 동성애 반대 집회를 오가며 벌어지는 이 퍼포먼스의 근간에는 반공과 친미를 이념으로 삼고 건설된 '국가'의 정신과 전통을 빙자한 남성중심주의적 가부장 사회의 성규범을 들이대기 위한 거짓 전통의 클리셰가 결합되어 있음을 추측하기는 어렵지 않다.

그러므로 사랑과 평화를 체현하려는 이들에게 '국가'는 "각별한 주의를 요구"하는 대상으로 간주된다. 평화를 위한 살해를, 질서를 위한 검열을, 건전을 위한 음란을 정당화하는 국가는 호명함으로써 죽음의 정치를 실현하기 때문이다. "어떻게 내 가족은 죽었습니까"를 묻는 세월호 유가족을 비롯하여 그들과 연대한 시민들을 "빨갱이 새끼들"이라고 낙인찍은 국가는 낡은 반공의 수사학을 구사하여 대중들을 분열시키고 죽음과 슬픔을 조롱했다. 국가라는 이름으로 수렴되는 권력 체제는 언어 행위를 통해 엄연히 존재하는 인간의 사랑만이 아니라 죽음까지도 휘발시키고자 했던 것이다. 이런 폭력의 시간 한복판에서 시인은 입술을 열고 휘발되는 자들을 대신하여 질문을 쏟아낸다. "눈빛은 어둠을 밝힐 수 있을까요? …(중략)… 남자로 태어나 여자가 되고 싶은 사람과 여자가 되어서 여자를 사랑하는 사람은요? 사라진 일곱 시간과 지워버린 일곱 시간은요? 대통령과 전 대통령은요? 무덤까지 가는 진실과 무덤에서도 나오는 진실은 어둠을 밝힐 수 있을까요?"(「열여섯 번째 날」)

우리가 막 통과한 시간에 대하여 『입술을 열면』이 던지는 질문은 젠더적이고 정치적이며 윤리적인 영역을 두루 관통한다. 때론 혐오의 말을 그대로 되풀이하는 방식으로 수행되는 그의 질문은 어쩌면 체제에 의해 대상화된 몸에 가해진 혐오의 낙인을 되돌려주기 위한 질문인지도 모른다. 주디스 버틀러는 이런 말하기를 저항발언(counter-speech) 혹은 되받아쳐 말하기(talking back)라고 명명하며 그것이 저항운동을 개시할 수 있다는 점을 제기한 바 있는데, 나는 김현의 시가 이미 그것을 하고 있다고 생각한다. 말하는 몸이 되어 진실을 요구하는 것은 "이토록 정처 없고 희망"(「열여섯 번째 날」)찬 것이므로 그는 갈수록 용감해질 수 있다고 생각한다. 말을 빼앗기더라도 "입술을 쑥 내"(「생명은」)밀어 거짓에 저항하고 마침내는 사랑과 평화의 시간을 맞이하는 미래를, 그는 쓸 수 있다.

불일치의 삶과 두 갈래의 이야기

— 임경섭, 『우리는 살지도 않고 죽지도 않는다』

k에게

한 권의 시집에 등장하는 수많은 당신을 향해 말을 걸어봅니다. 당신은 시인이거나 시인의 수많은 페르소나(persona)들일지도 모릅니다. 시인이 만난 실제의 인물일 수도, 상상 속 인물일 수도 있고요. 분명한 것은 몇 다발의 이름을 가진 당신이 복수의 존재라는 것이고, 이 시집에 담긴 장면들이 서술될 수 있도록 이끄는 주어라는 겁니다. 당신이 얻은 가깝고 먼 곳의 이름들은 국경만 넘나드는 것이 아니라 과거와 현재를, 현실과 허구를 넘나들면서 온갖 이야기들을 지금 여기에 부려놓습니다. 당신이 이국의 이름을 가진 주어로 등장할 때 나는 아직까지 도착해본 적 없는 거리에서 '프리모 레비'처럼 내가 이름만 알던 누군가의 행동과 표정이 나타났다 사라지는 것을 목격합니다. '프리모 레비'가 나의 감각으로 들어온 것처럼요. 그렇다고 당신이 이야기에 등장하는 실존 인물이라는 뜻은 아닙니다. 그 이름의 본래 주인인 실존 인물들은 당신에 의해 재현될 뿐이죠. 언젠가 실존했거나 아예 허구인 그들이 삶의 한순간을 어떻게 살았는지 말해주는 것이 바로 주어인 당신의 역할입니다. 그러니 나는 당신을 통해서, 이야기가 모든 시대와 장소와 사회를 초월하여 도처에 존재한다는 한 철학자(Roland Barthes)의 말을 비로소 경험하고 있습니다.

'무츠키', '헤르베르트 그라프' 또는 '월터 클레어본 롤리' 등의 주어들도 인상적이었지만 이제부터 나는 당신을 k라고 부르기로 하지요. k, 당신은 유난히 자주 이름을 바꿉니다. 아니, 바꾼다기보다 이런저런 이름들 그 자체가 되어 등장합니다. 그 이유가 궁금하지만 물어보진 않을 생각입니다. 이름을 바꾸는 당신을 보면서 나는 동화에 나오는 주인공 앨리스를 떠올렸습니다. 토끼 굴 속으로 들어간 앨리스는 몸이 커졌다 작아졌다 변하는 신기한 경험을 합니다. 그런데 바로 그것 때문에 네가 누구냐는 질문에 답하기가 곤란해지고 "아시다시피, 나는 내가 아닌걸요"라고 대답합니다. 지금의 자신은 이전의 자신이 아니라고 말하는 앨리스처럼 당신도 자신이 누구인지 스스로 설명하지 못하겠지요. 당신은 또 다른 '생각'이 밀려올 때마다 다른 장소에서 다른 존재가 되어 이야기를 시작할 뿐입니다. 당신은 시인도 누구도 아닌 문장의 주어, 엄밀히 말하면 당신은 k로서, 무츠키로서, 또 다른 누군가로서 존재할 뿐 본래의 자기 자신은 없는 존재인 거죠. 당신은 다른 존재를 위한 자리이자 공백입니다.

그러나 당신이 없다면 이야기도 없습니다. 우리의 눈 속에 존재하는 동공처럼 텅 빈 공간이지만 그것이 없으면 아무것도 볼 수 없듯이 당신은 실제의 존재가 아니지만 당신이 없으면 실제의 존재도, 그의 삶도 드러나지 않습니다. 주어가 없으면 실제의 존재가 무엇을 했는지 서술할 수 없을 테고, 행동이 서술되지 않으면 의미란 것도 존재하지 않으니까요. 그런 점에서 당신은 실존하는 자도, 의미를 만드는 언어의 주체도 아니지만 이야기를 가능하게 하는 이야기의 진정한 주인입니다. 자신이 쓴 서사의 의미를 지배하는 고집 센 언어의 주체와 달리, 주어인 당신은 사건이 시작될 수

있도록 자신을 내어줄 뿐 이야기 전체를 소유하지는 않는 관대한 주인이
지요.

당신이 복수의 이름을 가진 주어로 존재하게 된 까닭이 무엇일까를 생
각해보니 짐작 가는 바가 없진 않습니다. 이 사태의 발단은 의미의 주체
가 되고자 했던 당신의 실패입니다. 실패의 장면을 하나 꺼내 보겠습니다.
「라이프치히 동물원-슈레버 일기」에서 세 살 된 아이에게 동물원에 대해
말해주고 싶었던 '나'-당신은 동물원에 대해 설명할수록 그 설명과 동물
원이 부합하지 않는 곳이라는 것을 깨닫다가 "더 이상 아무런 말도 할 수
없"게 됩니다. '나'는 침묵에 빠졌을 때에야 비로소 "세 살 된 아이가/아무
말 하지 않는 나를 데려간" "그곳은 경계와 경계들이 놓여 있는/경계의 안
쪽"이라는 걸 알게 되었죠. 동물들이 경계 안에 갇힌 곳이 아니라 오히려
내가 경계와 경계들의 안쪽에 서게 되는 곳이란 얘기입니다. 스스로 언어
의 주체라고 생각했던 '나'는 아직 말이 서툰(나와 다른 말을 가진) 아이와의
소통에서 실패하는 순간 무력해지고 의미의 균열을 경험하게 된 겁니다.
동물원에 있으면서도 '동물원'의 정의를 모르는 아이 앞에서 나의 합리적
설명은 '실패'합니다. '나'의 언어는 동일성의 영역에서 소통 가능성이지만
비동일성과 만나면 소통 불가능성입니다. 그 사실을 깨달았을 때 보는 주
체와 보여지는 대상의 자리바꿈이 일어나고 경계의 안쪽과 바깥쪽이 바뀐
것이죠.

누군가는 당신의 실패가 편집증 환자 슈레버의 과도한 망상 때문이라고
진단할지도 모르겠습니다만, 어떤 우연도 지나치지 못하는 편집증 환자이
기 때문에 언어와 실재의 간극과 그로 인한 언어의 소통 불가능성을 마주
칠 수 있었던 것입니다. 편집증 환자지만 영리한 당신은 의미의 주체가 될
수 없다는 것을 알고 문장의 주어들이 되기로 작정한 거죠. 자기가 누구인
지 의미를 찾는 자가 아닌 이야기를 시작하는 주어들 말입니다. 본래 당신

이 누구인가에 상관없이 당신은 그 누구도 아닌 주어로서 존재합니다.

> k는 살날들보다는
> 죽을 날이 걱정이었네
> …(중략)…
> k는 어떤 입장으로 죽어야 할지 고민이었네
> 혹자들은 k의 어깨를 두드리며
> 차남으로 죽으면 되지 않겠는가
> 말하기도 하였지만
> k는 더 이상 차남이 아니었네
> k는 장남이자 막내였지만
> k는 형도 아니고 동생도 아니었네
>
> k는 흐름을 멈춘 강의 기슭에 앉아
> 수면 아래까지 늘어진 수양버들의 이파리들을 하나씩
> 하나씩 바라보고 있었네
>
> ─「늘어진」 부분

고백하건대 이 시를 읽자니, 웃음이 났다가 난감해졌고 그 후엔 생각에 잠겼습니다. 첨엔 자신이 누구인지 모르는 k가 너무 바보 같아 웃음이 났고, 그 다음엔 현실 세계에서 그토록 중요하게 생각하는 각자의 "입장"이란 것이 너무 쉽게 무너질 수 있는 것이어서 난감했지요. 하여튼 중요한 대목은 입장을 잃고 난감해진 k, 당신이 "흐름을 멈춘 강"을 응시하는 장면입니다. 수면 아래로 늘어진 "수양버들의 이파리"를 세어보듯이 k, 당신은 하나의 분명한 입장이 필요한 현실의 표면 아래 다른 세계를 응시합니다. 장남도 막내도 그리고 차남도 아니게 되자 입장─시선을 잃은 k, 당신의 응시는 서사를 멈춥니다. 시선의 주체가 만들어내는 수면 위의 서사가 있다면 시간이 멈춘 듯 고요한 수면 아래에는 그것을 닮았으나 불일치하는 미완의 서사로서 이야기가 있습니다. 아무리 뚫어지게 바라보아도 서로 다른 갈래처럼 보이는 굴절된 줄기를 보십시오. 한 줄기의 수양버들 이파리처럼 연속될 것 같았지만 수면 위와 아래로 갈라진 두 갈래의 이야기를.

당신이 응시는, 삶이란 굴절된 줄기처럼 두 갈래로 뻗은 불일치한 이야기라는 사실을 일깨웁니다. 가령 "아내는 나에게 얘기하지 않았지만/나에게 아내는 얘기하고 있었다"(「라이프치히 중앙역−슈레버 일기」) 같은 문장이 그런 경우지요. 누군가는 역설이나 아이러니라고 주장할 수도 있지만 나는 두 갈래의 이야기라고 말하겠습니다. 동전을 던졌을 때 발생하는 경우의 수처럼 두 개의 가능한 이야기라는 얘깁니다. 수면 아래로 늘어진 수양버들의 굴절된 가지를 바라보는 당신처럼, 멈춰 앉아서 삶의 이면을 응시하면 삶을 구성하는 모든 상황들이 얼마나 불분명한 것인지를 발견하게 됩니다. 삶은 하나의 문장으로 진술되는 이야기가 아니라는 사실을 경험하게 되는 거죠. 복수의 당신이 들려주는 이야기들이 암시하고 있듯이 삶은 자기 입장에서 서술 가능한 서사가 아니기 때문입니다. 형과 동생을 잃은 k처럼 사람들은 자신을 증명해줄 타인 없이 자기 자신을 말할 수 없습니다. 삶이 두 갈래의 이야기로 서술될 수 있는 것은 결국 타인과의 소통에서 발행하는 불일치 때문입니다. 타인과 나, 그 사이에는 언제나 소통 불가능성이 자리잡고 있습니다.

k, 당신은 종종 그 소통 불가능성에 직면하는 사람입니다. 「플라스마」에서 당신은 아내에게 "죽기 전에 너에게 오로라를 보여주고 싶어"라고 말했고 그것은 진심이었지요. 하지만 아내는 대체 당신이 (말)하고 싶은 것이 무엇이냐고 재차 묻습니다. 아내의 질문에 답하던 당신은 원래 (말)하고 싶은 것이 무엇인지 스스로 놓쳐버리고 맙니다. 「라이프치히 동물원−슈레버 일기」에서 경험했던 소통 불가능처럼 당신은 아내라는 대상 앞에서 다

시 한번 소통할 수 없음에 직면하는 겁니다.

또 다른 장면 하나.

> 며칠째 반복되는 야간버스 여행에 모두가 지쳐가고 있었지만 곤은 지친 기색을 숨긴 말투로 무츠키에게 물었다 너는 네 여행을 온 거야, 쇼코의 여행을 온 거야?

> 아내가 만족하면 자신도 흡족할 공동의 여행이라 생각했지만 무츠키 는 대답하지 않았다

> …(중략)…

> 곤의 의견이 그렇더라도 자신은 마음 가는 대로 아내를 도울 것이며 늙고 지치더라도 언제까지나 마음이 시키는 대로 그렇게 할 것이라 다 짐했지만 무츠키는 대답하지 않았다

> 그들 바로 앞 좌석의 쇼코는 눈 감고 있었지만 잠들지 않았다 대답 없는 무츠키 때문에 쇼코는 잠들지 않았다

> ―「서막」 부분

무츠키는 곤으로부터 네 여행을 온 것인지, 아내인 쇼코의 여행을 온 것 인지 묻습니다. 무츠키는 "아내가 만족하면 자신도 흡족할 공동의 여행이 라 생각했지만" 대답하지 않았고, "대답 없는 무츠키 때문에 쇼코는 잠들 지 않았"습니다. 타인들의 세계에서는 딱 잘라 답할 수 없는 질문들이 계 속되고 자신의 진심을 명쾌하게 말할 수 없는 순간들이 반복되니 그야말 로 누군가와 함께 떠나는 여행과도 같은 삶의 서막은 오해와 소통 불가능 으로부터 열리는 것 같습니다. 무츠키와 쇼코의 경우처럼 소통 불가능은 뭐라 말할 수 없는 불편하고 난감한 상태이지만 사실 소통 불가능을 일으

키는 차이는 "공동"을 불행하게 만드는 장애가 아니라 "공동"을 존재할 수 있게 만드는 최소의 조건입니다. 끊임없이 서로를 향해 질문하고 대답하도록 만들기 때문입니다.

그렇기 때문에 삶은 미완결된 서사로, 파편적인 장면으로 이야기되어야 합니다. 오해와 소통 불가능성을 드러내기 위하여 하나의 서사가 아니라 여러 갈래로 찢긴 채 이야기되어야 합니다. 끝으로 흥미로웠던 시 「엘리자, 나의 엘리자」를 얘기해야겠군요. "제 아들만은 이 어두운 강을 건너가게 해"달라고 기도하는 엘리자와 "너희를 끌어안고 있는 배경들이/배경들을 조합하고 있는 기호들이/너희 모자의 삶을 결정할 것이"며 "너희는 반복되는 굴레 안에서 빠져나올 수가 없"다고 충고하는 전지전능한 스토마님의 대화에서 엿보이듯이 단 하나의 시선과 목소리로 서사화되는 삶은 "살지도 않고 죽지도 않는"(「엘리자, 나의 엘리자」) 사물과 다를 바 없게 됩니다. 사물화된 삶과 행복은 우리가 원하는 삶이 물론 아니죠. 소통 불가능성과 심연 앞에서 굴절되지 않고 매끈하게 이어지는 서사는 삶을 서술하지 않고 의미를 써나갈 뿐입니다. 그 의미는 대체 누구의 것이며 누구를 위한 것일까요? 그러고 보니 당신은 이 한 권의 시집에서 줄곧 묻고 있었군요. 이 세상에 존재하는 수많은 삶과 이야기의 주인이 누구인지를.

'당신'이라는 얼룩 혹은 절대

— 유희경, 『우리에게 잠시 신이었던』

얼룩은 의도치 않게 남은 흔적이다. 뚜렷한 형상으로 시선을 사로잡는 무늬에 비하면 불분명한 비(非)형상에 불과한 얼룩은 오염물로 취급받기 일쑤이다. 좀처럼 지워지지 않고 생각지 못한 곳에 남아 있는 그것은 딱히 말할 만한 형상도 아니거니와 의미를 지니는 것도 아니므로 재현의 대상으로서도 부적절해 보인다. 그렇다고 그것이 존재하지 않는다고 말할 수는 없으니, 얼룩의 모호성 앞에서 냉정한 시선과 이성의 언어는 도리어 무력해지는 역설에 처한다. 이러한 무력감을 느껴본 적이 있다면 유희경 시인의 두 번째 시집 『우리에게 잠시 신이었던』(문학과지성사, 2018)에서 보여주는 얼룩에 관한 응시와 그에 관한 기록을 읽기 위하여 무엇이 필요한지 생각에 잠기게 될 것이다. 이 시집을 읽기 위하여 필요한 것은 빛 아래서만 유용한 시각이 아니란 것만 말해두기로 한다. 유희경의 시가 얼룩처럼 형상 없는 세계에 대해 그리고 개연성 잃은 이야기에 대해 쓰고 있다는 점을 떠올려보면 시선은 허술하고 무용한 도구로 느껴지기 때문이다.

'얼룩'이 말해주고 있듯이, 유희경은 시선의 대상보다는 시선 너머 어딘가에 무의식적으로 기입되는 것들, 윤곽 없이 존재하는 것들, 무심코 지나치는 배경처럼 흘러가는 것들에 관심을 기울인다. "눈을 감은 채 바라보"(「우리에게 잠시 신이었던」)듯이 어둠 속에서 대상을 바라보는 시인에게 포착되는 것은 '무늬'들이 아니라 '얼룩'들이다. 방금 전 골목을 지나갔는지 아닌지조차도 의식할 수 없지만 망막에 얼룩처럼 맺힌 존재들에 대한―존재들로부터의 응시는 밝게 드러난 무늬의 형상을 보는 시선의 감각이 아니라 소리와 맛과 감촉 등의 감각을 통해 경험할 수 있는 것들이다. 그런데 얼룩에 관한 감각적 경험은 플롯을 갖춘 이야기가 되지 못하고 "개연과 부연이 사라진" 채 "느닷없는" "농담처럼"(「농담」) 펼쳐진다. 유희경이 들려주는 얼룩에 관한 이야기는 앞뒤가 어긋난 채 서로 무관한 사건이 잇따라 출몰하는 실패한 이야기이다. 어쩌면 우리가 생각하는 작가란, 잘 짜여진 이야기를 만들어내고 그것을 통해 구체적 형상을 가진 세계를 창조하며 그 세계 안에 존재하는 텍스트 내부의 신(神)인지도 모르나 유희경은 자신의 텍스트에서 스스로 "지워지고 싶"은, "지워짐을 남기고 싶"(「작가」)은, 그러니까 절대적 존재인 작가로서 실패하기 위해 글을 쓰고 있는지도 모른다. 이번 시집에서 충분히 짐작되듯이 유희경은 이제까지 자신이 써왔거나 쓸 수 있는 글쓰기에 실패하기 위한 글쓰기를 모색하는 중이고, 그러므로 이 시집을 통해 그가 도달하고자 하는 세계 역시 그 스스로 이해할 수 있는 대상으로서의 세계는 아니다. 얼룩처럼 알 수 없는 것들, 불분명한 감각의 경험과 어둠 속에서만 드러나는 이해 불가한 세계가 들려주는 소리에 시인이 귀를 기울이는 이유는 실패하는 작가라는 자기인식과도 무관하지 않아 보인다. 그래서인지 시를 읽어가는 동안 우리는 하나의 세계를 이루며 드러나리라 기대했던 시적 형상들이 도리어 어둠에 잠기며 무너져 내리는 것을 그리고 텍스트에서 "오래도록 없어지고 있"(「시를 읽는 시간」)는 시인을 얼핏 목격하게 된다.

그 얼룩은, 그녀는 침묵을 깨고 말을 잇는다. 내가 아니었어. 조금도 닮지 않았고, 비슷한 구석도 없었지. 나는 그 얼룩에서 태어나지도 않았어. 얼룩이 사라지고 내가 있었지. 하지만, 나는 그 얼룩이 그리워. 그게 곧 나인 것만 같아. 그녀가 점점 더 빠른 속도로 그리는 동그라미와 세모 위에 구름이 흘린 빛 한 조각이 떨어진다. 어쩌면 나는 다시 얼룩이 될지도 몰라. 안녕이라고 말하지도 못하겠지. 그러나 남게 될 거야. 나는 그녀의 손을 잡아 멈추고 대꾸하고 싶다. 너는 얼룩이야. 여전히. 그러나 나는 움직이지도 말하지도 못한다. 세모 혹은 동그라미가 되어버렸기 때문일 것이다. 아니면 나와는 조금도 닮지 않은 비슷하지도 않은 얼룩이 되어버렸는지도. 빛이 사라졌다.

— 「얼룩」 부분

'얼룩'은 설명되거나 정의될 수 없지만 분명히 존재하는 것들에 관한 명명이다. 누구와도 닮지 않은 그것은, 그녀가 "어릴 적 나는 얼룩이었어"라고 말하는 것처럼 아직 어떤 모습으로 나타나기 전의 잠재적 상태이거나 "나는 다시 얼룩이 될지도 몰라"라는 말처럼 예측하거나 짐작할 수 없는 미래의 가능한 상태일 수도 있다. 얼룩은 보편성이나 본질로 환원되지 않는 상태로서 고유하거나 특수한 것과 달리 특정한 관계 속에서 현시되지만 재현되지는 않는 특이성(singularity)으로 존재한다. 부연하자면 위 시에서 제시된 상황처럼 내 앞에 있는 '그녀'는 '나'와의 만남이라는 특정한 시공간의 관계 안에서만 내가 알고 있는 '그녀'로 존재하는 것이다. 그러므로 '나'와의 만남 이전의 '그녀'가 무엇인지는 '나'에게 현시되지 않으며, 이후의 '그녀'에 대해서도 '나'는 무지하다. 비록 '그녀'가 지금 내 눈앞에 서 있긴 하지만 영원한 타인으로만 존재하는 '그녀'는 내 앞에서 온전히 드러나지 않기 때문이다. 빛이 사라지면서 '그녀'와 '나'의 대화가 어둠에 잠기는 마지막 장면이 우리에게 말해주는 것은 '그녀'의 의미가 아니라 "검고 흐릿한 사물"(「우리에게 잠시, 신이었던 것들」)과도 같은 존재의 잔상일 뿐이다.

'당신'이라는 얼룩 혹은 절대

하지만 이 결말은 그 잔상이 완전히 사라지는 것이 아니라 또 다른 형상으로 솟아올라 또 다른 만남과 이야기를 시작하게 될 것임을 암시한다.

이처럼 유희경에게 타인은 빛 아래서 잠시 드러났다가 다시 어둠 속에 잠기고 또다시 드러나면서 얼룩과도 같은 겹겹의 잔상을 남기는 존재이다. 분명히 존재하지만 온전히 존재를 드러낸 적은 없는 타인이 인간의 시선에 포착되지 않았지만 부정되지 못한 '신'이라는 존재와 겹쳐지는 대목에서 우리는 시인의 존재론을 생각해보게 된다.

> 어떤 인칭이 나타날 때 그 순간을 어둠이라고 말할 수 있다면 그 어둠을 모래에 비유할 수 있다면 어떤 인칭은 눈빛부터 얼굴 손 무릎의 순서로 작은 것이 무너져 내리는 소리를 내며 드러나 내 앞에 서는 것인데 …(중략)… 나는 또 어둠이 어떻게 얼마나 밀려났는지를 계산해보며 그들이 내는 소리를 그 인칭의 무게로 생각한다 당신이 드러나고 있다 나는 당신을 듣는다 얼마나 가까이 다가왔는지
>
> ─「우리에게 잠시 신이었던」 부분

'당신'이 인칭을 가진 대상으로 눈앞에 드러나기 전에도 '당신'은 이미 존재하고 있었지만 '나'에게는 어둠 속에 잠겨 있는 어떤 가능성일 뿐이다. 어둠이 밀려난 후에 '나'의 시선 안에 '당신'이 다가오면 비로소 '나'는 '당신'을 시선에 포착하게 된다. 그러나 내가 본 것은 '당신'의 가능성 가운데 잠시 솟아오른 일부에 지나지 않으니, '나'는 '당신'을 보고 있지만 내 시선이라는 한계 안에서만 '당신'을 보는 것이다. 드러나지 않은 '당신'을 알기 위해서는 어둠 속에서 아직 '당신'이 아닌 모든 가능성을 상상하면서 '당신'이 다가오기를 기다려야 한다. 타인에 관한 시적 상상을 통해 시인의 존재론을 보여주는 이 시에서 시각적 현상 이면에 본질이 있다는 식의 현상학적 존재론을 말하려는 것은 아니다. 중요한 것은 어둠 속에 있는 '당

신'이라는 타인이 얼룩처럼 재현되지 않는 특이성의 존재라는 점에 있다. 타인은 구체적인 시간과 장소에서 만남과 관계를 통해 경험되는 존재이기에 미리 규정되거나 예견될 수 없다. 타인은 이미 알고 있는 보편의 논리로 재단되지 않는 존재이며 나에 의해 증명될 수 없는 존재라는 정황들이 가리키는 것은 결국 타인이란 존재가 지니는 절대성이다. 바로 이 지점에서 타인인 '당신'과 '신'의 혼용이 일어난다. 신의 경우, 애초부터 "그의 얼굴은 비밀이었으니"(「우리에게 잠시, 신이었던 것들」) 그것은 증명의 대상이 아니었고 우리가 볼 수 있는 존재가 아니었다. 그는 증명되지 않으나 언제나 어디에나 존재하는 존재이다. 이러한 '신'과 '당신'에게 닮은 점이 있다면, '당신' 역시 내 앞에 온전히 드러나지 않는 존재이며, 아직 드러나지 않은 어둠의 상태에서 또 다른 가능성으로 존재한다는 점이다.

그렇다면 '신'과 혼용되는 '당신'의 존재가 의미하는 것은 무엇인가? 허약한 증거와 오래된 믿음밖에는 증명할 길이 없는 신의 존재가 오히려 이성을 가진 인간의 취약함을 증명하듯이 어둠에 갇혀 있는 시인은 눈을 뜨고도 '당신'을 보지 못하는 시선의 취약함을 스스로 증명한다. 우리 앞에 다가온 세계와 타인을 그 일부밖에는 볼 수 없는 자신의 취약함을 알고 있는 시인은 "모든 것을 다 뒤지고도 끝내 찾지 못한" 패배한 인간이지만 그는 "패배했지만/패배하지 않았다"고 쓴다. 패배는 그가 신이 아닌 인간이기에 맞이하는 숙명의 결과이고 시인은 그 숙명을 받아들이기 때문이다. 흥미로운 것은 인간의 숙명이라는 "새장"(「우리에게 잠시, 신이었던 것들」) 안에 갇힌 시인이 무력한 눈을 감고 어둠에 잠기자 비로소 응시의 감각이 예민해진다는 점이다. 「놀라운 지시」를 읽어보자. 그 시를 통해 유희경은 빛 아래서 선명했던 것들이 무너지는 순간의 경험을 병으로 환유하여 고백하고 있다. 나무에 꽃이 피고 지는 것을 보지 못하자 꽃이 "몰래 피고 지는 것은 아닌지 의심을 지우지 못"하던 시인에게 "병은 눈으로 찾아와" 그는

"어떤 소리, 살기도 하고 죽기도 하는 소리를 들은 것만 같아서 어둠 속을 더듬거렸고, 그때마다 형체 흐린 몇 조각 그림자들이 지나가는 것"을 보기도 했다. 어둠 속에서 볼 수 있는 눈이 있다면 "그것은 눈의 뒤쪽이 아니었겠나"(「놀라운 지시」)라는 독백은 시인이 새로운 감각을 느끼고 있음을 말하고 있다. 어둠 속에서 존재하는 것들, 분간되지 않고 희미하지만 분명하게 존재하는 것들의 소리와 기척을 듣고 존재의 무게를 느끼는 감각, "눈의 뒤쪽"으로 환유된 그것은 시선의 역(逆)감각인 응시의 감각일 것이다. 응시에 자신을 맡기는 시인은 어둠에 대하여 생각한다. "떨어지지는 않고/떨어진 소리를 내며/나와 멀어지"며 어둠에 잠기는 "지난날처럼 지난날 우주처럼"(「지난날의 우주와 사다리와」) 시인은 깊이를 알 수 없는 어둠 속으로 무너지듯, 사라지듯 잠기고 있는 중이다.

> 무너진다 덮은 것은 단 하나의 음악처럼 무너진다 무너진다 못을 두들겨 불꽃을 만드는 노동자의 어깨가 기차를 끌고 다른 곳으로 달려가는 어린아이의 울음이 아무도 읽지 않은 위대한 시가 무너지며 깜깜해진다
>
> ― 「우리에게 잠시 신이었던」 부분

유희경의 시는 일상의 한 시점으로부터 시작되곤 하지만 시인은 일상의 표면이 아니라 그 순간의 깊은 어둠 속으로 가만히 가라앉곤 한다. 어둠 속에는 그가 그토록 그리워하는 누구인지 알 수 없는 '당신'과 "아무도 읽지 않은 위대한 시가" 가라앉아 있기 때문이다. 만약 그런 것들이 존재하지 않는다면, 그러니까 우리가 그리워하는 것들이 항상 밝은 곳에 전시되어 있어 너무도 쉽게 찾을 수 있는 것이라면 우리는 누군가를 그리워하거나 위대한 것을 찾기 위해 애쓰지 않을 것이며, 타인의 흔적이 겹겹이 남은 얼룩을 보며 생각에 잠기지도 않을 것이다. 『우리에게 잠시 신이었던』

에서 묵직하고 아름답게 울리는 메시지가 있다면 그것은 어둠에 잠긴 그리움의 대상을 찾기 위해 실패를 거듭하는 인간 앞에 "수십 겹 덧대진 것들의 운명"(「아침」)을 잠시 드러나게 하는 아침이 도래한다는 것이다. 아침이 오면 그리운 것을 잠시 만나고 다시 헤어지게 되리라. 가장 어두운 데 있던 자 앞에 아침은 더 눈부시게 도래한다는 사실을 우리는 어둠 속에서 배우는 중이다.

우울한 당신을 위로하는 그녀의 따뜻한 텐트 안

— 박상수, 『오늘 같이 있어』

그녀의 SOS

"오늘 같이 있어"라는 말은 부탁과 명령의 중간쯤을 서성이다 흘러나온 요청으로 들린다. 정작 입술 밖으로 내뱉어진 것은 수줍고 나지막한 음성일 테지만 그래서 자칫 고백쯤으로 들릴지 모르지만, 사실 그 안에는 '당신이여, 제발 나를 혼자 두지 말아 주오!' 라는 절박한 마음이 녹아 있음을 모른 척하지는 말자. 또한 타인을 향해 함께 있음을 요청하는 간절함을 비웃거나 거절하지도 말 것.

『후르츠 캔디 버스』(천년의 시작, 2006), 『숙녀의 기분』(문학동네, 2013)에 이은 박상수의 세 번째 시집 『오늘 같이 있어』(문학동네, 2018)는 거절할 수 없는 부탁을 건네듯 이야기를 시작한다. 부탁 아닌 부탁에 끌려 단숨에 그녀들의 이야기를 읽는다. 그런데 막상 알고 보니 그녀들의 이야기는 시작부터 답이 없다. 달달한 고백에 대한 상상을 비웃듯 "구조적으로 미래가 없는"(「일대일 컨설팅」) 세계 한복판에서 그녀들을 둘러싸고 일어나는 일들은 사소하게 여겨지는, 가해자가 가해자인 줄도 모르는 일상적이고 반복적인 폭력들이다.

버스에서 당신이 준 캔디의 달달함에 녹아드는 상상을 했던(「후르츠 캔디 버스」, 『후르츠 캔디 버스』) 미성년 화자는 "남의 학교에 와서 나"댄다고 비난받고 친척집에 얹혀 눈치를 보면서 대학을 마칠 때까지 꿋꿋이 버티다가(「편입생」, 『숙녀의 기분』) 이제 막 정규직과 비정규직 인생이 자동 분류되는 사회에 뛰어들기 시작했다. 그런데 "명함 없는 애"로 살아가는 일이 만만치 않다. 세상은 "명함 없는 애"들에게 베풀 선의가 없고 심지어 그런 애가 베푸는 "수저 세팅" 같은 작은 선의는 너무 슬퍼 보여서 고맙게 느껴지지조차 않는다. 한마디로 정규직 직장을 가지지 못한 그녀는 사회의 정식 구성원이 아닌 투명인간이나 깍두기처럼 간주된다. "오만 원짜리 두 장"을 쥐여주고 떠난 착한 언니의 말처럼 그녀는, "시키면, 언제든, 오"(「명함 없는 애」)는 치킨 배달이 세상이 그녀에게 허락한 유일한 선의일지도 모르는 세계에 살고 있다. 그런 그녀가 SOS를 요청하듯 "가지 마/오늘/같이 있자"(「무한 리필」)고 말하는 중이다. 사소해 보이는 그녀의 부탁/명령은 사소하기 때문에 거절할 명분도 없다. 우리는 그런 애매한 상황에 맞닥뜨리게 된 것이다.

그들의 논리

노동 시장의 유연성이 확대된 시대에 맞게 그녀들의 처지도 취준생, 알바생, 인턴, 계약직, 백수 등 다양하다. 하지만 모두 알다시피 정규직이 아닐 바에야 무엇으로 불리건 무슨 상관이겠는가. 사회 공동체 안에서 구성원들의 선의와 인정으로부터 배제된 그녀들은 그 때문인지 쉽게 폭력에 노출된다. 특히나 말단 여자 직원을 향한 상사들의 추근거림이나 남자친구의 데이트 폭력은 함부로 폭로할 수 없어서, 폭로해도 소용이 없어서 난감하고 괴롭다. 한술 더 뜨는 괴로움은 가해자들을 용서하라고 조언하는 동료들의 태도이다. 그것은 그녀들의 영혼까지 탈탈 터는 가장 사악한 무형의 폭력이다. 사내 성추행에 관해 상담했더니 "모두가 네 눈치만 보고 있어 제발 그만하자"며 그녀를 "조직도 모르고 상하도 모르는 이기적인 애"로 몰아가는 회사 선배는 사회생활 잘하는 사람임이 분명하다. 그녀가 궁지에 몰린 기분을 느끼는 것은 사회생활 잘하는 사람들의 눈에 피해자인 자신이 사회 부적응자로 낙인찍히는 이해할 수 없는 상황 때문이다. 대체 어디서부터 무엇이 잘못된 것일까? 분명 잘못은 그녀를 건드린 "황소 부장"이 저질렀고 그녀는 절차에 맞는 해결을 바랐을 뿐인데 그런 최소한의 도덕적 원칙보다 더 중요한 것이 있다면 그것이 무엇일까? 선배의 말을 참조하면, 그것은 사회생활 혹은 조직생활의 논리이다. 회사든, 사회든, 국가든 지금까지 유지해온 공적 영역의 질서를 지키기 위해서는 개인의 도덕이나 정의 같은 것들은 쿨하게 잊고 조직의 안녕을 도모해야 한다. 그러니까 조직을 위해 조직에 따라야 한다는 대원칙과 거기에서 파생된 관습이야말로 도덕과 윤리를 앞서는 이 사회의 진짜 심급인 것이다. 아마도 선배가 "넥타이를 풀더니/종이컵에 가래침을 뱉고"(「이기주의자」) 나가버린 깊은 뜻은 그녀가 그 심급을 모르기 때문인 것 같다.

그녀에게 강요되는 사회적 규범과 관습은 회사 같은 구체적인 조직 사회 안에서만 작동하는 것이 아니다. 그녀가 살아가는 세계 전반에는 그 알수 없는 사회적 규범과 관습들이 만연해 있다. 그것들은, 대체로 남성 중심적인 질서 체계와 겹쳐진 채로 작동한다. 두 장면을 다시 살펴보자.

지하철도 무정차하고, 어쩌라고?
집에 가게 출구는 내줘야 할 거 아녜요!

제4부 미래를 쓰는 밤

한 명이 외치니까 몇 명이 따라 외쳤어 왓 더 헬, 갓 뎀, 다른 출구 사
람들도 슬슬 몰려들었지 무전기 아저씨가 이것들이, 하며 뒤로 물러서
기 시작했어 나도 덩달아 소리쳤지 친구 만나야 한다고, 만나서 우리도
(세상에) 할말 좀 해야겠다고 외쳐도 고개를 가로저었어 더 크게 외치
려는데 누가 옆에서 중얼거렸어

젊은 년이 지껄이기는

—「무차별」 부분

사랑이라면 박수를 쳐주겠지만 이걸 뭐라고 불러야 할까

사장 남자는 흐느끼다 두 손으로 얼굴을 가렸지 자기도 인간이라고,
한 개를 결정 내리기 위해 열 개를 버리는데, 버리는 사람의 고뇌를 누
가 알아주냐고…… 모두들 얼굴에 피가 몰렸어, 그러니까 왜 늘 우리만
알아줘야 합니까, 누구든 뭐라도 터뜨리려는데

신입 남자애가 사장을 껴안았지 사이다 잔에 소주를 가득 채워서는
들이마시고, 제 머리를 쥐어뜯더니 몰랐다고, 미안하다고, 사장을 껴안
아버렸어 그러고는 사장 이마에다가 입맞춤을 시작했다

쪽, 쪽, 쪽, 쪽, 쪽

—「이해심」 부분

장면 하나. 친구를 만나기 위해 한 지하철 역에 내린 '나'는 용역 경찰들
이 출구를 가로막은 바람에 오도가도 못하다가 시민들과 함께 그들에게
항의한다. "친구 만나야 한다고, 만나서 우리도 (세상에) 할말 좀 해야겠
고" 외쳤을 때, 누군가 옆에서 '나'를 향해 "젊은 년이 지껄이기는"이라고
중얼거린다. 언젠가 지하철에서 "젊은 년은 어서 일어나라고" 지팡이로 무
릎을 쳤던 '영감'과 비슷한 또 다른 '영감'이다. 결국 '나'는 예전에 겪었던

당혹감을 상기하며 "두 팔이 덜렁거리며 떨어지는" 듯한 열패감을 맛볼 뿐이다. '나'의 열패감은 자신이 국가의 시민이라는 주체의식을 발휘하는 순간 그것을 부인(否認)당했기 때문이다. 국가와 자신을 동일시하며 자신이야말로 사회 질서를 통제하는 주체라고 생각하는 '영감'의 눈에 비친 '나'는 사회라는 공적 영역에서 말할 자격이 없는 타자일 뿐이다.

장면 둘. 사장과 알바생들의 회식 자리에서 "한 개를 결정 내리기 위해 열 개를 버리는" "고뇌"를 호소하며 흐느끼는 사장과 그를 껴안고 이마에 입맞춤을 하는 "사회성 괴물 같은 녀석"이 등장한다. "주먹 휘두르고 술 사주고, 등 뒤에서 물어뜯고 족발집에서" 우는 사장의 모습이 불편하기만 한 '나'는 밖으로 나와 담배를 피운다. 그때 따라 나온 "녀석"은 '나'를 걱정하며 "담부터는 저도 꼭 데리고 나와요 여자 혼자 피우는 거 보기 안 좋으니까"라고 말하고는 윙크까지 남긴다. 알바생들을 노예처럼 여기는 사장의 갑질과 몰상식함도 문제지만 그것마저도 껴안아 주는 "괴물 같은 녀석"은 더 문제적이다. 대체 그의 도덕이란 무엇일까? 여자 혼자 담배 피우는 것은 좋지 않으니 같이 피우자는 그의 선의는 남성 중심적 질서 안에서 만들어진 금기의 또 다른 버전임을 그는 모른다.

두 장면이 고발하는 것은 '나'를 향한 그들의 발화이다. 위 시에 등장하는 남성들은 사회라는 공적 영역에서 자신이 여성인 '나'보다 우위의 존재임을 증명하고자 한다. '나'의 발언을 가로막은 "중절모 영감"은 '나'의 말을 박탈함으로써, '나'를 걱정하는 "괴물 같은 녀석"은 내가 얼마나 미성숙하게 보이는지를 언급함으로써 자신의 우위를 드러냈다. 그런데 어쩐지 이 발화들은 우스꽝스럽다. 두 남성의 발화 모두 젠더적 우월성에 기댄 시대착오적 발상이어서 그렇기도 하고 자신들이 지닌 자기중심적 관습과 규범을 무차별적으로 들이대는 태도는 폭력적이나 그들은 절대로 그것을 모르기 때문이다.

도덕과 윤리 따위는 모른 채 사회적 논리나 관습적 규범에 기댄 채 자기의 우위를 확인하고자 하는 자기기만적 존재들―그들이 꼭 남성에 한정되는 것은 아니다―은 조롱의 대상으로 전락하고 만다. '나'는 비장한 태도로 항변하거나 전사처럼 맞서 싸우지 않았지만 사소하게 지나칠 만한 모든 것을 이야기함으로써 일상적이고 관습적인 규범 안에 내재한 폭력성과 허위성을 고발하는 것이다. 그런데 이 고발을 비판이나 투쟁이 아닌 조롱으로 읽을 수 있는 것은 그녀들의 발화가 어딘가 모르게 유머를 포함하고 있기 때문이다. 그런 점에서 여성 화자를 빌려 발화하는 박상수의 시적 전략은 드랙 퀸(Drag queen)의 가장(masquerade)과 유사한 측면이 있다. 옷과 장신구를 통해 의도적으로 여성/성을 연출하는 드랙 퀸처럼 시인은 여성 화자가 되어 그녀들의 이야기를 들려줌과 동시에 그녀들을 향한 시선과 규범의 허위성과 폭력성을 들춰낸다. 이때 유머가 가미될 수 있는 것은 박상수 시의 목소리가 실제 여성의 목소리가 아니라 의도적으로 가장된 목소리이기 때문이다. 그것은 실제에 대한 연기와 달리 연출된 것으로써 시인은 규범적 사회 안에서 구성된 젠더로서의 여성을 가장하며 젠더의 유희를 펼치는 중이다. 나의 바람일지도 모르지만, 가장의 궁극적 효과는 (젠더) 규범의 세계를 교란시키고 해체시키는 데 있다.

그녀의 텐트 안

사회성 같은 것이 결핍된 그녀들은 세상 물정 잘 모르는 이기주의자로 찍히며 점점 더 벼랑 끝으로 밀려난다. 그녀들에게 세상은 참 더럽게 살기 힘든 곳이기만 하다. 그러나 그것을 확인하는 것이 이 시집의 목적지는 아닐 것이다. 앞서 말한 것처럼 가장을 시도하는 박상수가 내내 잃지 않는 것은 유머와 장난이다. 함께 고기를 먹으며 "무서운 것들을 다 없애버

리자"(「무한 리필」)고 낄낄대거나 모닥불 앞에 앉아 "작은 불을 건드리며 손
가락끼리 노닥"거리는 장면에서, 세상과 대결하기 위해 "같이 고기 먹으러
가자"(「대결」)는 시시껄렁한 약속을 하는 장면에서 그녀들의 유머와 장난은
살아 있다. 오히려 그것은 신념이나 구호보다 강력해 보일 때도 있다.

> 철판에다 콩 자루를 쏟아붓듯 니가 웃었지 수술 덕에 삼일 만에 사람
> 이 됐어! 또 울다가 웃다가, 그래, 이제야 좀 네 나이로 보여, 뭘 해도
> 안 됐지만 앞으로는 잘될 거야, 맞아, 맹장을 잘라냈으니까, 월계수 말
> 린 이파리 같은 애가 되렴, 바람 불면 날아가는 그런 애, 이제 앞머리만
> 조금 다듬으면 세상은 다 우리 거야
>
> —「대결」 부분

물론 그녀들은 세상이 원한다고 생각되는 기준에 맞춰 코를 세우거나
턱뼈를 도려내거나 심지어는 몸속에 있는 지방을 흡입해 밖으로 빼내고
장기도 절제한다. 그녀들에게 세상은 자신들이 아닌 누군가에 의해 장악
된 "사바나 으름 덩굴" 같은 곳이고 정글을 지배하는 강자의 질서에 따라
그녀들이 감당해야 할 몫은 너무도 많다. 자신의 신체를 잘라내거나 떼어
내는 각종 수술에 이르기까지…… 정글의 강자인 적이 없는 그녀들에게
이 사회는 조심해야 할 것이 많은 "밤의 골목"이지만 다행히 그녀들은 '같
이' 있다. '같이' 있어서 슬픔과 비극은 유머와 희극이 되고, 정글의 질서는
조롱거리가 되기도 한다.

'같이' 있다는 건 그녀들의 무기가 아닐까? 함께 밤을 보내기 위해 그녀
들은 자신들만의 장소를 만들어내는 것을 보면 그렇다. 레지스탕스의 비
밀 공간처럼 그녀들의 장소는 은밀하지만 장난스럽다. 그곳은 '우리'가
"진한 커피와 유럽식 치즈를 녹인 샌드위치를 나누어 먹"는 곳이고, "패치
워크된 색감 담요를 나누어 덮고 창밖을 내다"(「내가 보이니」) 보는 곳이다.

또는 "네가 가져온 수제 캔들"(「리포 캠핑」)을 밝혀두고 "모닥불에서 꺼내온 넓적 돌은 수건으로 돌돌 말아 같이 껴안"고 잠드는 "텐트" 안이다. 사회성 따위는 필요 없는 내밀하고 따뜻한, 장난과 유희가 끊이지 않는 곳. 바로 그곳에서 그녀들은 따뜻하고 부드러운 음식을 나누어 먹으면서 서로를 지키기 위해 꼭 껴안고 잠들 것이다. 내일 또 출근해야 하므로.

박상수 시인은 텐트 안에서 펼쳐지는 장난스럽지만 따뜻한 포옹을 엿본다. 시인이 엿보는 것은 환상일까, 실제일까? 그것은 시인 자신도, 독자인 우리도 모르지만 한 가지는 분명하다. 그녀들의 텐트 안쪽은 사회의 질서와 허위적 규범, 사회성을 가장한 강자의 폭력 따위를 앵무새처럼 말하는 그런 어른들의 세계는 아니라는 점을.

이토록 정상적인 세계에 대한 비탄

― 정한아, 『울프 노트』

> 일이란 무엇인가
> 사람의 일이란 대체 무엇인가
>
> ― 정한아, 「봄, 태업」 중에서

"사람이 일이란 대체 무엇인가"라는 문장이 답변을 요구하는 의문은 아니겠지만, 나는 한 시인의 깊은 비탄으로부터 흘러나온 이 문장에 답하기 위해 애써보려고 한다. 사람의 일은 사람의 도리나 사람다움을 지칭하는 말일 수도 있고 또는 사람답게 살아간다는 것을 말하는 것일 수도 있다. 앞서 시인이 "쓰는 일을, 읽는 일을/게을리해도 아무도 벌하지 않고/생각을 중단해도 누구 하나 위협하지 않는/더러운 책상"(「봄, 태업」)이란 말로 운을 뗐으니 "일"의 의미를 구체적인 행위라고 본다면 사람의 일은 사람다움을 증명하는 어떤 구체적인 행위를 묻는 말일 수도 있겠다. 그렇다고 보면 시인이 탄식은 인간을 인간으로 규정할 수 있는 근본적 조건에 대한 물음일 수 있고, 사람의 일은 한나 아렌트가 인간의 근본 활동 가운데 하나로 지적한 행위(action)와 연관된다. 아렌트에 따르면 사물이나 물질의 매개 없이 인간 사이에 직접적으로 수행되는 행위는 말과 더불어 우리가 타인과 더불어 공존하는 인간 세계에 참여하는 인간의 근본 활동이다. 행위를 통한 세계에의 참여는 필연성이나 유용성을 띤 것은 아니지만, 인간 세계에서 우리가 새로운 어떤 것을 시작함으로써 죽음을 향해 가는 자연의 일부로 인간의 생애에서 우리 스스로를 구원하는 '제2의 탄생'과도 같은 것이다. 그러므로 말하는 행위에 해당하는 "쓰는 일"과 "읽는 일"은 시인이 이 세계에 참여하는 인간의 근본 활동으로서의 행위인 셈인데, 그것을 "게을리해도 아무도 벌하지 않고/생각을 중단해도 누구 하나 위협하지 않는" 그러니까 인간으로서 이 세계에 참여하지 않아도 아무 탈 없이 온전한 삶에 대하여 시인은 탄식을 내뱉은 것이다.

누군가는 사람의 일을 하느냐 마느냐는 개인의 자유 의지에 달린 것 아니냐고 반문할지도 모르겠다. 그런 이들의 입장에서 본다면 정한아 시인은 자유롭고 정상적인 세계에 대해 탄식하는 것이니 오해를 피하기 위해 이 탄식의 정당성에 대해 좀 더 얘기해보자. 이 시집 전체를 관통하는 것이 있다면 그것은 세계에 대한 참여의 충동이 사라진 시대에 대한 절망이다. 부연하자면 시인은 인간으로서 타인들의 세계에 자신의 존재를 드러내며 비로소 자신이 누구인지 그 의미를 획득하게 되는 제2의 탄생이 사라진 시대에 대하여 절망을 이야기하는 중이다. 말과 행위로서 이 세계에 참여하지 않고 ─ 아무것도 시작하지 않고 ─ 비오스(bios)의 운명에 순응하는 삶은 "누군가의 선택이 어쩔 수 없는/운명이 되어 모두에게 돌아"오는 것을 거부하지 못하고 "역사"의 "불행"과 "대박"의 "행운"에 기댄 채 자포자기한 삶이자 인간적 삶의 죽음이다. 인간적인 삶의 박탈이라는 위기의식과 그로부터 오는 절망 그리고 경고는 정한아의 두 번째 시집 『울프 노트』(문학과지성사, 2018)가 완성될 수밖에 없었던 강력한 동기인 것이다.

경쾌한 속도감과 긴장을 늦추지 않는 이 시집은, 독자라고 하기에는 이 위기 상황과 직접적으로 연루된 동시대인의 자격을 가진 독자인 우리의 느슨해진 감각을 옥죄는 장치들이 인상적이다. 가령 '론 울프'나 '크루소'처럼 알레고리적인 인물들의 등장이나 일종의 상황극이 벌어지고 있는 것

처럼 느껴지는 다른 장르 형태의 기입 또는 서술 형태의 변형 등이 긴장
감을 유지시킨다. 그렇다고 형태적인 장치 때문에 시인의 목소리가 위축
되는 것은 아니다. 문장 속으로 감춰지지 않는 시인의 '말'은 매우 입체적
인 어감으로 들려온다. 이같은 서술적, 어조적 특징들을 동반하여 '시 쓰
기'라는 행위로 표현되는 정한아의 '말'이 거침없이 다가오면서 사람의 일
이 무엇이냐는 의심 어린 질문을 제기할 때 '읽는 이'에 입장에 섰던 우리
는 변명의 여지 없이 그 질문에 동참하게 되는 것이다. 또한 시인이 제기
한 것에 골몰하기 시작하는 순간에 우리는 이 시들이 무엇인가를 우리와
함께 이야기하기 위한 시작임을 알게 된다.

> 여의도광장은 보라매광장은
> 공원이 된 지 오래
> 우리에겐 공원이 필요했지
> …(중략)…
>
> 차마 말할 수도 노래할 수도 없는
> 그, 뭐냐, 거시기가
> 산책하듯 엷은 평온으로 덮이었을 때
> 그, 뭐냐, 거시기를
> 실종된 우리들의 理想이라 불러본다면;
>
> 사랑(저런, 저런,)
> 행복(아니, 아니,)
> 집 나간 고양이들의 역사(아뿔싸,
> 한 번도 자기 집에 살아본 적 없는)
> ― 「어제의 광장과 오늘의 공원 사이」 부분

이 세계에 참여한다는 것은 타인들이 현존하는 장소에서 자신을 드러내

제4부 미래를 쓰는 밤

는 행위인데, 타인과 다른 자신을 존중받으며 말과 행위의 자유를 보장받을 수 있는 장소가 바로 공적 영역이다. 이른바 우리가 광장이라고 명명하는 복수성과 다원성의 장소로서의 공적 영역을 설명하면서 아렌트는 그것을 사람들이 둘러앉을 수 있는 테이블에 비유한 바 있다. 테이블은 사람들을 결집시키지만 동시에 분리시키는 역할을 하며 사람들 간의 사이(in-between)를 적절히 유지시킨다. 테이블이 있음으로 해서 우리는 동일성의 집합 단수가 되지 않고, 각자의 특수성을 잃지 않으면서도 함께 마주 앉아 공공의 것을 이야기하며 새로운 일을 도모하는 것이다. 시인 정한아가 내보이는 위기의식은 바로 이와 같은 공적 영역의 상실이다. 위 시에서 말하고 있듯이 지난 시대에 우리가 공유했던 "광장"은 "필요"에 의해 "공원"으로 바뀌었고, "그늘"과 "사생활" 그리고 상처받은 "섬세"한 마음을 위로해 줄 "위안의 손길" 등 사적인 삶에서 필요한 것들의 목록이 늘어나면서 공적인 장소도, 공공의 이야기도 자취를 감추었다. 시인의 우려처럼 사적 영역이 된 "공원"에서 우리는 "말할 수도 노래할 수도 없"게 되어버렸고, 광장에서 함께 이야기했던 "실종된 우리들의 理想"은 좀처럼 찾을 길이 없어 보인다. 시인 자신도 "거시기"라고밖에 명명할 수 없는 실종된 것들, 그것이 무엇인지 찾을 수 없는 시대의 한복판, 사적인 필요의 목록만으로도 비좁은 "공원"이 되어버린 우리 사회에서 미디어를 통해 재현되는 "사랑(저런, 저런,)" "행복(아니, 아니,)" 같은 상품들은 타인의 개입을 거부하는 사유재산은 될지언정 그것들이 실종된 이상과 무관하다는 점은 분명해 보인다.

이 시대가 공적 영역을 박탈하며 우리를 타인과 무관한 사적 인간으로 전락시키고 있다면, 잔인한 시대적 전략에 응답하여 공적인 세계를 박탈당한 인간이 어떻게 돌변하는지를 보여주는 것이 바로 '크루소'나 '론 울프'이다. 이들은 둘 다 인간 세계와 단절된 존재를 상징하는 보여주는 인물들이지만 고립과 고독이 같지 않듯이 서로 다른 방식으로 세계의 박탈에 응대한다. 먼저 정한아의 첫 시집에서 이미 등장한 바 있는 '크루소'를 다시 만나보자. "일 인분의 평온"을 그나마 다행이라고 여기는 그는 "벽장 속에" 자기 자신을 유폐시키는 고립을 선택한 경우이다. "하루 섭취 열량의 대부분을 어제의 자기를 유지하는" 데 쓰는 그는 "(무엇이 나쁜지 아는 자와 나쁘다고 일컬어지는 일을 하지 않는 자는 어떻게 구별되는가?)"(「크루소 씨의 가정생활」)라는 윤리적 문제에 봉착하기도 하지만 그것은 괄호 안에 갇힌 채 발화되지 못한다. 왜냐하면 사적인 세계에서는 크루소 씨가 제기하는 윤리적인 문제를 병리적인 것으로 받아들이기 때문이다. 맨홀 아래 유폐된 크루소 씨는 "지나치게 윤리적인 사람들은 빚쟁이 같지 않아요?"라고 말하는 비정상적 시대를 기억해두겠노라 홀로 벼르기도 해보지만 "아무도 그를 사용하지 않는다면" "존재하지 않는 것이나 마찬가지"인 세계에는 그가 참여할 장소 같은 것은 없으니, 그에게 고작 허용된 것은 아무리 말해도 스스로의 말은 할 수 없는 앵무새와의 대화가 전부이다. 다시 무언가를 시작할 가능성을 잃은 크루소 씨는 정해진 수순처럼 자신을 고립시키기로 한다. "맨홀 뚜껑" 아래 고립된 그는 소용을 잃은 "백수"이자 무언가를 시작할 수 없는 "의지박약"인 자신에게 혹여라도 세계에 참여하고 싶은 헛된 "희망이 생길까 두"(「만화방창(萬化方暢)」)려울 뿐이다.

'크루소'에 비하면 '론 울프'는 고립보다는 고독을 택한 경우이다. 말하자면 타인 없는 세계 안에 고립되는 것을 거부하기 위해 스스로 실종되어버린 존재인 셈. 이번 시집의 표제 "울프 노트"의 주인공 '론 울프', 그는 누구나 자기 사생활의 그늘 아래 파묻혀 살아가는 세계에서, 자신을 드러내고 증명할 수 없게 되자— '론 울프'와 관련된 세 편의 시를 읽어보면 사람들은 누구도 자신이 울프라고 주장하는 자를 믿지 않았다는 것을 알 수 있다.— "마지막 인간이라는 피로와 자각"(「돌림노래」)을 느끼며 인간으로서의 고독을 지키기 위해 우리 곁을 떠났다. 그런데 아이러니하게도 이 잔인한 세계의 그를 고립시키기 전에 실종됨으로써 그는 오히려 세간의 이목을 집중시켰고 그를 둘러싼 세간의 추문, 주로 그를 비정상으로 간주하는 소문이 들끓기 시작했다. 그의 것으로 추정되는 노트의 한 페이지를 통해 상상할 수 있는 '론 울프'는 자기 자신의 죄의식에서 벗어나지 못하는 자이다.

그리고 무슨 일이 일어났던가?

오늘 아침에도 평소와 다름없이 온몸을 던져 종을 쳤네
새벽 기도와 아침 기도와 저녁 기도와 밤 기도
할 수 있는 모든 기도를 다 했어

거기, 송곳니가 뾰죽한 자네, 내게 펜 좀 빌려주겠나?

아, 그래, 나는 죄를 지었어
뭔지 모르지만 분명 죄를 지었네
부러진 나뭇가지들이 울컷거리는 숲으로
증거가 사라지기 전에 들어가야 해
그러니까, 그게
아무래도, 그건

우연히 혓바닥을 포획한 여우의 무고한 도주
어쩌다 가슴을 밟고 간 들개의 무연한 산책
풀들이, 풀들이 한 방향으로 누워 있는데
풀들이 왜?
왜? 한 방향으로 누워 있는데

거기 떨어져 있는 두 팔의 주인은 누구인가
여울은 왜 허름한 그림자처럼 울고 있는가

어제의 것인가 만 년 전의 것인가 내일의 환영인가

왜 나를 포박하지 않나
기억은 안 나지만 분명 무슨 일이 벌어졌는데
　　　　　　　　— 「(단독) '울프 노트'의 잃어버린 페이지」 부분

정한아의 시에서 종종 언급되는 '창백한 죄인'처럼 병적으로 (자신이 타인을 해할지도 모른다는) 죄의식에 사로잡혀 있다. 그러나 과연 "아, 그래, 나는 죄를 지었어/뭔지 모르지만 분명 죄를 지었네 …(중략)… 왜 나를 포박하지 않나/기억은 안 나지만 분명 무슨 일이 벌어졌는데"(「(단독) '울프 노트'의 잃어버린 페이지」)라는 울프의 독백이 병리적이라고 단정할 수 있을까? 타인들과 공존할 수밖에 없는 이 세계에서 서로의 사이를 적절히 유지하며 대화할 수 있도록 만드는 테이블과 같은 것이 없다면 사적인 우리가 이빨을 드러내고 서로를 물어뜯을 수도 있지 않은가? 바로 지금처럼.

'크루소' 혹은 '론 울프'는 삶의 모든 장소가 '공원'이 된 세계에서 정상적으로 살아가지 못하는 존재이다. 그들이 지닌 비정상성, 즉 타자성은 조롱의 대상이 되거나 무능해 보이기도 하고 혹은 불온하고 두려운 것으로 여겨지기도 한다. 그럼에도 이 병리적 인물들을 외면할 수 없는 이유는 그들이 시인의 내면에 그리고 동시대를 살아가는 우리의 내면에 은밀히 숨어든 채 말을 걸기 시작했기 때문이다. 이미 희망을 버린 '크루소'는 새로 시작할 것이 없는 세계로부터 스스로를 고립시키라고 말한다면 '론 울프'는 "세상으로부터 잊히기 두려워 자기 자신을 영원히 잊어버리기로 서서히 결심"했던 우리 자신의 무기력을, 더 이상 사유하지 않으려는 피곤함 속에 깃든 비윤리를 상기시키며 고독 속에서 "여리고 파닥거리는 나비처럼 엷은" 자신의 영혼을 보살피라고 경고한다. '론 울프'는 누군가에게 말을 걸거나 무언가를 새롭게 시작하지 않으며 타인으로부터의 시선과 판단을 거부한 채 사적 장소에 갇힌 인간들을 응시한다. "무슨 짓을 저질러도 두근 거리지 않"(「나는 왜 당신을 선택했는가」)는 정상적인 사람들을 향해 '론 울프'는 묻는다. 사람의 일이란 대체 무엇인가를. 그의 고독과 죄의식과 탄식은 윤리도 죄의식도 없는 자기만의 세계에서 살아가는 삶이 과연 인간의 삶인가를 되묻게 한다.

스패너이거나 혹은 나비이거나

— 임재정, 『내가 스패너를 버리거나 스패너가 나를 분해할 경우』

폴리포니(polyphony)는 두 개 이상의 독립된 선율들이 결합하여 완성되는 음악 형식이다. 여러 겹의 소리가 서로를 지배하지도 또 하나로 통합되거나 흩어지지도 않으면서 공존하는 폴리포니는 말 그대로 복수성의 음악적 현현이다. 임재정 시인의 첫 시집 『내가 스패너를 버리거나 스패너가 나를 분해할 경우』(문예중앙, 2018)에서 들리는 발화를 음악에 비유한다면 바로 폴리포니라고 말할 수 있을 것 같다. 마치 시인에게 동시에 말하는 여러 개의 얼굴이 있는 것처럼 이 시집은 복수(複數)의 입으로 각자의 이야기를 들려주고, 서로 상반되어 보이는 이미지들을 한껏 풀어놓는다. '스패너'가 주는 단단한 금속의 이미지 위로 '금홍'이나 '나비'처럼 부드럽고 몽환적인 이미지들이 겹치고, 또 '얼룩'이나 '마술', '꿈'처럼 모호하고 유동적인 이미지들이 밀물처럼 몰려온다. 그러면 독자의 느슨해져 있던 감각은 어느새 팽팽해진다.

시인이 들려주는 어떤 목소리와 이야기에 사로잡히든 상관없지만, 꿈에 관한 발화에 주목해보기로 한다. 이 시집에서 빈번히 등장하는 꿈은, 포착

제4부 미래를 쓰는 밤

되지 않기 때문에 더 간곡한 아름다움을 지닌 대상을 노래한 「나비」나 영원히 소유할 수 없는 연인 금홍이 등장하는 「잠 ; 나비박제」, 아즈텍의 신화를 연상시키는 「뱀」 등 여러 편의 시에서 배경을 넘어서는 중요한 모티프로 작동하기 때문이다. 누구에게나 그렇듯 꿈은, 현실에서 불가능한 것을 이루는 소망의 공간이자 현실의 경계 너머에 있는 비현실적 공간이다. 그래서 꿈은 망상에 불과한 것으로 폄하하기 십상이다. 그러나 임재정 시인은 현실의 위세에 눌려 지위가 하락한 꿈을 불온한 가능성의 공간으로 인식한다. 시집 곳곳에서 시인은 잠에서 깨어난 후 현실이 나비의 꿈속은 아닐까 의심한 장자(莊子)처럼 스스로를 현실의 자기가 아닌 존재일 수도 있다고 가정한다. 꿈의 세계가 현실의 한계를 드러내고 또 다른 가능성을 여는 출구가 될 수 있다는 믿음 때문이다. 시인처럼 꿈꾸는 자들에겐 꿈과 현실이 본질과 허상이라는 위계로 구분되지 않는다. 그보다 중요한 것은 꿈과 현실 두 세계를 가로지르며 존재하는 것이다. 경계를 가로지르는 존재가 될 때 비로소 '나'는 자신을 규정하는 현실에서 벗어나 자유로울 수 있기 때문이다.

그런 점에서 임재정 시의 발화자들은 현실과 가상 두 세계를 가로지르며 존재하는 SF 영화의 주인공을 떠올리게 한다. 영화 〈매트릭스〉(릴리 워쇼스키 · 라나 워쇼스키, 1999)에서 현실이라고 믿었던 곳의 경계를 벗어난 '네오' 앞에 개시된 것은 인간을 지배하는 인공지능 컴퓨터와 전쟁을 벌이는 암울한 미래였다. 역설적이게도 '네오'는 안온한 일상을 포기한 대가로 현실이라 믿었던 프로그램에서 해방될 수 있었다. 다시 임재정의 시로 돌아오면 앞서 말한 것처럼 이 시집에서 꿈은 통제된 현실에서 벗어나는 출구의 역할을 한다. '네오'가 현실이라고 믿었던 가상공간에서 벗어난 후에야 시스템을 통제하는 스미스와 직면하게 되었던 것처럼 시적 주체는 꿈이라는 출구를 통해 현실에서 빠져나온 후에야 자신을 감시하고 통제하는 현실의 실체를 마주하게 된다. "골목을 돌 때마다 내게 총을 겨누는 스미스 스미스 스미스"(「전체와 부분」)를 나지막이 읊조리는 시적 주체는 현실이라는 감시와 통제의 시스템에서 빠져나와 그것을 응시하는 자이다.

그는 시스템을 작동시키는 자본과 직면하고 있다. 그리고 자본에 종속된 노동이 어떻게 노동의 주체를 도구로 전락시키는지 고발한다. 「스패너와의 저녁 식사」 「즐거운 수리공」 등에서 나타나듯이 스패너와 함께하는 노동자의 일상은 자본이 지배하는 현실 체제에 대한 알레고리로 읽힌다.

> 아홉 시 뉴스를 쓸어 담은 찌개가 끓어요 (패륜이란 내가 스패너를 버리거나 스패너가 나를 분해할 경우) 세제로 지문에 퇴적된 기름때를 문지릅니다 무지개를 문 거품을 분명한 목소리로 무지개라 부릅니다.

> 함께 늦은 저녁을, 숟가락에서 마른 모래가 흘러내려요 건기인가 봐요 우리를 맺어준 물결은 어제처럼 흔적뿐
> 몇 개의 공장 지나 강을 따라 우린 바다에 닿을까요 출항을 꿈꾸는 침대가 삐걱댑니다 마침내 스패너는 분무하는 고래가 되고 나는 검푸른 등을 타고 남태평양을 항해하는 꿈, 당겨 덮습니다
> —「스패너와의 저녁 식사」 부분

한 노동자의 저녁 시간. 일을 마치고 돌아온 노동자가 늦은 저녁을 만들어 먹고 잠자리에 들기까지 일상을 서술하는 목소리는 차분하고 공손하기까지 하다. 하지만 이 시는 노동자의 힘겨운 일상을 위로하거나 고단한 삶에도 꿈이 있다는 식의 잔인한 낙관주의와는 거리가 멀다. 이 시의 어조는 의도적으로 위장되었을 뿐이다. "스패너"는 노동자와 혈연지간이거나 동반자 관계인 것처럼 의인화되었음에 주목해보라. 자본이 지배하는 일상의 질서는 노동자인 '나'로 하여금 "스패너를 버리"는 것을 금지한다. 그런데 동시에 "스패너가 나를 분해할 경우" 역시 동급의 패륜으로 간주된다. 현

재의 체제 안에서 "스패너"와 '나'의 분리는 "패륜"이라 할 만큼의 금기이다. 결과적으로 자본주의적 일상의 질서가 노동자에게 부여한 것은 스패너와 같은 도구로서의 지위임을 알 수 있다. 아마도 그가 집에 와서 무심코 틀어놓은 "아홉 시 뉴스"는 노동자는 노동자답게—스패너답게 살아야 한다는 체제의 메시지를 반복하고 있을지도 모른다.

　이 시는 삶의 원리이자 질서 혹은 신앙이 된 자본이 우리에게 강요하는 것이 무엇인가를 폭로하고 있다. 자본 체제는 노동자에게 규격에 맞는 대상을 조이거나 푸는 반복적 행위에 몰두하는 단단한 금속성의 스패너가 되라고 요청하고 있다. 실제로 현실을 돌아보면 살인적인 업무를 달성하기 위해 강박증을 나타내며 자기를 학대하는 사람들의 경직된 얼굴이 여기저기 가득하지 않은가. 임재정 시인은 알레고리를 동원하여 경직된 얼굴에서 벗어날 수 있는 현실로부터의 출구를 제안한다. 현실에 결박된 암울한 자화상을 그리는 대신 현실이라는 강박적 세계에서 벗어나는 출구를 모색하는 시인에게 '꿈'이란 곧 불가능한 가능성이다. 이 시의 끝부분에서 확인할 수 있는 것처럼 일상을 지배하는 자본의 질서도 현실 바깥에 있는 꿈을 통제하지는 못하기 때문이다. 따라서 꿈은 강박증적 일상을 벗어나는 탈출구가 된다. "스패너는 분무하는 고래가 되고 나는 검푸른 등을 타고 남태평양을 항해"하는 꿈속에서 '나'는 비로소 일상이 부여한 강박적 정체성으로부터 벗어난다. 꿈속에서는 스패너가 가진 금속성의 단단한 정체성마저도 물속을 유영하는 고래처럼 유연해지는 것이다. "밤마다 눈꺼풀 속 사원으로 출가하는 이는 아침마다 파계하는 나와 완벽히 한 쌍"(「잠 ; 나비박제」)을 이루듯이 꿈은 단일한 자아인 '나'를 또 다른 나로 존재하게 하는 시간이다.

　그러므로 "꿈은, 잠잠과 생생을 반복하는 나를 재배열하"(「잠 ; 나비박제」)함으로써 또 다른 나를 탄생시키는 가능성의 장소라고 말할 수 있다. 꿈은 퍼즐들을 움직일 수 있게 만드는 공백(free space)과도 같아서 그것을 매개로 '나'는 또 다른 존재가 되기 때문이다. 매일 밤 꿀 때마다 달라지는 꿈처럼 "꿈의 대리자"인 나도 내가 아닌 복수의 발화자들을 탄생시킨다. '나'를 "꿈들의 대리자"(「저탄고에 속한 어둠 중에서 '나' 부분」) 혹은 "꿈의 틀"(「뱀」), "꿈꾸는 물질"이라고 말하는 이유가 여기에 있다.

일상의 질서 안에서 노동자인 '나'는 스패너처럼 이미 그 쓰임과 목적이 규정된 존재였지만, 꿈을 꾸며 '나'는 탈−정체화함으로써 "내가 나인지, 나 중 어떤 나인지, 불치인 어떤 덩어린지"(「L과 나의 분식회계」) 알 수 없는 존재가 된다. 복수의 '나'라는 말은 사실상 '나'라고 주장할 주체가 없다는 얘기이기도 하다. 복수의 발화자들 "모두가 나"이기도 하므로 중심이 되는 '나'를 분별해낼 수는 없다. 이와 같이 '나'에 관한 마술, 즉 탈−정체화를 향해 가는 주체의 복수화는 '나' 사이의 불화와 감각의 불일치를 전제로 할 때만 가능하다. 복수성이란 항상 불일치하는 개별자를 전제로 가능하듯이 현실과 꿈 이쪽과 저쪽에 있는 나 가운데 어느 한쪽을 완전히 부정하거나 다른 한쪽만을 선택할 수 없다. 단일성을 벗어나 복수의 발화자로 존재하기 위해서는 하나로 통합되지 않는 감각의 불일치를 인정해야만 한다는 것이다. 현실이 부여한 정체성을 가진 '나'와 꿈을 꾸며 탈−정체화하는 '나'의 관계는 "완벽한 하나이면서" "불안한 둘"(「몹시 구릿한 로켓」)에 다름 아니다.

그러므로 임재정 시인에게 시란, 불화의 감각을 드러내는 언어이자 복수화된 발화자의 공존이다. 수시로 얼굴을 바꾸며 다른 목소리로 발화하는 시인에게, 스패너였다가 나비였다가 또 날마다 새로운 꿈의 대리자인 시인에게 하나의 단일한 감각을 강요하는 질서란 죽음과도 같다. 시인은 말한다. 질서란, "일제히 강에 뛰어든 누 중 하나가 흙탕물 속으로 사라지는 것"(「질서,라 부르는 경험」)이라고. 개별자를 집합단수 안에 묶어버리는 체제는 누 한 마리가 사라져도 그 이전과 여전히 동일한 세계이다. 질서란, 죽음을 모르는 동일성의 세계인 것이다.

임재정 시인의 첫 시집은 현실과 꿈을 가로지르며 '나'로부터 해방되는 출구에 대한 탐색을 보여준다. 그러나 그 탐색의 과정이 선명한 메시지로 전달되는 것은 아니다. 시인은 다성의 선율처럼 퍼지는 복수화된 목소리를 통해 동일성의 질서 안에서는 경험할 수 없는 "겹눈"의 시선을 열어보인다. "겹눈"으로 바라보는 세계는 꿈처럼 모호하지만 아름답고 자유롭다. 그것이 우리가 꿈을 꾸어야 하는 이유이다.

> 우편함에 날아든 나비를 보았다 내가 지구에서 만난 가장 눈부신 혼
> 인색, 봄꿈이라는 당신
> 나비 겹눈 속 밀물이다, 붉은 폭설이 흩날린다
>
> —「나비」 부분

숨을 쉴 때마다 또 다른 존재가 되기를

— 문태준, 『내가 사모하는 일에 무슨 끝이 있나요』

시집을 읽는 동안 미풍이 불었다. 수면 위로 번지는 물결처럼 시인의 목소리는 여리기만 했지만 자꾸만 밀려와 닿아서 마음의 끝을 젖어들게 했다. 젖은 마음으로 그의 시가 일러주는 대로 돌, 꽃, 연못 그리고 하늘이 보이는 한적한 오솔길로 타박타박 걸어가다 종종 발화하는 시의 목소리를 잃어버리기도 했다. "나는 희미해져요/나는 사라져요"(「저녁이 올 때」)라는 말을 남기고 '나'는 점차 희미해졌기 때문이다.

시적 주체가 사라지는 장면들을 만날 때마다 명상에 빠진 우파니샤드의 철인(哲人)들이 떠올랐다. 그들은 자신이 누구인지 잊은 채 오직 호흡에 집중함으로써 명상의 정점에 다다르고자 했다고 한다. 숨이 멈추고 생각의 흐름마저도 정지하는 순간, 비로소 자아인 아트만(ātman)과 우주의 근원인 브라만(Brahman)이 교감을 이루고 우파니샤드에 담긴 진리인 범아일여(梵我一如)의 세계에 이를 수 있다고 믿었기 때문이다. 생명의 원초적 운동인 호흡을 통해 한 개체와 우주가 만나는 이 명상은 자아와 우주가 긴밀한 연관 속에서 존재한다는 믿음을 향한 것이었으리라.

문태준 시인의 일곱 번째 시집 『내가 사모하는 일에 무슨 끝이 있나요』 (문학동네, 2018)에서 우파니샤드적 존재론을 떠올린 것이 우연은 아니다. 하나의 개별적 실체인 '나'를 벗어나는 사건은 중심을 벗어나 다른 존재가 되고자 하는 바람으로 이어지는데, 이와 같은 바람들은 지금까지 문태준 시인이 이야기했던 중심의 해체라는 주제의 연장선상에 있을 뿐만 아니라 만물의 연관성을 존재의 조건으로 삼는 우파니샤드적 존재론의 출발점이기도 하다.

첫 시집 『수런거리는 뒤란』(창비, 2000)에서 떠나간 자들의 흔적과 죽음의 이미지를 서정적으로 형상화했던 시인은 두 번째 시집 『맨발』(창비, 2004)에서부터 중심의 해체와 소멸을 이야기해왔다. "우리가 믿었던 중심은 사실 중심이 아니었을지도/저 수많은 작고 여린 순들이 봄나무에게 중심이듯/환약처럼 뭉친 것만이 중심은 아니라는 생각이 들었다"(「중심이라고 믿었던 게 어느날」, 『맨발』)는 진술처럼 문태준 시인은 서정성을 잃지 않으면서 중심의 해체와 소멸을 형상화하는 빈 중심의 시학을 향해 걸어왔다. 이번 시집 전반에서 중요한 모티프로 등장하는 '나'의 사라짐과 다른 존재가 되고자 하는 바람 역시 빈 중심의 시학을 변주하는 또 하나의 탐색이다.

　　나를 꺼내줘 단호한 틀과 상자로부터 탁상시계로부터 굳어버린 과거
　로부터 검은 관에서 끄집어내줘 신분증과 옷으로부터

　　흐르는 물속에 암자의 풍경 소리 속에 밤의 달무리 속에 자라는 식물
　속에 그날그날의 구름 속에 저 가랑비와 실바람 속에 당신의 감탄사 속
　에 넣어줘

　　나를 다음 생(生)에 놓아줘 서른세 개의 하늘에 풀어놓아줘 서른세
　개의 하늘에 풀어놓아줘

　　　　　　　　　　　　　　　　　　　　　　— 「매일의 독백」 전문

내가 들어서는 여기는
옛 석굴의 내부 같아요

나는 희미해져요
나는 사라져요

나는 풀벌레 무리 속에
나는 모래알, 잎새
나는 이제 구름, 애가(哀歌), 빗방울

— 「저녁이 올 때」 부분

「매일의 독백」에서 시적 주체는 자기를 가두는 사물의 세계에서 벗어나고 싶어 한다. 자신이 존재하는 시간과 공간 그리고 자신이 누구인지를 규정하는 표식들로부터 벗어나 "흐르는 물속" "암자의 풍경 소리" "밤의 달무리"처럼 경계 지을 수 없는 비형상적 상태로 존재하고자 한다. 여기서 알 수 있는 것은 시적 주체의 소멸이 자기 부정이나 부재의 상태를 향한 것은 아니란 점이다. 「저녁에 올 때」에서 말하고 있듯이 시적 주체는 '나'를 규정하는 세계에서 벗어나 "다음 생(生)"을 꿈꾼다. 시적 주체가 원하는 다음 생은 "풀벌레" "모래알" "잎새" "구름" "애가(哀歌)" "빗방울"처럼 작고 불분명한 상태로 존재하는 것인데, 이는 「매일의 독백」에서 바랐던 자연물이나 자연현상의 일부가 되고 싶다는 바람처럼 하나의 중심이라고 말할 수 없을 만큼 경계가 희미하고 모호한 존재 혹은 아무것도 아니라고 여겨질 만큼 작고 흐릿하지만 분명히 존재하는 어떤 것이 되고자 하는 바람이다. '나'에게 중요한 것은 어떤 실체가 되는가가 아니라 우주라고 비유되는 이 세계의 일부이자 세계 그 자체로 존재하는 것이다.

따라서 시적 주체는 모든 존재 되기를 향해 가능성을 열어둔다. '나'는 "허드렛물로 쓰일/한 양동이 가을비 낙숫물"(「가을비 낙숫물」)이 되기도 했다가 "나는 너의 뒷모습"(「사랑에 관한 어려운 질문」)이나 "네가 키운 밀 싹" "너의 바닷가에 핀 해당화"가 되기도 한다. 여러 편의 시에서 나타나듯이 다른 존재가 되기를 열망하는 시적 주체는 무한한 가능성을 향해 자신을 맡긴다. "만일에 내가 지금 이곳에 있지 않았다면" "민들레 되었다가 박새가 되었다가 구름이 되었다가 비바람이 되었다가/나는 흙내처럼 평범할 텐데"(「지금 이곳에 있지 않았다면」)라는 진술처럼 '나'는 돌올하지 않게, 이 세계와 분리될 수 없는 하나인 것처럼 존재하기를 바랄 뿐이다.

무엇이 시인으로 하여금 다른 존재가 되고자 하는 바람을 갖게 했을까? 보통의 경우 우리는 복잡하고 고단한 현실을 벗어나고 싶을 때 다른 존재가 되었으면 좋겠다는 불가능한 소망을 품는다. 하지만 문태준의 시에서 다른 존재가 되고자 하는 바람은 현실에 대한 원망이나 자기 부정과는 거리가 멀다. 자기라는 정체성을 버리고 '나'를 분별할 수 없는 상태로 존재하고자 하는 바람, 즉 자기 정체성을 스스로 해체함으로써 비형상의 존재 되기를 꿈꾸는 진짜 이유는 "모두가/흐르는 물의 일부가 된 것처럼/서쪽 하늘로 가는 돛배처럼"(「저녁이 올 때」) 세계와 더불어 존재하고자 하는 열망 때문이다. 「1942열차」에서 사람들과 함께 기차를 타고 가는 '나'의 모습처럼 타인과 세계에 스며들어 함께 흘러가듯이 존재하는 것은 시인이 믿는 본연의 존재 형식이자 가장 아름다운 삶의 형태인 것 같다.

> 광양에서 하동 지나 삼랑진 지나 물금 지나 부전 가네 세량의 객차를
> 달고 가네 …(중략)… 젖먹이 아이와 젊은 연인과 축하객이 함께 가네
> 침침하고 눈매가 가느스름한 김천 출신의 나도 끼여 가네 시냇물에 고
> 무신 미끄러지며 떠내려가듯 가네
>
> —「1942열차」 부분

'나'는 사람들 사이에 "끼여" "시냇물에 고무신 미끄러지"듯 "떠내려"가

는 중이다. 이 장면에서 시인은 특정한 목적지를 향해 가는 '나'보다는 기차의 속력에 몸을 맡기고 타인들과 더불어 물 흐르듯이 흘러가는 유동적 이미지를 강조한다. 그 흐름 속에서 '나'는 수많은 사람들 가운데 하나로 존재한다. 각자의 목적지를 가진 사람들이 한 방향으로 달려가는 기차 안에서는 누구든 같은 방향으로 가는 승객일 뿐이다. 하지만 사람들 사이에 끼여 있는 한 명이라고 해서 "눈매가 가느스름한 김천 출신의" 내가 다른 사람과 같아지거나 고유명마저 잃게 되는 것은 아니다. 여기서 중요한 것은 '나'는 분명 존재하지만 타인들 사이에 "끼여" 있는 형식으로 존재한다는 사실이다. 모두의 목적지를 경유해야 각자의 목적지에 도달하게 되는 기차여행처럼 삶이라는 시간의 흐름에서 '나'는 사람들 사이에 존재함으로써 비로소 나로 존재할 수 있다.

이 시집에 담긴 시인의 존재론을 생각해보다가 한 가지 남은 질문은 모두가 함께 "미끄러지며 떠내려가듯" 삶을 흘러가게 만드는 근원은 무엇인가라는 점이다. 분명한 것은 그 근원이 개별적 주체의 역량으로 귀결되지 않는다는 사실이다. '나'를 움직이는 궁극적 힘은 목적지를 향한 자신의 의지가 아니라 모두를 싣고 달리는 기차의 동력이 아니었던가. 사람들을 비롯하여 크고 작은 생명체들을 그리고 세계 전체를 살아있게 하는 동력은 무엇일까? 나는 다시 미풍을 생각한다. 물결을 일게 하는 미풍처럼 살아 있는 존재들을 움직이게 하는 최초의 동력은 호흡이 아닐까?

살아있는 모든 것은 이 운동을 지속함으로써 존재하며 또한 호흡을 통해 한 개체의 몸은 세계와 연결된다. 자아와 세계의 관계 속에서 존재의 형식을 탐색하는 문태준 시인에게 호흡의 흔적은 가장 근원적이면서도 본질적인 존재의 현현이다. 시인은 다음과 같은 현상에서 그 흔적들을 발견한다. 연못에 일렁이는 "뱀 껍질 같은 잔물결"(「단순한 구조 2」)이나 조심조심 안고 가는 물항아리 안에서 생기는 "물의 흥겨운 원무(圓舞)"(「산중에 옹

달샘이 하나 있어,)처럼 호흡이 만들어내는 순환의 힘은 희미하지만 지속적으로 나타난다. 문태준 시인은 수면 위의 물결처럼 희미하게 현현되는 이 근원적인 운동을 '나'라는 존재의 결정적 배후로 삼고 있다.

> 호수에는 호숫가로 밀려 스러지는 연약한 잔물결
> 물위에서 어루만진 미로
> 이것 아니라면 나는 아무것도 아니에요
>
> ―「호수」부분

우파니샤드의 명상처럼, 근원적 생명 운동인 호흡에 주목할 때 인식 주체인 '나'는 희미해진다. 그리고 하나의 중심이 되고자 한 '나'의 소멸 이후 문태준의 시에는 규정할 수 없이 작고 연약한 움직임이나 비형상적 상태의 존재들이 열거되기 시작한다. 시적 주체의 소멸은 역설적으로 '나'라는 독립적인 실체를 벗어나 타인과 세계 속에서 함께 존재하려는 소망의 표명인 것이다.

'나'라는 실체에 대한 믿음에서 벗어나 세계와 더불어 존재하기 위한 가능성의 탐색은 여러 작품에 나타나지만 앞서 언급했던 「저녁이 올 때」「호수」「매일의 독백」에서 특히 간절하고 아름답게 형상화되었다. 아마도 다시 시집을 펼쳐 읽노라면 미풍이 불고 물결이 일기 시작할 것이다. 그러면 그 고요한 움직임 속에 자신을 맡기시라. 그럼 내가 누구인지를 점차 잊어가는 대신 물결의 움직임과 더불어 자신이 존재한다는 사실이 드러나기 시작할 테니까.

대홍수 이후의 시인들
— 김안, 『미제레레』와 김이듬, 『히스테리아』

뤼카온은 대홍수 이전 아르카디아의 왕이었다. 살해를 일삼았던 그는 신마저 의심하고 조롱하기를 멈추지 않았고 급기야 신의 식탁에 인육을 내놓았다. 분노한 신이 화염으로 그를 파멸시키자 울부짖는 뤼카온의 입은 말을 멈추고 살해의 광기를 현현하는 늑대의 주둥이로 변해버렸다. 그후 신 중의 신 유피테르가 새로운 인류를 약속하며 일으킨 대홍수는 어쩔 수 없는 선택이었다. 뤼카온의 광기를 잠재울 수 있는 건 인류의 절멸뿐이었기 때문이다. 대홍수 이후, 인류는 먹어 치우는 주둥이가 아니라 말하는 입을 가지고 태어났다. 그러나 불행하게도 문명 이래 전쟁과 학살을 일으켰던 것은 뤼카온의 주둥이가 아니라 말하는 입이었다. 말하는 입은 살해하지 말라는 신의 뜻을 따르지 못했다. 타자를 동일화하고 타자성을 흡수함으로써 순수한 주체로 남고자 하는 동일시의 욕망이 상징적 언어를 통해 가능했다는 것은 새삼스러울 것도 없는 이야기이다. 문화라는 상징적 체계 안에서 말하는 입은 동일시적 욕망을 주체하지 못하고 언어를 통해 상징적 살해를 반복해왔다. 대홍수 이후 인류의 역사가 성과 인종과 종교 또 계층을 빌미로 희생양들을 만들어내고 그들에게 은유를 통해 혐의를 씌우고 처벌하면서 여기까지 왔음은 부인할 수 없다. 인간의 역사는 말하는 입이 먹어 치우는 입과 은밀히 공모하고 있었다는 걸 확연히 보여준다.

이미 오래전에 공화국으로부터 추방당했던 시인들은 미치광이처럼, 불온한 쾌락주의자들처럼 보이겠지만 또 그들이 쓴 시는 불구의 문장처럼 들리겠지만 그런 문장들만이 먹어 치우는 입과 말하는 입의 공모를 문제 삼는다. 말하는 입의 죄에 대하여 김안은 속죄하고, 김이듬은 말하는 입들이 앓고 있는 병을 재현한다. 그들이 쓴 문장 속에서 말하는 입이 감춘 뤼카온의 주둥이가 드러나고 있다.

당신들을 게워내는 입

뤼카온처럼 살해의 광기가 넘치는 입은 "모든 말이 없어질 때까지/서로의 입을 찢"(「서정」)고 말을 중단시킨다. "말이 사라지면" 우리는 살해의 충동을 견디지 못하고 늑대이거나 포악한 짐승이거나 "그저 고기로 태어난 고기일 뿐이다"(「사랑의 역사」). 신의 분노가 일으킨 대홍수 이후에도 여전히 우리가 말하는 존재이면서 동시에 먹는 존재라는 사실은 변하지 않았고, 다만 이제 신들이 없다는 사실만이 분명해졌다. 말하는 자들은 더 이상 기도를 할 필요가 없어진 것이다. 신을 향해서 기도조차 하지 않는 입이 점점 굶주린 늑대의 주둥이가 되려고 할 때 시인은 필사적으로 묻는다. "왜 사람이어야 합니까"(「사람」).

결론부터 말하자면 김안 시인은 우리가 말하는 입의 존재이기 이전에 타인의 말 건넴에 붙들린 존재라는 점을 역설한다. 시인은 서문에서 "세상의 언어를 배우기 시작한" 존재와의 조우를 언급하는데, 이 장면은 시인에게 언어와 언어 이전 사이에 있는 틈을 보여준 사건이라는 점에서 중요하다.[1] 레비나스는 살해하지 말라고 명령하는 타자의 얼굴을 강조했지만, 시인은 연약한 아기의 얼굴보다는 그가 아직 말하지 못하는 자라는 점 그러나 말하고 있다는 점에 사로잡힌다. 시인이 아기를 향해 말할 때, 시인의 입김을 통해 입 밖으로 나오는 소리는 아기의 말랑한 연골을 타고 내부로 들어간다. 아기가 해석할 수 없는 언어는 그저 상대방의 몸으로부터 발생한 안녕? 너, 여기 있구나. 난 여기 있어라는 '말 건넴'일 뿐이다. 아기는 손발을 움직이며 아직 언어가 아닌 소리를 내기도 할 것이고 웃거나 우는 듯한 표정을 짓기도 할 것이다. 시인은 어느새 존재의 드러냄에 사로잡힌다. 알 수 없는 소리로 서로의 존재를 속삭이며 영원히 해석되지 않을 대화를 나눈다. 오로지 한 가지만이 분명해진다. 나는 당신의 부름에 응하지 않을 도리가 없다는 사실 말이다. 그것이 시인으로 하여금 '쓰기'를 행하게 한다. 타인의 부름에 응답해야 한다는 의무가 시인으로 하여금 '쓰기'를 종용하고 시인은 거기에 답하기 위해 사유한다. 나를 부르는 당신이 존재한다는 것 그리고 그에게 응답하는 내가 존재한다는 것만이 분명한 순간에 시인은 우리가 어떤 존재여야 하는지를, 당신은 나의 무엇이어야 하는지를 사유하고 그것을 말하기 위해 "당신이라는 쓰기의 등을 열어젖히고 들어"(「囊」)간다.

> 당신이라는 쓰기로 도망쳐왔던 울음들이,
> 그 울음들 바깥으로 기어 나오는 벌레들을 눌러 죽이던 밤들이,
> 끝없이 맴돌던 그 밤의 후렴들이 편지합니다.

---

[1] 첫 번째 시집 『오빠 생각』(문학동네, 2011)에서도 김안은 집요하게 이성과 광기의 배출구인 '입'을 추적했고, 입이라는 구멍을 통해 "짐승과 사람 사이" 또는 "말(言)과 울음 사이"(일곱 편이나 되는 같은 제목의 시 「버려진 말의 입」)와 같은 틈을 발견했음을 알 수 있다. 두 번째 시집 『미제레레』(문예중앙, 2014)에서도 '울음'과 같은 배설로밖에는 달리 증명할 수 없는 언어의 틈에 대한 사유가 펼쳐지고 있음에 주목해야 한다.

사람의 길을 걸어야 했던 주름과 신음의 나날을 지나
편지는 달려와 인사를 건넵니다.
당신이라는 쓰기의 바깥에서 서성이는 모든 주어들에게,
주억거릴 머리를 잃은 채 울고있는 불구의 문장들에게,
사람은 안녕합니까?
주먹 쥐는 법을 아는 순간 나는 주어(主語)가 되어 두려움을 배웠습
니다,
쓰기의 두려움을, 쓰기 바깥의 당신을, 당신이라는 쓰기를.

— 「복화술사」 부분

　　김안의 시 속에서 쓰기라는 행위에 대한 자의식의 검열은 자기로 내면
화되지 않는 타자의 존재를 증명한다. 그가 쓴 문장은 언제나 완성되지 않
는 불구의 상태에 빠지는데, 그 이유는 문장들 안에 주어를 위태롭게 만드
는 '당신'이 함께 존재하기 때문이다. 시인이 이제 막 세상의 언어를 배우
기 시작한 '당신'을 통해 알게 된 것은 당신이라는 존재가 쓰기의 부수적
작용이 아니라 쓰기라는 행위 그 자체라는 사실이다. '쓰기'는 나의 행위
이지만, 내가 쓴 문장은 마치 번역된 말처럼 영원히 용해되지 않는 당신을
내포하고 있기에 당신과 쓰기는 분리될 수 없는 하나가 된다. 그래서 "당
신이라는 쓰기"를 행하는 자는 복화술사처럼 '나'라는 주어의 입과 '당신'
이라는 2인칭의 입, 두 개의 입으로 말한다. 서로 다른 말처럼 분열되어 있
고, 말하면서 침묵하고 침묵하면서 동시에 말하는 자, 그의 쓰기에는 자기
내면으로 도저히 삼켜지지 않는 타자들이 웅성거리고 있다.
　　김안은 복화술사가 자기 안에 있는 또 다른 누군가에게 말을 하듯이 익
명의 당신들을 향해 말을 걸기도 한다. 『미제레레』 2부는 "자네"를 향한 편
지이자 질문이며 부탁의 말들 즉, 당신을 향한 말 건넴이다. "이 편지가 네
게 닿을까?" 궁금해하고(「측백」), 자네의 부재를 증명하는 자네의 인형과

함께 앉아 내 쓰기의 한계에 대해 털어놓기도 한다(「메멘토 모리」). 또는 "말이 되지 못한 말을 찾아" 앉아 있던 오래된 헌책방에서 말들을 갈구하던 끝에 "편지를 받는다면 이곳으로 와서 나를 발음해"달라고 부탁하기도 한다(「메멘토 모리」). 자네/당신을 향한 말 건넴은 시인의 쓰기가 자네/당신이라는 존재와 나누는 대화임을, 그리고 자네/당신이란 존재야말로 쓰기가 시작되는 가능성이자 계기임을 보여주고 있다. 오직 자네/당신이 존재할 때 말할 수 있다는 걸 알고 있어서 시인의 입은 자네/당신을 먹을 수 없다.

타자 살해 욕망에 대한 은유로서 먹어 치우는 입은, 타자를 흔적조차 남김없이 먹어 치우고 순수한 자기 자신으로 존재하기를 바란다. 순수한 주체에 대한 욕망은 상징적 언어로 설명되지 않는 타자성과 공존할 수 없다. 자신이 오염되거나 얼룩질 수도 있으므로 순수한 주체들이 살아가는 세계에서는 죽은 자들의 흔적인 유령은 사라져야 하고, 기록되지 않은 기억은 망각되어야 한다. 사랑하는 연인을 상실하게 되더라도 주체는 성공적 애도를 통해 타자의 흔적을 깨끗이 지울 뿐만 아니라 슬픔을 극복하고 또 다른 대상을 찾는 데 성공할 것이다. 건강한 삶의 세계에서는 죽은 자에 대한 애도가 늘 성공하고, 애도를 통해 "죽은 자들이 사라지니 신도 사라"(「이후의 삶」)졌다. 신이 사라진 이후 세계는 우리 모두가 아는 바처럼, 타자를 살해한 무수한 죄의 목록이 망각되고 말하는 입은 더 이상 속죄할 필요조차 없게 된 세계이다. 속죄할 것이 없는 세계는 "실성한 여자를 향해 돌을 던지는 아이들의 순수함처럼/모두가 선한 싸움을"(「선(善)이 너무나 많지만」) 하는 곳에 다름 아니다. 이런 세계가 뤼카온의 땅과 다르지 않다는 걸, 시인은 폭로한다. "각자의 선함이 만드는 것은 기껏해야 누군가에게는 악"이라는 것을 망각하는 선한 자들의 공화국에서 "실은 미치지 않고는 선할 수 없"음을 실토한다.

선을 공모한 세계에서 "숨겨진 벗들" "숨겨진 입들" "숨겨야만 했던 유령"(「이후의 삶」)들을 자꾸만 불러내는 시인은 애도에 실패한 자이고, 자기 내면에서 소리치는 타자들에게 붙들린 자이다. 그는 타자를 증명하기 위해 자신의 것이 아닌 문장을 게워낸다. 밤마다 "머리 위로 펼쳐진 속죄의 목록들"(「미제레레」)에 대하여 여러 개의 입으로 당신이라는 쓰기를 감행한다.

자기 자신이라는 질병

김이듬의 시는 히스테리 증상으로 읽히기 쉽다. "주기적인 출혈과 복통"(「히스테리아」)을 호소하며 찢어질 듯 아픈 배를 움켜쥐고 애인을 향해 욕설을 퍼붓는 여성 이미지는 시적 주체가 히스테리라는 질병을 앓는 것처럼 연출한다. 김이듬의 전작 시집에 등장하는 세이렌의 모습에서 드러나는 팜 파탈이나 마녀도 경이와 두려움을 유발하는 존재이긴 하지만 역시 히스테리라는 증상의 연장선에 있는 것으로 보인다. 그런데 김이듬의 시를 세심하게 들여다보는 비평가들은 여성성이라는 문제에서 한 발 벗어나 이야기한다. 이광호가 두 번째 시집 『명랑하라 팜 파탈』에 등장하는 시적 주체를 "몽유의 마녀"라고 비유한 것은 여성성에 대한 은유가 아니라 혼종적 주체의 특이성 때문이었다. 김이듬의 시적 주체는 남성을 유혹하는 목표를 가진 동일성의 주체가 아니라 "몽유를 앓는 자, 가사(假死) 상태로서의 세이렌"으로서 "자신의 강박증을 상징질서를 위반하는 에너지로 동력화하는 분열된 발화"[2]를 들려주고 있다는 그의 설명은 그녀의 히스테리가 위장된 것일 수도 있다는 의혹을 갖게 한다.

---

2) 이광호, 「세이렌의 유령 놀이」, 김이듬, 『명랑하라 팜 파탈』, 문학과지성사, 2007, 146쪽.

다섯 번째 시집 『히스테리아』(문학동네, 2014)에서 그녀는 히스테리 증상을 강하게 표출한다. 물론 현대 의학에서 볼 때 히스테리는 여성의 질병이 아니지만 그럼에도 불구하고 여성적인 것과 연루되는 은유들을 여전히 거느리고 있다. 그에 부응하듯 김이듬은 생리나 자궁, 질 등 여성의 생식기와 관련한 해부학적 상상을 동원해 히스테리를 재현한다. 왜, 그녀는 오랫동안 진리나 의학이라는 이름으로 존재해왔으나 이제는 허구임이 드러난 여성적 질병으로서의 히스테리를 재현하는가 의문을 가져볼 만하다.

알려진 바처럼 서양의 고대 의학에서 히스테리는 방황하는 자궁이 야기하는 미친 듯한 행위로 간주되었고, 그런 생각은 의학이라기보다 진리로 여겨지며 오랫동안 의심받지 않았다. 흑사병이 신이 내린 징벌로 간주되며 두려움과 공포로 대중을 길들였던 것처럼 히스테리는 통제되지 않는 여성의 성욕이 야기한 비정상적 행위였고, 비정상적 자궁을 가진 여성은 치료되어야 했다. 치료는 실제로 벌어졌다. 중세의 마녀사냥이 그런 치료를 빙자한 대학살이었고, 근대 의학 역시 의학적 도구를 동원해 여성들을 자연과 미신에 가까운 존재라고 규명했다. 그녀들은 죽음의 심판을 받거나 아니면 교정되기 위하여 치료받아야 했다. 역사적으로 보면 히스테리는 가부장제를 지탱하기 위해 남성 권력이 사용한 여성 억압의 도구였다고 말할 수 있다. 그런데 지배 질서의 안정을 위해 통제되지 않는 타자를 지목하고 처형한 일들은 히스테리의 역사 말고도 인류의 역사 어느 페이지에나 있다. 그런 맥락에서 말하자면 김이듬의 히스테리는 더 거대한 억압의 알레고리라고 볼 수도 있겠다. 타자를 처형하기 위해 필요했던 지배 담론의 살해 도구였다고 말이다.

지배를 위한 살해 도구 좀 순화하자면 교정 장치는 역사에 걸쳐 줄곧 변화해왔지만 사라지진 않았다. 자기 스스로 선하다고 주장하는 지배자들은 이제 군중 앞에서 마녀를 화형시키진 않지만, 디지털 공간을 통제하고

CCTV의 렌즈를 통해 어디선가 우리를 바라보는 방식으로 교정과 치료 그리고 처형을 수행한다. 그런 세계에서 사는 우리 대부분은 교정의 대가가 안전과 복지라고 믿기에 침묵하고, 희생자를 찾는 감시의 시선에 가담한다. 그런 공모 속에서 은밀했던 감시의 시선은 갈수록 대담해지고 뻔뻔스러워진다. 문제는 이런 현실을 우리 모두가 알고 있다는 점이다. 말하는 입이 더 이상 윤리적 명령이 될 수 없는 시대이기에 우리는 말을 잃은 것처럼 자폐적으로 살아갈 뿐이다. 만약 공화국에서 추방된 시인들이 지금 이곳으로 돌아온다면 그들은 무슨 말을 할까 궁금해진다. 모두가 서로서로의 감시자가 된 이 숨 막히는 억압에 대해서.

『히스테리아』는 감시의 시선에 대처하는 시인의 흥미로운 방식을 보여주는 시집이다. 시인은 시선을 거부하기보다는 교정되어야 할 병을 연기(演技)하는 방식으로 존재하고자 한다. 시인은 자신의 몸 외부와 내부에 난 외상의 기원을 파헤치듯 해부학적 자기서사를 써 내려가며 히스테리 환자를 연기한다. 그래서 이 시집에는 히스테리를 드러내는 교정되지 않는 자아들, 신경 쇠약에 걸린 자아들이 여기저기에서 나타난다. 그녀들은 "겪지 않고도 겪은 것처럼 쓰는 재주에 관해" 웃으며 말하는 친구에게 "흥분하여 날뛰는 꼴을 보"이기도 하고(「교정」), 구애하는 청년이 건넨 장미꽃다발을 던지며 소리 지르기도 한다.(「신경 쇠약의 여자들」) "게걸스럽고 무례하고 추레한" 걸인을 보고 아버지에 빗댐으로써 아버지를 조롱하며 "얼추 미친년처럼" "사람들과 걸신과 환자 사이로 펄쩍펄쩍 넘어"(「너라는 미신」) 다니기도 한다. 이 기묘한(queer) 시적 자아들은 히스테리를 연기함으로써 그녀들을 바라보는 감시의 시선을 불러낸다. 히스테리 연기의 효과는 은밀한 감시의 시선이 거세 불안에 빠진 관음증적 시선에 불과하다는 점을 스스로 말하게 하는 것이다. 시인이 연기한 히스테리 환자들은 구멍에 눈동자를 갖다 댄 시선의 주체에게 결국 고백하도록 만든다.

만지지 않았소
그저 당신을 바라보았을 뿐이오
마주 볼 수밖에 없는 위치에 놓여 있었소
…(중략)…

당신은 시들었고 죽어가지만
내가 일부러 고통을 주려던 게 아니었기 때문에 난 죄책감을 느끼지
않소
내 생리가 그러하오
난 주변에 있는 모든 것들의 생기를 잃게 하오
내가 숨 쉴 때마다 당신은 무르익었고 급히 노화되었고 마침내 썩어
버렸지만

— 「정말 사과의 말」 부분

이렇게 되면 김이듬의 시는 히스테리적 환자와 관음증적 환자 모두가
동시에 발화하는 혼성적 공간이 된다. 김이듬의 시적 주체가 혼종적 주체
들이라는 비평가의 말을 다시 떠올린다면, 이 묘한 공존을 받아들일 수 있
을 것이다. 공존하는 서로 다른 목소리, 보여지는 히스테리 환자를 연기
하는 자와 몰래 엿보는 관음증적 감시자의 고백을 통해 드러나는 것은 우
리 모두를 통제하고 있는 이 공화국의 지배 방식이다. 이곳에서는 시적 주
체들처럼 자기 스스로 히스테리 환자 되기를 감행하지 못한다면 관음증적
감시자가 되어 타인을 엿보아야 한다. 마치 가슴에 주홍글씨를 새긴 자를
감시함으로써 자신의 결백함을 주장하는 선한 자들처럼, 자신이 희생양이
되지 않기 위해선 타인을 감시해야 한다. 타인을 욕망하면서도 그에게 다
가가지 못하고 "서로의 바깥에서, 한평생"(「결벽증에 걸린 남자가 씻으러 간 사
이」) 그를 감시하는 것은, 내가 희생양이 되지 않기 위해 치러야 할 대가이
다.

각자가 자기 자신이라는 질병에 갇혀 타인을 감시하는 삶은 그 어떤 지배보다 완벽하다. 아무도 서로를 향해 다가가지 못하기 때문이다. 시인은 감시하는 시선을 향해 가난한 이국 소년의 목소리를 빌려 묻는다. 당신은 날 욕망하지만 한편으로는 "날 두려워했다. 아니 스스로가 두려웠던 걸까?" 그러나 오염되지 않도록 자기 자신을 지켜야 하는 세상에서 "누가 누구의 문을 끝없이 두드리겠는가."(「해변의 문지기」)

시인은 대홍수 이후에도 타자를 살해해온 인류의 죄와 인류가 직면한 위기를 말한다. 그들은 안전한 공화국이 권하는 선의 공모에 가담하지 않는다는 점에서 언제나 공화국을 배반하는 자이다. 그래서 시인은 추방당할 운명에 처해 있다. 지금도 여전히, 타인의 죽음을 다 함께 애도함으로써 죽은 자의 흔적을 말소하고 죽음의 장소에 새집을 짓는 이 사회의 공모를 폭로하는 시인들은 공화국으로부터 추방당하고 있다.

불행한 세계의 추종자들

— 박소란, 『심장에 가까운 말』과 송승언, 『철과 오크』

> 말을 하기보다는, 나는 그것에 둘러싸이기를,
> 그리고 모든 가능한 시작을 뛰어넘게 되기를 바랐던 것이다.
> …(중략)… 이상한 고통, 이상한 잘못이라 해도 계속해야
> 한다.
>
> — 미셸 푸코

르네 마그리트의 그림이 서울 한복판에 있는 백화점 건물 외벽을 감쌌던 적이 있다. 새 단장 공사를 하느라 백화점 측이 가림막을 쳤던 것인데, 초현실주의를 대표한다는 거장의 그림 덕분에 백화점은 스스로를 고급스러운 예술적 감각의 소비 공간이라고 선전할 수 있었다. 재현된 세계를 의심하게 하는 마그리트의 그림이 도리어 상품의 실체를 가리는 가림막이 되는 바람에 그곳을 지날 때마다 우리는 두 개의 외침을 들었어야 했을 것이다. 상품의 약속을 믿으라. 상품을 의심하라.

그러나 푸코의 말대로라면 우리는 진실과 무관한 이데올로기의 외침을 거부하는 능력을 갖고 있다. 「담론의 질서」를 시작하면서 그가 분명히 밝힌 것은 담론으로부터 벗어나 그 외부를 사유하고자 하는 마음이 보편적인 경향이라는 점이다. 백화점에 진열된 멋진 상품들이 삶을 바꿀 만한 것이라는 유혹에서 벗어나 왜곡된 노동과 소비로 찌든 자신을 자각할 수 있듯이, 삶을 사유할 수 있는 해방의 힘이 도처에 있다고 푸코는 말한다. 마그리트나 푸코처럼 상징적 세계의 바깥을 사유했던 예술가나 철학자들에

게 남다른 점이 있다면 그것은 재현된 세계를 의심할 수 있도록 우리에게 신호를 보내왔다는 것이다. 그들의 공로는 현실을 뚫고 나가는 감각과 사유의 힘을 타인과 공유하기 위해 노력했다는 데 있다.

　슬픔과 고통이 발생하는 순간을 집요하게 응시하는 문장에서, 행위의 연쇄를 통해 미결정적 세계의 이미지를 만들어내는 문장에서 그런 힘들을 다시 마주해본다. 박소란의 첫 시집 『심장에 가까운 말』(창비, 2015)과 송승언의 첫 시집 『철과 오크』(문학과지성사, 2015)는 '젊은 시인'이라는 유형으로 묶일 수 없는 각자의 목소리를 담고 있다. 시 쓰기에서 발견할 수 있는 공통분모가 있다면 그들은 자신에게 다가온 말에 둘러싸인 채 세계를 응시하면서, 세계의 말을 듣고자 문장을 좇는 세계의 추종자처럼 보인다는 점이다. 박소란의 경우는 현실 체제의 가림막이 차단하는 현재의 불행과 절망을 기억하기 위하여, 송승언의 경우는 현실이 폐쇄한 더 많은 가능성의 세계를 사유하기 위하여 '쓰기'라는 행위에 자신들의 몸을 내준다. 쓴다는 행위를 통해 시인들은 현재의 순간에 몰입하며 고통과 빛의 추종자이기를 자처한다.

체념은 우리의 힘

　박소란의 시는 다양한 화법을 구사한다. 추측하고, 질문하고, 토로하고, 다짐하면서 말을 걸어오는 문장들은 화려한 수사 못지않은 파토스를 품고 있다. 선언하거나 명령하거나 고함치지 않고 다만 탄식하듯이 말을 내뱉는 화자는 다양한 진술 형태를 구사하는 것으로 슬픔이나 고통, 절망의 감정을 증폭시킨다. 박소란이 보여주는 감정은 보편적이지만 그 질감은 고유성을 지닌다. 이 시집의 해설에서 남승원은 불행과 체념이라는 감정을 박소란 시의 특징으로 보았는데, 그 역시 불행과 체념이라는 감정의 질감에 주목하여 시를 읽는다. 그는 "불행의 부활"과 "체념의 공유"가 사회적 고통의 현장을 재현할 수 있었다는 점에 의미를 두고 있다. 아울러 시인이 보여주는 고통의 감각이 개인을 넘어 사회로 확장되면서 우리가 삶의 위안을 얻게 된다는 점도 덧붙이고 있는데, 불행과 체념이 어째서 희망보다 믿을 만한 삶의 가치인가에 대해서는 좀 더 이야기가 필요하다고 생각된다.

이 시집에 등장하는 화자들은 자신이 겪은 불우한 일들, 가령 가계의 가난(「화장실이 없는 집」)이나 엄마의 노동과 죽음(「배가 고파요」「체념을 위하여」), 애인의 죽음(「용산을 추억함」) 등을 자주 환기한다. 화자가 자기 앞에 다시 떠오른 그 기억들을 응시하며 사건의 종결을 지연할 때 불행과 절망의 감각은 (의도적으로) 지속되며 독자는 고독하고 불행한 자의 탄식에 귀 기울이게 된다.

> 아아 그러나 나는 비련의 신부, 비련의
> 아현동을 결코 시 쓸 수 없지 외팔의 뒤틀린 손가락이
> 식은 밥상 하나 온전히 차려낼 수 없는 것처럼
> 이 동네를 사는 누구라도 끝내 행복할 수는 없겠네
> 영혼결혼식 같은 쓸쓸해서 더 찬란한 웨딩드레스 한 벌
>
> ―「아현동 블루스」 부분

"~없겠네"라는 감탄 종결부 안에 담긴 탄식이 마냥 슬픔에 겨운 감정의 표현처럼 보일 수도 있지만, 만약 누군가 이 시를 읽고 가련한 마음을 갖는다면 "외팔의 뒤틀린 손가락이/식은 밥상 하나 온전히 차려낼 수 없"다는 진술이 단지 불구의 운명에 대한 애상일 뿐이겠는가 반문하고 싶다. "결코 시 쓸 수 없지"는 단호한 거절의 표명이기 때문이다. 게다가 "행복할 수는 없겠네"라는 진술은 막연한 추측이 아니라 지금 이곳에 찾아온 불행을 직시하라는 간곡한 명령처럼 들린다. 종결어미들에서 진득하고 단단하

게 응결된 분노마저 느껴진다.

알다시피 이 시의 배경은 재개발이 진행되면서 점차 폐허로 변해가는 서울의 한 지역이다. "아현동"에서 "영혼결혼식"을 맞이하는 "비련의 신부"가 되어보는 화자의 상상은 재개발 현장에서 일어나는 폭력과 죽음을 상기시킨다. 적어도 우리 사회가 경험한 재개발은 대체로 그런 것이 아니었는지 되돌아본다. 불행한 기억이지만 재개발 현장은 이 사회 공동체가 하나가 아니라는 걸 증명하는 과정이었다. 삶의 현장을 폐허로 만들어버린 후 평수와 매매가로 계산하여 합법적으로 몰수하는 쪽과 그에 맞서 목숨을 걸고 삶의 장소를 돌려달라고 항변하는 다른 쪽으로 편이 나뉘었다. 거대자본과 국가가 함께 나서서 개인을 상대로 거주지를 몰수하는 개발은 불공평하고 폭력적인 과정이었는데, 아이러니한 것은 이 과정에서 몰수당하는 자들의 자발적인 동의와 합의가 생겨났다는 점이다. 벌란트(Lauren Berlant)의 말을 빌리자면 죽음과 폐허 위에 건설될 새로운 도시의 청사진이 고통에 빠진 자들에게 잔혹한 낙관주의(cruel optimism)를 퍼뜨렸기 때문이다. 현재의 고통과 절망을 참고 견디면 멋진 집과 함께 행복이 도래하리라는 희망은 절망에 빠진 자에게 현재의 불행과 화해하고 자신의 고통을 외면하는 쪽을 선택하도록 강요했다. 하지만 현재의 불행을 외면하는 미래란 "영혼결혼식"을 위한 "웨딩드레스"와 마찬가지 아닐까. 죽은 자를 위한 웨딩드레스는 초라한 현실을 망각하도록 조작하는 잔혹한 허상일 뿐임을 시인은 말하고 있다. 잔혹한 낙관이 현재를 긍정적으로 느끼지 못하도록 방해하고 그 결과 현재의 부재를 초래하는 데 반대하기 위하여 박소란 시인은 밥상 하나 차려낼 수 없을 만큼 폐허가 된 현실의 비극을 외면하지 말라 호소한다. 현재의 불행을 이야기함으로써 시인은 미래라는 형식을 띤 채 지연되는 희망을 거절하는 것이다.

희망에 대한 합의를 거절하는 박소란 시인에겐 새로 지어질 아파트처

럼 멋지게 도래할 미래라는 목적지가 없다. 이 시인에게는 고통스럽더라
도 응시하고, 기억하고, 이야기해야 하는 현재가 있을 뿐이다. 그런 점에
서 시인이 포기하지 않고 겪는 현재의 불행은 그녀가 최선을 다해 몰입해
야 하는 삶 그 자체이다. 삶의 불행에 대한 응시가 유지될 수 있는 동력은
시인의 유일한 의지인 체념이라고 할 수 있다. 삶의 태도로서 박소란 시인
이 보여주는 체념은, 불행과 실패에 대한 굴복이라기보다 내일은 달라질
거라는 막연한 기대와 어설픈 희망에 대한 거절 의지이다.

> 희망과 야합한 적 없었다 결단코
> 늘 한발 앞서 오던 체념만이 오랜 밥이고 약이었음을
>
> …(중략)…
> 행여 우연히 한번쯤 더듬거리듯 옛날을 불러세운다 한들
> 절망은 여전히 온 힘을 다해 절망할 것이고
> 나는 기어이 침묵으로 순교할 것이다 다시 체념을 위하여
> 도망치듯 나를 여기까지 끌고 온 굳센 체념을
>
> ─「체념을 위하여」 부분

이 시에는 엄마의 죽음, 애인과의 결별 등과 같은 상실의 이력이 등장한
다. 시인은 죽음이나 상실에 대하여 애도하는 대신 "침묵"으로 대응하는
데, 그의 침묵은 "순교"에 가까운 의지의 표현이다. 가난을 원망하며 엄마
의 죽음을 묵묵히 지켜보게 만든 현실과 화해하지 않기 위해 시인은 "온
힘을 다해 절망"하며 그 절망을 마감하지 않으려 한다. "굳센 체념"이 내
포한 역설은 바로 그런 화해의 거부와 절망을 향한 의지에서 나오고 있다.
시인의 체념을, 현재의 상처와 고통을 지속시키기 위한 의지의 표명으로
읽을 때 우리는 두 가지 사실을 이해하게 된다. 하나는 현재의 불행에 대
한 응시가 합의된 체제 내에서 재현된 삶의 의미를 능가하는 생의 의지라

는 것 또 하나는 체제 안에서 너무 쉽게 합의되는 위선적 희망을 거부할 수 있는 가능성이다.

박소란 시인의 시적 자아인 불행을 응시하는 체념의 주체는 현실의 삶이 얼마나 고통에 가득 차 있는지에 주목한다. 그에게는 미래에 대한 환상보다 자신을 격렬히 감싸는 현재의 세계만이 진실이다. 그것이 고통일지라도 말이다. 가난한 연인들이 지금 이 순간의 허기를 채우기 위해 막차를 떠나보내듯이 유토피아처럼 가공된 미래를 거절하고 "옆구리가 미어지도록" 김밥을 먹는 지금(「김밥천국」), 여기에 삶이 존재하기 때문이다. 체념에 담긴 삶을 향한 의지는 역설적이지만 그 역설의 힘이 이 사회가 합의한 '오늘보다 더 나은 내일'이라는 공허한 구호들을 잠재우고 현실을 감추는 가림막을 걷어버린다.

어렴풋한 세계의 (비)재현

'이상하고 낯선 분위기'는 송승언의 시에 붙는 첫 인상의 표현이었다. 보이는 것을 부인, 해체, 재구성하여 또 다른 세계의 가능성을 드러냈던 마그리트처럼 송승언 시인은 세계에 대한 익숙한 이미지를 거절하고 "어떤 사물에도 레테르를 붙이지 않"(「돌의 감정」)겠다는 의지적 태도를 보여주었기 때문이다. 이 시집에서 충분히 드러나듯이 시인은 자기 지식의 한계를 아는 겸손한 탐험가처럼 미지의 세계가 자신에게 말해줄 그 무언가를 의지적으로 기다린다. 세계로부터 다가오는, 문장이 되지 못한 말들을 기다리는 시인은 자신을 둘러싼 세계에 감응(affect)하며 새로운 가능성의 문장을 쓴다.

그러므로 송승언의 시 쓰기에서 무엇보다 우선시되는 것은 감응의 문제라 볼 수 있다. 자아의 감각을 말하는 느낌이나 그것의 상황에 대한 투사를 말하는 감정과 달리 감응은 자아 이전의 영역에 속한다. 감응은 행위가능성이나 잠재력을 의미하는 신체와 정신의 반응으로 설명되기도 하는데, 감정으로 변용되기 전 인간의 의식 바깥에 있는 미지의 힘처럼 작용하여 신체와 정신을 다른 것으로 이행하게 하는 가능태라고 정의했던 스피노자의 개념은 여전히 유효하다. 자아가 세계를 의식하기 전에 느끼는 파동이나 에너지는 문장의 주체로 하여금 세계의 인식자가 아니라 응답자가 되도록 종용한다. 시인은 기꺼이 그것을 수락함으로써 주체와 대상의 관계를 역전시킨다.

먼저 수렴되지 않고 분산되는 문장들에 대해 주목해보자. 송승언의 시는 의미의 맥락을 따르기보다는 연쇄적 진술들을 매개로 전개된다. 문장의 연쇄는 의미의 수렴이나 이미지의 구축 없이 리듬을 만들어내고 텍스트에 운동성을 부여한다. 형태를 잡아주는 윤곽선 없이도 충분히 형상을 드러내는 점묘화를 떠올려보면 좋을 것 같다. 우리의 시선으로 형상을 인지하게 되더라도 막상 캔버스에 접근해보면 흩뿌려진 점들을 볼 수 있다. 주체는 분산되어 있는 그 점들을 매개로 스스로 어떤 형상을 보게 되는 것인데, 그 형상이란 배경과 엄밀히 구분되는 것이 아니다. 점묘화에서는 형상과 배경의 고정된 경계가 없기 때문에 복수적 형상이 가능하다. 송승언 시인은 가능성의 점을 찍듯 선택형 조사와 유사 구문의 반복을 통해 연쇄적 문장을 만들고, 그 문장들은 어렴풋한 형상과 이미지를 구성한다. 그렇게 만들어진 시적 이미지는 경계선 없는 형상과도 같아서 여러 갈래로 분기(分岐)된다.

나는 물을 좋아하고 너는 물을 좋아하지 않는다 우리는 갈증으로 대립한다

물은 너의 감정이다 너의 기분에 따라 그날의 컵이 바뀌고 물의 온도가 달라진다

태도는 미온적이다 너는 웅크리고 있거나 드러누워 있다 나갔다 돌아오면 방은 침수되어 있다 너는 금붕어 두어 마리를 기르고 있다 그것들은 서로 먹고, 교배하고, 낳고, 먹기를 반복한다

　　…(중략)…

　　나는 출근하고 너는 출근하지 않는다 나는 말하고 너는 말하지 않는다 나는 사랑하고 너는 사랑하지 않는다 너는 젖고 나는 젖지 않는다
　　이대로 익사할 거라고 말한다
　　너는 듣지 않는다 창은 굳게 닫혀 있다 빛은 닫힌 창으로 들어온다 너는 물을 마시고 물을 준다 나는 물을 마시지 않고 물과 빛이 섞이는 양상을 바라본다

　　붉은 컵에 담은 물은 붉은 물이 되고 푸른 컵에 담은 물은 푸른 물이 된다 물고기들은 빛나는 물의 양상을 배운다
　　　　　　　　　　　　　　　　　　　　　　— 「물의 감정」 부분

　　거의 주어와 술어만으로 이루어진 문장의 연쇄가 한 편의 시를 이루고 있다. 그러나 이것을 유기적 연쇄체라고 보는 것은 오해다. 전체성을 보려는 욕망은 유기적으로 연결된 하나의 형태를 창조하고자 하지만, 그것은 점묘화 위에 검은 테두리로 윤곽을 그려두는 것처럼 억지스러운 일이다. 그냥 점들이 펼쳐져 있는 대로 어렴풋한 형상을 따라 시 읽기를 시도해보기로 한다.
　　우선 주어들인 '나'와 '너'는 어떤 행위를 척도로 들이댔을 때 대칭적인 관계에 있다. 행위를 중심으로 '나'와 '너'는 구분되지만 행위가 중심인 이 시에서 '나'와 '너'라는 구분은 특별한 의미를 지니지 못한다. '나'와 '너'는 아이덴티티를 결여한 대명사일 뿐이며, 술어의 유희를 위한 몸이다. 그렇게 본다면, "물은 너의 감정"이라는 진술에서 강조되는 것은 '너'가 아니라 "붉은

컵에 담은 물은 붉은 물이 되고 푸른 컵에 담은 물은 푸른 물이" 되는 물의 가능성이다. 이 가능성이 '너'를 의심하게 한다. "너의 감정"이 '너'로부터 오는 것이 아니라 "붉은 컵"이나 "푸른 컵"과 같은 사물의 세계로부터 촉발되는 것이라면 과연 '너'라고 말할 수 있는 실체가 있기나 한 것인지 의심스러워지기 때문이다. 여기서 눈덩이처럼 불어나는 의구심은 '너'를 이인칭으로 지칭한 '나'마저도 의심의 대상으로 몰아넣는다. 이로써 송승언의 시에서 시적 주체들은 수많은 점과 같은 행위나 관계가 만들어낸 효과일 뿐, 그 스스로는 말해지지 않는 존재 형식을 갖고 있음이 증명된다. 그의 시에서 시적 주체의 인격이나 감정이라고 할 만한 것들이 배제되는 이유도 여기에 있다.

이제 술어를 중심으로 시를 읽어보자. "좋아하고"/"좋아하지 않는다" "말한다"/"말하지 않는다"/"물을 마시고"/"물을 준다" 등의 술어는 형식적으로는 대등하고, 의미상으로는 대립적인 병렬 구문이다. 행위의 주체인 너와 나를 중심으로 본다면 이 구문들의 대립이 문제가 되겠지만, 앞서 논의한 것처럼 행위에 중점을 둔다면 병렬 구문들이 내재한 의도는 여러 가지 행위의 가능성이라고 보아야 한다. 이 가능성들은 텍스트 전체에 긴장감을 부여하고 리듬과 운동성을 불어넣는 역할을 한다. 텍스트의 운동성은 위 시에서처럼 유사 구문의 반복을 통해서도 발생하지만, "솟아올랐지/흩어지면서"(「백조공원」)처럼 서로 다른 동사들이 연속적으로 배열되면서도 나타나고, "둘로 갈라지는 골목을 걷"거나 "셋으로 갈라지는 골목을 넷으로 갈라지는 골목"(「새와 드릴과 마리사」)처럼 분기(分岐)되는 행위에 대한 진술을 통해서도 나타난다. 송승언의 시에서 운동성이 중요한 이유는 그것이 하나의 형상이나 이미지를 복수화하는 데 기여하는 파동이기 때문이다. 운동성은, 상징적 언어로 세계를 말할 때 발생하는 재현의 논리와 욕망을 방해한다.

동사의 연쇄적 배치가 만드는 텍스트의 운동성을 따라가 보면 행위들을 가능하게 하는 배후인 '빛'의 존재를 만나게 된다. 빛에 따라 점들의 색과 형상이 달라지므로 마치 모든 것은 '빛' 때문에 발생한다는 듯이 시인은 끈질기게 빛을 좇으며 그것이 만들어내는 효과들을 표현하고자 한다. 하지만 빛은 모든 형상의 전제로만 존재할 뿐 그 자체로는 형언될 수 없다. 시인에게 빛이란, 자신을 끊임없이 추적해오는 세계이지만(「취재원」) 돌아보거나 손 뻗으려 하면 사라지고 마는 불가능성의 대상이다. 그래서 시인은 "말이 되지 않으려는 저 빛들"(「위법」)을 재현할 수 없다는 데 순순히 수긍하고 비재현을 사유하는 빛의 추종자로 남는다.

재현된 이미지들 너머에 있는 세계와 관계하려는 시인에게 세계는 인식의 대상이 아니라 인식의 또 다른 주인이다. 동일성의 주체인 자기 혼자서는 세계를 말할 수 없고 재현할 수 없기 때문이다. 타인과 모든 사물들을 포함하는 세계라는 미지의 주인을 허용하기 위하여 그에게 주어진 시 쓰기는 자기 의지나 감정 또는 인식을 포기하는 말하기일 것이다. "풍경이 잠시" 그를 생각하도록(「카논」) 동일성의 주체인 자신을 비워두는 일처럼 말이다.

송승언의 시에서 나타나는 세계에 대한 감응은 자기 자신이 아닌 다른 무엇이 될 수 있는 계기이기도 하고, 이미 합의된 재현으로부터 탈출하는 동력이기도 하다. 하지만 그 운동적 에너지가 하나의 도착점을 향해 나가는 것은 아니다. 그가 문장으로 표현해낸 미결정성은 어떤 목적지 같은 것을 상정하지 않고, 다만 이 세계를 의심스럽고 변화 가능한 힘들의 장으로 보도록 한다. 시인이 보여주듯 이 세계가 복수적 힘들의 가능성이라는 데 동의한다면, 우리의 시 읽기는 과거와 미래 사이에 주름 접힌 현재를 펼치듯이 지금 여기의 세계를 사유하는 것이어야 한다.

사라진 당신의 귀환

— 마종기, 『마흔두 개의 초록』

어머니를 여의고 나서 롤랑 바르트는 그 슬픔을 잊지 않으려고 일기를 썼다. 그는 이미 초로의 나이였지만 어린 소년처럼 슬퍼하며 그녀에 대해서, 그녀라는 한 사람에 대해서 말할 때마다 울었다고 고백했다.『애도일기』는 그가 겪는 슬픔이 어머니를 상실한 자신을 위한 것이 아니고, 모든 애도의 과정 역시 슬픔을 끝내기 위한 과정이 아님을 짐작하게 한다. 그는 어머니가 돌아오기를 기다리는 대기 상태에 처해 있었다. 그리고 마침내 어머니의 완전한 현전을 만났다는 문장을 쓰게 되는 순간을 맞이했다. 바르트의 일기는 자신의 순수한 슬픔 속에서 다른 대상으로 대체할 수 없는 어머니가 절대적인 타자로 남을 수 있다는 믿음을 기록하고 있다. 그리고 그 애도의 기록은 상실의 자리를 다른 대상으로 대체할 수 있다고 믿게 한 정신분석학적 애도의 합리성을 의심하게 한다.

하지만 어떻게 애도의 완성 없이 사랑하는 연인의 부재를 견딜 수 있다는 것일까? 마종기의『마흔두 개의 초록』(문학과지성사, 2015)에서 상실과 부재를 경험한 시적 주체들을 만나보기로 한다. 사랑하는 이를 잃는 것이 그들만의 특수한 경험은 아니지만 이 시집은 혈육과 친구들 그리고 이 세상에 함께 살았던 이들의 부재를 긍정하는 역설을 담고 있다. 부재를 증명하는 역설의 언어를 통해 마종기의 시는 삶과 죽음이라는 존재의 형식을 형상화한다. 타인이 경험한 슬픔의 정도를 이해하는 것은 불가능하지만, 시적 언어를 통해 드러나는 상실과 부재의 경험 그리고 슬픔의 양태를 공유하는 것은 시를 읽는 이에게 허용된 몫이다.

사라지는 것들의 아름다운 한 생을 담은 시집 『마흔두 개의 초록』은 마종기 시인이 단독으로 펴낸 시집으로는 열한 번째이다. 첫 시집 『조용한 개선』(1960) 이후 그는 반세기 넘게 시를 써왔고 한편으로는 고국을 떠나 이방에서 의사라는 직업을 가지고 살아왔다. 뜻하지 않게 이민을 택한 후 모국의 바깥에서 살아온 정주(定住)의 이력도 그렇지만 의사라는 직업 역시 시인이라는 삶과 익숙지 않은 조합처럼 보인다. 그래서 시인의 두 가지 생의 이력은 모두 그가 경계의 삶을 살아왔다는 추정의 근거가 되기도 한다. 실제로 우리가 읽어왔던 그의 시에는 실증적 세계를 해부학적으로 읽어내는 의사의 눈과 보이지 않는 세계를 읽어내는 시인의 눈이 동시에 존재했고, 두 개의 시선 사이에서 마종기 시인 고유의 서정이 구축되었다. 그의 서정적 세계 안에는 경계인으로서의 고독과 함께 스스로 포기되어야 하는 열망들이 조용히 들끓기도 했다. "만날 수 없는 망설임이/모두 깃발이 되어/높은 성루에서 계속/꺾이"는 "열성 인자의 사랑"(「변경의 꽃」, 『변경의 꽃』, 1976)은 사랑하는 대상—중심에 다가가지 못하는 경계에 갇힌 주체의 삶을 단적으로 보여주는 표현으로 기억되어 왔다. 평론가 김주연의 해설에 따르면 "반세기를 조국이 아닌 타국에서 살아온 시인이 그 삶을 외로움과 설움으로 피력한 사연은 이미 그의 시 전체를 관류하는 시적 현실"이었고, 시인은 그런 자신의 현실을 "변경"이라는 지정학적 위치로 형상화해왔던 것이다. 변경의 시대 이후 시인은 동생의 죽음을 겪었고, 『이슬의 눈』(1997)

을 통해 그 슬픔을 종교적으로 고양된 시세계에 담아 표출하기도 했다.

자기 자신과 삶에 대한 경험적 진실을 담으려 했던 마종기 시인의 시세계를 여기 담기는 어렵다. 그러나 이번 시집에서 나타난 경계의 사라짐과 관련해서 전작 『우리는 서로 부르고 있는 것일까』(2006)와 『하늘의 맨살』(2010)에서 주목해 보고 싶은 것은 시인이 머물렀던 여러 도시들 혹은 장소들에 대한 인식의 변화이다. 시인은 환경과 기후가 그 이름만큼이나 낯선 장소들을 방문하면서 그곳에서 경험한 것들을 시로 써왔는데, 그 어디도 경계의 바깥이나 변경의 땅으로 등장하지 않는다. 오히려 시인은 우연한 방문지에서 자신이 사랑하고자 열망했던 대상을 만난다. 가령 겨울 아이오와에서 회오리 눈보라를 향해 "당신이 돌아오고, 눈이 덮이고, 내가 당신을 안는다"(「겨울 아이오와」, 『하늘의 맨살』)고 소리치기도 했던 것처럼 시적 주체는 그가 열망해오던 사랑의 대상을 만나 하나가 된다. 사랑하는 대상과의 만남이 이루어지는 장소는 더 이상 중심의 바깥이 아니다. 이국의 지명들은 그곳이 어디든 너를 만나는 장소, 즉 사랑의 중심이 된 것이다. 시인은 어느덧 안과 밖을 나누는 인위적 경계들이 사라진 "하늘의 맨살"(「네팔에서 온 편지」, 『하늘의 맨살』)에 도착해 있던 것이다.

이번 시집에서도 시인 자신의 삶과 내면적 인식을 구획하는 경계는 흐릿하다. 더블린에 갔던 시인은 "흐린 하늘과 물의 경계"가 보이지 않는 그곳에서 "식물성의 나라가 마침내 내게 왔다"고 말한다. 또 "꽃은 자라지 못하고" "비릿한 꽃향기만 사방에 흘리고 있다"고 말하면서 현전과 부재의 경계를 모호하게 만든다.(「더블린의 며칠2」) 시인이 경험한 식물성의 나라란, 현전과 부재의 경계가 모호한 세계를 뜻한다. 마치 꽃향기가 꽃의 존재를 증명하는 동시에 꽃의 부재를 알려주는 모순적 감각인 것처럼 식물성은 현전과 부재의 경계가 "흐린 물빛에 젖어 있"(「백조의 호수」)는 삶의 형식이다. 마종기 시인은 "눈앞이 흐리기만 한"(「더블린의 며칠1」) 도시에서 꽃을 빌려 현전과 부재를 삶과 죽음에 대응시키며 존재론에 대한 이야기를 시작하고 있다. 이전 시집들에서도 시인은 자신을 꽃에 비유하며 삶에 대한 성찰을 미학적으로 형상화한 바 있는데, 이번 시집에서는 그 꽃의 식물성으로부터 유한한 존재가 갖는 삶의 형식을 추출해낸다.

> 개나리, 진달래, 벚꽃, 목련과 라일락,
> 서둘러 피어나는 소리에 동네가 들썩이고
> 지나가던 바람까지 돌아보며 웃던 날.
> 그런 계절에는 죽고 사는 소식조차
> 한 송이 지는 꽃같이 가볍고 어리석구나.
>
> …(중략)…
> 제발 꽃이 잠든 저녁처럼 침착하여라.
> 우리의 생은 어차피 변형된 기적의 연속들,
> 어느 해였지?
> 준비 없이 떠나는 숨 가쁜 봄날처럼.
>
> ― 「봄날의 심장」 부분

꽃들의 개화는 아름답고, 찬란하다. 하지만 세상을 들썩이게 하는 아름다움을 지녔으면서도 꽃들은 조용히 지고 만다. 꽃이 조용히 사그러드는 이유는 또 다른 "어느 해"에 꽃들이 피어나리라는 걸 알기 때문이다. 해가 바뀌면 꽃은 다시 개화한다는 가장 단순한 진실, 그것이 꽃들이 보여주는 식물성의 본질이다. 달리 말해 한 개체의 죽음은 꽃의 소멸이 아니라 다음 해의 개화를 위한 준비이자 필연의 사건이다. 이 사실을 앞에 두고 시인은 삶과 죽음이라는 경계에 갇힌 우리의 삶을 대비시켜본다. 해마다 피고 지는 꽃들의 생애처럼 삶과 죽음이 순환하는 식물성의 세계에서는 우리가 "죽고 사는 소식조차/한 송이 지는 꽃같이 가볍고 어리석"게 들릴 것이다.

죽음은 생의 종결이 아니라 또 다른 생의 개화를 위한 필연이기에 "준비 없이 떠나는 숨 가쁜 봄날처럼" 서둘러 찾아오더라도 "꽃이 잠든 저녁처럼 침착"할 수 있다면 유한한 삶도 꽃처럼 아름다워지지 않을까.

이번 시집에서는 꽃을 대신하는 상관물로 이슬이 다시 등장한다. 꽃과 마찬가지로 이슬은 유한한 인간 존재에 대한 비유이자 시인으로서 그가 갈구하는 미학적 존재론의 형상이다. 이슬을 통해 자신의 삶을 성찰한 이슬 시편은 사실 「이슬의 하루」 「이슬의 애인」 「이슬의 뿌리」 세 편에 불과하지만, 이슬은 시인에게 자기 생을 반추해보게 하는 상관물이자 시인이 갈구하는 존재의 형식을 함축하는 상징물이다. 물론 사라지는 이슬의 생을 인간의 존재론으로 수렴하기까지는 많은 시간이 필요했을 것이다. 감각적 경험에 기대서만 시적 문장을 완성시키는 경험적 결벽성을 가진 시인에게 순간의 깨달음은 좀처럼 허용되지 않기 때문이다. "이슬의 존재를 믿기까지/탕진한 시간과 장소들이/내 주위를 서성이며 웃고 있"(「이슬의 하루」)다는 고백은 사라지는 이슬의 존재를 믿기까지 걸린 시인의 오랜 경험적 시간을 대변하고 있다.

"'이슬의 눈'이 내게는 가끔 '눈의 이슬'로도 읽힌다."(『마종기 시전집』)는 시인의 말처럼 애초에 이슬은 사랑하는 대상을 잃은 슬픔의 눈물과 연루되어 있었다. 시인은 많은 환자들의 죽음을 지켜보아야 했던 의사였지만 "눈에는 보이지 않는다는 것"(「날개」)을 믿고 있는 시인이었다. 의사로서 그는 생물학적 죽음을 이해할 수 있었을 테지만, 과학적 이해의 무력함 때문에 죄의식을 지니기도 했다(「개꿈 – 친구 김치수의 부음을 들은 뒤」). 그리고 시인으로서 그는 불가해한 죽음에 대한 슬픔의 힘으로 삶과 죽음의 경계를 지우는 시적 상상력을 보여주었다. 친구들의 죽음 그리고 어머니의 죽음은 사랑하는 대상의 부재를 견뎌야 하는 현실적 고통만을 가져다준 것이 아니라 삶과 죽음이라는 양립모순의 경계로 그를 데려갔고, 시인은 바로

이 경계에서 다시 꽃과 이슬을 만났다.

　꽃이 그렇듯 이슬의 운명 또한 짧다. 애초에 이슬은 자기 자신이라 말
할 실체를 갖고 있지도 않다. 대기의 일부에 불과한 물방울은 "산 자에게
는 실체가 확연치 않"고 "해가 떠오르면/몸을 숨겨 행선지를 알리지 않"는
불확실성의 존재이다. 그런데 시인은 이슬이 자신의 "눈보다 머리보다 정
확한" "육체"로 존재한다고 말한다(「이슬의 하루」). 그 이유는 이슬의 운명에
사라지는 모든 존재들의 운명이 함축되어 있기 때문이다. 다음 해에 피어
날 꽃들의 약속처럼 하루의 생을 마치고 내일 아침 다시 태어날 이슬의 운
명은 삶과 죽음에 대한 선험적 진실을 말해준다.

> 살아갈 앞날이 확실치 않으면
> 보였다 안 보였다 눈 깜빡이며
> 하루 사는 이유를 확인하고
> 이슬의 아버지가 죽은 자리에
> 이슬의 아들이 태어난다.
>
> 　　　　　　　　　　　　　　— 「이슬의 뿌리」 부분

　이슬처럼, 자기 생을 다하고 나면 자신의 미래인 아들에게 생을 물려주
고 떠나는 인간의 삶은 삶과 죽음의 경계를 가로지르는 영속성을 지닌다.
사라지는 유한한 존재'들'이 만들어내는 이 기적은 죽음의 불가해성보다
강렬하고 아름답다. "사랑하던 사람을 찾아 나"서듯 꽃처럼 이슬처럼 "곱
게 사그라지셨"(「경건한 물새의 저녁」)던 어머니의 죽음이 아름다운 이유도
여기에 있다. 그런 까닭에 삶과 죽음의 경계를 넘어서듯 생의 현장을 떠나
는 한 방울의 물을 향해 시인은 나지막이 외친다. "물이여, 그렇다면 잘 가
라./한때는 빛이었고 불멸이었던,/눈꽃과 얼음으로 크게 피어나던/추억의
물이여, 잘 가라."(「물의 정성분석」) "우리의 생"이 "어차피 변형된 기적의 연

속들"(「봄날의 심장」)이라면, 너는 다시 이곳으로 너의 아들의 모습을 하고
돌아올 테니.

제1부 슬픔의 연대

문학의 쓸모없음과 추문들 :『시와 사상』2017년 봄호

삶과 예술 사이, 명멸하는 시 :『현대시』2017년 8월호

죽음을 상속하는 문장들 :『학산문학』2014년 겨울호

파국의 상상력과 시의 미래 —세월호 시대의 문학 :『21세기문학』2017년 봄호

기록, 증언, 정동의 글쓰기 —세월호 이후의 문학 :『포지션』2017년 여름호

슬픔의 연대에 관하여 :『현대시』2018년 6월호

우리의 행렬은 계속되고 :『현대시』2015년 11월호

비평의 최소화 혹은 비평의 전환 —2010년대 말 문예지의 비평 동향과 전망에 대하여 :

　　　『포지션』, 2019년 가을호

제2부 마음의 가능성

'나'에 대한 오해와 가능성들 :『시작』2017 여름호

자유와 사랑의 가능성을 향한 '나'의 연대기 :『현대시학』2017년 6월호

결여의 주어 :『현대시』2015년 10월호

마음의 가능성 —임경섭, 안미옥의 시 :『자음과 모음』2019년 봄호

모든 것에 실패하는 사랑의 주체 —손미의 시 :『시로 여는 세상』2019년 봄호

시인들의 극장 —감각과 욕망 그리고 가능성의 장소 :『시와 사상』2016년 겨울호

도래하는 시 —최정진의 시 :『시로 여는 세상』2015년 겨울호

살아남은 자의 몫 —이산하의 시 :『시작』2018년 여름호

인간적인 죽음, 그런 미래를 상상하는 일 —김사이의 시 :『오늘의 문예 비평』2019년

　　　　　　　　　　　　　　　　　　　　　　슬픔의 연대와 비평의 몫

대홍수 이후의 시인들—김안, 『미제레레』와 김이듬, 『히스테리아』:『시인수첩』 2014년 겨
　　　울호
불행한 세계의 추종자들—박소란, 『심장에 가까운 말』과 송승언, 『철과 오크』:『학산문학』
　　　2015년 여름호
사라진 당신의 귀환—마종기, 『마흔두 개의 초록』:『시와 사상』 2015년 가을호

찾아보기

인명 및 용어

도서 및 작품

슬픔의 연대와 비평의 몫